अमिता
(उपन्यास)

अमिता

यशपाल

विप्लव कार्यालय, लखनऊ
की ओर से

लोकभारती प्रकाशन
पहली मंजिल, दरबारी बिल्डिंग, महात्मा गाँधी मार्ग, इलाहाबाद-1

विप्लव कार्यालय, लखनऊ
की ओर से
लोकभारती प्रकाशन
पहली मंजिल, दरबारी बिल्डिंग, महात्मा गाँधी मार्ग
इलाहाबाद-211 001

वेबसाइट : www.lokbhartiprakashan.com
ईमेल : info@lokbhartiprakashan.com

शाखाएँ : 1-बी, नेताजी सुभाष मार्ग, दरियागंज
नयी दिल्ली-110 002
अशोक राजपथ, साइंस कॉलेज के सामने
पटना-800 006 (बिहार)
36-ए, शेक्सपियर सरणी
कोलकाता-700 017

मूल्य : ₹ 195

प्रथम संस्करण : 1956
वर्तमान संस्करण : 2010
पुनर्मुद्रण : 2017

इण्डियन प्रेस
इलाहाबाद द्वारा मुद्रित

AMITA
by Yashpal

ISBN : 978-81-8031-499-5

समर्पण

भारत के प्रधान मंत्री पंडित जवाहरलाल नेहरू द्वारा विश्व-शांति के लिये किये गये प्रयत्नों के प्रति सराहना में—भावी युद्धों की आशंका से त्रस्त और विश्व-शान्ति की इच्छुक मानवता की ओर से समर्पित।

—यशपाल

प्राक्कथन

हमारा राष्ट्र अपने जीवन की अवस्था सुधारने का प्रयत्न कर रहा है और हमारे समाज की प्रमुख भावना निर्माण की ओर है। इस उद्देश्य को पूरा करने के लिये युद्ध के विध्वंस से बचे रहने की और विश्व-शांति की आवश्यकता अनिवार्य है। विश्व-शांति के प्रयत्नों में सहयोग देने के लिये मुझे भी तीन वर्ष में दो बार योरुप जाना पड़ा है। स्वभावतः इस समय (१९५४-५६) में लिखे मेरे इस उपन्यास में, युद्धों द्वारा लक्ष्यों को प्राप्त करने अथवा समस्याओं को सुलझाने की नीति की विफलता का विचार कहानी का मेरुदण्ड बन गया है।

युद्ध की आशंका समाप्त कर सकने और चिरस्थायी विश्व-शांति के लिये केवल हमारा देश ही नहीं बल्कि संसार के सभी राष्ट्रों की जनता उत्सुक है। जिन देशों ने युद्ध के विध्वंस को अपनी छाती पर सहा है, निश्चय ही वे विश्व-शांति की स्थापना के लिये हमारे देश से भी अधिक आतुर हैं।

आधुनिक मानव-समाज युद्धों की आशंका को समाप्त कर सकना अपने बस के बाहर की बात नहीं समझता। इस युग का मानव-समाज अंतर्राष्ट्रीय शांति की रक्षा के लिये राष्ट्रों की शस्त्र-शक्ति को संतुलित रखने की व्यर्थता को भी समझ चुका है। मानव-समाज यह भी देख रहा है कि विध्वंस की शक्ति को बढ़ा सकने की कोई सीमा नहीं है और कोई भी राष्ट्र उसे विध्वंस से अक्षुण्ण रह सकने का अहंकार नहीं कर सकता। मनुष्य परलोक की चिंता में इस संसार की उपेक्षा करके, अभाव में सन्तोष से शान्ति बनाये रखने के उपदेश सदियों से सुन रहा है। त्याग और सन्तोष के उपदेश इस उद्देश्य को पूरा करने में व्यर्थ रहे हैं।

मनुष्य ने अपने अनुभव और विकास से शांति की रक्षा का अधिक विश्वास योग्य उपाय खोज लिया है। यह सत्य बहुत सरल है। मनुष्य अन्तर्राष्ट्रीय रूप में दूसरों की भावना और सदिच्छा पर विश्वास करे, दूसरों के लिये भी अपने समान ही जीवित रहने और आत्म-निर्णय से सह-अस्तित्व के अधिकार को स्वीकार करे। सभी राष्ट्र और समाज अपने राष्ट्रों की सीमाओं में, अपने सिद्धान्तों और विश्वासों के अनुसार व्यवस्था रखने में स्वतंत्र हों। जीवन में समृद्धि और सन्तोष पाने का मार्ग अपनी शक्ति को उत्पादन में लगाना है, दूसरों को डरा कर और मार कर छीन लेने की इच्छा करना नहीं है।

अन्तर्राष्ट्रीय शांति की समस्या के साथ अन्य आनुषंगिक समस्याओं की भी उपेक्षा नहीं की जा सकती। हम अपने भौतिक अभावों को पूरा करने के प्रयत्नों के साथ अपने समाज के नैतिक सुधार के लिये भी चिन्तित हैं। व्यक्ति और समाज की नैतिकता का प्रयोजन जीवन में अधिक समर्थ हो सकना ही है। अनैतिक विचार और व्यवहार, व्यक्ति और समाज को घुन और क्षय रोग के समान क्षीण कर देते हैं।

व्यक्ति और समाज के विकास के लिये नैतिक बल की अनिवार्य आवश्यकता है परन्तु नैतिकता, विचार और तर्क द्वारा मनुष्य के सहज स्वभाव का अंग होनी चाहिये। भय और दमन द्वारा अपने विचारों तथा नैतिकता को स्वीकार कराने के लिये दूसरों को विवश करना अपनी शक्ति अनुभव करने का उन्माद मात्र है और मूलतः अनैतिक है। जन-साधारण को दमन की अनुभूति देना उन्हें अपराध के लिये प्रेरणा देना है। हिंसा और दमन द्वारा अहिंसा की स्थापना सबसे बड़ी हिंसा है। जन-साधारण को लाठी या तलवार के जोर से मोक्ष के मार्ग पर हांकना उनकी मुक्ति नहीं, उनकी दासता और दमन है।

दासता और दमन का प्रतिरोध हिंसा नहीं, आत्मरक्षा है।

'दिव्या' के कथानक की भांति अमिता की कहानी भी इतिहास नहीं ऐतिहासिक कल्पना है। इतिहास की प्रामाणिक घटना केवल अशोक का कलिंग विजय के लिये आक्रमण और उस युद्ध के परिणाम में अशोक का भविष्य में युद्ध न करने की प्रतिज्ञा कर लेना ही है। अशोक ने अपनी इस प्रतिज्ञा को शिलालेखों द्वारा चिरस्मरणीय कर दिया था। इस काल्पनिक कहानी का उतना अंश ही इतिहास है।

विश्व-शांति के प्रयत्नों में हमारे देश की जनता ने, हमारी सरकार की अन्तर्राष्ट्रीय नीति ने और हमारे प्रधान मंत्री नेहरू जी ने जो सक्रिय सहयोग दिया है, यह हमारे लिये गर्व का कारण है। नेहरू सरकार की राष्ट्रीय नीति के कुछ पहलुओं का समर्थन न कर सकने पर भी विश्व-शांति के लिये उनके प्रयत्नों की सराहना में यह उपन्यास नेहरू जी के विश्व-शांति के प्रयत्नों को प्रतीक मान कर, उनके माध्यम से अपने पाठकों को समर्पित कर रहा हूँ।

लखनऊ
२२ मार्च, १९५६

—यशपाल

माता का उपदेश

चैत्य तोरण में अष्टधातु के विशाल घंटे में टंकारों की गर्जना उठने लगी। उस गर्जना की प्रतिध्वनि में नगर के अन्य देव-स्थानों से भी आरती के शंखों, घड़ियालों और भेरियों के शब्द नगर के निद्रा-स्तब्ध, कुहासा भरे आकाश में गूँजने लगे। वातावरण में इन ध्वनियों से उत्पन्न कम्पन नगर पर छाये घने कोहरे को विचलित करने लगा। विरल होते कोहरे को उदीयमान सूर्य की किरणें उजला बनाने लगीं। ऊँची भूमि पर स्थित चैत्य के सम्मुख फैले, कुहासे की मसहरी में निद्रालसित नगर में भी जागरण के चिह्न प्रकट होने लगे।

नया चैत्य नगर के पश्चिम भाग में प्राचीर के समीप था। चैत्य की श्वेत पत्थर से बनी प्रशस्त ड्योढ़ी, उजले कुहासे से भरे आकाश में स्वप्न-जगत के प्रासाद के द्वार के समान जान पड़ रही थी। ड्योढ़ी के भीतर से जाती तथागत के वचनों के पाठ की ध्वनि घने कोहरे के कारण दूर तक नहीं जा रही थी। ड्योढ़ी के समीप आने पर चैत्य के अलिन्दों में, कुशासनों पर पद्मासन से बैठे पीत चीवरधारी भिक्षु भी दिखायी दे जाते थे।

श्वेत ड्योढ़ी की सीढ़ियाँ काले पत्थर की थीं। सीढ़ियों के समीप राजदंडधारी चारण खड़ा था। चारण घंटे की गूँज से सतर्क हो गया। ड्योढ़ी के सामने, चार कदम पर, स्वर्ण-खचित वस्त्रों से ढँकी बड़ी पालकी रखी हुई थी। पालकी के डाँडों के साथ-साथ पीली पगड़ियाँ और लाल कुर्तियों पर पीले कमर-पट्टे बाँधे आठ वाहक बैठे थे। शिविकावाहक शीत के कारण घुटनों को बाँहों में समेटे, ठुड्डी को घुटनों पर टिकाये थे। घंटे की टंकार से वे भी सतर्क हो गये। पालकी के दायें-बायें द्वारों के समीप, दुपट्टों से वक्षस्थल और धोती के फेंटे से कमर कसे यवनियाँ खड़ी थीं। टंकार सुनकर उनके हाथ में थमे खड्ग सीधे हो गये। पालकी के चारों ओर खड़े सशस्त्र राजपुरुष भी चौकस हो गये। सभी लोगों के नेत्र ड्योढ़ी की ओर उठ गये।

चैत्य की ड्योढ़ी से प्रायः पच्चीस कदम के अन्तर पर दरिद्र नर-नारियों की छोटी-सी भीड़ खड़ी थी। कुछ राजपुरुष उस भीड़ को आगे बढ़ने से रोके हुए थे। उस शीत में भी भीड़ के लोगों के शरीरों पर कम ही वस्त्र थे उनके सिरों पर फटी-पुरानी पगड़ियाँ, कमर तक अँगरखे और घुटनों तक कपड़ों के छोटे टुकड़े लिपटे हुए थे। कुछ लोग केवल धोती मात्र से ही कंधे से घुटनों तक शरीर को लपेटे थे। वे लोग शीत से और राजपुरुषों के भय से भी सिकुड़े हुए थे। घंटे की गूँज से भयातुर भीड़ की आँखें भी ड्योढ़ी की ओर उठ गयीं।

चैत्य की ड्योढ़ी में एक राज-दासी कंधे पर स्वर्ण-कलश उठाये दिखायी दी। दासी ने ड्योढ़ी के तोरण से लटके घंटे के नीचे से आते समय, बाँह उठा कर घंटे की जिह्वा को हिला दिया था।

राज-दासी को देखकर राज-दंडधारी चारण ने दंड उठा कर ऊँचे स्वर में घोषणा की---"परमभगवती की जय हो! प्रजा और पौरजन ससम्मान सावधान! महामहिमामयी, प्रजापालक, धर्म-रक्षक कलिंग की राजेश्वरी के लिये प्रजा मार्ग दे!"

सोने का कलसा उठाये दासी के पीछे ड्योढ़ी में कलिंग की राजेश्वरी दिखायी दीं। वे राजहंसिनी के समान मंद गति से आ रही थीं। महारानी का शरीर कन्धों से कमर तक हिम के समान श्वेत दुशाले से ढँका हुआ था। रूखे काले केश पीठ पर फैले हुए थे। कमर से पाँव के नखों तक श्वेत रेशमी वस्त्र का अन्तरवासक लिपटा हुआ था। महारानी माथे को तनिक झुकाये, हाथ जोड़े, मंत्रपाठ करती हुई चल रही थीं। शरीर पर कोई आभूषण न था। उनका सौम्य रूप भक्ति, बौद्ध श्रमणों के विनय और शील के नियमों तथा संयम का प्रतीक था। महारानी के पीछे दो दासियाँ बड़े-बड़े थालों में पूजा का प्रसाद लिये थीं।

चैत्य के सामने राजपुरुषों द्वारा रोकी हुई भीड़ में से कम्पित पुकारें सुनायी दीं—

"राजेश्वरी की जय हो!
अन्नदाता की जय हो!
अभयदान हो!
रक्षा हो!"

पाठ में मग्न महारानी ने भीड़ की अस्पष्ट पुकार सुनी। उन्होंने अनुमान किया, भिक्षार्थियों की भीड़ भिक्षा चाहती है। महारानी ने प्रसाद का थाल लिये एक दासी को भीड़ में प्रसाद बाँट देने का संकेत कर दिया और पालकी में बैठ गयीं।

भीड़ की ओर से कोलाहल और पुकारों का स्वर पूर्वापेक्षा स्पष्ट हो गया :

"भगवती राजेश्वरी की जय हो!
अभयदान मिले!
रक्षा मिले!
न्याय मिले!"

महारानी की दृष्टि भीड़ की ओर गयी। उन्होंने कुहासे से फूटती किरणों से नेत्रों को ओट देने के लिए भँवों पर हाथ रख कर उस ओर देखा और चँवरधारिणी यवनी को सम्बोधन किया—"प्रजा क्या चाहती है, निवेदन करे!"

यवनी तुरन्त दौड़कर, भीड़ को रोके हुए, राजपुरुषों के समीप पहुँची। राजपुरुषों ने भीड़ को पालकी के समीप जाने का मार्ग दे दिया। दरिद्र लोग पालकी से कुछ अन्तर पर ही रुक गये। उन्होंने पृथ्वी पर माथा रख कर, दण्डवत् करके अभयदान माँगा और न्याय के लिये दुहाई दी।

राजदंडधारी चारण महारानी का भाव जानकर आगे बढ़ गया और उसने भीड़ को सम्बोधन किया—"परमभगवती, प्रजापालक, कलिंग की राजेश्वरी अभयदान देती हैं। प्रजा न्याय के लिये प्रार्थना करे!"

भीड़ में से एक वृद्ध काँपते हुए आगे बढ़ा। उसने धरती को छू, कर-बद्ध होकर कंपित स्वर में प्रार्थना की—"परमभगवती माता, दीनों को न्याय की भिक्षा मिले। दीनों पर अन्याय हो रहा है। भगवती की प्रजा से उनके बाप-दादा की धरती छीनी जा रही है। प्रजा की झोपड़ियाँ उजाड़ी जा रही हैं। अन्नदाता, रक्षा मिले!"

महारानी के सौम्य, गौर मुख पर चिन्ता की छाया आ गयी। उन्होने पालकी के समीप खड़े राजपुरुषों के यूथप को सम्बोधन किया—"प्रजा क्या कह रही है? क्या ऐसा हो रहा है? ऐसा क्यों हो रहा है? किसके आदेश से हो रहा है?"

यूथप ने भीड़ को सम्बोधन किया—"परमभगवती, धर्म-रक्षक राजेश्वरी जानना चाहती हैं, क्या ऐसा हो रहा है? ऐसा क्यों हो रहा है? किसके आदेश से हो रहा है।"

भीड़ में से कई पुकारें एक साथ सुनायी दीं—"राजपुरुष और सैनिक हमारा गाँव उजाड़ने का आदेश देते हैं। राजपुरुष कहते हैं, महासेनापति की ऐसी आज्ञा है। हमारी बस्ती की धरती पर एक महादुर्ग बनाया जायेगा, एक महाप्रासाद का निर्माण होगा।"

दीन प्रजा की गुहार सुनकर महारानी नकार के संकेत से खिन्न स्वर से बोलीं—"नहीं-नहीं, ऐसा नहीं होगा। हमें दुर्ग नहीं चाहिए, दूसरा राजप्रासाद नहीं चाहिए। परिग्रह में संतोष और शांति नहीं है। यूथप प्रजा को आश्वासन दे, ऐसा अन्याय नहीं होगा। किसी का स्थान और धरती नहीं छीनी जायेगी। हम आश्वासन देते हैं, ऐसा नहीं होगा।"

यूथप ने प्रजा की ओर बढ़कर महारानी का सन्देश सुना दिया।

प्रजा के आर्त और कातर कंठ सबल हो गये। प्रजा ने ऊँचे स्वर से कलिंग की राजेश्वरी का जय-जयकार किया—

"परमभगवती महारानी की जय हो!
राजेश्वरी माता का प्रताप अखंड हो!
अन्नदाता माता की जय हो!
दयासागर भगवती की जय हो!"

चारण ने पालकी के सामने जाकर फिर पुकारा—"परमभगवती महारानी की जय हो! प्रजा और पौरजन, ससम्मान सावधान! कलिंग की महामहिमामयी राजेश्वरी के लिये प्रजा मार्ग दे!"

महारानी की पालकी चैत्य के द्वार से राजप्रासाद की ओर प्रस्थान कर गयी।

× × ×

कलिंग के राजप्रासाद में अन्तःपुर के विशाल आँगन में, अलिंदों से प्रमद उद्यान की ओर चिकने श्वेत पत्थर की चौड़ी-चिकनी सीढ़ियाँ उतरती थीं। सीढ़ियों पर युवती राजदासी हिता, युवराज्ञी की प्रतीक्षा में खड़ी थी। हिता का सिर, कंधे और नाभि तक शरीर मोटे-पीले वस्त्र से ढँका था। आँचल में कुछ हलका बोझ होने से वस्त्र, उसके सुडौल पुष्ट शरीर से नाभि की ओर खिंचा हुआ था। उसकी डमरू जैसी कटि पर कसी लाल धोती में उसके शरीर की सुघड़ वर्तुलता और खरादे हुए पलंग के पाँवों के समान पिंडलियों की गोलाइयाँ छिप नहीं पा रही थीं। दासी शरीर के ऊपरी भाग का सन्तुलन बनाये रखने के लिए बायाँ हाथ कमर पर रखे, कंधों को तनिक पीछे झुकाये थी। उसके दायें हाथ में बलवान कुत्ते बभ्रु की जंजीर का सिरा था। बभ्रु प्रातः प्रथम मिलन के समय स्नेहविह्वल हो बार-बार अपनी गुलाबी लपलपाती जीभ से हिता का हाथ छू देता था! हिता उसे स्नेह से डाँट देती थी—"हट पागल!" बभ्रु के गले से लटकी हुई जंजीर व्यर्थ ही जान पड़ती थी। वह स्नेह की जंजीर से बँधा स्वयं ही हिता से चिपटा जा रहा था।

हिता और बभ्रु भिन्न जाति के जीव थे परन्तु दोनों के शरीर की गठन में अनुपात का बहुत साम्य था। उभरा हुआ सुडौल वक्षस्थल, दो हाथों के अर्ध चन्द्रों में समा सकने योग्य कटि। जाँघें भी गठी हुईं और गोल। नेत्रों में भी एक जैसी तीक्ष्णता। हेमन्त की कुहासा भरी वायु से दोनों को ही रोमांच हो रहा था परन्तु दोनों में ही तत्परता का भाव था। दोनों प्रतीक्षा में, अलिंद में खुलने वाली दीर्घिका की ओर पल-पल देख लेते थे। दीर्घिका की ओर देखते समय बभ्रु का कभी दायाँ कान खड़ा हो जाता, कभी दायाँ कान गिरकर बायाँ उठ जाता।

बभ्रु सहसा अलिंद की ओर उछला। उसका शरीर गले में बँधी जंजीर पर तुल गया। जंजीर तन गयी और जंजीर को थामे दासी की बाँह भी तन गयी। अपने स्थान से खिंच न जाने के प्रयत्न में हिता का शरीर भी जंजीर पर दूसरी दिशा में तुल गया। उसने आँचल के अन्न को गिरने न देने के लिये उदर पर दबा लिया। हिता ने बभ्रु की व्याकुलता से अनुमान कर लिया कि कुत्ते के तीखे नाक और कानों ने दीर्घिका में युवराज्ञी की आहट पा ली है। पल भर में ही युवराज्ञी दीर्घिका से अलिंद में प्रकट हो गयीं।

महाराजकुमारी अमिता के काले, चिकने काकुल मोतियों की लड़ियों से गुँथे हुए थे, परन्तु उछल-कूद के कारण उसके गोल, गोरे चेहरे पर बिखर गये थे। राजकुमारी के शरीर पर सोने के तारों के कढ़े लाल दुशाले के कपड़े की बंडी थी। बालिका के फूले हुए शरीर में उदर और कटि का भेद न जान पड़ता था। पीले रेशम का छोटा-सा शाटक उसके उदर पर सोने की मेखला से अटका हुआ था। कोमल कलाइयों पर रत्न-जटित छोटे-छोटे कंगन थे। चन्द्रहार उछल-कूद के कारण कंधे पर अटका हुआ था।

बालिका महाराजकुमारी प्रति दो पग दौड़कर तीसरे पग पर उछलती आ रही थी। उनके पीछे-पीछे आता वृद्ध कंचुकी उद्दाल लम्बे चोंगे पर राजकीय चिह्न बाँधे, द्रुत गति के कारण हाँफ रहा था। उद्दाल का चेहरा अतिवार्धक्य के कारण पीले पड़ गये दाढ़ी-मूँछ से ढँका हुआ था। उसके माथे पर अनुभव की रेखायें थीं जिन्हें उत्तरदायित्व के बोझ ने और भी गहरा कर दिया था। उद्दाल के पीछे हाँफती हुई प्रौढ़ा दासी वापी आ रही थी। वापी के हाथ में राजकुमारी के लिये लाल चमड़े के छोटे-छोटे, सुन्दर जूते थे।

महाराजकुमारी अमिता ने बभ्रु को स्नेह के आवेश से अपनी ओर लपकते देखकर अपनी छोटी, गोल, मांसल बाँह उसकी ओर बढ़ा दी। अमिता के हृदय में भी स्नेह उमड़ आया। नयी फूटी लाल कोंपलों के समान उसके ओंठ आगे बढ़ कर गोल हो गये। उसने कुत्ते को पुचकार लिया—"आ बभ्रु, आ!"

बभ्रु एक बार पंजे धरती पर छुआ कर और भी वेग से राजकुमारी की ओर लपका। हिता ने जंजीर को दोनों हाथों से पकड़ कर कुत्ते को रोके रहने के लिये पूरी शक्ति लगा दी। हेमन्त के शीत से कंटकित हिता का गेहुँआ शरीर श्रम की ऊष्णता से चिकना हो गया और माथे पर स्वेद के महीन कण छलक आये। दासी की आशंका थी, पशु स्नेह के उद्वेग में दौड़कर युवराज्ञी को धक्का न दे दे। कंचुकी ने दूर से ही तर्जनी उठाकर कुत्ते को शान्त रहने के लिये धमकाया। बेचारे पशु ने विवश होकर अपना पेट धरती पर चिपका दिया और मुख धरती पर रगड़-रगड़ कर 'कूं-कूं' करने लगा।

अमिता कुत्ते के समीप बैठ गयी और प्यार से उसका सिर अपनी गोद में ले लिया और पुचकारने लगी। हिता तब भी बभ्रु की साँकल को सतर्कता से खींचे हुए थी कि वह स्नेह की मूढ़ता में राजकुमारी के मुख को अपनी जीभ से न छू ले। ज्योंही बभ्रु अधीर होकर अपनी जीभ अमिता के मुख की ओर बढ़ाता, हिता जंजीर खींच लेती।

प्रौढ़ा दासी वापी ने आगे बढ़ कर अमिता के जूते उसके सम्मुख रख कर विनय की—"अम्मे महारानी जूते पहन लें। घास में छिपा कीट-कंटक कोमल चरणों को कष्ट देगा। बहुत पीड़ा होगी।"

अमिता ने अपनी घुँघराली अलकें नकार में झटक कर जूते पहनने की प्रार्थना अस्वीकार कर दी और सीढ़ियों से उछलती-कूदती प्रमद-उद्यान में उतरने लगी।

कलिंग की युवराज्ञी महाराजकुमारी अमिता की आयु छः वर्ष की थी। मगध के सम्राट बिंदुसार के पुत्र अशोक ने सिंहासनारूढ़ होने के पश्चात् चार वर्ष तक अपने अंतरंग प्रतिद्वन्द्वियों और शत्रुओं को निर्मूल किया था। राजवंश के प्रतिद्वन्द्वियों से निश्चिन्त होकर अशोक ने अपना राज्याभिषेक कर सम्राट् की पदवी ग्रहण की और बौद्ध धर्म अंगीकार कर लिया। तत्पश्चात् उसने दक्षिण दिशा में, साम्राज्य के प्रसार के लिये कलिंग देश पर आक्रमण किया।

कलिंग के महाप्रतापी, देवरक्षित, धर्मरक्षक महाराजाधिराज करवेल ने साम्राज्य के विस्तार की इच्छा करने वाले मगध-सम्राट अशोक के आक्रमण का प्रतिरोध अपने राज्य की सीमा पर स्वयं सेना लेकर किया। हाथी पर चढ़ कर रणक्षेत्र में अपनी सेना का संचालन करते समय कलिंगराज के शरीर में कई बाण लग गये थे। महाराज शरीर में लगे घावों की चिन्ता न कर, अशोक की सेना को अपने राज्य की सीमा से पचास योजन दूर पीछे हटाकर ही राजधानी लौटे। महाराज युद्ध में तो विजयी हुए परन्तु युद्ध में लगे घावों की चिकित्सा अनेक चतुर वैद्यों और शल्य-क्रिया-दक्ष चिकित्सकों द्वारा एक वर्ष तक की जाने पर उन्हें स्वास्थ्य लाभ न हुआ।

जिस समय अशोक ने कलिंग को अपने साम्राज्य में समेट लेने के लिये प्रथम आक्रमण किया था, कलिंगराज करवेल को राजसिंहासन पर आरूढ़ हुए आठ वर्ष बीत चुके थे पर पूर्ण युवा महाराज उस समय तक निःसन्तान ही थे। महारानी भी सन्तान के अभाव से दुखी थीं। अशोक के आक्रमण से एक वर्ष पूर्व महारानी नन्दा ने कलिंग नगर में आये योगी बौद्ध स्थविर जीवक की चमत्कार सिद्धि की प्रशंसा सुनी थी। उन्होंने स्थविर के सम्मुख बंध्यापन का अभिशाप दूर करने के लिये प्रार्थना की। स्थविर जीवक के आशीर्वाद से उन्होंने गर्भ धारण किया था। ज्योतिषियों द्वारा बतायी जिस शुभ घड़ी में महाराज ने अशोक के आक्रमण का प्रतिरोध करने के लिये उत्तर दिशा की ओर रणयात्रा की उसी घड़ी में महारानी नन्दा ने प्रथम सन्तान राजकुमारी को जन्म दिया था। राज-ज्योतिषी ने महाराज के विजय अभियान मुहूर्त में राजकुमारी के अमित, अक्षय वैभव और प्रतापी होने की भविष्यवाणी की थी। ज्योतिषी की गणना के अनुसार राजकुमारी के अमित वैभव और पराक्रम की स्वामिनी होने के विश्वास में राजकुमारी का नाम अमिता रखा गया था।

कलिंगराज वीर प्रकृति के थे। भरे यौवन में युद्ध के घावों के कारण वीरगति से देवलोक आरोहण करते समय भी वे अधीर नहीं हुए। उन्होंने अपने पिता महाराज मयूख

के समय के विश्वासपात्र और अनुभवी महामात्य आचार्य सुकंठ शर्मा, महासेनापति और भद्रकीर्ति और धर्मस्थ आर्य प्रजित के हाथों में अपने वंश और राज्य की रक्षा का भार सौंपते हुए आदेश दिया था कि वे कलिंग के राज्य के उत्तराधिकारी के रूप में एक अशक्त शिशु बालिका को छोड़े जा रहे हैं। कलिंग के राजवंश और राज्यमर्यादा की रक्षा का भार राज्य-परिषद् के कन्धों पर ही होगा।

महामात्य आर्य सुकंठ, महासेनापति भद्रकीर्ति और धर्मस्थ आर्य प्रजित ने महाराज की रोग शैया के समीप घुटने टेक कर शपथ ली थी कि जब तक उन लोगों के शरीर में श्वास रहेगा, वे कलिंग के वंशधरों और कलिंग राज्य की मर्यादा की रक्षा करेंगे। महाराज के अन्तिम श्वास लेने से पूर्व ही राजकुमारी अमिता को कलिंग के राज्य-सिंहासन की उत्तराधिकारिणी युवराज्ञी अभिषिक्त कर दिया गया था।

महाराज के देहान्त से महारानी नन्दा का मन वैभव और विलास से उपराम हो गया। वे बलिका युवराज्ञी और राज्य के प्रति कर्तव्य निबाहने में सतर्क थीं, परन्तु संसार से सर्वथा विरक्त होकर। राज्य-सिंहासन पाने की स्पर्धा करने वाले राजवंश के लोगों ने बालिका युवराज्ञी के हाथ से सिंहासन छीनने के अनेक प्रपंच किये परन्तु आर्य सुकंठ, भद्रकीर्ति और प्रजित की सतर्कता के कारण वे विफल ही रहे। महारानी ने संसार को दुखमय पाकर, शान्ति की कामना से संसार से विरक्त हो, संसार में रहने वाले तथागत बुद्ध का मार्ग स्वीकार कर लिया था। वे निष्काम और निस्संग होकर अपना समय शान्ति और निर्वाण प्राप्ति की चिंता में बिता रही थीं।

युवराज्ञी अमिता श्वेत पत्थर की सीढ़ियों पर से उछलती हुई प्रमद-उद्यान में उतर गयी। हित्ता ने बभ्रु को जंजीर से खोल दिया। कंचुकी ने अपने हाथ में थमा काठ का गेंद ओस से चमकती, महीन छटी हुई घास पर लुढ़का दिया। बभ्रु चौकड़ी भर कर गेंद की ओर लपका। राजकुमारी अपने कोमल फूले-फूले हाथों से ताली बजाती हुई कुत्ते के पीछे दौड़ी। दासी हिता राजकुमारी को अपनी बाँहों की रक्षा से दूर न होने देने के लिये उसके पीछे-पीछे दौड़ रही थी। वृद्ध कंचुकी और प्रौढ़ा दासी वापी भी उनके पीछे-पीछे चल रहे थे।

बभ्रु गेंद को अपने मुँह में दबाकर दौड़ता हुआ लौटा और उसने गेंद अमिता के हाथ में दे दिया। अमिता ने अपनी छोटी बाँह की सामर्थ्य भर गेंद को फिर फेंक दिया। गेंद अधिक दूर न जा सका। कुत्ता गेंद को तुरन्त उठा लाया। राजकुमारी की इच्छा से हिता ने गेंद को फिर खूब दूर फेंका। काठ का गेंद लुढ़कता हुआ प्रमद-उद्यान के जल-कुण्ड में जा गिरा और जल में तैरने लगा। बभ्रु भागते हुए गेंद को पकड़ लाने का आदेश समझ कर जलकुण्ड में कूद पड़ा और गेंद को मुख में लिये अमिता की ओर दौड़ा आ रहा था। हिता को आशंका हुई, कुत्ता अपने भीगे शरीर से राजकुमारी के वस्त्रों को न भिगा दे। उसने राजकुमारी के सामने होकर कुत्ते को उसके गले में पड़ी हँसली से थाम लिया।

हिता ने युवराज्ञी का ध्यान भीगे कुत्ते की ओर से हटाने के लिए जलकुण्ड के किनारे प्रस्तर-निर्मित मण्डप की ओर संकेत कर निवेदन किया—''महारानी पक्षियों को अन्न खिलायेंगी!''

''हाँ, हाँ, खिलायेंगी!'' बालिका राजकुमारी प्रसन्नता से किलक उठी।

हिता ने बभ्रु को वृद्ध कंचुकी के समीप बैठा दिया और अपने आँचल की झोली में हाथ डाल कर मण्डप की छत और समीप ही कदम्ब वृक्षों की ओर मुँह कर पुकारा—''आओ! आओ!''

हिता की पुकार के उत्तर में बहुत से कबूतरों के 'घुटर घूँ-घुटर घूँ' शब्द से उत्तर देने का स्वर सुनायी दिया। कबूतर अधर में पंख तौलते हुए उसकी ओर उड़ आए। तीन कबूतर हिता के सिर और कन्धों पर आ बैठे, दो उसके हाथ पर स्थान पाने के लिये लड़ने लगे, कुछ धरती पर व्यग्रता से घूम-धूम कर दाना चुगने लगे।

''हम, हम हम खिलायेंगे। अपने हाथों से कपोतों को खिलायेंगे!'' अमिता ने आग्रह किया, ''हमारे सिर पर कपोत बैठाओ!''

हिता ने राजकुमारी की कोमल गुदगुदी हथेलियों और सिर पर अन्न के दाने रख दिये। दो कबूतर दाना चुगने के लिये राजकुमारी के शरीर पर बैठे ही थे कि बभ्रु कंचुकी के हाथ से छूटकर राजकुमारी के शरीर पर आक्रमण करने वाले पक्षियों पर झपट पड़ा। आतंकित पक्षी तुरन्त पर फड़फड़ाते उड़ गये। राजकुमारी किलक कर, ताली बजाकर इस खेल पर हँस पड़ी।

बभ्रु ने दुस्साहसी पक्षियों को धृष्टता के लिये भौंक-भौंक कर धमकाया।

अमिता ने अपने नन्हें-नन्हें हाथों से बभ्रु का सिर प्यार से थपथपाकर समझाया—''तू निरीह कपोतों को क्यों आतंकित करता है! अम्मा कहती हैं, किसी से छीनो मत, किसी को डराओ मत, किसी को मारो मत! तू भूखा है तो हम तुझे दूध-भात खिलायेंगे। तू कपोतों से मत छीन!''

कंचुकी का संकेत पाकर बभ्रु सिर झुकाकर उसके समीप जा बैठा। हिता ने फिर कबूतरो को राजकुमारी के समीप बुलाया। आतंकित पक्षियों ने संदेह से उस पर देखा और सकुचाते हुए मण्डप की मुंडेर और कदम्ब की टहनियों से नीचे उतरे। हिता के बहुत साहस बढ़ाने पर पक्षी फिर राजकुमारी के शरीर पर आ बैठे। बभ्रु दूने क्रोध से पक्षियों की ओर झपटा। पक्षी फिर भयभीत होकर उड़ गये।

युवराज्ञी अमिता बभ्रु की इस उद्दंडता से उद्विग्न हो गयी। कंचुकी उद्दाल को सम्बोधन कर उसने पुकारा—''मामा, यह बभ्रु बड़ा दुष्ट है। यह निरीह कपोतों से छीनता है, उन्हें डराता है, उन्हें मारता है। अम्मा कहती हैं—''किसी से छीनो मत, किसी को डराओ मत, किसी को मारो मत। हम इसे दण्ड देंगे। इसे जंजीर से बाँध कर बन्दी बना दो!''

वृद्ध उद्दाल ने बभ्रु के गले में पड़ी हँसली में जंजीर फँसा दी और अबोध पशु पर युवराज्ञी के क्रोध के लिये क्षमा प्रार्थना की—''अम्मे महारानी, इस अबोध पशु ने तो यही सीखा है। महारानी क्षमा करें, सेवक बभ्रु ने तो महारानी के शरीर की रक्षा की है। देवलोक-प्राप्त, परमप्रतापी महाराज की सेवा में यह आखेट में जाने पर, सिंह और वाराह को भी महाराज की ओर बढ़ता देखकर, उनकी रक्षा के लिए तत्पर रहता था। इसी भक्ति और निष्ठा के कारण यह महाराज की कृपा और स्नेह का पात्र रहा है। उन महाप्रतापी महाराज के धनुष की टंकार से; पृथ्वी को जीतने का दर्प करने वाले चंड अशोक की वीरता कायरता में परिणत हो गयी। अम्मे महारानी, बभ्र उन्हीं कलिंगराज का सेवक है। यह अपनी स्वामिनी युवराज्ञी का अंग-स्पर्श किसी जीव को कैसे करने देगा।''

वृद्ध उद्दाल महाराजकुमारी को सदा रोचक और रोमांचक कथायें सुनाता रहता था। युवराज्ञी भी वृद्ध की बात ध्यान से सुनती थी। अमिता के भोले चेहरे पर खिन्नता के स्थान पर चिन्ता और विचार का अभाव आ गया। वृद्ध के पीत श्मश्रु से ढँके मुख की ओर दृष्टि उठाकर उसने प्रश्न किया—"मामा, दूसरों से छीनना, दूसरों को डराना, दूसरों को मारना वीरता है? अम्मा कहती हैं, ऐसा नहीं करना चाहिये। अम्मा कहती हैं—यह पाप है, पाप नहीं करना चाहिये!"

उद्दाल ने कुछ संकोच से स्वीकार किया—"अम्मे महारानी, परमभगवती सत्य कहती हैं। महारानी, वह धर्म अभिजात स्वामी वर्ग और त्यागी संतों को शोभा देता है। राजवंश के सेवकों को स्वामिभक्ति और साहस ही शोभा देता है।"

युवराज्ञी का मन खेल में नहीं रहा। वह उदासी से सिर हिलाकर बोली—"नहीं, बभ्रु बहुत दुष्ट है। ...अच्छा, हम-अम्मा के पास जायेंगे।"

युवराज्ञी की उदासी देखकर प्रौढ़ा वापी ने आगे बढ़ हिता को सम्बोधन किया—"अम्मे महारानी के लिए नये कुरंग-शावक आये हैं। तूने कहाँ छिपा कर रखे हैं री? महारानी उन्हें देखेंगी।"

हिता ने राजकुमारी के सम्मुख झुक कर और विनय से मुस्कराकर हाथों के संकेत से बताया—"इतने-इतने, छोटे-छोटे, प्यारे-प्यारे कुरंग-शावक बड़े जलकुंड के समीप टुक-टुक करके दूब चर रहे हैं। महारानी उन्हें देखेंगी?"

अमिता को नये लाये गये हिरनों के बच्चे देखने का चाव नहीं हुआ। वह नकार में सिर हिला हठ करती रही—"अभी नहीं, हम अम्मा के पास जायेंगे।"

उद्दाल ने राजकुमारी के समीप पाँव पर बैठ कर निवेदन किया—"अम्मे स्वामिनी, परमभगवती महारानी माता की शिविका पूजा के लिये चैत्य गयी हैं, अभी लौटी नहीं।"

वापी अमिता के बहुत समीप बैठकर रहस्य के स्वर में बोली—"महारानी नये कुरंग-शावकों को जो पहले अपने हाथ से दूब खिलायेगा, शावक उसी के मित्र बन जायेंगे।" फिर प्रौढ़ा ने स्वर ऊँचा करके वारणा की—"हितू, पहले शावकों को दूब मत खिलाना। पहले महारानी खिलायेंगी।"

हिता ने हरिण के बच्चों के प्रति करुणा प्रकट करने के लिये ठुड्डी पर उँगली रख कर प्रार्थना की—"महारानी, बेचारे छोटे-छोटे शावक तो बहुत भूखे हैं।"

प्रासाद के आँगन की ओर से उद्यान में आकर एक दासी ने कंचुकी को संदेश दिया—"मामा, परमभगवती की शिविका चैत्य से लौट आयी है महारानी युवराज्ञी को अभिमंत्रित जल का आचमन कराने और आशीर्वाद देने के लिये स्मरण कर रही हैं।"

× × ×

राजप्रासाद के अन्तःपुर में दूसरे तल्ले के एक अलिंद में, बालिका युवराज्ञी अमिता लगभग अपने कन्धों तक ऊँचे बभ्रु को जंजीर से थामे लिये जा रही थी। कुत्ता अपनी जंजीर राजकुमारी के हाथ में होने और उसके साथ चलने के गर्व में सीना फुलाये चल रहा था। अमिता बभ्रु को उपालम्भ के स्वर में धमकाती जा रही थी—"तू बहुत दुष्ट है! तू दूसरे जीवों से छीनता है, दूसरे जीवों को मारता है। हम तुझे अम्मा से दण्ड दिलायेंगे।" अमिता के पीछे-पीछे हिता, उद्दाल और वापी चले आ रहे थे।

अमिता माता महारानी के द्वार पर पहुँची तो हिता ने आगे बढ़कर बभ्रु को हँसली से पकड़ कर रोक लिया। राजकुमारी ने द्वार के भीतर जाकर कुत्ते को जंजीर से खींचते हुए आग्रह किया—''बभ्रु को आने दो! यह बहुत दुष्ट है। हम इसे अम्मा से दण्ड दिलायेंगे।''

हिता ने नेत्रों में स्नेह और विनय का भाव लाकर और भय दिखाने के लिये दाँतों में उँगली दबाकर राजकुमारी को याद दिलाया—''परमभगवती, माता के कक्ष में कुत्ते का जाना उचित नहीं।''

''न वत्से, बभ्रु यहाँ नहीं आयेगा। यह भगवान का स्थान है। देवस्थान है।'' महारानी का स्नेह-सिक्त स्वर सुनायी दिया, ''वत्से, बेचारे बभ्रु को बाँध क्यों लिया है? बेटी, इसे बाहर खेलने दो न!'' महारानी अमिता की ओर बढ़ती हुई बोलीं।

अमिता बभ्रु की साँकल हाथ में लिये माता के घुटनों में लिपट कर और नेत्र माता के मुख की ओर उठाकर आवेश के स्वर में बोली—''अम्मा, बभ्रु बहुत दुष्ट है। अम्मा, तुम कहती हो किसी से छीनो मत, किसी को डराओ मत, किसी को मारो मत! अम्मा, बभ्रु कपोतों से छीनता है, उन्हें डराता है, उन्हें मारने के लिये दौड़ता है इसीलिये हमने इसे बाँध कर दण्ड दिया है।''

''अच्छा मेरी चंदा,'' महारानी बेटी के कपोलों को स्नेह से पुचकार कर बोलीं, ''मेरी बेटी की धर्म में ऐसी ही आस्था और प्रवृत्ति रहे। बेटी, तू क्षमा शील हो। तू इस अबोध को क्षमा कर दे। तू आ, अभिमंत्रित जल का आचमन कर ले, भगवान का आशीर्वाद ले ले।''

कंचुकी ने आगे बढ़ कर राजकुमारी के हाथ से कुत्ते की जंजीर ले ली। अमिता ने कंचुकी से अनुरोध किया—''मामा, बभ्रु को अभी मत जाने देना। हम इसे दूध-भात खिलायेंगे।''

महारानी का कक्ष आकार में बड़ा और भव्य था, परन्तु विलास की सामग्री हटा दी जाने से सूना जान पड़ रहा था। सामने भित्ति के साथ बना दी गयी वेदी पर स्वर्ण-पात्र में, सुदूर नालन्दा से प्राप्त भगवान का धातुशेष रखा हुआ था। स्वर्ण-पात्र के समीप अष्टधातु के एक पात्र से सुगंधित द्रव्यों का पवित्र धूम शनैःशनैः उठ रहा था और एक घृत-दीप दिन के प्रकाश में ज्योतिहीन जल रहा था। वेदी के समीप ही एक चौकी पर चैत्य की पूजा से लाया गया अभिमंत्रित जल से भरा सोने का कलसा रखा हुआ था और दूसरी चौकी पर पूजा के प्रसाद से भरा थाल। दाहिनी ओर की भित्ति के साथ श्वेत चिकनी शिलाओं के फर्श पर एक मोटा, कोमल, ऊनी कालीन महारानी के विश्राम के लिये बिछा था। कालीन के समीप चाँदी की घोड़ी पर एक धर्म-ग्रन्थ पाठ के लिये खुला हुआ था।

महारानी ने अमिता को गोद में समेट लिया और मंत्रपाठ करते हुए उस पर अभिमंत्रित जल छिड़का और फिर सोने के छोटे पात्र से पुत्री को आचमन करा दिया। उन्होंने अमिता के सिर पर हाथ रख, नेत्र मूँद कर प्रार्थना की—''तेरा कल्याण हो। धर्म में तेरी आस्था और प्रवृत्ति रहे। तू सदा बहुजन के हित के लिए, बहुजन के सुख के लिये, बहुजन के परित्राण के लिये यत्न करे। तू किसी से छीनना मत, तू किसी को डराना मत, तू किसी को मारना मत। धर्म, भगवान और संघ तेरे रक्षक और सहायक होंगे।''

महारानी ने प्रार्थना समाप्त कर नेत्र खोले तो अमिता उत्साह से पुकार उठी—"अम्मा सुनो, कपोत हमारे हाथ पर बैठ गया, हमारे सिर पर···।"

महारानी ने बेटी की बात की ओर ध्यान न देकर कंचुकी उद्दाल को संकेत से समीप बुलाया और बोली—"कंचुकी मामा, तुमने सुना है कि कोई नया दुर्ग अथवा राजप्रासाद बन रहा है?"

जिस समय महारानी नन्दा राज-वधू के रूप में प्रासाद में आयी थीं, कंचुकी उद्दाल के श्मश्रु श्वेत हो चुके थे। राजमाता, महाराज की माता उसे कंचुकी भाई पुकारती थीं। महारानी नन्दा ने उद्दाल को कंचुकी मामा ही सम्बोधन किया था। तब से प्रासाद में उद्दाल को सभी मामा कह कर पुकारने लगे थे।

उद्दाल ने विनय से सिर झुका कर उत्तर दिया—"परमभगवती, अन्नदाता, सुना है कि प्राचीर के बाहर उत्तर में एक दुर्ग बनेगा और उत्तर में नगर प्राचीर का विस्तार होगा।"

अमिता माँ का ध्यान अपनी बात की ओर न देखकर उनका ध्यान पाने के लिये सामने हो माँ का हाथ पकड़ कर उत्तेजना से बोली—"अम्मा, कपोत हमारे सिर पर और हाथ पर बैठ गया तो···"

महारानी बेटी को मुख के सामने से हटाकर अंक में समेटती हुई कहती गयीं—"परन्तु कंचुकी मामा क्यों? क्यों आवश्यकता है दुर्ग की?"

उद्दाल ने फिर विनय से सिर झुका कर उत्तर दिया—"अन्नदाता, क्षमा हो, यह तो दास नहीं जानता। ऐसा भी सुना है कि फिर युद्ध होगा।"

अमिता अपनी बात सुनाने के आग्रह में फिर माता के सामने होकर बोलने लगी—"अम्मा, अम्मा, सुनो ! बभ्रु···।"

महारानी ने फिर बेटी को सामने से हटाकर अंक में भर लिया और माथे पर चिन्ता की रेखायें डाल कर कंचुकी को सम्बोधन किया—"कंचुकी मामा, किसकी आज्ञा से दुर्ग बन रहा है? किसके आदेश से ऐसा हो रहा है?"

उद्दाल ने फिर सिर झुकाकर उत्तर दिया—"अन्नदाता क्षमा हो, दास यह नहीं जानता।"

अमिता फिर माँ के सम्मुख होकर उनका मुख अपनी हथेलियों में ले अपनी बात सुनाने का आग्रह करने लगी—"अम्मा-अम्मा बभ्रु बहुत जोर से भौं-भौं···"

महारानी ने फिर बेटी की बात अनसुनी कर उसे स्नेह से अंक में दबा लिया और उद्दाल को अधिक समीप आने का संकेत कर बोलीं—"कंचुकी मामा, आज प्रजा ने चैत्य के द्वार पर हमसे न्याय और दया की प्रार्थना की है। दुर्ग बनाने के लिये प्रजा की धरती और निवास छीना जा रहा है। यह निर्दयता और अन्याय हम नहीं होने देंगे। तुम जाकर देखो, दुर्ग क्यों बन रहा है, किसके आदेश से बन रहा है। तुम महाराज के पितामह के समय से इस वंश के सेवक हो। देखो, इस वंश में कोई पाप और अन्याय नहीं होना चाहिये। इस वंश पर किसी की हाय न पड़े। बसते को उजाड़ना पाप है। यह दुर्ग नहीं बनेगा।"

कंचुकी ने आदेश स्वीकार करने के लिये सिर झुकाया और पीठ महारानी की ओर न करने के लिये सिर झुका; उल्टे कदमों से कक्ष के द्वार की ओर चला गया।

अमिता ने कंचुकी को जाते देखा तो माँ की गोद से छूट कर उद्दाल का हाथ थाम लिया और बोली—"मामा, कहाँ जा रहे हो? हम भी जायेंगे।"

महारानी ने बेटी को समझाया—"वत्से, कंचुकी मामा काम से बाहर जा रहे हैं। हितू के साथ बेटी झूला झूलेगी।"

अमिता कंचुकी के घुटनों से लिपट गयी—"हम मामा के साथ जायेंगे।"

उद्दाल ने युवराज्ञी को दुलार से समझाया—"महारानी बेटी को हिता छम-छम नाचकर दिखायेगी। महारानी बेटी के लिये दास फूल लायेगा।"

अमिता ने हठ में सिर हिलाकर आग्रह किया—"नहीं-नहीं, हम मामा के साथ नगर-विहार करेंगे। हम मामा के साथ जायेंगे।"

अमिता का आग्रह देख कर महारानी बोलीं—"अच्छा-अच्छा, तो बेटी भोजन कर ले।" उन्होंने उद्दाल को आदेश दिया, "बेटी का भोजन-विश्राम हो जाये तभी जाना। ले जाना, बेटी का विनोद हो जायेगा। बेटी तू शिविका पर जायेगी अथवा हाथी पर?"

अमिता ने प्रसन्नता से उछल कर उत्तर दिया—"हाथी पर, बड़ी हथिनी लक्ष्मी पर।"

अमिता कंचुकी की बाँह छोड़कर हिता की बाँह से लटकती हुई चली गयी।

× × ×

दिन का तीसरा पहर बीत रहा था। कलिंग नगर के उत्तर में प्राचीर के साथ बाँस के जंगल में घिरी टेकरी पर बसे वेणुक गाँव में वृक्षों की छाया पूर्व की ओर फैलने लगी थी। छप्परों की मिट्टी की छोटी-छोटी भीतें भी पश्चिम की ओर धूप पाकर पूर्व की ओर छाया डालने लगी थीं। बस्ती के बीचोंबीच अड़े पीपल के वृक्ष के नीचे नाग-पूजा के चौरे के चारों ओर चटाइयाँ डाले कुछ लोग दोपहर की नींद ले रहे थे। चौरे के साथ धनुष, तूणीर, खड्ग और भाले टिके हुए थे। सोये हुए लोगों के समीप पड़ी पगड़ियाँ और कमरपट्टे एक ही रंग के थे। जान पड़ता था कि सोये हुए लोग कलिंग के राजपुरुष अथवा सैनिक थे।

गाँव के दूसरे वृक्षों और झोपड़ियों की छाया में बँधे पशुओं के समीप बैठे लोग बाँस चीर कर चटाई, डलिया और पिटारी बनाने में व्यस्त थे। गाँव के कुछ बच्चे बिना वस्त्र के, कुछ कोपीन बाँधे और कुछ कन्धों पर झगला डाले पीपल के समीप ही धरती में छिद्र अथवा नालियाँ बनाकर खेल रहे थे। चौरे से कुछ दूर दही-भात खाकर फेंके हुए केले के पत्तों के टुकड़े पड़े थे। मिट्टी के प्याले-प्यालियाँ बिखरे हुए थे। किसी-किसी छप्पर से अन्न कूटने के शब्द की गूँज भी सुनायी दे रही थी।

पीपल के नीचे चटाई पर सोये हुए सैनिकों में से एक की नींद टूटी। वह उठकर घुटनों को बाँहों में समेट कर बैठ गया। जम्हाई लेते हुए उसने दूसरे सैनिकों को सम्बोधन किया—"अरे तुम लोग कब तक सोते रहोगे! देखो, सूर्य पश्चिम की ओर ढलने लगा।"

सैनिक की पुकार से जाग उठे सैनिकों में से एक ने शरीर को अँगड़ाई में तानते हुए उत्तर दिया—"हमारे सो लेने में तुम्हें क्या आपत्ति है? हम उठकर सूर्य को ढलने से रोक लेंगे?"

दूसरे ने उसकी बात पूरी की—"और क्या?...हम यहाँ यूथप की आज्ञा से सैनिक कार्य के लिये ही तो आये हैं।"

एक और सैनिक करवट से कोहनी का सहारा लेकर उठा और बोला—"तथागत की भक्त दयालु महारानी ने बस्ती के लोगों को उनकी धरती पर बसे रहने का आश्वासन दे दिया है तो हमें यहाँ करना ही क्या है? शिविर में ही तो लौटना है। चंड अशोक अभी बहुत दूर है। घाम में शिविर न लौट कर; विश्राम के लिये यहाँ लेट गये तो हानि क्या हुई?"

दूसरे सैनिक भी उठकर बोलने लगे—"अब तो लौटना ही ठीक है।···चलो भाई, अब चलो!"

एक सैनिक ने दूर बैठे अपने काम में व्यस्त लोगों को सुनाने के लिये समीप खेलते बच्चों की ओर देखकर पुकारा—"अरे, तुम्हें पैदा करने वाले कहाँ गये? या तुम यों ही आकाश से टपक पड़े हो! दोपहर से पहले जब झोपड़ियाँ उजाड़ी जाने का त्रास था तो सब हाथ बाँधे सामने खड़े थे, गुड़, दही, भात खिलाये बिना नहीं माने। अब किसी को एक लोटा जल दे देने की भी चिन्ता नहीं। यह नहीं सोचते कि आदमी अघा कर खाने से दिन में सोता है तो उठ कर उसे प्यास भी लगती है। सो कर उठने पर कुल्ला करने, मुँह धोने की आवश्यकता भी होती है।"

सबसे पहले उठने वाले सैनिक ने उसे टोक दिया—"तुम तो ऐसे बिगड़ रहे हो जैसे गाँव में बारात लेकर आये हो और तुम्हारा सत्कार नहीं हो रहा। गाँव के लोग भले हैं। उन्होंने भोजन से तुम्हारा सत्कार किया है तो जल भी दे ही देंगे।"

सैनिक ने स्वर ऊँचा कर दूर बैठे लोगों को सम्बोधन किया—"अरे बाबा, एक कलसा जल तो···"

सैनिक अपनी बात पूरी नहीं कर पाया। टेकरी पर पूर्व की ओर से चढ़ने वाले मार्ग पर अत्यन्त समीप घोड़े की टाप ने उसका ध्यान खींच लिया। तत्क्षण ही अश्वारोही की ललकार सुनायी दी—"इतना प्रमाद! यह सैनिक कर्त्तव्य है?"

पीपल के नीचे चटाइयों पर बैठकर जम्हाइयाँ लेते और लेटे हुए सैनिक हड़बड़ा कर उठ खड़े हुए और अश्वारोही यूथप को झुक-झुक कर अभिवादन करने लगे।

यूथप ने सैनिकों के विनय और अभिवादन की उपेक्षा कर क्रोध में प्रताड़ना की—"मूर्खो, तुम्हें यहाँ कल दोपहर से उपवन-विहार करने और नाच-गाना की समज्या का रंग जमाने के लिये भेजा गया था या चौबीस घड़ी में दुर्ग के लिए स्थान रिक्त कराने के लिए? तुम तो यहाँ समज्या से थके विलासियों की तरह विश्राम कर रहे हो!"

सबसे पहले जागने वाले सैनिक ने फिर विनय से झुक कर निवेदन किया—"स्वामी यूथप, ग्रामवासी कहते हैं—भगवती महारानी ने उन्हें अभयदान दिया है। उनका स्थान दुर्ग के लिये रिक्त नहीं होगा। वे यहाँ ही रहेंगे। स्वामी यूथप इसलिये···।"

सैनिक की बात सुनकर यूथप क्रोध से घोड़े की पीठ पर उछल पड़ा। उसने ऊँचे स्वर में सैनिकों की भर्त्सना की—"भगवती की आज्ञा हम नहीं जानते? दुर्ग के लिये और कौन स्थान हो सकता है? क्या महासेनापति महारानी की आज्ञा नहीं जानते? हमारी आज्ञा ही महारानी की आज्ञा है। चंड अशोक सिर पर चढ़ा आ रहा है; यह कायर झोपड़ियों के मोह में पागल है। इनके बसने के लिये राज्य में अन्य स्थान नहीं हैं? महासेनापति ने इन्हें 'वृकदन्त' पर दूना स्थान दे दिया है। कल यहाँ शिविर का निर्माण आरम्भ होगा।"

यूथप ने झोपड़ियों की ओर बाँह उठाकर आज्ञा दी—''इसी क्षण सब लोग झोपड़ियों से बाहर हो जायें। गिरा दो झोपड़ियों को। अभी आग लगा दो इन झोपड़ियों में। कोड़े मारकर इन्हें यहाँ से हाँक दो। जो बाधा डाले उसे बांध लो।''

यूथप के मुँह का अन्तिम शब्द पूरा होते ही पन्द्रहों सैनिक पीपल के नीचे नाग-चौरे के सहारे टिकाये हुए अपने शस्त्रों की ओर लपक पड़े। वृक्षों के नीचे; झोपड़ियों में और आस-पास कार्य में व्यस्त गाँव के सब स्त्री-पुरुष अपना काम छोड़कर, हाथ बाँधे यूथप के सम्मुख आकर, भूमि छू-छू कर दुहाई देने लगे—''स्वामी नायक की जय हो। महारानी ने हम दीनों को अभयदान दिया है। दीन प्रजा की भूमि नहीं छीनी जायेगी।''

यूथप के नेत्र क्रोध से लाल हो चुके थे। वह और भी क्रोध से चिल्लाया, ''महारानी के आदेश से तुम्हें अभयदान और दूना भूमिदान भी हो चुका है। महारानी की आज्ञा क्या हम नहीं जानते? महारानी की आज्ञा क्या महासेनापति नहीं जानते? महारानी का आदेश है, राज्य की रक्षा हो! यही महारानी की आज्ञा है। जो कुछ तुम्हारा है, वह बटोरने के लिये इसी पल जाओ, नहीं तो सभी कुछ अग्नि में अर्पण होगा।''

ग्रामवासी फिर भूमि स्पर्श कर महारानी से पाये अभयदान और दया की याचना करने लगे। ग्रामवासियों के हठ से यूथप क्षुब्ध हो गया। उसने सैनिकों को ललकारा—''मूर्खो क्या देखते हो! लगा दो आग इन झोपड़ियों में। जो प्रतिरोध करे, कोड़े मार कर हाँक दो, बाँध कर डाल दो।''

कुछ ही पल में कोहराम मच गया। दो सैनिक झोपड़ियों के भीतर घुस कर आग ले आये और जलता हुआ फूस छप्परों पर फेंकने का आतंक दिखा कर ललकारने लगे—''भागो! इसी क्षण भागो!''

ग्रामवासियों की गुहारें और स्त्रियों और बच्चों के चीख-चीख कर रोने के स्वर सुनायी देने लगे। इस पर भी महारानी का नाम ले-ले कर दुहाई देते जाने वाले लोगों में से एक को, सैनिकों ने बाँध कर यूथप के समाने डाल दिया और एक को रस्सी का कोड़ा बनाकर पीटने लगे। एक छप्पर में आग भी दे दी गयी।

यूथप क्रोध की अग्नि आँखों में भरे घोड़े की पीठ पर सवार यह काण्ड देख रहा था। अपने सैनिकों की शिथिलता और ग्रामवासियों के कदर्य व्यवहार से यूथप इतना उद्विग्न था कि कुछ दूर से आती और उत्तरोत्तर स्पष्ट होती जाती हाथी के गले के घण्टे की गूँज को भी उसके कान नहीं सुन पाये। मार-पीट में लगे सैनिक और त्राहि-त्राहि पुकारते ग्रामवासी तो उस ओर क्या ध्यान दे पाते।

हाथी के गले के घंटे की टंकार अति समीप आ गयी और साथ ही पुकार सुनायी दी—''परमभगवती महारानी की जय हो! ठहरो, ठहरो! यह महारानी का आदेश नहीं है।''

इस पुकार से यूथप की क्रोधाग्नि में घी पड़ गया। उसने तड़प से घूम कर पुकारने वाले की ओर देखा। पूर्व की ओर से आने वाले मार्ग पर एक राजकीय हाथी उसके पीछे-पीछे आ पहुँचा था। हाथी के ऊपर हौदे में खड़ा राज-चिह्नधारी कंचुकी दोनों बाँहें उठाकर पुकार रहा था—'ठहरो! ठहरो! परम भगवती ने प्रजा को अभयदान दिया है। महारानी का आदेश है, दीन प्रजा को त्रास न हो, उनके साथ अन्याय न हो!''

यूथप, सैनिक और त्राहि-त्राहि चीखते-पुकारते पुरुष, स्त्रियाँ और बच्चे सभी स्तब्ध रह गये। हाथी बैठ गया। कंचुकी हौदे से निकल कर हाथी की पूँछ के सहारे और हाथी के साथ-साथ चलने वाले चार बल्लमधारी शरीर रक्षक सैनिकों में से एक का सहारा लेकर धरती पर आ गया।

हौदे में महामहिमामयी कलिंग की बालिका युवराज्ञी अमिता भी खड़ी थी। उन्होंने गोद में लिये जाने के लिये बाँहें फैलाकर कंचुकी को पुकारा—"मामा, हमें भी, हमें भी उतारो!"

कंचुकी ने बाँहें ऊपर उठायीं और हिता ने युवराज्ञी को हाथी से नीचे लटका कर कंचुकी की बाँहों में दे दिया। अमिता भी धरती पर आ गयी।

युवराज्ञी को धरती पर खड़े देखकर यूथप अपने घोड़े से कूद पड़ा और विनय से सिर झुका कर उसने राजकुमारी का अभिवादन किया—"जय हो! युवराज्ञी की जय हो!"

अमिता उस रौद्र काण्ड से विस्मित और दुखी हो गयी, नेत्र भय से विस्फारित हो गये। भोले, कोमल, गोल मुखमण्डल पर आतंक का पीलापन आ गया था। यूथप का अभिवादन सुनकर अमिता ने उसकी ओर देखा और पलकें झपका कर बोली—"यह सैनिक प्रजा को डरा क्यों रहे हैं? उन्हें रुला क्यों रहे हैं? उन्हें मार क्यों रहे हैं?"

यूथप ने पुनः विनय से सिर झुकाकर और स्वर को कोमल बनाकर उत्तर दिया—"भगवती युवराज्ञी की जय हो! भगवती, यह मारना और डराना नहीं है। यह राजेश्वरी के आदेश से राज्य की रक्षा का प्रबन्ध है। शत्रु से रक्षा के लिये...।"

अमिता बाल-सुलभ उत्तेजना से बोल उठी—"तुम इन्हें मार रहे हो; इनकी रक्षा नहीं कर रहे!"

यूथप ने फिर विनय की—"भगवती युवराज्ञी, यह प्रजा को मारना नहीं, यह परमभगवती महिषी की इच्छा और महासेनापति के आदेश से युद्ध का प्रबन्ध है।"

बालिका अमिता ने युद्ध के प्रबन्ध की बात कभी नहीं सुनी थी। वह यूथप का विश्वास न करके बोली—"ओहो, यह मारना नहीं तो क्या यह खेल है? अच्छा हम भी यह खेल खेलें।"

घटना-स्थल पर युवराज्ञी के सहसा पहुँच जाने से सैनिक ग्रामीणों को ललकारना, मारना छोड़कर मूर्तिवत् खड़े हो गये थे। उनके हाथों में थमी रस्सियाँ और कोड़े उनके हाथों से लटक रहे थे। अमिता कोड़ा थामे एक सैनिक की ओर हाथ बढ़ाकर बोली—"यह खेल हम भी खेलेंगे।"

सैनिक विनय से धरती छूकर राजकुमारी की ओर बढ़ आया। अमिता ने कोड़ा सैनिक के हाथ से ले लिया और सेनानायक की ओर घूम गयी। उसने हाथी की पीठ पर से सैनिक को कोड़ा घुमाकर ग्रामीण की पीठ पर मारते देखा था। वैसे ही अपनी छोटी, कोमल बाँह से कोड़े को घुमाकर उसने कोड़ा यूथप की पीठ पर मार दिया और हँसकर पूछा—"अच्छा है यह खेल?"

महासेनापति रुद्रकीर्ति के छोटे भाई का पुत्र यूथप स्कन्द असह्य अपमान पाकर भी युवराज्ञी के सामने चुप था। यूथप ने अपने आपको वश में रखने के लिये मौन रहकर सिर झुका लिया। शेष सैनिकों और ग्रामीणों के शरीरों में भी विस्मय और आतंक से रोमांच हो गया।

नया खेल पाकर अमिता का ध्यान खेल में ही डूब गया। सिर झुकाये हुए मौन यूथप को सम्बोधन कर वह बोली—"अच्छा, अब तुम खेलो। तुम हमारी पीठ पर लगाओ। देखें, कैसे लगता है यह खेल?"

यूथप स्कन्द मौन और जड़ खड़ा रहा। अमिता ने अपना आग्रह दोहराया परन्तु स्कन्द सिर झुकाये ही मूर्तिवत् खड़ा रहा।

वृद्ध उद्दाल ने आगे बढ़कर अमिता को स्नेह से समझाया—"भगवती अम्मे, यह उचित नहीं। ऐसा नहीं करते। राजपुरुष का आदर करते हैं।"

अमिता ने हठ से दोनों कन्धे हिलाकर आग्रह किया—"नहीं मामा, हम खेलेंगे।" और उसने सेनानायक को फिर सम्बोधन किया, "खेलो न खेल!"

यूथप ने सिर झुकाये रुँधे हुए कंठ से उत्तर दिया—"सेवक ऐसा अधर्म नहीं कर सकता।"

अमिता यूथप के उत्तर से रूठ गयी और दूसरे सैनिक के समीप जाकर कोड़ा उसकी ओर बढ़ाकर बोली—"अच्छा तुम खेलो, तुम हमारी पीठ पर मारो!"

सैनिक कुछ उत्तर न दे सकने के कारण धरती पर बैठ गया और उसने क्षमा-याचना के लिये अपना सिर भूमि पर रख दिया।

राजकुमारी अपनी बात किसी को न मानते देख और खेल में किसी से भी सहयोग न पाकर कुंठित होकर बोली—"अच्छा, तो हम अपने आप खेलेंगे।"

अमिता ने कोड़े को दोनों हाथों से अपनी पीठ पर मारने के लिये उठाया। कंचुकी, हिता और वापी भयभीत होकर उसे रोकने के लिये लपके, परन्तु उनके रोक सकने से पहले ही अमिता ने कोड़ा अपनी पीठ पर मार लिया। वह चोट से तिलमिला उठी। कोड़ा उसके हाथ से गिर गया।

हिता ने युवराज्ञी को तुरन्त उठाकर हृदय से लगा लिया और उसकी पीठ सहलाने लगी। दासी की आँखों से आँसू बह आये। वापी ने आँखों में आँसू भर आगे बढ़कर अमिता को अपनी गोद में लेना चाहा परन्तु बालिका हिता से चिपट गयी। कंचुकी ने भी त्रास में अपना हाथ अमिता की पीठ पर रख दिया।

युवराज्ञी की आँखों में आँसू छलछला आये थे। उसने यूथप की ओर देख कर क्रोध प्रकट किया—"यह बहुत बुरा खेल है। तुम दुष्ट हो। तुम दूसरों से छीनते हो, दूसरों को डराते हो, दूसरों को मारते हो। हम तुम्हें बभ्रु की भाँति बाँध कर दण्ड देंगे।"

अमिता ने हिता को आज्ञा दी—"हितू तू बभ्रु की जंजीर ला। हम इस दुष्ट को बभ्रु की तरह बाँधेंगे।"

राजप्रासाद से चलते समय अमिता के आग्रह के कारण बभ्रु को भी हाथी पर, हौदे में बैठना पड़ा था। कुत्ता हौदे में उत्पात और उछल-कूद न करे, इस विचार से कंचुकी ने उसे गले की जंजीर से हौदे की चौखट में बाँध दिया था। दूसरे लोगों के नीचे उतर जाने पर भी बभ्रु हौदे में ही बँधा रह जाने के कारण कनौतियाँ खड़ी किये परिस्थिति भाँपने के लिये कूँ-कूँ कर रहा था।

पीठ पर चोट खाकर आँखों में आँसू भरे युवराज्ञी के अनुरोध की उपेक्षा नहीं की जा सकती थी। उसे बहलाने के लिये हिता के संकेत करने पर महावत ने कुत्ते के गले से जंजीर खोलकर नीचे फेंक दी और हिता ने जंजीर लाकर अमिता के हाथ में दे दी।

अमिता बाँहें पूरी उठा लेने पर भी यूथप के गले में जंजीर न डाल सकी। उसने यह काम करने का आदेश हिता को दिया। हिता ने भय और संकोच से अपनी माता और उद्दाल की ओर देखा।

कंचुकी ने राजकुमारी के समीप झुककर रहस्य के स्वर में विनय से समझाया—''अम्मे भगवती, ऐसा नहीं करते। सम्मानित सामन्त और राजपुरुष को जंजीर से नहीं बाँधते।''

अमिता हठ से मचल कर बोली—''नहीं मामा, यह दुष्ट है। देखो, इसने दूसरे लोगों को बाँधा है, दूसरे लोगों को मारा है। हम इसे दण्ड देंगे। हितू, तू इसे बाँध ले।''

हिता ऐसा साहस न कर सकती थी। उसने अमिता को गोद में उठा लिया। यूथप के कन्धे के बराबर ऊँचा उठा कर उसके सामने कर दिया। अमिता ने कुत्ते की जंजीर सेनानायक के गले में पहना दी और किल्लोल से ताली बजा कर अट्टहास कर उठी।

स्कन्द क्रोध और अपमान से काँप उठा। उसने अपने आपको संयम में रखने के लिये दोनों हाथ सीने पर बाँध कर ग्रीवा झुका ली।

अमिता सेनानायक को जंजीर से खींचती हुई हाथी की ओर ले चली।

युवक सामन्त स्कन्द अपने सम्मान की रक्षा के लिये सौ पुरुषों का भी रक्त बहा देने में अथवा अपना सिर कटा देने में भी संकोच न करता, परन्तु देवता और राजा के सम्मुख उसकी ग्रीवा नहीं उठ सकती थी। वह भाग्य की इस विडम्बना को सह जाने के लिये विवश था और मृत्यु से भी दारुण पीड़ा अनुभव कर रहा था। बालिका युवराज्ञी उसे खींच कर हाथी की ओर ले जाती हुई पुचकार कर कह रही थी—''तू बभ्रु की भाँति दुष्ट है। हम तुझे बभ्रु की भाँति बांध कर रखेंगे और खाने के लिए दूध-भात देंगे।''

कंचुकी वापी और हिता हाथ जोड़ कर बालिका युवराज्ञी से प्रार्थना कर रहे थे—''अम्मे महारानी, यह उचित नहीं। परमभगवती राजमाता सुनकर क्रोध करेंगी। आचार्य काका सुनकर क्षुब्ध होंगे।'' परन्तु अमिता ने हठ न छोड़ा। गले में जंजीर पहने सेनानायक को हाथी पर बैठ जाना पड़ा।

कंचुकी ने हाथी पर चढ़ जाने से पहले शेष सैनिकों को एक बार फिर चेतावनी दी—''परमभगवती महारानी ने प्रजा को अभयदान दिया है। महारानी का आदेश है, प्रजा को त्रास न हो। प्रजा के साथ अन्याय न हो। प्रजा का निवास न छीना जाये। महारानी को नये दुर्ग अथवा राजप्रासाद की इच्छा नहीं है।''

ग्रामवासियों के नेत्रों के आँसू पलक मारते सूख गये। वे आश्वस्त होकर जय जयकार करने लगे—

''परमभगवती की जय हो!
भगवती युवराज्ञी की जय हो!''

× × ×

सूर्य क्षितिज से नीचे उतर गया था परन्तु पश्चिम आकाश में अभी अरुणिमा शेष थी। कलिंग के राजप्रासाद के ऊँचे कंगूरे और मुँडेरें अभी तक सूर्य की अन्तिम किरणों से चमक रही थीं परन्तु प्रकाण्ड भीतों और अलिंदों से घिरे महारानी के कक्ष के चारों कोनों में ऊँचे दीवटों पर निर्धूम और सुगन्धित तेल के दीपक जला दिये गये थे।

महारानी ने वेदी पर तथागत के धातु के स्वर्ण-पात्र के सम्मुख रखे घृत-दीप की बत्ती को ऊँचा कर दिया और धूम-पात्र में चन्दन और सुगंधित द्रव्यों का चूर्ण भर कर पवित्र

सुगंधित धूम की मात्रा बढ़ा दी। सोने के थाल में घृत-दीप, धूम-पात्र और नैवेद्य लेकर वे भगवान के धातु के स्वर्ण-पात्र की आरती उतारने लगीं।

दासी ने चांदी के छोटे दीवट पर एक दीपक, फर्श पर बिछे कालीन के सम्मुख घोड़ी पर रखे धर्म-ग्रन्थ के समीप रख दिया था। महारानी पूजा समाप्त कर धर्म-ग्रन्थ का पाठ करने बैठ गयीं।

राजमाता मही की एक दासी आयी और महारानी के कक्ष के द्वार पर सिर झुकाकर खड़ी हो गयी। महारानी ग्रन्थ का पाठ छोड़कर तुरन्त उठकर द्वार पर आ गयीं। वृद्धा राजमाता मही ने एक दासी के कन्धे का सहारा लिये महारानी के कक्ष में प्रवेश किया। राजमाता मही के केश श्वेत थे। दाँत निकल जाने के कारण मुख पोपला हो चुका था। उनके शरीर पर भूरे रंग का दुशाला था और कमर से श्वेत रेशम का शाटक लिपटा था। महारानी ने राजमाता के चरण स्पर्श कर उन्हें प्रणाम किया और ऊनी आसन में ढँकी एक चौकी पर पधारने की प्रार्थना की।

राजमाता मही महारानी को युवराज्ञी पुत्री के शतायु होने का आशीर्वाद देकर चौकी पर बैठ गयीं। एक दासी बाँह पर दुशाला लिये और दूसरी दासी ताम्बूल की रजत-मंजूषा लिये उनके पीछे खड़ी थी। वृद्धा कक्ष में चारों ओर दृष्टि दौड़ाकर बोलीं—"वधू, पूरा दिन बीत गया। सूर्य अस्त हो गया। आज हमारा चाँद, हमारी पोती दिन में एक बार भी दिखायी नहीं दी। मन नहीं माना तो सोचा, जाकर वधू के यहाँ ही देख आयें। कहाँ गयी है मेरी युवराज्ञी पोती?"

राजकुमारी अमिता तीसरे पहर कंचुकी के साथ गयी थी और सूर्यास्त तक भी नहीं लौटी थी। महारानी के मन में भी चिन्ता थी, परन्तु तथागत की संध्यापूजा का समय हो जाने के कारण उन्होंने चिन्ताहारी 'करणीय मैत्री' सूत्र का पाठ कर मन को निश्चिन्त कर लिया था। उन्होंने सास के प्रश्न के उत्तर में कहा—"बेटी नगर-विहार के लिये जाना चाहती थी। कंचुकी मामा और वापी के साथ हाथी की सवारी पर जाने की अनुमति दे दी थी। बेटी को आ जाना चाहिये था; आती होगी। भगवान रक्षक हैं।"

राजमाता ने विस्मय में अपना हाथ पोपले गाल पर रख कर असन्तोष प्रकट किया—"वधू, गोद के बच्चे को भी इतनी देर के लिये, ऐसे आँखों से ओझल होने दिया जाता है! सुनो, तुम चैत्य में बेटी के कल्याण के लिए, 'परित्राण दिवा सेना' का पाठ करवाती हो तो वैतालिक से भी दोष की मार्जना करवाती हो या नहीं?"

राजमाता की दृष्टि ताम्बूलवाहिनी दासी की ओर गयी। दासी स्वामिनी की इच्छा समझ तुरन्त उनके लिये पान लगाने लगी। वृद्धा अपना असन्तोष प्रकट करने के लिये कहती गयी—"वधू, तुम्हारा वैराग्य तो ऐसा है कि अपनी चिन्ता तो है ही नहीं, बेटी के प्रति भी निर्मोही होती जा रही हो। मेरी पोती ही तो इस वंश के दीपक की जोत है।"

महारानी ने चित्त को स्थिर रखने के लिए पल भर नेत्र मूँद कर उत्तर दिया—"अम्मे, चिन्ता से मन केवल भ्रमित···।"

महारानी बात कह नहीं पायी थीं कि कक्ष के अलिंद से अमिता का कण्ठस्वर सुनायी दिया—"अम्मा अम्मा!" और उछलते और किलकते हुए अमिता ने कक्ष में प्रवेश किया। महारानी की बात मुख में ही रह गयी। महारानी ने सूत्र-पाठ कर तथागत का स्मरण करते ही बेटी का तुरन्त आ जाना, भगवान की कृपा का चमत्कार समझ कर भगवान की कृपा के प्रति नेत्र मूँद कर प्रणाम किया।

दादी राजमाता ने बाँहें फैलाकर पोती को पुकार लिया—"आओ बच्छे! आ मेरी चाँद, कहाँ गयी थी तू?"

दादी की पुकार अमिता के कान में पड़ी ही नहीं। वह पीछे धूमकर अपने हाथ में थमी जंजीर से बँधे जीव को भीतर आने के लिए पुकार रही थी। जंजीर में बँधा यूथप गर्दन झुकाये कक्ष में आ जाने के लिए विवश हो गया। यूथप का मुख क्रोध, अपमान और अपनी असहाय अवस्था अवसाद से अति म्लान हो रहा था।

अमिता ने दादी के दुलार को लक्ष्य न कर उत्तेजना से महारानी को पुकारा—"अम्मा, अम्मा यह पुरुष बभ्रु की भाँति दुष्ट है। दूसरों को डराता है, दूसरों को मारता है। हम इसे दण्ड देने के लिए बाँध लाये हैं।"

महारानी के नेत्र विस्मय में फटे रह गये। उन्होंने ऊँचे स्वर में आज्ञा दी—"छोड़ो, छोड़ो! इसे तुरन्त छोड़ो!"

अमिता के पीछे कक्ष के बाहर खड़े कंचुकी ने तुरन्त आगे बढ़कर यूथप के गले से जंजीर निकाल दी।

महारानी ने बेटी की भर्त्सना की—"बेटी, यह क्या मूर्खता करती हो। मनुष्य को क्या पशु की भाँति बाँधते हैं? क्या राजपुरुष को दास की भाँति बाँधा जाता है?"

अमिता की दादी दासी द्वारा प्रस्तुत किया ताम्बूल मुख में ले चुकी थीं। उन्होंने भरे हुए मुख के कारण विकृत स्वर में टोक दिया—"अरी वधू क्या हुआ, बच्चा है। क्यों डाँटती है! उसकी प्रजा ही तो है, क्यों टोकती हो बच्ची को!"

महारानी ने कंचुकी की ओर देखकर असंतोष प्रकट किया—"मामा, तुमने ऐसा क्यों होने दिया? मितू अबोध है, तुम्हें तो ऐसा नहीं होने देना चाहिए था!" महारानी के स्वर में क्रोध की ध्वनि न रही, "हाँ प्रजा ने न्याय के लिये प्रार्थना की थी। मामा, तुमने क्या देखा?"

कंचुकी ने नत-शिर होकर धीमे स्वर में टेकरी पर बसे गाँव को उजाड़ने के लिए, प्रजा को उनके निवास-स्थान से बलात् निकालने, उनकी झोपड़ियाँ गिराने और प्रजा की व्याकुलता का आँखों देखा वृत्तान्त महारानी के सम्मुख निवेदन कर दिया।

"नहीं, नहीं ऐसा नहीं होगा।" महारानी असन्तोष से बोल उठीं, "किसी का आवास और किसी की धरती नहीं छीनी जायेगी। हमें नये प्रासाद और दुर्ग की आवश्यकता नहीं है। राज्य और प्रजा की रक्षा अन्याय से नहीं हो सकती। मनुष्य लोभ और त्रास के कारण ही अन्याय करता है। युद्ध और हिंसा का भरोसा मत करो। भगवान की कृपा का भरोसा करो। अभिधर्म का यही आदेश है—किसी से छीनो मत, किसी को डराओ मत, किसी को मारो मत! यूथप, महासेनापति को हमारा आदेश दो—कलिंग में हिंसा नहीं होगी, अभिधर्म का पालन होगा।"

आचार्य सुकंठ

रात का दूसरा पहर बीत रहा था। कलिंग के महामात्य आचार्य सुकंठ की हवेली की ड्योढ़ी पर अब केवल एक मशाल जल रही थी। ड्योढ़ी के बड़े-बड़े कपाट मुँद गये थे और रात में चौकसी के लिये प्रतिहारी खड़े हो गये थे। उसी समय एक घुड़सवार हाथ मे मशाल लिये ड्योढ़ी के सामने आकर रुका और उसने संवाद दिया—"आर्य महासेनापति का रथ आ रहा है।"

ड्योढ़ी का एक प्रतिहारी तुरन्त समाचार देने भीतर चला गया। दो मशालें और जल गयीं। ड्योढ़ी के द्वार रथ को मार्ग देने के लिये खुल गये। महासेनापति का रथ आ पहुँचा।

महा-अमात्य की हवेली के भीतर, अंतःपुर के आँगन से उस समय भी किसी बन्दी अथवा चारण द्वारा मंद विलम्बित लय में वीणा बजाने का स्वर सुनायी दे रहा था। अनुमान हो सकता था कि अन्तःपुर में आचार्य के युवा पुत्र और पुत्रवधू अभी सोये नहीं हैं। उस लय में निद्रा और विश्राम की इच्छा का संकेत था, परन्तु आचार्य के आँगन में इस समय भी प्रतिहारियों के साथ दो दूत प्रतीक्षा कर रहे थे। महामंत्री का नियम था कि संध्या तक आये दूतों का सन्देश वे शयन-कक्ष में जाने से पूर्व सुन लेते थे।

आचार्य के कक्ष में उज्ज्वल प्रकाश था। वे अब भी भित्ति के साथ रखे काठ के बड़े तख्त पर बिछे ऊनी आसन पर पालथी मारे और दायें हाथ की मुट्ठी से कनपटी को सहारा दिये, निर्धूम दीप के प्रकाश में, भोजपत्र पर अंकित एक संदेश पढ़ रहे थे। महामंत्री का कपाल केशरहित हो जाने के कारण माथा पूरे सिर पर फैल गया था। श्वेत केशों की झालर एक कनपटी से आरम्भ होकर सिर की परिक्रमा करती हुई दूसरी कनपटी तक पहुँच रही थी। भँवें भूरी हो गयी थीं। ओष्ठ श्वेत मूँछों और दाढ़ी के संगम में छिपे थे। श्वेत दाढ़ी नाभि तक लटक रही थी। शरीर भूरे रंग के दुशाले से ढँका हुआ था। दुशाले में से शरीर का जो भाग दिखायी दे रहा था, मँजे हुए ताँबे की भाँति ओजपूर्ण था।

आचार्य की पत्नी का देहान्त बहुत वर्ष पूर्व हो चुका था। तब से वे बाहर के आँगन के कक्ष में वानप्रस्थ जीवन बिता रहे थे। वे विलास से उपराम होकर राजकार्य और अध्ययन में डूबे रहते थे। महाराज करवेल वीर प्रकृति क्षत्रिय युवक थे। उनका अधिक समय विलास और आखेट में ही जाता था। उनके पिता के समय से ही राज्य की नीति और प्रबन्ध का कार्य वंशक्रमागत महामात्य आचार्य सुकंठ के ही कन्धों पर था। महाराज का पराक्रम आचार्य की नीति को निबाहने में शिथिलता न करने से ही था। महाराजा के स्वर्गारोहण के पश्चात् महारानी वैधव्य को गत जन्म में तप भंग का फल मानकर,

तथागत के वैराग्य तप की साधना, चैत्यों और संघ की सेवा में लीन हो गयी थीं। राज्य की नीति और व्यवस्था पूर्णतः महामात्य के ही हाथों होने के कारण प्रजा और राजपुरुषों ने महाराज की मृत्यु से कोई परिवर्तन और शैथिल्य अनुभव नहीं किया था।

एक प्रतिहारी ने महामात्य के कक्ष के द्वार पर आकर अभयदान माँगा और महासेनापति के आगमन की सूचना दी। अशोक के आसन्न आक्रमण की स्थिति में महासेनापति दूसरे-तीसरे दिन मंत्रणा के लिये आते ही रहते थे, परन्तु उनके आने का समय दिन का चौथा पहर रहता था। महासेनापति का आधी रात में आना विशेष कारण बिना नहीं हो सकता था। आशंका की सम्भावना से भी महामात्य के प्रशस्त माथे पर क्षोभ का कोई चिह्न नहीं दिखायी दिया।

सेवक ने महासेनापति के लिये एक कोमल वस्त्र से ढँकी चौकी महामात्य के तख्त के समीप रख दी।

महासेनापति ने कक्ष में आकर प्रणाम किया—"आचार्य महामात्य, भद्रकीर्ति का प्रणाम स्वीकार हो। असमय आकर कष्ट देने के लिये क्षमा करें।"

महामात्य ने सेनापति की अभ्यर्थना की—"आर्य का दर्शन सभी समय मंगल का हेतु है। आर्य आसन ग्रहण करें।"

महासेनापति चौकी पर बैठकर तुरन्त गोप्य मंत्रणा करने के लिये महामात्य की ओर झुक गये। व्यवहार-कुशल सेवक परिस्थिति भाँप कर तुरन्त कक्ष से बाहर चले गये। भद्रकीर्ति ने तनिक खाँस कर अपना कंठ स्वस्थ किया और धीमे स्वर में बोले—"आर्य, इस बार चंड अशोक के आक्रमण से राज्य की रक्षा कैसे हो सकेगी? आचार्य का कहना है कि अशोक इस बार पूर्वापेक्षा चौगुना सैन्यबल; चार लाख पदाति, पाँच हजार हाथी और रथ लेकर आक्रमण कर रहा है। चार वर्ष में हम पिछले युद्ध की क्षति भी पूरी नहीं कर पाये। इस आक्रमण का प्रतिरोध करने के लिये खड़े होने का स्थान भी हमारे पास न होगा तो हम क्या करेंगे?"

महामात्य ने आश्वासन के स्वर में उत्तर दिया—"आर्य, अशोक के पहले आक्रमण के समय भी आपके पराक्रम और बुद्धि-बल ने ही अशोक का अभिमान भंग कर कलिंग की रक्षा की थी। अब भी कलिंग के साधनों और सैन्यदल की वागुरा आपके ही हाथ में है। पिछले युद्ध की क्षतिपूर्ति के लिये और शस्त्रों तथा सैन्यदल के संग्रह में विलम्ब न होने के अभिप्राय से चालुक्य और गौड़ देशों से भी शस्त्र लाने की व्यवस्था हो चुकी है। आज ही समाचार मिला है कि चालुक्य और दक्षिणापथ से दो सौ शकट का सार्थ शस्त्र लेकर चल पड़ा है। गौड़ देश से समुद्र मार्ग द्वारा भी नाविक सार्थ शस्त्र ला रहा है। उन देशों से प्रायः बीस सहस्त्र सैनिक भी मिल सकेंगे···।"

महासेनापति चिन्ता वश में रखने के लिए दोनों हाथों के पंजों को परस्पर जकड़ कर बोले—"आचार्य, शस्त्र और सैनिक ही क्या करेंगे? अशोक के इस सैन्य-दल को राजधानी से पचास योजन आगे बढ़कर पराजित नहीं किया जा सकेगा। इस बार तो पग-पग पर सड़ कर, उसका बल क्षीण कर, अन्तिम निर्णय यहाँ राजधानी के प्राचीर पर ही होगा। ऐसे समय हमारी मुख्य शक्ति उत्तर द्वार का दुर्ग ही होगा····क्या समाचार नहीं मिला?" भद्रकीर्ति ने आचार्य की ओर देखा।

आचार्य महासेनापति का अभिप्राय जानने के लिए उनकी ओर मौन देखते रहे।

भद्रकीर्ति बोले—"विस्मय है, आप तक समाचार नहीं पहुँचा। आर्य की अनुमति से वेणुक ग्राम की भूमि पर शिविर निर्माण का निश्चय किया गया था। परमभगवती का आदेश है, वहाँ शिविर नहीं बनाया जायेगा।"

महामात्य की भँवें उठकर माथे पर रेखायें गहरी हो गयीं और उनका हाथ अपने केशरहित कपाल पर चला गया। "आर्य क्या कह रहे हैं?" आचार्य ने पूछा, "परमभगवती को तथागत के धर्म और संघ की सेवा से प्रयोजन है। उन्हें शिविर के विषय से क्या प्रयोजन और उससे क्या आपत्ति?"

महासेनापति अपने क्षोभ पर लगाया निरोध भूल कर बोले—"वेणुक ग्राम को टेकरी की भूमि के प्रतिदान में, ग्रामवासियों को दक्षिण में दूनी भूमि पाकर भी सन्तोष नहीं हुआ। प्रजा में ऐसी स्पर्धा पहले कभी नहीं देखी गयी। कल दोपहर सैनिकों का एक दल ग्राम का स्थान रिक्त कराने के लिये भेजा गया था। सुना है, प्रातः ग्राम की प्रजा चैत्य के द्वार पर परमभगवती के सम्मुख गुहार करने गयी थी। महारानी ने अन्तःपुर के कंचुकी को भेजकर सैनिकों को निषेध आदेश दिया है कि टेकरी से कोई झोपड़ी न हटायी जाये। महारानी राजपरिषद् और राजपुरुषों की बुद्धि और कर्तव्य पर भरोसा न करके जनगण का विश्वास करेंगी तो राज्य का अनुशासन कैसे चलेगा?"

महासेनापति क्षोभ वश करने के लिये, क्षण भर के लिये मौन रह कर बोले —"आचार्य, नहीं जानते और क्या हुआ?…भगवती महारानी ने कंचुकी के साथ बालिका युवराज्ञी को भेजकर स्थान रिक्त कराने के लिये गये सामन्त वंश के यूथप स्कन्द के गले में कुत्ते की जंजीर डलवा कर पकड़ मँगवाया…।" महासेनापति भावावेश से एक क्षण मौन रह गये और फिर बोले, "स्कन्द इस अपमान और लज्जा से गले में फन्दा लगा कर प्राण देना चाहता था। उसे बहुत अनुनय से समझाया है कि अबोध बालिका का कार्य बाल-क्रीड़ा ही समझना चाहिए। आचार्य, राज्य की रक्षा किस प्रकार होगी? महारानी भिक्षुओं का जितना आदर करना चाहें करें, सैनिकों का अपमान कराने की क्या आवश्यंकता है… क्या यही कलिंग का धर्मराज्य है जिसमें द्विज और राजशक्ति का अपमान हो।"

आचार्य अपना हाथ केशहीन कपाल कर रखे हुए बोले—"आर्य भद्रकीर्ति, हमने इस विषय में कुछ नहीं सुना, परन्तु आर्य का वचन प्रमाण है। कर्तव्यपालन के लिये आर्यपुत्र स्कन्द की पद-वृद्धि कर इसका उत्साह बढ़ाना उचित होगा। अस्तु; आर्य महारानी का स्वभाव और प्रकृति तो ऐसी नहीं है। विस्मय है, राजाज्ञा के विरोध की स्पर्धा बेणुक ग्राम को कैसे हुई! यह चिन्ता का कारण है।"

भद्रकीर्ति बोले—"आचार्य, परिस्थिति विस्मय और चिन्ताजनक है। सामंत विष्णु वर्मा यूथप स्कन्द को लेकर मेरे यहाँ आये थे। महारानी ने यूथप द्वारा महासेनापति को संदेश भेजा है कि युद्ध और हिंसा का भरोसा मत करो। कलिंग में अभिधर्म का पालन होगा। शिविर की आवश्यकता नहीं है। महारानी की वाणी में यह किसके शब्द हैं? महासेनापति और महामात्य को सेवा में स्मरण न कर, भगवती महारानी यूथपों द्वारा संदेश भेजेंगी और कंचुकियों द्वारा यूथपों का नियंत्रण करेंगी तो राज्य का अनुशासन कैसे चलेगा, आचार्य?"

आचार्य तब भी वैसे ही चिन्ता से कपाल को झुकाये शांत स्वर में बोले—"आर्य, यह शब्द महारानी के हो सकते हैं, परन्तु अन्तराल में दूसरा रहस्य भी हो सकता है। संघ

और विहार केवल परलोक की चिन्ता न कर इस लोक की व्यवस्था भी करना चाहते हैं। श्रमणों की नई कल्पनाओं से वणिकों में भी ब्राह्मण और क्षत्रिय के शासन के प्रति स्पर्धा जाग रही है। मगध में शूद्र का शासन उनमें नई आकांक्षाएँ जगा रहा है। मगध चाणक्य की कूटनीति और कुचक्र में विश्वास रखता है। वह बल की अपेक्षा भेद-नीति में विश्वास करता है। जानना होगा, इस घटना का सूत्र कहाँ है? अज्ञात शत्रु ही सबसे भयंकर होता है।''

महासेनापति खिन्न स्वर में बोले—''आचार्य, घटना के कारण की चिन्ता अवश्य उचित है, परन्तु इस घटना का परिणाम सेना और अनुशासन के लिये अच्छा नहीं होगा। नगर की रक्षा के लिये टेकरी पर दुर्ग बनना ही चाहिये, अन्यथा वह टेकरी नगर के लिये घातक होगी। प्राचीर के भीतर का पुराना दुर्ग गत वर्ष महाराज के श्राद्ध के समय महारानी विहार को अर्पण कर चुकी हैं। आचार्य, सेवक ने उस समय भी आपत्ति की थी, नगर में धर्मद्रोही का पाँव जमना कलिंग के लिये अशुभ होगा।''

आचार्य स्वीकृति में सिर झुकाकर बोले—''सत्य है, आर्य ने आपत्ति की थी, परन्तु धर्म को धर्म से क्या विरोध! यदि कोई धर्म, धर्म है अथवा सत्य है तो वह धर्म की वृद्धि ही करेगा। हमने महारानी की इच्छा का विरोध उचित नहीं समझा, क्योंकि दुर्ग जीर्ण हो चुका है और चारों ओर बस्ती से घिरा जाने के कारण युद्धोपयोगी भी नहीं रहा। महारानी की इच्छा की अवहेलना भी उचित न थी। अब भी शिविर के विषय में महारानी की आपत्ति कठिन समस्या है। राजा का आदेश अपूर्ण रहने से राजशक्ति क्षीण होती है।''

भद्रकीर्ति असन्तोष से बोले—''परन्तु भगवती महारानी केवल चैत्य और विहार को ही धर्म समझती हैं, दुर्ग और सेना को धर्म नहीं समझतीं। दस सहस्र सैनिक ओस और धूप में पड़े हैं, उनके लिये स्थान नहीं। भिक्षुओं को नेत्र मूँद कर तथागत की शरण में जाने के लिये विशाल दुर्गों की आवश्यकता है। श्रमण के लिये तथागत की ही शरण पर्याप्त नहीं, उन्हें विशाल भवन भी चाहिये। राज्य और शासन की रक्षा सैनिक और योद्धा नहीं, हाथ में भिक्षापात्र लेकर माँगने वाला करेगा!''

आचार्य का हाथ कपाल से उतर कर उनकी श्वेत दाढ़ी के केशों पर आ गया। भूमि की ओर देखते हुए वे बोले—''उत्तर टेकरी पर दुर्ग बनाने की अनुमति महारानी को देनी चाहिए। राजाज्ञा में शंका कर महारानी तक दुहाई देने की स्पर्धा प्रजा में कैसे हुई? टेकरी के वासियों का यह हठ क्यों है? उन्हें निवास के लिये दूनी भूमि प्रतिदान में दी जा चुकी थी। इस घटना के परोक्ष में हमें कूटनीति का सन्देह है। महारानी का धर्म-विश्वास राज्यधर्म, अनुशासन और राज्य की रक्षा में बाधा बनेगा तो नित्य संकट आयेगा। आर्य विश्वास रखें, आचार्य राज-दर्शन के लिये प्रासाद में उपस्थित होगा।''

× × ×

कलिंग के राजप्रासाद के बाहर के आँगन और अन्तःपुर के मध्य परिषद्भवन और मंत्रणा-कक्ष थे। परिषद्–भवन और मंत्रणा-कक्ष के दोनों ओर प्रशस्त अलिंद थे। मंत्रणा-कक्ष में राज्यासन के समीप आचार्य सुकंठ महामात्य के आसन पर सिर झुकाये, केशहीन कपाल पर हाथ रखे प्रतीक्षा में बैठे थे। राज्यासन अभी रिक्त था। कक्ष में दूसरा कोई भी व्यक्ति न था। अन्तःपुर की ओर के अलिंद से धीमे स्वर में चेतावनी सुनायी दी—''राज्य-

परिषद् ससम्मान सावधान! परमभगवती महामहिमामयी कलिंग की राजेश्वरी पधारती हैं।''

आचार्य सुकंठ अपने आसन पर खड़े हो गये।

शरीर पर श्वेत दुशाला और कमर से श्वेत रेशम का शाटक लपेटे महारानी ने कक्ष में प्रवेश किया। महामात्य ने सिर झुकाकर उनका अभिवादन किया—''परमभगवती धर्मरक्षक कलिंग की महारानी की जय हो।''

महारानी संकोच से सिमिट कर सिंहासन के आधे भाग में बैठ गयीं। केवल चँवरधारी दासी सिंहासन के पीछे खड़ी थी। महारानी ने आचार्य को सम्बोधन किया—''महामति, कलिंग राज्य के शुभचिन्तक, आचार्य महामात्य प्रणाम स्वीकार करें।'' महामात्य ने सविनय युवराज्ञी के लिये आशीष कामना की।

महारानी पल भर सोचकर बोलीं—''महामति आचार्य, कल प्रजा ने न्याय के लिये प्रार्थना की है। हमें विस्मय और दुःख हुआ, धर्म और न्याय की रक्षा में तत्पर महामति आचार्य के प्रबन्ध में अन्याय हो रहा है। कातर प्रजा ने दुहाई दी है कि महासेनापति की आज्ञा से वेणुक ग्राम में दुर्ग बनाने के लिये प्रजा के बसे हुए घर उजाड़ कर भूमि छीनी जा रही है। हमने आदेश दिया है कि ऐसा अन्याय न हो। हमें दुर्ग की आवश्यकता नहीं है।''

महामात्य ने विनय से सिर झुकाये, विचारपूर्ण गम्भीर स्वर में उत्तर दिया—''परमभगवती की धर्म और परलोक में निष्ठा से यह विचार उचित है, परन्तु भगवती इसमें धर्म का द्वंद्व है। अन्नदाता, इस समय परिस्थिति भिन्न है। सेवक ने और महासेनापति ने भगवती की आज्ञा के अन्तर्गत ही उत्तर टेकरी पर दुर्ग के निर्माण की राजाज्ञा दी है। वह महारानी की ही आज्ञा है। अन्नदाता महारानी जानती हैं, कलिंग राज्य को रक्षकहीन जान कर चंड अशोक पुनः आक्रमण कर रहा है। इस बार वह पिछले आक्रमण की अपेक्षा बहुत अधिक सैन्य-बल लेकर आ रहा है। अशोक, महाराजाधिराज कलिंगराज से पाये पराजय का प्रतिशोध करना चाहता है। इस आक्रमण से राजधानी की रक्षा के लिये यह दुर्ग आवश्यक है। शत्रु के आक्रमण का प्रतिरोध न हो सकने से न केवल उत्तर टेकरी की प्रजा की रक्षा न हो सकेगी, अपितु सम्पूर्ण राजधानी की प्रजा आततायी के पाँव तले कुचल दी जायेगी। महारानी की आज्ञा से उत्तर टेकरी की प्रजा को दक्षिण में दूनी भूमि दी जा चुकी है। अन्नदाता, आत्मरक्षा के युद्ध के समय उचित दुर्ग ही राजा की शक्ति होती है।''

महारानी को युद्ध प्रसंग से विरक्ति अनुभव हो रही थी। इस विषय में अधिक चर्चा न करने के भाव से उन्होंने उत्तर दिया—''महामति आचार्य, आप दुर्ग या शिविर बनाना चाहते हैं तो राज्य में भूमि की कमी नहीं है। आप यथेष्ट दुर्ग और शिविर बनायें, परन्तु बसा हुआ स्थान उजाड़ने की अथवा किसी का घर-द्वार छीनने की अनुमति नहीं दे सकते।''

आचार्य ने सिर झुकाकर निवेदन किया—''परमभगवती के आदेश का पालन ही सेवक का कर्तव्य है परन्तु अन्नदाता, दुर्ग और शिविर जहाँ-तहाँ बना लेने से प्रयोजन पूरा नहीं हो सकता। दुर्ग तथा शिविर तो स्थान विशेष पर ही बनाया जाता है। उत्तर से आक्रमण का निरोध करने के लिये उत्तर टेकरी पर ही दुर्ग निर्माण आवश्यक है।

अन्नदाता, इसके अतिरिक्त नगर में बीस सहस्र सैनिक रखना आवश्यक है। धर्म में निष्ठा और प्रजा का कल्याण चाहने वाली महारानी से निवेदन है कि युद्धकाल में पुराना दुर्ग भी सैनिक कार्य के लिये देना स्वीकार करें। श्रमण और भिक्षु कुछ समय के लिये राज्य के अन्य नगरों में अथवा वनों में भी निवास कर सकेंगे। युद्ध में विजय के पश्चात् धर्म में भक्ति रखने वाली महारानी की इच्छानुसार संघों और श्रमणों के लिये उचित स्थान और विहार भी बनाये जा सकेंगे।"

महारानी की दृष्टि भूमि की ओर थी। झुके हुए सिर को नकार में हिला कर बोलीं—"नहीं, नहीं! महामति आचार्य, ऐसा नहीं हो सकता। तथागत संघ और भिक्षुओं को उनके स्थान से नहीं हटाया जा सकता। श्रमणों और अर्हतों के ध्यान-चिन्तन और साधना में विघ्न नहीं डाला जाता।"

महारानी का नकारात्मक आग्रह सुनकर आचार्य सुकंठ कुछ क्षण मौन रह गये। कलिंग राज्य की इतने वर्ष की व्यवस्था में स्वर्गीय महाराज और उनके पिता महाराज मयूख ने भी आचार्य से किसी परामर्श की अवहेलना नहीं की थी। आचार्य अपने आपको वश में कर और भी विनीत स्वर में बोले—"धर्मनिष्ठ परमभगवती जानती हैं कि धर्म का चिन्तन और मनन वृक्षों के नीचे और कन्दराओं में ही हो सकता है। भगवान तथागत ने बुद्धत्व की प्राप्ति पीपल के वृक्ष के नीचे ही की थी परन्तु सैनिक की शक्ति दुर्ग के बिना क्षीण हो जाती है। चंड अशोक इस बार असाधारण बल और वेग से आ रहा है। वह अपने साम्राज्य के सभी प्रान्तों का सैन्य-बल लेकर आ रहा है। अशोक द्वारा पददलित प्रान्तों से लाखों शरणार्थियों ने कलिंग में शरण ली है। परमभगवती, इस बार राजधानी की रक्षा के लिये उत्तर मार्ग पर दुर्ग अनिवार्य है।"

मंत्रणा-कक्ष प्रासाद के दूसरे तल्ले पर था। कक्ष के अलिंद में खुलते द्वार से नगर और राजपथ का भी कुछ भाग दिखाई देता था। आचार्य ने उस ओर संकेत कर निवेदन किया—"चंड अशोक द्वारा प्रताड़ित सीमान्त की प्रजा से नगर के पण्य और पथ भर गये हैं। अशोक का उचित निरोध न कर सकने से कलिंग की प्रजा की क्या अवस्था होगी? अन्नदाता अपनी प्रजा की रक्षा के लिये दुर्ग की अवहेलना नहीं कर सकती।"

महारानी की झुकी हुई दृष्टि महामात्य की ओर उठ गयी। उन्होंने दृढ़ निश्चय से उत्तर दिया—"आचार्य, अशोक जो कल करेगा आप आज ही, कर डालना चाहते हैं। प्रजा का द्वार छीन कर प्रजा की रक्षा नहीं होगी। अशोक जो पाप करेगा, उसका फल वह पायेगा। अशोक के पाप का विरोध करने के लिये हम पाप नहीं करेंगे। महामति आचार्य, भगवान की कृपा पर विश्वास नहीं करते, महास्थविर सिद्ध जीवक की चमत्कार सिद्धि पर भरोसा नहीं कर सकते तो जो चाहे करें परन्तु प्रजा में किसी का घर-द्वार नहीं छीना जा सकेगा। इन विहारों और चैत्यों को हिंसक सैनिकों के शिविर नहीं बनने देंगे।"

महमात्य, महारानी के हठ से इस बार कुछ अधिक पल मौन रहकर फिर बोले—"परमभगवती धर्मनिष्ठ महारानी, भगवान की कृपा और रक्षा के विश्वास की उपेक्षा कौन कर सकता है? उन्हीं की कृपा से दिवंगत महाराज ने आततायी का मान-मर्दन किया था उन्हीं की लीला से चंड अशोक पुनः कलिंग पर आक्रमण कर रहा है। भगवान अपनी लीला में जिसे जिस योग्य समझ कर जो भूमिका निबाहने के लिये दें, उसी को पूरा करना मनुष्य का कर्तव्य है। मनुष्य अपने लिये नियत भूमिका को जैसे पूर्ण करता है, वही

उसके कर्म-फल का आधार होता है। आप्त पुरुषों ने इसी मार्ग को योग का मार्ग और तप कहा है। इसी से मनुष्य इहलोक और परलोक प्राप्त करता है।"

महारानी के नेत्रों में असन्तोष झलक आया। महामात्य की ओर देख कर वे उद्विग्न स्वर में बोलीं—"इहलोक और परलोक दोनों ही लोकों का लोभ आसक्ति है। यह कर्मयोग नहीं, बन्धन है। मुक्ति इस लोक और परलोक की आसक्ति और लिप्सा में नहीं है। मुक्ति अनासक्ति द्वारा निर्वाण है।"

महामात्य मतभेद का प्रसंग बचाने के लिये सोच कर बोले—"प्रजावत्सल परमभगवती, देवताओं से प्रशंसा पाने योग महाराज ने इस राज्य की मर्यादारक्षा के लिये शरीर पर घाव सहकर भी चंड अशोक का मान-मर्दन किया था। कलिंग की मर्यादा-रक्षा में उन्होंने संसार को भी तुच्छ समझा। स्वर्गस्थित महाराज हमारी उपेक्षा को देखकर क्या कहेंगे!"

महामात्य का अनुमान था कि महाराज की स्मृति महारानी को द्रवित कर देगी, परन्तु महारानी नन्दा के मुख पर दृढ़ता का भाव आ गया। उनके कन्धे सीधे हो गये। वे बोलीं—"आचार्य, महाराज अशोक के बल को खण्डित करके; उसे रण में पराजित करके इस राज्य को निर्भय नहीं बना सके। आप भय के कारण ही दुर्ग बनाना चाहते हैं। आचार्य, आप भय और शत्रुता बढ़ा रहे हैं। आचार्य के मन का परिग्रह अशोक के मन के परिग्रह की भावना में भयभीत है। मन को भय से मुक्त कीजिये। देवलोक में स्थित महाराज परिग्रह से मुक्त होकर देख रहे हैं कि अशोक का परिग्रह भय के कारण है। वह सम्पूर्ण पृथ्वी जीत कर भी निर्भय न हो सकेगा; वह पराजित ही रहेगा। परिग्रह छोड़कर निर्भय हो जाने वाला ही विजयी होगा। मारने वाला और मार से भयभीत दोनों भ्रम में हैं, दुखी हैं, हम धर्मधर सिद्ध महास्थविर से प्रार्थना करेंगे कि आपत्ति निवारण के लिए एक सहस्र भिक्षुओं द्वारा परित्राण दिवासेना का पाठ करायें।"

महारानी ने अपनी बात समाप्त कर नेत्र मूँद लिये और उनके होंठ वचन पाठ में शनैः-शनैः हिलने लगे।

महामात्य विवशता से महारानी की ओर देखते रहे, परन्तु मौन रह जाना उनके लिये सह्य न हुआ। वे बोले—"परमभगवती, आततायी के सम्मुख सिर झुकाकर अपना स्वत्व छोड़ देना मनुष्य का धर्म नहीं है; यह कदर्य है। स्वर्गीय महाराज, सेवक और राज्य-परिषद् पर कलिंग के राज्य और राजवंश की रक्षा का उत्तरदायित्व दे गये हैं। सेवक ने और राज्य-परिषद् ने महाराज के अन्तिम समय उनके सम्मुख कलिंग राज्य और कलिंग के राजवंश की रक्षा की प्रतिज्ञा की थी। सेवक और राज्य-परिषद् उस प्रतिज्ञा को पूरा करेंगे। यह सेवक का धर्म है। सेवक को भी कोई परिग्रह नहीं है। उसके लिये एक चटाई और एक लोटा पर्याप्त है। शरीर का भी मोह अब नहीं है, परन्तु कलिंग की मर्यादा की रक्षा सेवक का धर्म है। सेवक की प्रार्थना है, जैसे पुण्य स्मृति महाराज और महाराज के पिता ने सेवक का विश्वास किया था, वैसे ही भगवती भी करें। सेवक के सेवा-कर्त्तव्य में बाधा न डालें… ।"

महारानी ने महामात्य को टोका—"आचार्य, हिंसा की प्रतिद्वंद्विता में हिंसा करना धर्म नहीं, अधर्म है। अपने सामर्थ्य के अहंकार में भगवान की चमत्कार शक्ति की उपेक्षा करना ज्ञान नहीं है। आप अपना कर्त्तव्य निबाहें परन्तु हम प्रजा को घर-द्वारहीन नहीं होने

देंगे। धर्मस्थानों को हिंसा का शिविर नहीं बनने देंगे। ऐसा करने से राज्य पाप का भागी होगा।''

महारानी के नेत्रों में उत्तेजना के कारण जल आ गया। वे नेत्र मूँद, हाथ जोड़कर फिर पाठ करने लगीं—''सचे भायसी दुक्खस्स सच से दुक्खं मप्पिय। उपेहि सरणं बुद्धं··· ।''

महामात्य महारानी की ओर देखकर अवाक् और विवश रह गये। उनके कानों में अलिंद से ऊँची पुकार सुनायी दी—''अम्मा, अम्मा।''

उनके साथ दबे स्वर से दूसरे शब्द भी सुनायी दिये—''अम्मे महारानी, अभी उधर नहीं! भगवती माता रुष्ट होंगी!''

कक्ष के द्वार पर लटकते पर्दे को हटाकर बालिका युवराज्ञी अमिता दौड़ती हुई मंत्रणा कक्ष में आ गयी। बालिका के हाथ में काठ की एक रंगीन गुड़िया थी। अमिता ने माँ को पुकारने के लिये मुख खोला, परन्तु माँ की मुँदी हुई पलकों से लटकते आँसू देख कर स्तम्भित रह गयी।

महामात्य ने विवशता की परिस्थिति में खिन्नता अनुभव करके भी हाथ जोड़कर धीमे स्वर से निवेदन किया—''परमभगवती स्वामिनी··· ।''

महारानी आचार्य की प्रार्थना न सुन, नेत्र मूँद पाठ करती रहीं।

अमिता परिस्थिति समझने के लिये कभी माँ की ओर कभी महामात्य की ओर देख रही थी। वह सहसा बोल उठी—''आचार्य काका, आपने अम्मा को त्रास दिया है!'' बालिका की आँखों में आँसू आ गये।

आचार्य निर्वाक् रह गये। कोई उपाय न था। उन्होंने सिर झुकाकर महारानी के सम्मुख भूमि स्पर्श प्रणाम किया और राजसभा के व्यवहार के अनुसार महारानी की ओर मुख किये, झुकते हुए मंत्रणाकक्ष से बाहर चले गये।

●

सेठ सौमित्र

राजसखा नगरसेठ सौमित्र की हवेली में न तो युद्ध के आतंक का विशेष प्रभाव था और न महाबलि यज्ञ के समाचारों से उत्साह था। उसके यहाँ प्रायः ही संध्या समय नाच-गाना की समज्या जमती थी। इस समज्या का प्रयोजन सेठ सौमित्र की विलास-विनोद में रुचि नहीं, बल्कि कुल की क्रमागत मर्यादा की रक्षा थी। समज्या से विनोद आमंत्रितों और अतिथियों का स्वागत होता था। सौमित्र की रुचि विलास और विनोद में नहीं थी, परन्तु उसे संसार से वैराग्य भी न था। वह श्रमणों का यह उपदेश स्वीकार करता था कि आसक्ति और विलास से कभी संतोष नहीं होता परन्तु सौमित्र के विचार में परलोक की आसक्ति में इस लोक को भुला देना भी भ्रम था।

सौमित्र संचय और संग्रह द्वारा अपनी शक्ति की वृद्धि से संतोष पाता था। उसके धन के सम्बन्ध में अनेक दंतकथाएँ प्रसिद्ध थीं। अनेक वर्ष पूर्व, महाराज करवेल के पिता के राज्यकाल में दुर्भिक्ष हो गया था। उस समय सौमित्र के पिता ने एक महायज्ञ किया था। प्रतिदिन एक सहस्र प्रजा को भोजन देता था। महाराज ने प्रसन्न होकर सौमित्र के कुल को 'राजसखा' का सम्मान और महासामंत वंश के अधिकार दे दिये थे। राजपुरुष राजप्रासाद से विशेष आज्ञा बिना दण्ड के लिये उसकी हवेली में प्रवेश नहीं कर सकते थे। सेठ की हवेली की ड्योढ़ी पर उसके अपने सशस्त्र सैनिकों का पहरा रहता था और उसकी ड्योढ़ी पर प्रातः संध्या नौबत बजती थी। नगरसेठ की इच्छा होने पर राजप्रासाद में प्रवेश कर राजदर्शन का अधिकार था। उसका वंश 'जगतसेठ' कहलाता था और वह नगर के सेठों का जेट्ठक (चौधरी) था।

फाल्गुन मास की उस संध्या सौमित्र की हवेली की समज्या में कलिंग की प्रमुख नर्तकी तारा का नृत्य था। सौमित्र को यह आशंका थी कि महामात्य आचार्य सुकंठ और महासेनापति भद्रकीर्ति आसन्नयुद्ध में उसकी सहायता से संतुष्ट नहीं हैं। कुछ राजपुरुष भिक्षा के लिये हवेली में आने वाले श्रमणों पर भी दृष्टि रखते इसलिये सौमित्र अपनी समज्या में महासेनापति के युवा रसिक पुत्र सूर्यकीर्ति महामात्य के युवापुत्र आचार्य मयंक को विशेष अनुनय से आमंत्रित करना न भूलता था। उस संध्या समज्या में सौमित्र के मित्र सेठ वासल और पद्मज भी आये हुए थे। हवेली में आमंत्रितों के लिये विलास के किसी भी साधन की न्यूनता न रहती थी। आमंत्रितों की संगति के लिये तारा के साथ अनेक नर्तकियाँ और गणिकायें भी थीं।

आमंत्रित यथेष्ट मद्यपान और युग्म-नृत्यों से तृप्त होकर गणिकाओं और नर्तकियों को अपनी पालकियों और रथों पर लेकर चले गये थे। केवल सेठ वासल, पद्मज और सौमित्र बड़े-बड़े तकियों का सहारा लिये बैठे रहे थे। अब केवल एक वृद्ध बन्दी अपने शिष्य के साथ मृदंग पर विलम्बित द्रुत का आरोह-अवरोह दिखा रहा था। तीनों सेठों के सम्मुख

मद्य के पात्र थे, परन्तु वे पी नहीं रहे थे। समज्या में भी संगीत और नृत्य का समय उन्होंने प्रतीक्षा में ही बिताया था। तीनों सेठ गुण और स्वभाव से पूर्ण वैश्य थे। उन्हें सन्तोष पदार्थों को विलास के लिये उपयोग करने से नहीं, बल्कि पदार्थों पर स्वामित्व पाकर मन से लक्ष्मी का विलास करने से मिलता था।

वासल एकान्त देख तकिये का सहारा छोड़कर तत्परता से बैठ गया और उसने जरा खाँस कर संकेत किया कि सौमित्र बात कहे। सौमित्र तकिया पीछे छोड़ सामने झुक आया और धीमे स्वर में बोला—"उत्तर टेकरी की घटना के पश्चात् से महामात्य को चैन नहीं है। वह चिन्तित है कि उसकी आज्ञा का उल्लंघन कैसे हुआ? इसलिये वह सब जगह टोह ले रहा है। इस समय जितना सशंक और सतर्क रहा जाये, कम ही समझो।"

पद्मज ने विचार प्रकट किया—"पिछले युद्ध में सभी लोगों ने कितना धन खोया, पर बना क्या? युद्ध तो फिर सिर पर आ गया।"

वासल ने रहस्य के स्वर में उसका समर्थन किया—"यह क्या निश्चय है कि अशोक इस बार भी परास्त होकर फिर आक्रमण नहीं करेगा? मगध के राजा को न जन-बल की कमी है, न धन-बल की। जिस वैश्य में सामर्थ्य है, वह व्यवसाय का और जिस राजा में सामर्थ्य है, वह राज्य का विस्तार करेगा ही। निर्बल को सबल का स्वत्व स्वीकार करना ही होगा। मद्र से रामेश्वरम् जाते एक तीर्थ-यात्री से सुना है कि उत्तर में सर्वत्र एक राजसत्ता हो जाने से बहुत शांति है और व्यापार-व्यवसाय विस्तार पा रहे हैं··· ।"

सौमित्र ने वासल की बात पूरी न होने दी, पूछ लिया—"एक नया संकट सिर पर आ गया है उसका क्या उपाय होगा?"

पद्मज और वासल ने आशंका से सौमित्र की ओर देखा। सौमित्र ने धीमे स्वर में बताया—"पिछली पूर्णिमा को जब आचार्य ने राजाज्ञा दी थी कि राजकोष युद्धकाल में वणिक के लाभ का तीन-चौथाई राज-कर में ले, हमने तभी अपना दूत चोल देश भेज दिया था कि हमारा सार्थ चोल से कलिंग न लौटकर पूर्व मार्ग से स्वर्णगिरी होकर अवन्तिका चला जाये···"

वासल ने समर्थन किया—"हाँ, ऐसा आप ने तभी बताया था।"

सौमित्र ने सुनने के संकेत के लिये हाथ उठाकर कहा—"हमने दूत को अवन्तिका के नगरसेठ सुगत के नाम भी पत्र दिया था कि हमारे सार्थ द्वारा लाया चोल देश का वस्त्र अवन्तिका में बिक्री करके, अपने पण्य का उचित अंश लेकर हमारे सार्थ को फिर अवन्तिका से चोल लौटा दें। हमारा दूत मार्ग में रोगग्रस्त हो गया और पूरे एक पक्ष तक रुका रहा। तब तक हमारे सार्थ ने कलिंग की सीमा में प्रवेश कर लिया।"

"हाय, यह क्या?" पद्मज के मुख से निकल गया, "यह आपने क्या किया जेट्ठक? आपने कैसा दूत भेजा? मैं तो मर गया। मैंने तो तीस सहस्र धरण इस सार्थ में ऋण लेकर लगाया था!"

"पहले बात सुन लो," सौमित्र बोला, "फिर एक साथ ही हाय-हाय करना। सीमान्त के शौल्किक ने हमारे सार्थ का लेखा लेकर सार्थ के साथ दस अश्वारोही राजपुरुष चौकसी के लिये कर दिये हैं, मानो हम चोर हैं। शौल्किक ने राज्यस्थान में सूचना भेज दी है कि सार्थ के पास चार लाख धरण के मूल्य का स्वर्ण और द्रव्य है।"

पद्मज का मुख खुला रह गया। सौमित्र की ओर अपलक लगे उसके नेत्रों में आँसू आ गये।

वासल दीर्घ निश्वास लेकर बोला—"सब गया। किस कुघड़ी में यह सार्थ भेजा था। धूर्त ज्योतिषी त्र्यंबक ने कहा था, यह अपूर्व लाभ की लग्न है। नक्षत्र भी धोखा दें तो कहाँ त्राण मिल सकता है। यह महामात्य तो सर्व वै पूर्णग्वं स्वाहा करेगा। महाराज थे तो अपने राज्य की रक्षा के लिये युद्ध कर रहे थे। यह आचार्य हमें ध्वंस करने के लिये; ब्राह्मण के अधिकार के लिये युद्ध कर रहा है। राज्य तो राजा का होता है, ब्राह्मण का नहीं···।"

सौमित्र ने वासल को चुप कराने के लिये हाथ उठाया—"अब प्रश्न है, आचार्य सुकंठ के मुख से सार्थ के धन की रक्षा कैसे हो? इसमें आधे के लगभग आप दोनों का है, इसलिये आप लोगों की भी अनुमति चाहिये। हम सब व्यापारी तो एक साथ, एक नाव पर हैं। एक साथ तैरना, एक साथ डूबना है, जानते ही हो!"

"जेट्ठक, आप ही कुछ कर सकते हैं!" पद्मज रुआँसे स्वर में बोल उठा, "आप ही त्राण कर सकते हैं। राजद्वार में आप की ही पहुँच है। आप समर्थ हैं। सामर्थ्य से ही बुद्धि होती है। इस संकट में हम लोगों की बुद्धि क्या करेगी?"

वासल ने भी समर्थन किया—"हम लोगों की अनुमति का प्रश्न क्या है? हाथी के गाँव में सबका पाँव समा जाता है। हम क्या हैं; आपके प्रश्रय में कुछ व्यवसाय कर लेते हैं।"

"मेरा प्रश्रय क्या भाई? आप ही की भाँति वणिक हूँ।" सौमित्र ने विनय दिखाया, "मुझे भी व्यापार करने का अवसर चाहिए। मुझे भी आततायी का आतंक है। सार्थ द्वारा व्यापार अकेले तो कोई नहीं कर सकता। ऐसे काम सहकार्य ही में चलते हैं। आप जानते हैं, महारानी तथागत के धर्म में श्रद्धा और वैराग्य-वृत्ति के कारण राज-काज की चिन्ता से उपराम हैं, परन्तु वे युद्ध और हिंसा से भी खिन्न हैं। उनकी कृपा से ही द्रव्य की रक्षा सम्भव है, जैसे उत्तर टेकरी··· ।"

"राजप्रासाद में प्रवेश का सामर्थ्य तो आपका ही है···" पद्मज बोला परन्तु वासल ने टोक दिया, "महारानी तो राज्य से भी उपराम हैं। राज्य तो महामात्य आचार्य ही कर रहे हैं।"

सौमित्र ने उत्तर दिया—"महारानी धर्म से तो उपराम नहीं हैं। आप दोनों अनुमति दें तो महारानी के सम्मुख आवेदन किया जाये कि हम तीनों सेट्ठी तथागत के धर्म के अनुगत हैं। हमने कलिंग में अभिधर्म की वृद्धि के लिये महाविहार की स्थापना के प्रयोजन से, साझे में दस लाख धरण अर्जन करके महाविहार को अर्पण करने का संकल्प किया है। इसी धर्मार्थ के प्रयोजन से यह सार्थ दक्षिण-पथ भेजा गया था। इस सार्थ का सम्पूर्ण धन धर्मार्थ संकल्पित धन है। इस धन को युद्ध-कार्य में व्यय करने से धर्म की हानि होगी। हमारा निवेदन है, युद्धकाल में यह धन महाबोधि विहार में राज्य की मुद्रा से सुरक्षित रहे। संकल्पित राशि पूरी हो जाने पर महाविहार के निमित्त व्यय किया जाये।"

"यह क्या रक्षा हुई?" पद्मज का स्वर भर्रा गया, "व्याघ्र के भय से भाग कर मगर के मुख में जाने के लिये जल में कूदना क्या रक्षा है? धन आचार्य सुकंठ के हाथ में न जाकर मुंडियों के हाथ में चला गया तो क्या लाभ? आपके लिये लाख-दो-लाख संघ और

वेहार को दे देना परलोक का संतोष है। हम लोग तो यह लोक ही नहीं समेट पाये, परलोक के लिये क्या हाथ फैलायें ?"

"मित्र पद्मज, तुम्हारी यह बात वणिक बुद्धि के अनुकूल नहीं है।" सौमित्र ने खिन्नता प्रकट की, "ऐसी छोटी बात ब्राह्मण अथवा क्षत्रिय ही कर सकता है, जो द्रव्य का प्रयोजन शारीरिक आवश्यकता की पूर्ति मात्र जानता है। सार्थ का यह धन हाथ से चला जाने से क्या तुम्हें खाने के लिये भात और पहनने के वस्त्र का संकट हो जायेगा? यदि ऐसा है, तो मुझसे कहो! द्रव्य तो शक्ति और सामर्थ्य का साधन है। व्यवसाय का प्रयोजन द्रव्य से द्रव्य की वृद्धि करना है। वह द्रव्य धर्मादय के नाम से भी तुम्हारा है। धर्मादय के नाम से तुम्हारा द्रव्य संघ और विहार पर तुम्हारा वश रखेगा। मित्र, आज यह सहस्रों भिक्षुओं का दल नगण्य नहीं रहा है। प्रजा को उन पर श्रद्धा है। अभी तो द्रव्य विहार में राजमुद्रा से सुरक्षित रहेगा। युद्ध का परिणाम जाने क्या होगा? परन्तु द्रव्य आचार्य के हाथ में जाने से वह इसे तुरन्त शस्त्र क्रय करने के लिये गौड़ और दक्षिणा-पथ भेज देगा। आचार्य जब तक धन के लिये व्याकुल न होगा, हमारी-तुम्हारी सहायता और सम्पत्ति का मूल्य भी उसकी दृष्टि में कुछ न होगा।"

पद्मज की आँखों में आँसू आ गये और वासल दीर्घ निश्वास लेकर मौन रह गया। सौमित्र कुछ और समय तक दोनों सेठों को समझाता रहा। अन्त में दोनों सेठों ने स्वीकार किया—भविष्य में जो भी हो, अभी सौमित्र सार्थ का द्रव्य महामात्य के हाथ पडने से बचाए।

मृदंग पर लय बजाने वाले बन्दी भी थक गये। सौमित्र ने उन्हें भी अवकाश दे दिया। एक ऊँघते हुए बहरे सेवक को सौमित्र ने संकेत से आदेश दिया कि भीतर के कोठे से मंजूषा ले आये। मंजूषा में से ताड़पत्र, लेखनी और स्याही निकाली गयी। ताड़पत्र पर तीन वर्ष पूर्व, सार्थ के दक्षिण-पथ जाने से भी कुछ समय पहले की तिथि में एक संकल्प-पत्र तीनों सेठों के हस्ताक्षर से लिखा गया। सौमित्र ने ताड़पत्र को दिये की लौ पर सेंक कर पुराना और धुँधला कर दिया।

× × ×

कलिंग की महारानी नन्दा राजप्रासाद में रहकर भी भिक्षुओं के लिये संघ द्वारा निश्चित विनय और शील के नियमों का पालन करती थीं। वे केवल एक बार मध्याह्न से पूर्व, एक ही पात्र में भोजन करती थीं। वे सम्भ्रान्त कुल के लोगों की भाँति दोपहर के समय निद्रा न लेकर कुशासन अथवा ऊन के आसन पर बैठ कर धर्मग्रन्थ का पाठ करती रहती थीं।

महारानी पाठ कर रही थीं। राजप्रासाद की ड्योढ़ी से काँसे के घण्टे पर दिन का चौथा पहर आरम्भ होने की टंकार सुनायी दी। महारानी ने बुद्ध वचन का एक प्रकरण समाप्त कर लेने पर हाथ जोड़कर ग्रन्थ के सम्मुख मस्तक झुका दिया।

महारानी के कक्ष के द्वार के सम्मुख प्रतीक्षा में खड़ी यवनी ने अवसर देखकर महारानी की अंगदासी को सूचना दी। दासी ने सिर झुकाकर महारानी के सम्मुख निवेदन किया—"अभयदान हो परमभगवती, राजसखा नगरसेठ जेट्ठक सौमित्र राजदर्शन की इच्छा में, एक घड़ी से राजद्वार पर उपस्थित है।"

दासी ने महारानी से मौन अनुमति पाकर यवनी को उत्तर दिया—"परमभगवती महारानी अनुमति देती हैं, नगरसेट्ठी राजदर्शन के लिये मंत्रणा-गृह में उपस्थित हों।"

महारानी श्वेत कौशेय के वस्त्र से शरीर ढँके अलिन्द से शनैः-शनैः पग रखती मंत्रणा-कक्ष की ओर जा रही थीं। उस समय युवराज्ञी अमिता प्रातःकाल के खेल की थकावट तीसरे पहर की नींद से मिटाकर फिर उत्फुल्ल हो गयी थी। वह एक दीर्घिका में दो और बालिकाओं के साथ महारानी के सामने आ गयी। अमिता के गले में एक छोटी सी भेरी लटकी हुई थी और बालिकाओं के हाथों में छोटे-छोटे तूर्य (नरसिंहे) थे।

अमिता ने किल्लोल में माता को सम्बोधन किया—"अम्मा, अम्मा! देखो, एक नया खेल दिखायें।"

अमिता गले में लटकी भेरी को ढम-ढम बजाने लगी। उसकी सहेलियों ने अपने तूर्यों को मुख पर उठाकर बजा दिया।

महारानी ठिठक गयीं और स्नेह से मुस्कराकर बालिकाओं का खेल देखने लगीं।

अमिता ने भेरी बजाकर डोंडी पीटने के ऊँचे स्वर में पुकारा—"धर्मराज्य कलिंग की सब प्रजा और पौरजन सुनें! महामही परमभगवती बच्छल···"

अमिता की बड़ी सहेली ने टोक दिया—"नहीं-नहीं, ऐसा नहीं; महामहिमामयी, परमभगवती, प्रजावत्सल कलिंग की राजेश्वरी···"

"नहीं नहीं, हम बोलेंगे!" अमिता फिर ऊँचे स्वर में घोषणा करने लगी, "राजेश्वरी की आज्ञा सुनें!"

तीसरी बालिका ने पुकारा—"कलिंग के धर्मराज्य पर अत्याचारी, स्वजनघातक चंड अशोक के आक्रमण से प्रतिरोध में···"

"हम बोलेंगे, हम!" अमिता ने आग्रह किया और बोली, "देवताओं की कृपा के लिये महाबलि यज्ञ का आयोजन हो।"

पहली बालिका ने फिर पुकारा—"सब द्विज और शूद्र महाबलि यज्ञ में योग दें!"

"हम हम!" अमिता ने आग्रह किया, "सम्पूर्ण प्रजा शस्त्र धारण कर समुद्यत हो!

पहली बालिका उछल कर बोली—"हम···हम राज्यरक्षा के लिये शस्त्र लेंगे। हम धनुष बाण लेंगे!"

अमिता ने किल्लौल से पुकारा—"हम भी धनुष-बाण लेंगे। हम खड्ग और भाला भी लेंगे!"

महारानी तीनों बालिकाओं के सिरों पर स्नेह से आशीर्वाद का हाथ फेर कर बोलीं—"वत्से रक्षा धनुष-बाण भाले और खड्ग से नहीं होती। रक्षा धर्म का पालन करने से होती है। वत्से, धर्म का मूल मंत्र है: किसी से छीनो मत, किसी को डराओ मत, किसी को मारो मत, अपने भय को मारो।" महारानी ने मन ही मन मंत्र का पाठ कर बालिकाओं को एक बार और आशीर्वाद दिया और आगे बढ़ने देने के लिये बोलीं, "अच्छा अब खेलो।"

दासी हिता बालिकाओं को लेकर तुरन्त एक दीर्घिका में चली गयी।

महारानी के मंत्रणा कक्ष में प्रवेश करने पर नगर सेठ सौमित्र ने भूमि स्पर्श कर प्रणाम किया—"महामहिमामयी, परमभगवती, धर्मनिष्ठ, देवताओं की प्रिय कलिंग की राजेश्वरी की जय हो!" और माथा झुकाये खड़ा रहा।

महारानी राज्यासन के एक कोने पर सिमिट कर बोलीं—"राज्यकुल के सखा नगरश्रेष्ठी का कल्याण हो। श्रेष्ठी मन की कामना अथवा चिन्ता कहें!"

सौमित्र ने एक बार फिर भूमि का स्पर्श कर निवेदन किया—"धर्मनिष्ठ परमभगवती का धर्म और न्याय अखण्ड रहे। भगवान सुलक्षणा युवराज्ञी को शतायु करें। सेवक युवराज्ञी के कल्याण के समाचार की जिज्ञासा से दर्शनार्थ आया है।"

महारानी ने भूमि की ओर दृष्टि लगाये ही उत्तर दिया—"तथागत की कृपा से, प्रजा के आशीर्वाद और राजकुल के हितैषियों की कल्याण कामना से युवराज्ञी सकुशल है। नगरश्रेष्ठी कुछ और कहें!"

सौमित्र ने फिर माथा झुकाकर निवेदन किया—"परमभगवती राजेश्वरी की धर्म में आस्था की जगत में प्रसिद्धि है। सेवक उत्तर देश से प्राप्त एक भेंट राजसेवा में उपस्थित करने की अनुज्ञा चाहता है।"

"हम नगरश्रेष्ठी की राजभक्ति का आदर करते हैं।" महारानी ने उत्तर दिया, "श्रेष्ठी राजभक्ति से जो अर्पण करना चाहें, राजकोष में दें, वह भेंट प्रजा के लिये होगी।"

सौमित्र ने पुनः भूमि का स्पर्श किया और अभयदान की कामना की—"परमभगवती का आदेश सिर-आँखों पर स्वीकार है। सेवक परमभगवती की धन के प्रति अनासक्ति से परिचत है। सेवक की भेंट राजकोष के लिये उपयुक्त नहीं। सेवक माया का बन्धन नहीं, धर्म में श्रद्धा की भेंट प्रस्तुत करना चाहता है।"

महारानी ने पल भर सोचकर उत्तर दिया—"नगरश्रेष्ठी की ऐसी भावना है तो हम देख लेंगे।"

सौमित्र ने भूमि स्पर्श कर महारानी की कृपा के लिये आभार जताया और समीप रखी चाँदी के तार से चित्रित एक मंजूषा का ढक्कन उठा लिया। मंजूषा के चारों ओर के फलक खुलकर फूल की पंखुड़ियों की भाँति फैल गये। मंजूषा के बीच में रेशम के आसन पर रत्नजटित पात्र रखा था। सेठ ने भूमि पर सिर रखकर भक्तिभाव से पात्र को प्रणाम किया। महारानी निर्निमेष नेत्रों से उस पात्र की ओर देखती रहीं। उनके हाथ प्रणाम की मुद्रा में उठ गये।

सौमित्र ने हाथ जोड़ कर निवेदन किया—"परमभगवती, धर्मज्ञ महारानी धर्मधर, विनयधर और सूत्रधर स्थविरों का मत जानती हैं कि तथागत के धातु, दर्शन और पूजन से मोह, हिंसा, अज्ञान और परिग्रह की प्रवृत्ति का शमन होता है। इस पात्र में कुशीनगर से प्राप्त भगवान के अस्थिधातु का चार रत्ती प्रमाण अंश विद्यमान है। उसे उत्तर कुरु के श्रद्धावान सेठ निमित्त ने दस वर्ष के प्रयत्न से बहुत धनराशि व्यय करके पाया था। सेवक ने सेठ निमित्त से यह पात्र दो लाख धरण मुद्रा देकर कलिंग में बौद्ध विहार की स्थापना के लिये प्राप्त किया है।"

महारानी अपने आसन से उठीं। उन्होंने धातु-पात्र के समीप भूमि पर मस्तक रखकर प्रणाम किया और पात्र के सम्मुख भूमि पर ही बैठ गयीं।

महारानी ने सौमित्र की ओर देखकर कहा—"श्रेष्ठी का विचार शुभ है। धातु-पात्र के सम्मान में एक विहार की स्थापना उचित है। शुभ विचार पूरा हो।"

सेठ दोनों हाथ जोड़कर बोला—"परमभगवती अभयदान दें तो सेवक निवेदन करे।"

महारानी से अनुमति पाकर सेठ बोला—"परमभगवती, सेवक के साधन सीमित और परमभगवती के साधन अमित हैं। विहार की स्थापना अब सेवक के सामर्थ्य में नहीं है। सेवक ने तीन वर्ष पूर्व सेट्ठी वासल और पद्मज के सहकार्य में मठ की स्थापना के निमित्त धर्मादय में धन अर्जन कर संकल्प किया था। परमभगवती यह संकल्प-पत्र देखें!"

सेठ ने सिर झुकाकर संकल्प का ताड़-पत्र महारानी के सम्मुख भूमि पर रख दिया और बोला—"परमभगवती के धर्म प्रताप से सार्थ में लाभ हुआ, परन्तु वह सम्पूर्ण धन महामात्य के आदेश से युद्धकोष में राज्याधीन कर लिया गया।"

महारानी ताड़-पत्र की ओर दृष्टि किये चुप थीं।

सौमित्र बोला—"परमभगवती अभयदान दें तो सेवक मन की चिंता कहे। सेवक को स्वर्ण का लोभ नहीं है, परन्तु यह दुःख अवश्य है कि विहार की सेवा, मैत्री और अहिंसा धर्म के निमित्त संकल्पित यह धन युद्ध की हिंसा और बलि के पाप में व्यय होगा। सेवक को धन का लोभ नहीं है। उसका सर्वस्व तो बुद्ध, धर्म और संघ के लिये संकल्पित है। यदि सार्थ का विहार की सेवा के निमित्त अर्हित धन राजाज्ञा और राजमुद्रा से रक्षित होकर विहार में रहे तो सेवक की धर्मभावना को संतोष होगा। शेष परमभगवती की जैसी आज्ञा हो।"

"तथास्तु।" महारानी के मुख से निकला और उन्होंने चँवरधारिणी दासी की ओर देखा, "लेखक प्रस्तुत हो!"

लेखक तुरन्त उपस्थित हुआ। उसने अपनी मंजूषा खोलकर भोज-पत्र ले लेखनी सम्हाली।

महारानी ने आदेश लिखवाया—"…आदेश है कि राजकुलसखा श्रीमान् नगरश्रेष्ठी सौमित्र और उनके सहकारी श्रेष्ठी वासल और पद्मज के सार्थ का धन विहार-निर्माण के धर्मकार्य के हेतु संकल्पित है। सार्थ के लाभ का तीन चौथाई धन युद्धकार्य हेतु राज्याधीन न किया जाये। सार्थ का सम्पूर्ण धन युद्धकाल में महाबोधि विहार में राजमुद्रा से सुरक्षित रहे।"

आदेश लिखे जाने पर महारानी ने अपनी अँगुली में पहनी राज-मुद्रा से उस पर चिह्न अंकित कर दिया।

●

हिता और मोद

बालिका युवराज्ञी अमिता मध्याह्न आहार के पश्चात् विश्राम के लिये पर्यंक पर सो गयी तो दासी हिता ने अपनी माँ वापी को तनिक एक ओर ले जा कर धीमे स्वर में कहा—

''अम्मा, युवराज्ञी अभी सोयी हैं। उठकर पुतली के विवाह का खेल खेलेंगी। मैं कंचुकी मामा से कह दूँ कि आचार्य और आर्य की हवेलियों से बालिकाओं को बुलवा लें। मैं जाकर जेट्ठक बिट्ठल के यहाँ से नयी पुतली ले आऊँ। अम्मा तू ध्यान रखना; मुझे दो पल विलम्ब हो जाये तो तू राजकुमारी को बहला लेना।''

हिता जब भी सेट्ठी विट्ठल के यहाँ से राजकुमारी के लिये नयी पुतली ले आने की बात करती, प्रौढ़ा वापी का मन बेटी के प्रति चिन्ता के कारण बोझिल हो जाता था। वह बेटी को समझाती—

''बेटी, तू यह क्या मूर्खता कर रही है! क्यों तू अपने और मेरे प्राण संकट में फँसाना चाहती है! तू यह क्या रोग पाल रही है! तू राजकुल की दासी है, स्वतन्त्र नारी नहीं है। ये प्रेम और प्रणय की उच्छृंखलता दासी को शोभा नहीं देती। कुल-कन्याओं को विवाह में जिसे सौंप दिया जाये, उसी से प्रेम करना होता है। दासी को जो क्रय कर ले, उसी की सेवा दासी का धर्म है। दासी की बेटी का काम आज्ञा-पालन और सेवा है, प्रेम नहीं। बेटी, यह भी एक प्रकार की चोरी है। तेरा तन-मन सेवा के लिये है, प्रेम के लिये नहीं। तू राजप्रासाद के दासों के नियामक दण्डक से अभिमान करती है। बेटी, जल में रहकर मगर से बैर नहीं निबहता। किसी दिन वह तेरी चोरी पकड़ पायेगा तो क्या होगा? या जेट्ठक सेट्ठी बिट्ठल ही मोद को किसी दूसरे सेठ के हाथ बेच डालेगा तो क्या होगा? तू तो राजप्रासाद की सेवा छोड़ कर और कहीं जा नहीं सकती। दासी की इच्छा क्या, उसका प्यार क्या! क्यों भूल जाती है कि तूने दासी से जन्म पाया है। बेटी, तू अपने मन को समझा। तोता मनुष्य की तरह बोल लेता है परन्तु मनुष्य नहीं बन जाता। दास-दासी नागरिक नर-नारियों की भाँति इच्छा तो करते हैं परन्तु उनकी इच्छा क्या पूर्ण होती है? तेरे किसी बड़े पुण्य कर्म का प्रभाव है कि तू युवराज्ञी की विशेष परिचर्या दासी है। तेरे युवा हो जाने पर भी तुझसे अप्रिय और कठिन सेवायें नहीं ली जातीं? दासी का इससे बड़ा सौभाग्य और क्या होगा···।''

हिता माँ की बात सुनकर भी रह न पाती। उसका मन अपने वश ही नहीं रहा था। भय भी उसे रोक नहीं सकता था। उसकी अवस्था मंत्रमुग्ध भुजंगिनी की भाँति थी। वह एक मास में तीन बार अन्तःपुर के कंचुकी की रक्षा के लिये साथ लेकर जेट्ठक बिट्ठल के कर्मान्त (कारखाने) की ओर जा चुकी थी। उस दिन भी चली गयी।

× × ×

हिता लगभग एक-डेढ़ वर्ष की आयु में कलिंग के राजप्रासाद में आयी थी। कलिंग के धर्मराज्य और राज्यवंश के प्रताप और शक्ति से अनेक राजाओं को भय और ईर्ष्या थी। कलिंग के महामात्य आचार्य सुकंठ जिस प्रकार पड़ोसी राजाओं के सैन्य बल और संधि विग्रह की नीति से सतर्क रहते थे, उसी प्रकार वे कलिंग राज्य और कलिंग के राजवंश के प्रति सम्भव कूटनीति और छल से भी सशंक रहते थे। कलिंग के स्वर्गीय महाराज और उनके पिता महाराज मयूख को भोग-विलास की अपेक्षा आखेट का ही व्यसन अधिक था। फिर भी महामात्य सतर्क रहते थे कि महाराज के विलास के माध्यम से भी कोई छल न हो सके। मगध के प्रथम शूद्र राजा चन्द्रगुप्त मौर्य के मंत्री कौटिल्य चाणक्य ने शत्रु के विनाश का एक उपाय विष-कन्या का उपयोग भी सुझाया था। महामात्य ने राजवंश को विष-कन्या के छल की आशंका से बचाने के लिये कलिंग के राजप्रासाद में परिपाटी निश्चित कर दी थी कि महाराज के विलास के लिये सुन्दरी, युवा दासियों की भेंट स्वीकार नहीं की जायेगी। राजप्रासाद में सेवा और उपयोग के लिये सुन्दरी दासियों का पोषण और संवर्धन राजप्रासाद में ही किया जाता था। माँ का दूध पीती सुलक्षण, सुन्दर कन्याओं को उनकी माताओं सहित क्रय करके राजप्रासाद के एक भाग में रख लिया जाता था। इन दासी-कन्याओं को प्रासाद में ही पाला जाता था।

प्रासाद के लिये अंतरंग दासियों के पोषण और शिक्षण का कार्य चतुर अनुभवी दासियाँ विशेष विधि से करती थीं। इन बालिकाओं को रूप, रंग और अवयवों को निखारने वाला भोजन दिया जाता था। इनके शरीर को बचपन से ही सुगन्धित द्रव्यों के मर्दन और लेप से कोमल, सुडौल और सुवासित बनाया जाता था। बचपन से ही उन्हें संगीत, नृत्य लोल-लास्य और आकर्षक आचार-व्यवहार की शिक्षा दी जाती थी। यह कन्यायें सोलह वर्ष तक अपने स्थान से बाहर नहीं आ सकती थीं। सोलह वर्ष पूर्ण कर लेने पर उन्हें महाराज की विशेष सेवा के लिये प्रस्तुत किया जाता था। हिता का भी पालन-पोषण इसी प्रयोजन से और इसी विधि से हुआ था।

हिता की माता कुरु देश की कन्या थी। उसकी माता के पिता ने भयंकर दुर्भिक्ष के समय अपनी बेटी को मृत्यु से बचाने के लिये एक दास व्यापारी के हाथ बेच दिया था। दास व्यापारी ने बालिका को मगध के एक व्यापारी के हाथ बेचा। यौवन आने पर वापी में रूप-लावण्य निखर आया। वह कठिन परिश्रम के योग्य न थी, परन्तु अपने शील और चातुर्य के कारण वह मगध के व्यापारी की कृपापात्र बन गयी थी। यौवन में सेवाकार्य करते हुए उसके दो पुरुष सन्तानें हुईं और छब्बीस वर्ष की आयु में उसकी गोद में हिता आयी। उसी समय किसी आकस्मिक रोग से वापी के स्वामी की मृत्यु हो गयी। मगध के व्यवसायी के युवा पुत्रों के लिये छब्बीस वर्ष की निर्बल कोमलांगी दासी अनुपयोगी थी। युवा पुत्रों ने पिता का ऋण चुकाने और व्यर्थ दासों के व्यय से बचने के लिए वापी को उसकी कन्या सहित बेच दिया। इस बार वापी जिस व्यापारी सार्थ के हाथों बिकी, वह उसे कलिंग ले गया।

कलिंग में कुरु की गौरवर्ण दासियों का मूल्य अधिक मिलता था। राजप्रासाद में विशेष दासियों का पालन करने वाली अनुभवी शिक्षिका ने वापी के वर्ण, नखशिख और उसकी गोद की बेटी के लक्षण देखकर उसे खरीद लिया!

कलिंग के राजप्रासाद में वापी के दिन फिरे। अपनी पुत्री को राजसेविका बनाने के लिये उसका यत्न से पालन उसकी मुख्य सेवा थी। राजवैद्य के शिष्य जब-तब इन

कन्याओं के शरीर की परीक्षा करते रहते थे। उन्हें पौष्टिक भोजन दिया जाता था। हिता को शैशव से ही औषधियाँ खिलायी गयीं कि उसका शरीर सुगोल, छरहरा बनकर कंठ मधुर और श्वास और स्वेद भी सुवासित हो गये थे। उसे भर्त्सना केवल खटाई-मिर्च खाने, उबटन न मलने पर अथवा अंगों और वाणी का असंयम करने पर मिलती थी। ताड़ना केवल संगीत और नृत्य में ताल भंग करने पर दी जाती थी। इसी ताड़ना में भी ध्यान रखा जाता कि यत्न से पाली हुई दासी का शरीर कुरूप होकर विकृत न हो जाये। हिता साधारण दासियों की तुलना में अपने आपको विशेष समझे बिना न रह सकती थी।

जिस समय हिता ने सोलह वर्ष पूरे कर सत्रहवें में पाँव रखा, परमभागवत महाराजाधिराज करवेल मगध के राजा चंड अशोक के आक्रमण के कारण राजधानी से दूर युद्ध में व्यस्त थे। महाराज करवेल विजयी होकर कलिंग लौटे, परन्तु उनका शरीर घावों से क्षत-विक्षत था। महाराज के विनोद के लिये विशेष शिक्षित दासी हिता को उनकी सेवा में प्रस्तुत किया गया। महाराज अपनी पीड़ा भुलाने के लिये विनोद प्रसंग की इच्छा करते, परन्तु शरीर के हिलने पर घावों की पीड़ा से असमर्थ हो जाते। महाराज हिता के सामीप्य से कोई सन्तोष अथवा विनोद न प्राप्त कर सकते थे। हिता सेवा में प्रस्तुत सहमी हुई महाराज के संकेत और आदेश की प्रतीक्षा में खड़ी-खड़ी थक जाती।

महाराज विलास द्वारा पीड़ा को भुलाने में अथवा विनोद में असमर्थ रह जाते तो पीड़ा में ध्यान बँटाने के लिये युद्ध में विजयश्री देने वाली अपनी शिशु कन्या को स्नेह करने के लिये शैया के समीप बुलवा लेते। हिता अमिता को गोद में लेकर महाराज की शय्या के समीप खड़ी होती। बालिका को हिता के अंग का स्पर्श और हिता का रूप इतना सुखद जान पड़ता कि बालिका उसकी गोद में जाकर प्रसन्न हो किलकारियाँ मारने लगती, उसकी गोद छोड़ना न चाहती। विलास में असमर्थ महाराज लावण्यमयी दासी हिता की गोद में अपनी सन्तान को सन्तुष्ट देख-देख कर सन्तोष पाते। हिता महाराज को अन्य किसी प्रकार प्रसन्न कर सकने का अवसर न होने के कारण बालिका को ही सन्तुष्ट कर अपना कर्तव्य निबाह देती।

महाराज के स्वर्गारोहण के पश्चात् महारानी नन्दा के आदेश से महाराज की विशेष सेवा के लिये सुरक्षित दासियों को राजवंश के निकट सम्बन्धी सामन्तों को भेंट कर दिया गया था। हिता और उसकी प्रौढ़ा मां वापी को महारानी के आदेश से युवराज्ञी अमिता की विशेष परिचर्या के लिये नियुक्त कर दिया गया था।

राजप्रासाद के अनेक आँगनों में रहने वाले राजवंश से सम्बन्धित पुरुषों को हिता जैसी स्वस्थ, सुन्दर सुशिक्षिता दासी की सेवा पा सकने का प्रबल लोभ था। उन्होंने हिता को अपनी सेवा में लेने के लिए अनेक अभिसंधियाँ कीं, परन्तु महारानी के आदेश और प्रासाद के प्रबन्ध, कर्मान्ताधिष्ठायक प्रौढ़ सामंत प्रताप की सतर्कता के कारण उन्हें सफलता न मिल सकी।

एक दिन हिता किसी कार्य से प्रासाद के बाहरी आँगन में गयी थी। वह किसी को लक्ष्य न कर ग्रीवा झुकाये मौन चली जा रही थी। महाराज के पितृव्य राजवंशी सामन्त के युवा पुत्र ने हिता को अभिमान का दण्ड देने के लिये ललकारा। हिता असहाय होकर चीख पड़ी। भाग्य से प्रासाद का प्रबन्धक यूथप प्रताप समीप था। यूथय ने घटनास्थल पर पहुँच कर हिता की रक्षा की और भविष्य के लिये विशेष आदेश दे दिया कि हिता

महारानी की अन्तरंग दासी होने के कारण राज्यादेश से रक्ष्य और अस्पृश्य है। जब भी वह राजकार्य के लिये अन्तःपुर की ड्योढ़ी से बाहर जाये, अन्तःपुर का एक सशस्त्र कंचुकी उसकी रक्षा के लिये साथ रहे। हिता अपने यौवन और रूप के कमनीय होने का गर्व हृदय में लिये थी परन्तु आशंका से भी उसका हृदय धड़कता रहता था। अपने अनुभव से उसके मन में पुरुषों के प्रति विरक्ति और भय समा गया था।

हिता शैशव से ही जानती थी कि वह महाराज की विशेष दासी थी। प्रासाद में दूसरी अनेक ऐसी दासियाँ थीं जिनका पालन प्रासाद में महाराज के विनोद-विलास के लिये हुआ था परन्तु उनकी आयु अधिक हो जाने पर अथवा अन्य विलास दासियों के युवा हो जाने पर उन्हें राजवंशी लोगों को सौंप दिया गया था। या दूसरी सेवा में लगा दिया गया था। हिता जानती थी कि वही बात उसके साथ भी होगी। जैसे दूसरी सेवाओं के लिये अन्य दास-दासी थे, महाराज के विशेष रथ, हाथी, घोड़े और आखेट के कुत्ते थे, वैसे ही विनोद सेवा के लिये अन्य दासियों के साथ वह भी थी। उसे विनोद-विलास के मर्म की शिक्षा दी गयी थी, परन्तु अन्य दासियों से उस प्रकार के रहस्य प्रसंग सुनकर भी उसे उनकी इच्छा न होती थी क्योंकि विनोद-विलास तो उसके लिये निर्दिष्ट श्रम का भार मात्र थे।

महाराज का स्वर्गारोहण हो जाने से हिता को आतंक अनुभव हुआ था कि अब उसे दूसरे लोगों की विनोद-वासना का पीड़ाजनक भार उठाना पड़ेगा। महाराज के जीवन-काल में तो हिता उनके प्रति भय और आदर ही अनुभव करती थी, परन्तु अब नये संकट की आशंका में वह उन्हें भक्ति से याद करने लगी। महारानी ने युवराज्ञी का हिता से लगाव देखकर उसे अपना लिया था और दूसरे लोगों की अप्रिय सेवा के भय से उसे मुक्ति दे दी थी। अभय होकर हिता को सन्तोष हुआ, परन्तु दूसरी दासियों से पुरुष के संग विशेष व्यवहार की बातें सुनकर अभाव की एक चुटकी भी अनुभव होती थी, क्या वह जीवन भर त्रस्त तथा वंचित रहेगी! परन्तु इस अभाव की अपेक्षा क्रूर लोगों की सेवा को बनाये रखने की पीड़ा की आशंका अधिक थी इसलिये हिता युवराज्ञी की विशेष परिचर्या दासी बनने का गौरव पाकर सन्तुष्ट थी।

महाराज का स्वर्गवास हो जाने के पश्चात् परमभगवती कलिंग की राजेश्वरी तथागत के धर्म में शरण लेकर उपासिका बन गयी थीं। उन्होंने तथागत के धातुपात्र की प्रतिष्ठा के लिये अन्तःपुर के उद्यान में एक मन्दिर बनाये जाने का आदेश दे दिया था। इस मन्दिर में वेदी के निर्माण और भीतों का शृंगार करने का भार कला के व्यापारी जेट्ठक बिट्ठल को सौंपा गया था। बिट्ठल ने मन्दिर में चित्रकारी और शृंगार के लिए अपने कलाकार युवा दास मोद को प्रासाद में भेजा था। जिस समय मोद मन्दिर की वेदी और तोरण पर मूर्तियाँ और लताएँ उत्कीर्ण करने के लिये अपने उपकरण लेकर व्यस्त रहता, युवराज्ञी उसके खन्-खन् शब्द से आकर्षित होकर चली आती। हिता उसके समीप खड़ी रहती।

चित्रकार और तक्षक मोद गुँधी हुई मिट्टी लेकर कुत्ते, घोड़े, सिंह अथवा मनुष्य का मुखड़ा बना देता। बालिका अमिता विस्मय-विस्फारित आँखों से यह चमत्कार देखती रहती; युवराज्ञी के आनन्द और विनोद की सीमा न रहती। वह उत्साह से प्रायः नित्य ही मूर्तिकार मोद के समीप पहुँच जाती और उसके साथ हिता भी। हिता को स्वयं भी इस खेल में विशेष रुचि थी। हिता को सुन्दर वस्तुओं का चाव था। उसकी कोमल उँगलियों

में लाघव भी था। वह प्रासाद में भीतों और भूमि पर सबसे सुन्दर आलेपन और आलेखन कर सकने के कारण भी महारानी की प्रिय थी।

मन्दिर में मोद खिलौने बनाकर अमिता को बहलाता रहता तो प्रौढ़ा वापी और वृद्धा कंचुकी उद्दाल, मन्दिर के बाहर परिक्रमा के अलिंद में अथवा समीप वृक्ष के नीचे किसी सहारे से पीठ टिका कर विश्राम करते रहते। हिता युवराज्ञी के समीप खड़ी मोद का कौशल देखती रहती।

मोद पूर्ण युवा पुरुष था। आरम्भ में हिता को उससे संकोच और शंका अनुभव हुई थी। शनैः-शनैः आशंका मिटती गयी और संकोच में माधुर्य का भाव आने लगा। कभी अमिता दूसरे खेलों में उलझ मोद से नयी पुतली बनवाने की बात भूल भी जाती तो हिता उसे स्वयं याद दिलाकर मन्दिर में मोद के पास ले जाती।

मोद खिलौना बनाने के लिये आँखें झुकाये रहता तो हिता की दृष्टि उस पर टिकी रहती, परन्तु आँखें चार होने पर हिता के नेत्र झुक जाते। कुछ समय उपरान्त हिता और मोद परस्पर नेत्र मिल जाने पर नेत्रों को हटा लेना भूल जाने लगे। राजकुमारी दोनों के बीच खेलती रहती। वे दोनों एक दूसरे के नेत्रों में खोये रह जाते। हिता मोद के लिये इतना अधीर हो जाती कि युवराज्ञी के मध्याह्न आहार के पश्चात् निद्रा के समय चुपचाप, सबकी आँखें बचाये, युवराज्ञी के लिये मोद के यहाँ खिलौने बनवा लाने के मिस पहुँच जाती। दासियों और यवनियों में इस काण्ड की चर्चा होने लगी, परन्तु हिता रह न पाती। वापी यह देखकर बेटी के लिये आशंका से सिहर उठती।

मोद का शरीर और वर्ण कलिंग के सामान्य जन से भिन्न था। उसका शरीर ऊँचा और कन्धे चौड़े थे। वर्ण श्याम न था। उनका जन्म शूरसेन देश में हुआ था। वहीं उसने तक्षणकला सीखी थी। मोद के कलाकार पिता ने अपना ऋण चुकाने के लिये पुत्र को शूरसेन के मूर्ति व्यापारी जेट्ठक चतरथ के यहाँ बन्धक रख दिया था।

कलिंग का कलावस्तु का व्यापारी बिट्ठल शूरसेन गया था। अवसरवश उस समय चतरथ आर्थिक कठिनाई में था। बिट्ठल ने धन से चतरथ की सहायता की और मोद का हस्तलाघव और प्रतिभा देखकर उसे ऋण में बन्धक ले गया। मोद दस वर्ष के लिये बिट्ठल की सम्पत्ति बनकर भी दुखी अवस्था में न था।

बिट्ठल मोद से बलात् श्रम लेकर लाभ नहीं उठा सकता था। मोद का कलात्मक गुण शक्ति के प्रयोग से नहीं निचोड़ा जा सकता था। उसमें मोद का सहयोग और रुचि भी आवश्यक थी। प्रासाद के नये मन्दिर के शृंगार में मोद विशेष रुचि और उत्साह से काम कर रहा था, परन्तु इतनी मंथर गति से, मानो उस कार्य को समाप्त नहीं करना चाहता था।

युवराज्ञी अमिता जब आयु के चौथे वर्ष में थी, दैव इच्छा से उस पर शीतला रोग का प्रकोप हुआ था। रोग से व्याकुल अमिता दिन-रात किसी भी समय हिता की गोद न छोड़ना चाहती थी। युवराज्ञी के ज्वर मूर्च्छित हो जाने पर भी हिता उसे गोद से अलग न करती थी।

युवराज्ञी के स्वास्थ्यलाभ करने पर महारानी ने दैवकृपा के लिये अपरिमित दान दिया। सहस्र-सहस्र ब्राह्मणों और श्रमणों को भोजन-वस्त्र से संतुष्ट किया। उन्होंने राजप्रासाद के इक्यावन दासों को अदास कर नागरिक बना दिया और अन्य इक्यावन दास खरीद कर उन्हें मुक्ति दान कर पुण्य लिया।

महारानी ने हिता को सम्बोधन किया—"तुझे क्या दें? हम तेरे ऋणी हैं। तू दासी है। तुझे स्वर्ण दें तो उसे धारण नहीं कर सकेगी। हम सबसे पहले तुझे ही अदास कर देते परन्तु तू स्त्री है! स्त्री का स्वतन्त्र होना दोष है। वह पत्नी होती है अथवा दासी। कोई नागरिक तेरा वरण करना चाहे अथवा तू स्वतंत्र नारी बनना चाहे तो हम तुझे अदास कर दें। तू जब चाहे हम से वर का ऋण माँगना।"

हिता ने महारानी के सम्मुख भूमि पर सिर रखकर कृपा के प्रति कृतज्ञता के आँसू बहा दिये थे।

हिता एकान्त में सोचती—यदि मोद दारा न होता तो वह महारानी से अदास किये जाने का वरदान माँग लेते, परन्तु मोद तो दूसरे का दास था। वह हिता का स्वामी कैसे हो सकता था। अभी और तीन वर्ष मोद का शरीर तो उसके स्वामी का था।

हिता कल्पना करती—युवराज्ञी के राज्याभिषेक के समय महारानी उससे कुछ माँगने को कहेंगी तो वह उनके चरणों में सिर रखकर दो वर माँगेगी—अन्नदाता, मूर्तितक्षक मोद को क्रय करके अदास करने की कृपा करें और दासी को भी। अभी तो युवराज्ञी के अभिषेक में कई वर्ष का समय था। हृदय पर इतनी दीर्घ प्रतीक्षा के बोझ से हिता दीर्घ निश्वास लेकर रह जाती।

मोद चार दिन तक अन्तःपुर के मन्दिर में नहीं आया था। हिता मन को किसी तरह वश न कर सकी तो रक्षा के लिये एक कंचुकी को लेकर जेट्ठक बिट्ठल के कर्मान्त (कारखाने) में युवराज्ञी के लिये पुतलियाँ ले आने के लिये पहुँची।

नगर में महाबलि यज्ञ के समारोह की धूम मची हुई थी। जेट्ठक बिट्ठल के दूसरे कलाकार कर्मियों ने यज्ञ की बलिवेदी के लिये अथवा दूसरे स्थानों में जो तोरण बनाये थे, नगरपाल उनसे सन्तुष्ट न हुआ। बिट्ठल ने मोद को वह तोरण बनाने के लिये रोक लिया था। हिता के लिये मोद को कई दिन देखे बिना रहना असह्य पीड़ा थी।

महाबलि यज्ञ

भारत के अन्य राज्यों की भाँति कलिंग में भी यज्ञ की प्रथा प्रायः लोप हो रही थी। यज्ञों का वास्तविक प्रयोजन कुलों द्वारा सामूहिक कृषि अथवा अन्य व्यवसाय करने की प्रणाली कई शताब्दी पूर्व ही समाप्त हो चुकी थी। यज्ञ अथवा बलि की प्रथा देवताओं की कृपा अथवा परलोक कामना के लिये ही शेष रह गयी थी। तीर्थंकरों के जीवदया-धर्म के उपदेश से सम्पन्न वैश्य वर्ग को बलि की प्रथा से भी विरक्ति हो रही थी। परिणाम में यज्ञ के समारोहों का अवसर भी न रहा था। देवी-देवताओं में आस्था रखने वाले जन यदि देवी-देवता की कृपा पाने अथवा परलोक की कामना से यज्ञ और बलि का अनुष्ठान करते भी थे वह सामाजिक समारोह न बनकर व्यक्तिगत और पारिवारिक अनुष्ठान मात्र रह जाता था।

मगध का सम्राट चंड अशोक अपरिमित सैन्यदल लेकर कलिंग की ओर बढ़ता आ रहा था। कलिंग के महामात्य आचार्य सुकंठ इन समाचारों से बहुत चिन्तित थे। वे जानते थे कि अशोक अपने साम्राज्य की रक्षा और विस्तार के लिये कलिंग की विजय को अनिवार्य समझता था। अशोक को आशंका थी, कलिंग मगध सम्राट की अधीनता स्वीकार न करेगा तो साम्राज्य के अधीन दूसरे राज्य भी मगध से स्वतंत्र होने की इच्छा करेंगे। यह दोनों में से एक के नष्ट होने का प्रश्न था। इसीलिये इस बार अशोक इतना बड़ा सैन्यदल लेकर कलिंग पर आक्रमण के लिये आ रहा था कि कलिंग का एक-एक सैनिक यदि मगध के बीस-बीस सैनिकों को मार कर भी मरे तो भी मगध की सेना की संख्या अधिक रहे।

महामात्य ने कलिंग की रक्षा के लिये आमरण युद्ध का निश्चय किया था। उनका निश्चय केवल युद्ध में धराशायी हो जाने का ही नहीं, अपितु कलिंग के स्वत्व की रक्षा करने का था। इसके लिये वे केवल राज्य की सेना पर ही निर्भर न कर कलिंग की पूरी प्रजा को अपने स्वत्व की रक्षा के लिये आमरण युद्ध की भावना से अनुप्राणित कर देना चाहते थे, परन्तु महामंत्री अपने प्रयत्नों में यथेष्ट सफलता नहीं पा रहे थे।

चार वर्ष पूर्व अशोक को पराजित करने के लिये कलिंग की प्रजा ने जो बलि दी थी, उसका त्रास अब भी पूर्णतः मिट नहीं गया था। उस युद्ध में खेत रहे पुरुषों की स्मृतियाँ अभी शेष थीं और युद्ध में पंगु हो गये लोग भी नगर के मार्गों और गलियों में दिखायी देते रहते थे। कलिंग के विस्तृत राज्य के उत्तर भाग की प्रजा ने अशोक के पहले आक्रमण में बहुत हानि सही थी। वे लोग पुनः आक्रमण का समाचार पाकर शरण के लिये राजधानी में चले आ रहे थे। इन भयभीत लोगों के कारण राजधानी में आतंक बढ़ता जा रहा था।

गत युद्ध में अशोक को परास्त करने वाले महाराज के अभाव में प्रजा अपने आप को अनाथ समझ रही थी। महारानी से प्रजा दया की आशा कर सकती थी, शत्रु को पराजित कर सकने के पराक्रम की नहीं। युद्ध के आतंक और महँगाई से नगर विरूप हो रहा था। जौहरियों, आभूषण और वस्त्र बेचने वालों के बाजार में दुकानदार बैठे-बैठे जम्हाइयाँ लेते रहते और युद्ध की आशंकाओं की बातें करते रहते थे। संध्या-समय भी बाजारों में फूल बेचने वाली स्त्रियाँ या वैतालिक ही दिखलायी देते। अब कोलाहल था तो केवल लुहारों के बाजार में जहाँ भाँति-भाँति के शस्त्र बनाने के लिये लोहा पीटने और धातुओं के बजने का कर्कश कोलाहल आधी रात तक रहता।

कलिंग की महारानी के तथागत का धर्म स्वीकार कर लेने और भिक्षुओं तथा संघ में उनकी भक्ति हो जाने का प्रभाव प्रजा पर भी स्पष्ट था। नगर में भिक्षुओं की संख्या बहुत बढ़ गयी थी। प्रातः दोपहर अथवा किसी भी समय पीत चीवरधारी भिक्षु नगर में जहाँ-तहाँ भिक्षा माँगते अथवा जीवन-मुक्ति के मार्ग का उपदेश देते रहते थे। अब नगरवासी पहले की तरह भिक्षुओं की उपेक्षा न करते, न उन्हें मुंडी कहकर उन पर हँसते थे। महारानी के प्रभाव के कारण अब नागरिक भिक्षुओं का आदर राजपुरुषों की ही भाँति करते थे। जनसाधारण और सैनिक भी भिक्षुओं को देखकर मार्ग दे देते, आदर से हाथ जोड़कर खड़े हो जाते और सिर झुका कर उन्हें नमस्कार करते। हाथ में मांस, मद्य अथवा दूसरे अशोभन पदार्थ होने पर भिक्षुओं की दृष्टि से छिपा लेते।

भिक्षुओं की अप्रसन्नता के भय से पीपल के वृक्षों के नीचे अथवा चौराहों पर पशु-बलि न दी जा सकती थी। बड़े-बड़े ब्राह्मणों अथवा क्षत्रिय सामन्तों के अतिरिक्त बलि देने का साहस जनसाधारण को अपने घरों में भी न होता था। जन-साधारण को जीवन संकटमय जान पड़ने लगा था और जीवन के संकटों से मुक्ति का उपाय संसार से वैराग्य ही दीखता था। भिक्षु ही उन्हें सबसे सुखी और आदरणीय जान पड़ते थे। ऐसी अवस्था में प्रजा में युद्ध के लिये क्या उत्साह या सैनिक कर्तव्य के लिये क्या प्रवृत्ति होती? वे युद्ध को दैवी आपत्ति समझ कर उससे त्राण के लिये आदि दैविक शक्ति और सिद्धों के चमत्कार और आशीर्वाद का ही भरोसा कर सकते थे।

महामात्य प्रजा की ऐसी भावना और व्यवहार से चिन्तित थे। प्रजा को खड्ग का भय दिखाकर युद्ध लड़ने के लिए हाँकने पर दोनों ओर से भयभीत प्रजा आत्मरक्षा के लिये क्या लड़ती? महामात्य प्रजा में आत्मविश्वास, साहस और कलिंग की राजशक्ति के प्रति विश्वास उत्पन्न करना चाहते थे। इस प्रयोजन से महामात्य ने महासेनापति भद्रकीर्ति के परामर्श से कलिंग को प्राचीन परम्परा के अनुसार युद्ध में देवताओं से सहायता पाने के लिये देवराज इन्द्र और देवताओं के सेनापति कार्तिकेय की पूजा के लिये एक महान 'संग्राम-बलि-यज्ञ' समारोह के अनुष्ठान की घोषणा की।

महाबलि यज्ञ कार्तिक मास की शुक्ला अष्टमी से लेकर पन्द्रह दिन, उस मास की कृष्णा अष्टमी तक होने की व्यवस्था थी। सम्पूर्ण सम्पन्न प्रजा की इस बलि यज्ञ में सहयोग देने का अनुशासन था। नित्य यज्ञ को अनेक वेदियों पर सहस्र पशु बलि दिये जाकर सभी को प्रसाद बाँटे जाने की आज्ञा थी और सूर्यास्त से आधी रात तक यज्ञ की वेदियों से मद्य का यथेष्ट प्रसाद बाँटे जाने की भी व्यवस्था थी। राज्य की सभी वीरांगनाओं, नर्तकियों, बन्दियों, चारणों और कापालिकों को आज्ञा थी कि चौराहों पर

प्रजा को संगीत, नृत्य और विनोद से तृप्त करें। इसके लिये राज्य उन्हें उचित दक्षिणा और पुरस्कार देगा। प्रजा यज्ञ की प्रथा भूल चुकी थी। उनके लिये यह अनोखी और अद्भुत योजना थी। वे इसे कलिंग की प्रजावत्सल महारानी की कृपा मान कर महारानी के प्रति श्रद्धा और कृतज्ञता से अभिभूत हो रहे थे। यज्ञ की तैयारियों के समाचारों से ही राज्य और नगर में उत्साह उमड़ पड़ा था। जनगण अशोक के आक्रमण का आतंक भूलकर उत्साह में बावले हो रहे थे।

महामात्य और महासेनापति द्वारा आयोजित इस यज्ञ के लिये कलिंग के सभी लोगों की भावना समान नहीं थी। राज्य और नगर के सेठों में बहुत से जैन तीर्थंकरों और बौद्ध श्रमणों के अनुयायी हो गये थे। वे जीवमात्र से आत्मवत् भाव और जीव अहिंसा के धर्म में विश्वास करने लगे थे। उन्हें यज्ञ में पशुबलि से भय और विरक्ति अनुभव हो रही थी। वे यज्ञ के अधिष्ठाता ब्राह्मण को परलोक और देवता का मात्र प्रतिनिधि मानने के लिए तैयार नहीं थे। इस यज्ञ के लिये पशु और धन देने का अनुशासन उन्हें धर्म पर आघात और अपने ऊपर अन्याय जान पड़ रहा था, परन्तु राजाज्ञा के रूप में महामात्य की आज्ञा की उपेक्षा कर सकना सम्भव न था।

मूर्तियों और कला का व्यवसायी बिट्ठल और महाबलि यज्ञ की योजना से उत्साहित नहीं था। कुछ वर्ष से प्रायः विहारों और चैत्यों के शृंगार का ही काम मिल रहा था इसलिये उसकी श्रद्धा उसी धर्म की ओर हो गयी थी। बिट्ठल को भी इस बात का कलख था कि नगर के इतर-जन और निम्नवर्ग के उन्माद-सुख के लिये उसे भी यज्ञ-बलि भाग का धन देना पड़ा। नगरपाल चित्ररथ ने उसे बुलाकर यज्ञ के लिये वेदियाँ और नगर में स्थान-स्थान पर तोरण बनाने की आज्ञा दे दी थी। यह भी एक संकट ही था। सन्देह था कि नगरपाल इस काम के लिये उसे क्या देगा; कुछ देगा भी या नहीं! प्रायः छः मास से बिट्ठल का सर्वश्रेष्ठ कलाकार मोद राजप्रासाद के मन्दिर का शृंगार करने के लिये बुला लिया गया था। वह जाने कैसा कार्य था कि मोद उसे पूर्ण ही न कर पा रहा था। मोद की बनायी वैशाली की नर्तकी की पालकी पर चित्रकारी अधूरी ही रह गयी थी।

बिट्ठल ने अपने दो दूसरे कलाकार कर्मियों को नगर में तोरण बनाने के लिये भेज दिया था, परन्तु नगरपाल ने वह तोरण देखकर असन्तोष प्रकट किया। नगरपाल चाहता था कि गत वर्ष बसंत उत्सव के समय जैसा तोरण बनाया गया था, उससे भी उत्तम तोरण बने। नगरपाल महाबलि यज्ञ के समय खूब शोभा कर महामात्य और महासेनापति को संतुष्ट करने की चिन्ता में था। बिट्ठल ने इस अवसर से लाभ उठाने के लिये मोद को राजप्रासाद से बुलवा देने की प्रार्थना की। नगरपाल ने प्रासाद के कर्मान्ताधिष्ठायक से अनुरोध किया और मोद को महाबलि यज्ञ के तोरण बनाने के लिये राजप्रासाद से बुलवा लिया।

बिट्ठल ने मोद को स्नेह से समझाया—यह तो तोरण कितने दिन के लिये हैं? यह तो दो ही दिन का कौतुक है। यज्ञ समाप्त होने पर तो लोग इन तोरणों को खींच-खींच कर गिरायेंगे और बालक इनकी लकड़ियों को सड़क पर रगड़ते हुए घोड़ा बना कर इनकी सवारी करेंगे। तुम जैसे-तैसे लीप-पोत कर कुछ खड़ा कर दो और चैन से वैशाली की नर्तकी की पालकी पूरी कर डालो। मैं राजप्रासाद में किसी दूसरे को भेज दूँगा।

जब लोगों ने तोरण बनाने के मंच पर मोद को चढ़े देखा तो उसके बनाये पिछले तोरणों की याद से मंच के नीचे भीड़ जुड़ने लगी। आते-जाते लोग तोरण के नीचे आने पर आँखें उठाकर कुछ पल के लिये थम जाते। निठल्ले लोग तो दिन भर वहाँ बने रहते।

इतने लोगों का कौतूहल और उत्सुक दृष्टि अपनी ओर लगी देखकर मोद के लिये यह सम्भव न हुआ कि वह तोरणों को यों ही लीप-पोत कर नगरपाल को बहला देता। वह मनोयोग से तोरणों पर चित्रकारी करने लगा। वह तोरण के मुख्य फलक पर मयूरारूढ़ देवताओं के सेनापति कार्तिकेय का चित्र बना रहा था।

सुन्दर और विशाल तोरण बनते देख कर जन ने आश्वासन पाया कि महाबलि यज्ञ का आयोजन बहुत विराट रूप में होगा। नित्य सहस्र-सहस्र पशुओं की बलि के प्रासाद का मांस बँटने और यज्ञ की वेदियों पर सूर्यास्त से आधी रात तक राज्य की ओर से मद्य के छत्र लगने की बात झूठी नहीं है। बूढ़े लालबुझक्कड़ लोग बताने लगते—हमने अपने समय में प्रतिदिन पाँच सहस्र पशु बलि के यज्ञ भी देखे हैं। तब सम्पूर्ण रात्रि राज्य और सेट्ठियों, जेट्ठकों और श्रेष्ठियों की ओर से मद्य छत्र चालू रहते थे। सब चौराहों पर नर्तकियाँ सम्पूर्ण रात्रि नृत्य करती थीं। मद्य से उन्मत्त स्वर्ण के आभूषण पहने वाराँगनाएँ हमें बाँह पकड़-पकड़ कर खींच ले जाती थीं। वह समय कभी नहीं लौट सकता।

अनेक जन इस आशा में कि शीघ्र ही बिना मूल्य छक कर पीने को मद्य मिलेगा, अंटी में छिपाये कार्षापण निकाल कर समीप की दुकान से मद्य लाकर पीने-पिलाने लगते और बलि यज्ञों का अन्त करा देने वाले जैन तीर्थंकरों और बौद्ध श्रमणों के प्रति कुवचन बोलकर क्रोध प्रकट करने लगते—साधारण के आनन्द से जलने वाले इन स्वार्थियों ने सम्पन्न लोगों को सिखा दिया है कि बलि यज्ञ पाप है। प्रजा का समूह में सुख भोग करना पाप है और निठल्ले मुंडियों के लिये विहार बना कर उन्हें नित्य खिलाते रहना पुण्य है। सेट्ठी और वणिक लोगों को तो तीर्थंकरों और श्रमणों का धर्म भला लगेगा ही! गद्दी पर बैठे-बैठे उन्हें मांस-भोजन पचेगा कैसे? वह बलि क्यों दें? बलि में धन लगता है इसलिये कृपण सेट्ठी को बलि पाप जान पड़ती है। मूर्ख यह नहीं जानते कि देवता बलि पाकर सन्तुष्ट होगा या तुम्हारे स्वयं भी कुछ न खाने-पीने से प्रसन्न होगा? देवता नृत्य-संगीत से रीझेगा या उसके सामने नेत्र मूँदकर बैठ जाने से रीझेगा? वे कलिंग की राजेश्वरी, महामात्य और महासेनापति की जय पुकारने लगते, जिनकी कृपा से यज्ञ की परम्परा का पुनरुद्धार हुआ।

मोद मंच पर बैठकर तोरण बना रहा होता तो उस समय कभी-कभी वृद्ध गायक लोहित भी नीचे खड़ी भीड़ में आ जाता था। वह मोद की चित्रकारी देखता हुआ गाने भी लगता तो और अधिक लोग जमा हो जाते। लोहित का पिता मद्य बिक्री करता था। पिता के पश्चात लोहित को दुकान पर बैठकर मद्य के प्यासों की प्रतीक्षा करते रहना अच्छा न लगता। प्यासों के पास मूल्य न होने पर उन्हें निराश लौटा देना उसे और भी बुरा लगता। वह अपने गीतों की प्रशंसा करने वालों को बिना मूल्य पिलाकर भी सन्तोष पाता था। लोहित के गीतों की प्रशंसा तो बढ़ गई, परन्तु उसकी दुकान की आय घटती गयी। मद्य की दुकान का राजकर देने के लिये उसे उधार लेना पड़ता। अन्त में ऋण चुकाने में उसकी दुकान ही बिक गयी। वह निराश्रय हो गया। सम्पन्न लोग उसके गीत

सुनने के लिये उसे अपने घर बुला लेते। सर्वसाधारण उसे पथों और पण्यों में घेरकर उसके गीत सुनने लगते।

लोहित का कंठ मधुर था और उसके गीतों के भाव मर्मस्पर्शी होते थे। उसके गीत सुनकर गवाक्षों में बैठी या घर के किवाड़ की ओट खड़ी कुलवधुओं के नेत्र सजल और हृदय विह्वल हो जाते थे। उससे आँखें चार हो जाने पर वे नेत्र झुकाना भी भूल जातीं। लोहित ऐसे मुग्ध नेत्रों की स्मृति को गीतों में याद करता। वह 'कल' की चिंता में मुर्झा कर 'आज' खिल-खेल लेने की बात कहता। वह पथिक और नगरवधू के प्रेम और विरह के गीत गाता और पिछले युद्ध में अशोक का मानमर्दन करने वाले कलिंग के वीरों के गीत गाता। लोहित नागरिकों को जो सन्तोष देता था, उसका मूल्य माप-तोल करके नहीं लिया-दिया जा सकता। लोहित को धन की अपेक्षा आदर और स्नेह ही अधिक मिलता था।

लोहित मंच के नीचे खड़ा आँखें उठाये मोद की चित्रकारी देख रहा था। भीड़ उसे घेरकर अनुरोध करने लगी—मोद अपनी कला से हमारी आँखों को तृप्त कर रहा है, तुम कानों में अमृत-वर्षा करो।

अपने प्रति भीड़ का आदर देखकर लोहित के नेत्र आधे मुँद गये और नथुने फड़क उठे। उसने कलिंग की महारानी की उपमा मयूर पर आरूढ़ कार्तिकेय से देकर कलिंग की प्रजा की उपमा देवताओं के दल से दी और रणक्षेत्र से भागती अशोक की सेना की उपमा राक्षसों से पराजित दलों से दी। उसने कलिंग की प्रजा को ललकारा—पराजय मृत्यु है।··· शूरो, मृत्यु से लड़ो! अपना पेट भरने वाली धरती की रक्षा के लिये, जन्म देने वाली वृद्धा माँ की कोख को चोट से बचाने के लिये, अपनी सन्तान को स्तन पिलाती अपनी पत्नी के लिये, शत्रु के बाणों को अपने चौड़े सीने पर झेलो!··· अरे कलिंग के सिंह, आततायी को फाड़ डालने के लिये अपना पंजा उठा!

समूह साधु-साधु कह कर झूमने लगा।

मोद के हाथ की कूची रुक गयी। वह लोहित की उपमाओं को ध्यान से सुनने लगा। उसके हाथ फिर तोरण के फलक पर व्यस्त हो गये। उसने मयूरवाहन देवताओं के सेनापति कार्तिकेय के मुख को कलिंग की महारानी की मनुहार दे दी और देवताओं की सेना में, मंच के नीचे खड़ी भीड़ में से लोहित, अम्ब, गुम्फ, किस्सल आदि के मुखों से समता दे दी।

समूह में अद्‌भुत उन्माद छा गया। लोग ऊँचे स्वर में मगध के राजा अशोक को ललकारने लगे। कुछ लोग समीप की दुकान से मद्य ले आये और लोहित और मोद को पिला कर, खम ठोक कर और एक दूसरे की पीठ पर थपकी देकर पुकारने लगे—नित्य मांस खाकर और मद्य पीकर उन भुजाओं में मत्त गज की सी शक्ति आ जायेगी तो मगध के उस जंगली भैंसे को सींगों से पकड़ कर पीछे ढकेल देने में क्या लगेगा!

दूसरों ने कहा—इस बार उस भैंसे को पीछे ढकेल देने से ही नहीं होगा उस भैंसे को बलि करके देवता को तृप्त करना होगा।

युद्ध के उत्साह का रंग छा जाने पर भीड़ के लोग एक दूसरे को मल्लयुद्ध के दाँव-पेच बताने लगते। पथों और मार्गों पर ही जोड़ छूट जाते। कुछ लोग लकड़ियाँ और

तलवारें निकाल लाते और आत्म-रक्षा और शत्रु पर आक्रमण करने के पैंतरे सीखने-सिखाने लगते। जन-साधारण युद्ध-तत्पर होने लगे।

बिट्ठल ने नगरपाल की सहायता से मोद को राजप्रासाद के मन्दिर का शृंगार करने के कार्य से बुलवा कर तोरण बनाने के कार्य पर लगा दिया था। मोद को यह परिवर्तन बहुत खला था। हिता से मिल सकने का अवसर छिन जाना उसके लिये सबसे बड़ा दुःख था, परन्तु दासत्व में भाग्य के सामने सिर झुकाकर सह जाने के अतिरिक्त और उपाय न था।

तोरण-निर्माण के समय मोद के मन में हिता का रूप और कानों में हिता के शब्द गूँजते रहते थे। सोचता रहता, हिता भी उतनी ही व्याकुल हो रही होगी, परन्तु तोरण के नीचे खड़े जनसमूह के सम्मुख अपनी कला का प्रदर्शन करने का आवेश उठता तो वह अपने कार्य में इतना डूब जाता कि हिता की स्मृति का अवसर ही न रहता। लोहित के आ जाने से तोरण के नीचे युद्ध की उत्तेजना का वातावरण बन जाता तो मोद भी उसमें डूब जाता, परन्तु रात्रि में हिता की याद अवश्य व्याकुल करती। इसके लिये मोद को अशोक पर क्रोध आता था।

× × ×

हिता कई दिन तक मोद को देखने का अवसर न पाकर अवश हो गयी थी। रहा न गया तो कंचुकी मामा के सम्मुख युवराज्ञी के लिये बिट्ठल जेट्ठक के यहाँ से खिलौने ले आने का बहाना बना, एक कंचुकी को रक्षा के लिये साथ लेकर वह नगर में गयी।

मोद बिट्ठल के कर्मान्त में न था। पूछ-तांछ कर हिता राजपथ की ओर गयी। उसने मोद को ऊँचे मंच पर तोरण बनाते देखा और नीचे खड़े समूह को भी देखा। ऐसी अवस्था में वह क्या कर सकती थी ! हिता विवश लौट गयी।

एक और सप्ताह बीत जाने पर हिता और भी अधिक व्याकुल हो गयी। युवराज्ञी विश्राम के लिये दोपहर में सो गयी तो हिता ने माँ से कहा—"अम्मा, युवराज्ञी अभी सोयी हैं। उठकर पुतली के विवाह का खेल खेलेंगी···।"

बेटी के प्रति आशंका से और उसे बरजने के लिये वापी की आँखों में आँसू आ गये, परन्तु हिता माँ के आँसू देखकर भी रुक न सकी। रक्षा के लिये कंचुकी को साथ लेकर वह बिट्ठल के कर्मान्त में पहुँची। वहाँ मोद को न पाकर भी उसने नई पुतलियाँ ले लीं और फिर कम्पित पगों से राजपथ की ओर चल दी। इस बार भी मोद एक चौराहे पर मंच के ऊपर बैठा दिखाई दिया। नीचे भीड़ पहले से भी अधिक थी।

हिता ने चौराहे पर ठिठक कर सोचा, क्या मोद सचमुच मुझे भूल गया है। मन और भी उद्विग्न हो गया। निश्चय किया—एक बार उससे बात तो करूँ; वह राजप्रासाद में क्यों नहीं आता? हिता तोरण के नीचे पहुँच गयी। तोरण की ओर मुख उठाये बेसुध भीड़ उसे मार्ग न दे रही थी।

वृद्ध कंचुकी को पुकारना पड़ा—"भले लोगों, राजदासी को मार्ग दो!"

मोद ने पुकार सुनकर नीचे झाँका। हिता के क्षुब्ध उदास नेत्रों से उसके नेत्र मिले। हिता का पीला मुख देखकर उसका हृदय बिंध गया। वह हिता की दृष्टि में भरी पीड़ा की उपेक्षा न कर सका, तुरन्त मंच से उतर आया।

मोद ने मंच के नीचे खड़े लोगों से कहा—"नयी कूची लेकर अभी आधी घड़ी में लौटता हूँ।" वह हिता और कंचुकी के पीछे लम्बे-लम्बे पगों में चल दिया।

मोद के पास कुछ न कुछ कार्षापण रहते ही थे। बिट्ठल उसके प्रति कृपा प्रकट करने के लिये उसे जब-तब कुछ धन देता रहता था, परन्तु इतना कभी नहीं कि मोद भाग जाने का साहस कर सके। हिता के सुझाने से मोद ने कंचुकी को मद्य पी सकने के लिये कुछ कार्षापण दे दिये। कंचुकी प्रसन्न होकर समीप ही मद्य की दूकान की ओर लपक गया। मोद हिता को एक सूनी गली में ले जाकर बात करने लगा।

मोद ने राजप्रासाद के कार्य से बुलाकर तोरण बनाने के काम में लगाये जाने के प्रसंग में बताया—नगर में समाचार है कि चंड अशोक बहुत बड़ी सेना लेकर आ रहा है। बहुत भयंकर युद्ध होगा। अब युवराज्ञी के अभिषेक के समय अदास होने की प्रतीक्षा का अवसर नहीं है। सुना है—चंड अशोक पूरे नगर को भस्म कर देगा और सम्पूर्ण प्रजा को मगध का दास बना देगा। तुझे साहस है तो प्रासाद से भागकर आ जा। हम दोनों प्राणों की बाजी लगा कर कहीं चले जायेंगे। तू नहीं आयेगी तो मैं तोरण बनाने का कार्य पूरा करके राज्य से शस्त्र लेकर सैनिक बन जाऊँगा। कई लोग यह भी कहते हैं कि महाबलि यज्ञ के पश्चात् महामात्य सैनिक बन जाने वाले दासों को युद्ध समाप्ति पर अदास कर देने का आदेश दे देंगे।

मोद की बात सुनकर हिता विह्वल हो गयी। मोद शस्त्र लेकर युद्ध में जायेगा। यह कल्पना उसे ऐसी लगी जैसे शस्त्रों का प्रहार स्वयं उसके शरीर पर होने लगा। हिता ने मोद को समझाया—ऐसा न करना, मैं मर जाऊँगी। भगवान स्थविर का आशीर्वाद और चमत्कार ही युद्ध से कलिंग की रक्षा करेगा। महारानी एक सहस्र भिक्षुओं से परित्राण-दिवासेना का पाठ करायेंगी। तुम कुछ दिवस प्रतीक्षा करो। महारानी तुम्हें मन्दिर का शृंगार पूरा करने के लिए फिर स्मरण करेंगी। तुम अदासता की भिक्षा माँग लेना।

कंचुकी को मद्य पीकर लौटने में और हिता को मोद से सैनिक न बन जाने का अनुनय-विनय करते रहने में विलम्ब हो गया था। हिता प्रासाद की ओर शीघ्र गति से लौटती हुई चिंतित थी कि विलम्ब हो जाने से युवराज्ञी खिन्न हो रही होंगी। कहीं उसे पुकारा तो नहीं जा रहा होगा?

बालिका युवराज्ञी दोपहर में नींद से उठी तो आचार्य महामात्य और आर्य महासेनापति के परिवारों की बालिकाओं ने उसे पुतली का ब्याह रचाने के खेल की याद दिलायी। हिता अभी लौटी न थी। प्रौढ़ा वापी ने पुतली के ब्याह की वेदी वैसी ही बना दी जैसी हिता बनाया करती थी। बेटी के इतने समय तक न लौटने से वापी का मन चिंता से बैठा जा रहा था। उसने पुराने गुड्डे और गुड़ियों को ही विवाह के लिये वेदी पर बैठा दिया।

अमिता पुराने गुड्डे-गुड़िया देखकर सन्तुष्ट न हुई। मचल कर बोली—"पुरानी पुतलियों का विवाह नहीं करेंगे! हितू को बुलाओ। हितू नयी पुतलियाँ देगी।" अमिता का विश्वास था कि हिता उसकी सब इच्छायें पूरी कर सकती थी।

वापी और भी चिंतित हो गयी। वह राजकुमारी के हठ को जानती थी। आशंका हुई कि उसकी बेटी के प्रति अबोध राजकुमारी की कृपा बेटी का काल न बन जाये। हिता के पुकारे जाने पर उसकी खोज होने लगेगी। हिता को प्रासाद से गये तीन घड़ी बीत चुका था। ऐसी अवस्था में हिता पर जो भी बीत जाता, थोड़ा होता।

दासों का नायक दण्डक हिता से प्रसन्न नहीं था। हिता दण्डक की उपेक्षा और अवहेलना कर देती थी। वापी ने बेटी को संकेत से समझाया भी था कि प्रासाद के दास-

दासियों का सुख-दुख दण्डक के ही हाथ में था। महारानी और युवराज्ञी की कृपापात्र होने पर भी कभी न कभी दण्डक के हाथ पड़ना ही होगा। दासी को मान शोभा नहीं देता, क्योंकि उसका अभिमान निभ नहीं सकता। सभी लड़कियों की माताओं की तरह वापी को भी विश्वास था कि उसकी बेटी की आयु बीस वर्ष की हो जाने पर भी वह भोली थी।

वापी ने अमिता को बहुत स्नेह और अनुनय से समझाया—"अम्मे महारानी, हिता महारानी के लिये नयी पुतलियाँ लेने गयी है, अभी आती होगी। तब तक महारानी खेलें।"

अमिता ने हठ से मचल कर अपना पूरा शरीर झटका और अलकें छिटका कर अस्वीकार कर दिया—"हमें नहीं चाहिये नयी पुतलियाँ, हम नहीं खेलेंगे। हितू को बुलाओ!"

वापी ने और दुलार से मनाया—"महारानी शीघ्र आयें, हम गुड़िया बेटी का ब्याह करा दें, नहीं तो शुभ मुहूर्त टल जायेगा। भद्रे लेखा और सीता भी आयें।" वापी ने महामात्य और महासेनापति की पौत्रियों को भी सम्बोधन किया।

अमिता ने फिर भी हठ से शरीर को हिलाकर आग्रह किया—"कैसे? हितू पुतली की माँ है। माँ के बिना पुतली का ब्याह कैसे होगा?"

वापी ने महासेनापति की पौत्री सीता के सिर पर हाथ रखकर सुझाया—"भद्रे सीता पुतली की माँ बनेगी।"

सीता प्रसन्नता से उछल पड़ी—"हाँ, हम पुतली की माँ बनेंगी।"

अमिता ने हठ से अस्वीकार कर दिया—"नहीं नहीं, पुतली की माँ हितू है। उसे अच्छी माँ बनना आता है। उसे विदाई का रोना अच्छा आता है। पुतली की विदाई के समय कौन रोयेगा?"

वापी ने विश्वास दिलाया—"अम्मे महारानी हितू की माँ को खूब रोना आता है। हितू को मैंने ही रोना सिखाया है। पुतली की माँ मैं बनूँगी। मैं रोऊँगी।"

वापी गुड़िया के सिर पर स्नेह से पुचकार कर बोली—"यह मेरी बिटिया है।" और फिर रुआँसे स्वर में बोली, "मेरी राजकुमारी बिटिया को अनाम देश का राजकुमार ब्याह कर सात नदी और सात समुद्र पार ले जायेगा। मैं अपनी दुलारी बिटिया को याद करूँगी।" वापी अपनी आँखों पर आँचल का छोर रखकर सिसकने लगी।

अमिता वापी के अभिनय से हँस पड़ी, परन्तु क्षण भर में ही फिर हिता की याद आ जाने से पुकार उठी—"हितू को बुलाओ! हितू कहाँ गयी!"

अमिता की पुकार से वापी का मन दहल रहा था, लोग सुनेंगे तो क्या होगा! वापी ने अमिता को गोद में उठा लिया—"हम तो महारानी को लेकर नाचेंगे!" वापी अमिता को हँसा देने के लिये, उसे गोद में उठा कर वेग से चक्कर काटने लगी। अमिता वापी के यत्नों से बहली नहीं। झुँझलाकर चिल्लायी, "हमें छोड़ दो!"

युवराज्ञी, वापी की गोद से उतर कर हिता के न आने से क्रोध में भूमि पर लोट-लोट कर रोने लगी। वापी विवश थी। राजकुमारी उसके प्राण लेकर, उसके प्राणों का खिलौना बना कर भी बहल जाती तो उसे सन्तुष्ट करने का यत्न करती। चाहती थी,

उसकी अल्हड़ बेटी पर आया संकट किसी प्रकार टल जाये, परन्तु अमिता ऊँचे स्वर में हिता को पुकार कर रोने लगी।

"बेटी क्यों रो रही है?" कक्ष के बाहर अलिंद से क्रोध भरी पुकार सुनायी दी। स्वर राजमाता मही का था। वापी के पाँव तले से धरती निकल गयी। राजमाता मही एक दासी के कन्धे का और दूसरी दासी की बाँह का सहारा लिये कक्ष में चली आ रही थीं। उन्होंने झुँझलाकर क्रोध प्रकट किया—"दुष्टा, बेटी को रुला क्यों रही है?"

वापी काठ की तरह स्तब्ध रह गयी। उसके होंठों से शब्द न निकल सका। दादी के लाड़ से अमिता और भी मचल कर ऊँचे स्वर में रोकर पुकार उठी—"हितू को बुलाओ? हितू को बुलाओ!"

युवराज्ञी के रोने के शब्द से अलिंदों और आँगन में से कई दासियाँ और यवनियाँ भी आ पहुँचीं। राजमाता मही का क्रोध बढ़ गया। उन्होंने ऊँचे स्वर में पुकारा—"कहाँ गयी है वह पिशाची? बिटिया को छोड़ कर कहाँ गयी है? दण्डक से कहो, उस डाकिनी का कठोर शासन करे!"

अमिता के रोने की पुकार सुनकर कंचुकी उद्दाल भी आ गया था। उदाल ने मचलती हुई अमिता को उठा कर कंधे से लगा लिया और आश्वासन दिया—"अम्मे महारानी, हितू महारानी के लिये बहुत सुन्दर पुतली ला रही है। हितू तो कुरंग शावकों को कोमल दूब खिला रही है। चलें, महारानी उद्यान में चलें। भद्रे लेखा और भद्रे सीता भी चलें।"

कंचुकी अमिता को गोद में और लेखा और सीता को भी साथ लेकर आँगन से चला गया। राजमाता भी दासियों का सहारा लिये हिता की उच्छृंखलता के प्रति क्रोध में बड़बड़ाती और उसे उचित दण्ड मिलने की इच्छा प्रकट करती प्रमद-उद्यान की ओर गयीं। स्तब्ध वापी ही कक्ष में अकेली रह गयी। राजमाता मही के चले जाने के पश्चात् ही उसे भय से काँपने का साहस हुआ। उसका शरीर जल की वेगवान धार में उगे हुए कासतृण की भाँति थरथरा उठा। आँगन और अलिंदों से दासियों की पुकारें सुनायी दे रही थीं—"हिता को बुलाओ!··· दुष्टा कहाँ गयी है!··· उसे शीघ्र बुलाओ!" अपनी बेटी की मूर्खता के प्रति क्रोध से वापी के नेत्रों से न तो आँसू ही टपक सके और न मुख से शब्द ही फूट सका; वह त्रास से स्तब्ध रह गयी।

× × ×

हिता विलम्ब हो जाने के कारण सहमती हुई राजप्रासाद की ड्योढ़ी में आयी। उसके उभरे हुए गेहुँआ रंग के गालों पर भय का पीलापन और बड़े-बड़े नेत्रों के श्वेत कोयों में आतंक झलक रहा था। वह सहारे के लिए अपने आँचल में सम्भाली हुई पुतलियों और खिलौनों को हृदय पर दबाये थी, मानो भय और संकट में तीक्ष्ण दृष्टियों से युवराज्ञी के खिलौने कवच बनकर उसकी रक्षा कर सकते थे।

द्वार पर भाले और ढालें लिये चौकसी के लिये खड़े प्रतिहारियों में से एक ने हिता की ओर कटाक्ष किया—"नगर में विहार कर आयी?" और हिता के साथ कंचुकी को मद्य पिये देखकर उसने कहा, "इस कापालिक को तो देखो, यह नवोढ़ा की छाया से उन्मत्त हो रहा है।"

हिता का सिर तनिक और झुक गया और वह मौन रह आगे बढ़ गयी। पीठ पीछे से उसे दूसरे सैनिक का स्वर सुनाई दिया—''अभी तो अन्तःपुर में इसे पुकारा जा रहा था।''

हिता के पाँव लड़खड़ा गये।

हिता अन्तःपुर की ड्योढ़ी पर पहुँची तो द्वारिक यवनी ने उसे क्रोध में ललकारा—''पिशाची, तू झूठ बोल कर गयी थी। तूने कहा था, कंचुकी मामा के आदेश से जा रही थी।''

हिता उत्तर देने को थी कि उसकी माँ भीतर के आँगन से ड्योढ़ी की ओर आती दिखायी दी। वाणी क्रोध और भर्त्सना में चिल्ला उठी—''मर जा तू! इतना विलम्ब कैसे हुआ! चल, युवराज्ञी तेरे बिना मचल रही हैं।''

हिता भय से काँप गयी, कुछ उत्तर देते न बना। वह शीघ्रता से अलिंद की ओर बढ़ने लगी परन्तु दूसरी यवनी ने आकर उसे बाहु से पकड़ लिया और खींचते हुए ले चली—[illegible] दंडक ने अनुशासन के लिये बुलाया है। राजमाता मही का आदेश है, इसका कठोर शासन किया जाये।''

हिता ने काँपते हुए कातर स्वर में विनय की—''मैं कंचुकी मामा के आदेश से युवराज्ञी के लिये पुतलियाँ लेने जेट्ठक बिट्ठल के यहाँ गयी थी।''

वापी ने आगे बढ़ कर बेटी को दूसरी बाँह से अपनी ओर खींचते हुए यवनी से प्रार्थना की—''स्वामिनी, इस मूर्खा को जाने दो। युवराज्ञी इसके बिना रो रही हैं। पहले युवराज्ञी को मना ले फिर तो आयेगी ही, जायेगी कहाँ।''

यवनी ने वापी को धक्का देकर पीछे हटा दिया और हिता को कलाई से खींचती हुई अन्तःपुर और बाहर के आँगन के मध्य दासों पर अनुशासन रखने वाले दासनायक दण्डक के छोटे आँगन में ले गयी।

दासों के अनुशासन का छोटा आँगन पत्थर की भीतों से घिरा था। मुख्य द्वार के सामने कच्ची भूमि का आँगन था और आँगन के आगे पत्थर का नीचा अलिंद। अलिंद के भीतर काठ के भारी किवाड़ लगी कोठरियाँ थी। अलिंद की भीत में कन्धे की ऊँचाई पर कई खूँटे गड़े थे। खूँटों से लोहे की साँकले, रस्सियाँ और कोड़े लटके हुए थे। इस स्थान पर आते ही प्रासाद के छः सौ दास-दासियों के शरीर भय से कंटकित हो जाते थे। अलिंद के बायें कोने में काठ के तख्त पर कपड़ा बिछाये दासनायक दण्डक कोहनी का सहारा लिये लेटा था। एक दासी प्रासाद के उपयोग से जीर्ण हो चुके चिकनी लड़की के बेलन में उसकी जाँघें दबा रही थी।

हिता को बाँह से खींचकर लाती हुई यवनी आँगन से ही बोल उठी—''स्वामी, यह पिशाची अभी नगर में रंग-विनोद करके लौटी है। अन्तःपुर, उद्यान और बाहर आँगन में कहीं नहीं थी।''

दण्डक ने कृत्रिम क्रोध से हिता की ओर देखा परन्तु नेत्रों की तृष्णा न छिपी।

हिता ने हाथ जोड़कर कातर स्वर में प्रार्थना की—''स्वामी, दास कंचुकी मामा के आदेश से कुंचकी पिक की रक्षा में भगवती युवराज्ञी के लिये यह पुतलियाँ लेने,'' अपनी झोली दिखाकर उसने कहा, ''जेट्ठक बिट्ठल के यहाँ गयी थी।''

दण्डक नेत्रों में तृष्णा और स्वर में क्रोध के पुट से बोला—"हम सब समझते हैं। युवराज्ञी की परिचर्या दासी होने का बहुत अहंकार है तुझे इसलिये हमारी अवज्ञा करती है। नहीं जानती, जल में रहकर मगर की अवज्ञा नहीं की जा सकती।" धमकाते-धमकाते दण्डक के होंठों पर मुस्कान आ गयी, "अच्छा यहाँ तो आ, हम भी तेरी प्रतीक्षा में आतुर हैं।"

हिता हाथ जोड़कर अति कातर स्वरों में बोली, "स्वामी, युवराज्ञी दासी को पुकार रही हैं, रुष्ट हो जायेंगी!"

दण्डक क्रोध में अपनी कोहनी का सहारा लेकर तख्त से आधा उठ गया—"युवराज्ञी को स्पर्श करने का इतना अभिमान है तुझे? हमारे शरीर में तुझे काँटे जान पड़ते हैं।"

हिता के पीछे खड़ी यवनी ने हँस कर उसे दण्डक की ओर ढकेल दिया। दण्डक ने बाँह बढ़ा कर उसकी कलाई पकड़ ली और अपनी ओर खींचा।

हिता ऊँचे स्वर में पुकार उठी—"क्षमा, स्वामी क्षमा हो! युवराज्ञी दासी को पुकार रही हैं, रुष्ट हो जायेंगी। दासी त्रस्त है।" उसके स्वर में कातरता थी, परन्तु उसने अपनी बाँह मरोड़ कर और ज़ोर से झटका देकर दण्डक से छुड़ा ली।

दण्डक अपमान से होंठ चबा कर बोला—"त्रास ही तो तुझे नहीं है। आज तू हमें पहचान ले। जान ले, हमारी अवज्ञा करने से क्या होता है!" दण्डक ने यवनी की ओर देखा, "चार कशा (कोड़े) पीठ पर!"

हिता काँप उठी! यवनी अवसर की प्रतीक्षा में ही थी। उसका हाथ तुरन्त खूँटे में लटके कोड़े की ओर बढ़ गया। यवनी ने कोड़े को उतार, वायु में लहरा कर हिता की पीठ पर दे मारा। कोड़े की रस्सी हिता की पीठ को लपेट कर उसकी ठोड़ी को भी छू गयी। हिता एक ही चोट में धरती पर गिर कर चीख उठी—"हाय अम्मा!"

दण्डक क्रोध में आँखें निकाल कर भयंकर कुत्ते की तरह गुर्रा उठा—"तू चिल्लाती है! तेरा इतना साहस!" उसने यवनी पर क्रोध प्रकट किया, "मूर्खा, तूने इसका मुख क्यों नहीं बाँधा?"

यवनी मुख बाँधने के वस्त्र के लिये दूसरे खूँटे की ओर लपकी।

छोटे आँगन की भीत के उस पार से युवराज्ञी की पुकार सुनायी दी—"हितू, ओ हितू!"

दण्डक तुरन्त तख्त से उठ खड़ा हुआ। उसने हाथ के संकेत से यवनी को हिता का मुँह बाँधने से रोक दिया और हिता की ओर घूर कर बोला—"मौन! नेत्र पोंछ!"

भीत के परे से फिर युवराज्ञी और वृद्ध उद्दाल की पुकार सुनायी दी—"हितू! ओ हितू!"

दण्डक के संकेत से यवनी ने वस्त्र से हिता का मुँह पोंछ दिया और उसे बाँह से खींचती हुई आँगन के द्वार की ओर ले गयी और द्वार के बाहर ढकेल दिया।

हिता ने देखा सामने वृद्ध उद्दाल और उसके पीछे युवराज्ञी को गोद में लिये उसकी माँ खड़ी थी। युवराज्ञी के होंठ उसे पुनः पुकारने के लिए खुल रहे थे। हिता पीड़ा सह जाने के लिये अपने होंठ दाँतों से दबाये युवराज्ञी को गोद में ले लेने के लिये बाँहें फैलाकर उसकी ओर बढ़ गयी।

अमिता वापी की बाँहों से हिता की गोद में आ गयी। हिता ने अपने आँसू भरे नेत्र अमिता से छिपाने के लिये राजकुमारी की ठोड़ी स्नेह से अपने कन्धे पर रख ली और पीड़ा से डगमगाते पगों से अलिंग की ओर चल दी।

हिता ने अपनी रोयी हुई आँखें और ठोड़ी की चोट अमिता की आँखों से बचाने का बहुत यत्न किया परन्तु राजकुमारी ने पूछ ही लिया—"तू रोई है?"

हिता मौन रह गयी।

अमिता ने अपनी गोल कोमल बाँहें हिता के गले में डालकर, उसके गले से लिपट कर पूछा—"दण्डक ने तुझे मारा है?"

हिता ने स्वीकृति से सिर झुका दिया और नेत्र आँचल से पोंछ लिये।

अमिता के नेत्र विस्मय और भय से फैल गये। उसने पूछा—"क्या तूने किसी से कुछ छीना था; क्या तूने किसी को डराया था; क्या तूने किसी को मारा था?"

हिता ने युवराज्ञी के केशों में स्नेह से उँगलियाँ डाल कर नकार में सिर हिला कर मुस्कराने का यत्न किया।

अमिता ने और भी विस्मय से पूछा—"तो दण्डक ने तुझे क्यों मारा?"

अमिता के भोलेपन से हिता के होंठों पर मुस्कान आ गयी।. उसने युवराज्ञी की ठोड़ी स्नेह से उँगलियों की पोरों से लेकर उत्तर दिया—"अम्मे महारानी, मैं खेलने चली गयी थी।"

अमिता का विस्मय और भी बढ़ गया—"तू किससे खेलने गयी थी?"

हिता ने लाज से रहस्य के स्वर में उत्तर दिया—"अपने प्रेमी से।"

अमिता ने फिर अपनी बाँहें हिता के गले में डाल दीं और उत्सुकता से पूछा—"तूने कैसा खेल खेला था?"

हिता ने अमिता की आँखों में स्नेह से देखा—"अम्मे, प्यार का खेल।"

अमिता हिता से और भी चिपट गयी और अनुरोध से बोली—"प्यार का खेल हमें भी सिखा दे, हम भी खेलेंगे!"

हिता ने अमिता के कपोलों पर प्यार का उत्तर दिया—"मेरी महारानी, जब समय आयेगा, प्यार का खेल स्वयं आ जायेगा।"

अमिता के कोमल बाल-मुख पर चिन्ता का भाव आ गया। उसने पूछा—"तब क्या हमें भी कोई मारेगा?"

हिता ने राजकुमारी को हृदय से चिपका लिया और सांत्वना दी—"दासी महारानी पर सौ बार बलि-बलि जाये! युवराज्ञी को कोई नहीं मार सकेगा।"

अमिता ने अविश्वास से पूछा—"तो दण्डक ने तुझे क्यों मारा?"

हिता ने हृदय से उठती हूक को दबा कर उत्तर दिया—"महारानी, मैं तो दासी हूँ।"

अमिता ने क्षण भर चिन्ता में मौन रह कर हिता को शिक्षा दी—"हितू तू फिर प्यार का खेल मत खेलना। तू क्या फिर खेलेगी?"

हिता मुस्काराकर, पल मौन रहकर बोली—"महारानी, हाँ खेलूँगी!"

"तो दण्डक तुझे मारेगा।" अमिता ने चिन्ता से कहा।

हिता ने उत्तर दिया—"महारानी, प्यार के खेल में मार भी मीठी लगती है।"

अमिता और भी कौतूहल से बोली—"तो हम भी खेलेंगे प्यार का खेल।"

हिता ने युवराज्ञी का मुख स्नेह से हाथों में दुलराकर कहा—"हाँ महारानी, समय आयेगा तो खेलोगी ही, रह नहीं सकोगी।"

उसी समय राजमाता मही दासी के कन्धे का सहारा लिये प्रमद-उद्यान में मन न लगने के कारण लौटती हुई अलिंद में से जा रही थीं। द्वार से अमिता को हिता के साथ सन्तुष्ट खेलते देखकर उन्होंने पोती को स्नेह से पुचकार कर पूछा—"आ गयी तेरी हितू? खूब खेलो बेटी! शतायु हो मेरी दुलारी!" दासी के प्रति क्रोध उन्हें भूल गया था।

युवराज्ञी दौड़कर दादी के घुटनों से लिपट गयी और बोली—"मही अम्मा, हितू प्यार का सुन्दर खेल जानती है। हितू कहती है, हमें भी प्यार का खेल आ जायेगा।" अमिता दादी को छोड़ फिर हिता से आ लिपटी।

हिता ने अपनी भूल समझ भय से सिमिट कर लज्जा से सिर झुका लिया और युवराज्ञी को गोद में उठाकर राजमाता मही से ओट कर ली।

दादी ने बिना दांत के पोपले मुख से पौत्री को पुकारा—"हाँ मेरी बेटी, हाँ मेरी चाँद, हमारी बेटी सूर्य-सा प्रतापी वर पायेगी। हमारी पोती अखण्ड, एक छत्र राज्य करेगी।"

उत्सव निषेध

राजसखा नगरश्रेष्ठी सौमित्र के दान-पुण्य की कीर्ति कलिंग में पहले भी प्रचुर थी। नगर में देवराज की तुष्टि के लिए महाबलि यज्ञ समारोह आरम्भ होने पर वह ख्याति और भी बढ़ गयी। नगर में धूम थी कि राज्य की ओर से प्रतिदिन एक सहस्त्र पशु की बलि दी जाने पर नगर के सामन्त, आचार्य और सेट्ठी लोग भी प्रतिदिन कोई पाँच, कोई दस, कोई पच्चीस पशु और उतने ही घट मद्य बलि-वेदियों पर देंगे। ख्याति थी कि सौमित्र अपनी मान-मर्यादा के अनुकूल प्रतिदिन एक सौ एक पशु और एक सौ घट मद्य की बलि देगा। संवाद पाकर आचार्य और महासेनापति भी सन्तुष्ट थे।

सेठ सौमित्र की हवेली की ड्योढ़ी के भीतर फुलवाड़ी से सजा बड़ा आँगन था। आँगन के आगे कक्ष से घिरे बाहर और भीतर के आँगन थे। मध्याह्न समय बाहर के आँगन के बड़े कक्ष में सेठ के कर्मान्त (कारिन्दे) गद्दियों पर बैठे व्यवसाय का काम कर रहे थे। कुछ लोग आभूषण रखकर धन उधार लेने आये थे, कुछ उधार लौटाकर आभूषण लेने। गद्दियों पर अनेक व्यवसायों के भाव-तौल हो रहे थे। भीतर के कक्ष में सेठ की गद्दी पर पुण्य-कार्य के लिए सेठ की ओर से दी जाने वाली बलि के संबंध में प्रसंग चल रहा था। उससे भीतर के आँगन में उस दिन पूर्णिमा के उपलक्ष्य में एक सौ एक भिक्षुओं के भिक्षा ग्रहण करने के लिये ऊन के एक सौ एक आसनों के सम्मुख एक सौ एक चौकियों पर भिक्षा का प्रबन्ध किया जा रहा था। अन्तःपुर की ओर से आँच पर उबलते घी और सुगन्धित चावलों के दूध में औटाये जाने की सुगन्धियाँ आ रही थीं।

बड़े आँगन में स्थान-स्थान पर शोभा के लिये मधुर शब्द बोलने वाले पक्षी पिंजरों में लटके हुए थे, परन्तु आँगन में गूँजता पक्षियों का कोलाहल एक कोने में रखे हुए बड़े-बड़े पिंजरों में बन्द जंगली पक्षियों के चीखने के कारण था। प्रति पूर्णिमा को सौमित्र भिक्षुओं को भिक्षा देने से पूर्व एक सौ एक पक्षियों को बन्धन मुक्त करने का भी पुण्य लाभ करता था। रीति के अनुसार ही शोभा के लिए पिंजरों में बन्ध पक्षी लटके हुए थे और रीति के अनुसार दूसरे एक सौ एक पक्षी बन्धन-मोचन की प्रतीक्षा में छटपटा रहे थे। सब व्यापार अपने-अपने स्थान पर रीति से चल रहे थे, परन्तु सेठ एक समस्या के कारण क्षुब्ध था। यह समस्या पशुओं के व्यापारी शंख के रीति का मार्ग भंग कर देने के कारण उठ खड़ी हुई थी।

सेठ के मन में क्षोभ उत्पन्न करने वाली घटना का आरम्भ लगभग दो मास पूर्व हुआ था। तब बलि-यज्ञ की सूचना जनसाधारण को नहीं थी। इस योजना की चर्चा केवल महामात्य के आस-पास के लोगों और सामन्त वर्ग में चल रही थी। उसकी कुछ भनक महामात्य के पुत्र आर्य मयंक, सूर्यकीर्ति और आर्य सुधन्वा से सौमित्र के कानों में पड़ चुकी थी। तभी राजद्वार में सेठ सौमित्र के प्रभाव के कारण तीन महासेठों के सार्थ का

धन युद्धकोष में न जाकर विहार में सुरक्षित हो जाने की बात भी नगर में फैल गयी थी। राज्य के सेठों में सौमित्र का आदर बहुत बढ़ गया था। उस समय कलिंग का प्रसिद्ध बनजारा शंख राजाज्ञा से कठिनाई में पड़ जाने के कारण सहायता माँगता सौमित्र के यहाँ आया था।

शंख के कुल में दो पीढ़ी से पशुओं का व्यापार होता था। पिछले चार वर्ष से कलिंग में धर्म का प्रचार बढ़ जाने से बलि की प्रथा के प्रति जन की विरक्ति बढ़ गई थी, इसलिये दूध और खेती के काम न आ सकने वाले पशुओं का कोई उपयोग नहीं रह गया था। ऐसे पशुओं का मूल्य गिरता गया और उन्हें खरीदने वाला कोई न था। ऐसे पशु, मनुष्यों के लिये गले का बोझ बन गये थे। शंख संकट में था, क्या करे? पूर्वजों के व्यापार में उसे हानि हो रही थी। उसे एक उपाय सूझा कि कलिंग में अनुपयोगी होकर बोझ मात्र बन जाने वाले पशुओं को नाममात्र मूल्य में खरीद कर वन-वन चराता गौड़ देश ले जाये। गौड़ देश में उस समय भी पशु-बलि की प्रथा और मांस-भोजन की रीति थी।

शंख पशुओं को गौड़ में अच्छे मूल्य पर बेचकर वहाँ का वस्त्र अथवा दूसरे पदार्थ कलिंग लाने लगा। अहिंसा प्रचार से उस पर आ गया। दुर्भाग्य उसके सौभाग्य में परिणत हो गया था। पशुओं का बड़ा सार्थ लेकर जाते समय उसे ऋण लेना पड़ता था। तीन मास में ही लौटकर वह निश्चित समय पर ब्याज सहित ऋण चुका देता था। शंख उस बार श्रावण मास में पशुओं का सार्थ लेकर गौड़ की ओर जा रहा था तो सीमान्त के शौल्किक ने उसे सीमा पार करने की आज्ञा नहीं दी। उसे कहा गया कि राजाज्ञा से पशुओं का कलिंग से बाहर जाना निषिद्ध हो गया है।

शंख राजद्वार में सौमित्र के प्रभाव की ख्याति सुनकर सहायता माँगने सेठ के यहाँ आया। उसने प्रार्थना की कि सेठ राजद्वार में उस पर दया के लिये प्रार्थना करे और कलिंग के लिये बोझस्वरूप उसके सार्थ को राज्य से बाहर जाने की अनुमति दिला दे।

शंख की समस्या सुन कर सौमित्र ने विवशता प्रकट की—"भाई, मैं क्या कर सकता हूँ? मैं भी तुम्हारी तरह राज्य की प्रजा हूँ। महापति आचार्य किस प्रयोजन से क्या करते हैं, यह हम लोग क्या जानें। उनकी आज्ञा का पालन करना ही अपना धर्म है। तुम पशुओं को हिंसा के लिये बेचने गौड़ और कामरूप ले जाना चाहते हो, मैं हिंसा के काम में कैसे सहयोग दूँ!"

शंख की ओर से बात करने के लिये सेठ वासल साथ आया था। उसने कहा—"जेट्ठक ठीक कहते हैं। जेट्ठक को हिंसा से विरक्ति है, परन्तु यह सहस्र पशु कलिंग में भूखों मर जायेंगे तो कौन पुण्य होगा! उन्हें बाँध कर खिलाते रहने का सामर्थ्य तो शंख में नहीं है।"

सौमित्र ने करुण स्वर में कहा—"भगवान की पृथ्वी पर सबके लिये स्थान और भोजन है। उन जीवों को हिंसा से मुक्त करने का पुण्य प्राप्त करो। स्वर्ण ही तो सब कुछ नहीं है।"

वासल ने सुझाया—"यदि शंख इन पशुओं को यों ही इधर-उधर हाँक दे और यह राज्य के खेत चरते फिरें तो भी किसी का क्या कल्याण होगा! पशु का उपयोग न हो सकने पर उसका क्या मूल्य? उसे खिलाने के लिये कौन अपना धन मिट्टी करेगा? हम

कहते हैं कि जेट्ठक प्रति पूर्णिमा एक सौ एक पक्षी खरीद कर बन्धन मुक्त करते हैं। जेट्ठक को अहिंसा का पुण्य हो इसलिये शंख को लागत का औना-पौना मूल्य दे दें और यह पशु वनों में छोड़ दिये जायें। शंख को तो निश्चित तिथि पर ऋण चुकाना ही होगा। उसने तो लाभ की आशा से बेचने के लिये यह पशु खरीदे थे, पुण्य के संकल्प से नहीं।''

सौमित्र ने मुस्कराकर उत्तर दिया—''पक्षियों को बन्धन मुक्त करने की रीति है। पशु खरीद कर मुक्त करने की रीति नहीं सुनी। अभी कुछ नहीं कह सकूँगा कुछ समय पश्चात् देखा जायेगा।''

शंख के बहुत अनुनय करने पर और वासल के वचन की जमानत पर सौमित्र ने शंख के चार सहस्र पशुओं का लागत मूल्य आँक कर उसका पौना मूल्य छः सहस्र धरण ब्याज पर तीन मास के लिए उधार दे दिये थे और कह दिया था, इस मूल्य में शंख के पशु उसके यहाँ ही रहते हुए सौमित्र के यहाँ बन्धक रहें।

शंख सौमित्र से पाये धन से ऋण चुका कर भी चिन्तित था कि इतने पशुओं का वह करेगा क्या? वह कभी किसी सामन्त और कभी किसी आचार्य के द्वार पर जाकर अनुनय करता रहा कि उसे पशुओं को राज्य के बाहर ले जाने की अनुमति दे दी जाये। उसके चरवाहे पशुओं को कभी एक वन में ले जाते और कभी दूसरे में। यह सम्पत्ति शंख के लिये आपत्ति हो रही थी। प्रायः एक मास इसी प्रकार बीता था कि राज्य में महाबलि यज्ञ की धूम मच गयी। अनेक लोगों ने छोटे-मोटे पशु खरीद-खरीद कर बलि के लिये अपने घरों के सामने बाँध लिये। इन्हें देखकर अनुकरण की बाढ़ चल पड़ी। जिसके घर के द्वार या आँगन में बलि के लिये बँधा पुष्ट पशु न दिखायी देता, वह दूसरों की तुलना में क्षुद्रता अनुभव करने लगता। राज्य की ओर से भी बड़े-बड़े पशु खरीद कर बाड़ों में एकत्र किये जा रहे थे। पशुओं, घास और दाने-भूसे के दाम बहुत बढ़ गये थे।

शंख देवराज इन्द्र की इस कृपा से निहाल हो गया। वह प्रतिदिन सौ-डेढ़ सौ पशु वनों से मँगा कर बेच लेता। उसे पशुओं का मूल्य पाँच-छः गुना अधिक मिल रहा था। ज्यों-ज्यों महाबलि यज्ञ का समीप आ रहा था, पशुओं का मूल्य बढ़ रहा था। सौमित्र ने भी प्रतिदिन बलि के लिये एक सौ एक पशुओं का प्रबन्ध करने के लिये शंख को बुला भेजा था।

शंख ने जब सौमित्र से अपने पशुओं का मूल्य, एक मास पूर्व सेठ द्वारा लगाये गये मूल्य से पाँच-छः गुना अधिक माँगा तो सौमित्र को क्रोध आ गया। सेठ ने आपत्ति की—''पशु तुमने बेचे कैसे? वह तो हमारी धरोहर थे।''

शंख संकट से मुक्त हो चुका था। उसने निश्शंक उत्तर दिया—''यदि सेठ ने पशुओं को अपनी सम्पत्ति मान लिया था तो उनके पोषण का उत्तरदायित्व क्यों नहीं लिया था? मैंने जितना धन पशुओं को खिलाया है, उसका मूल्य सेठ देंगे? सेठ अपना मूल और ब्याज लें। धरोहर का कोई प्रश्न नहीं है। पशुओं का मूल्य तब कुछ था, अब दूसरा है। तब मूल्य निश्चय करना सेठ के हाथ की बात थी, अब मेरे हाथ की बात है।'

सौमित्र ने समझाया—''यह व्यवसाय का धर्म और नियम नहीं है। व्यवसाय का मूल वचन का पालन करने में ही है। वैश्य का सिर गिर जाये, वचन गिरना उचित नहीं।''

शंख इस पर भी न माना। उसने हठ किया—"जेट्ठक, व्यवसाय लाभ के लिये ही किया जाता है, हानि के लिये नहीं। जेट्ठक पशुओं को अपनी सम्पत्ति मानते हैं तो उन्हें खिलाने और सेवा का मूल्य मुझे दें अन्यथा आज के मूल्य पर पशु खरीदें।"

शंख को तर्क से परास्त न होते देखकर सौमित्र दूसरे ढंग के बोला—"देखो भाई, इस समय हमें धर्म कार्य के लिए पशु चाहिए, लाभ के लिए नहीं। व्यापारी को व्यापारी का ही सहारा होता है। ऐसा न हो परस्पर कलह में पछताना पड़े··· ।"

सौमित्र की बात पूरी नहीं हो पायी थी कि बाहर के कक्ष से उनके एक कर्मी ने आकर सूचना दी—"विहार से शिविका लौट आयी है। संदेह है कि स्थविर असंद अत्यन्त खिन्न है। तीर्थाटन के लिये कलिंग नगर के त्याग का विचार कर रहे हैं। स्थविर के न आने से शेष एक सौ एक भिक्षु भी नहीं आयेंगे··· ।"

सौमित्र भयानक धर्म संकट में पड़ गया। यदि भिक्षु संकल्प की हुई भिक्षा स्वीकार न करेंगे तो अनर्थ हो जायेगा! उसने मौन रहकर शंख को लौट जाने का संकेत कर दिया और कुछ पल विचार कर बोला—"दोपहर टल जाने पर तो श्रमण भिक्षा ग्रहण नहीं करेंगे। समय अधिक नहीं है। श्रमणों के सत्कार के लिये प्रस्तुत की गयी सम्पूर्ण भिक्षा तुरन्त विहार में पहुँचा दी जाये।"

सौमित्र स्वयं तुरन्त शिविका में जा बैठा। शिविका को अति शीघ्र गति से विहार की ओर चलने का आदेश दिया और स्थविर असंद की खिन्नता के कारण का अनुमान करने लगा। स्थविर असंद की खिन्नता उपेक्षणीय न थी। विहार के अनुशासन और रीति-नीति में स्थविर की बात का विशेष प्रभाव था।

सेठ सौमित्र के शिविका-वाहक विहार में अति शीघ्र पहुँचने के लिये प्रायः दौड़ते हुए शिविका को वीथि के मार्ग से लिये जा रहे थे। वे विहार के समीप बाजार में पहुँचे तो राजपुरुषों ने पालकी को वीथि में ही रुक जाने का संकेत कर दिया। विहार का मार्ग महारानी की शिविका के लिये रोक दिया गया था।

उत्तर टेकरी की घटना के पश्चात् से महामात्य का आदेश था कि महारानी की सवारी नगर में से निकलते समय पथों पर भीड़ न होने दी जाये। सौमित्र को पहचान कर और यह जान कर कि विहार के लिये भिक्षा जा रही है, राज पुरुषों ने सेठ को मार्ग दे दिया। सौमित्र चिन्तित था, स्थविर असंद किस कारण विरक्त हो गये हैं।

स्थविर असंद की खिन्नता का कारण गत संध्या नगर के पथ पर घटित एक अन्य घटना थी।

भगवान तथागत ने भिक्षुओं को 'विनय' का उपदेश दिया था—'भिक्षु मार्ग पर सदा नत दृष्टि चलें।' कलिंग के विहारों में भिक्षुओं की संख्या सहस्र से अधिक हो चुकी थी। अनेक भिक्षु विनय और शील के नियमों का पालन करते थे, परन्तु धर्म और संघ की शरण आने वाले सभी लोग सुख के मोह और दुख के श्रम से मुक्ति के लिये विहारों में सम्मिलित नहीं हुए थे। ऐसे भी लोग थे जो गृहस्थ जीवन और संसार के संघर्ष को दुःखमय और संन्यास को चिन्ता-रहित तथा सुखमय समझ कर भिक्षु बन गये थे। वे केवल ऐसे सुखों की उपेक्षा करना चाहते थे जिनके मूल्य के लिये कठिन श्रम करना पड़ता है। वे श्रम और संघर्ष से मुक्ति चाहते थे। ऐसे भिक्षुओं के लिये प्रत्येक पग पर

विनय और शील के कठिन नियमों के बोझ से ग्रीवा झुकाये चलना सुखकर नहीं था। वे नगर के पथों, मार्गों और वीथियों में से आते-जाते समय, सदा मन को मार कर दृष्टि भूमि पर झुका रखने का ध्यान न रखते थे। स्थविर असंद की दृष्टि भी सदा मार्ग पर नत नहीं रहती थी परन्तु उनके आचरण में इस विकल्प का कारण 'विनय' के नियम की उपेक्षा नहीं, नियमों के पालन के लिये सतर्कता ही थी। उन्हें चिंता रहती थी कि भिक्षु अन्य विनय के नियम भंग न करें अथवा कलिंग के नागरिक धर्म के प्रति अवहेलना तो नहीं दिखाते।

स्थविर असंद ने विनय के नियमों का विशेष अध्ययन-मनन किया था। विहार के संघ स्थविर धर्म के मूल सिद्धान्तों का विशेष अध्ययन करने और समाधि-साधना का विशेष अभ्यास करने के कारण 'धम्मधर' थे। स्थविर मुद्‌गल सुत्तों का विशेष अध्ययन-मनन करने के कारण 'सुत्तधर' थे। वैसे ही स्थविर असंद विनय और संघ के अनुशासन के विशेष ज्ञान के कारण 'विनयधर' थे।

स्थविर असंद की प्रवृत्ति निर्वाण प्राप्ति के लिये समाधि-साधना की अपेक्षा बहुजन को धर्म की शरण में लाकर उनका कल्याण करने और धर्म की प्रतिष्ठा स्थापित करने की ओर थी। उनके उपदेशों से कलिंग के अनेक नागरिकों ने बुद्ध, धर्म और संघ की शरण ग्रहण की थी। विहार और नगर में असंद का विशेष आदर तथा आतंक था।

असंद अपने अंतेवासियों और श्रमणों सहित पथ अथवा पण्य में निकलते तो आस-पास मौन हो जाता। उपासक तथा जन-साधारण करबद्ध खड़े हो जाते। कुछ उपासक उन्हें भूमि स्पर्श से प्रणाम करते थे। स्थविर असंद आशीर्वाद देकर, उन लोगों के कल्याण की कामना करते जाते थे। ऐसे अनेक कारणों से स्थविर असंद की दृष्टि पथ पर नत न रह सकती थी।

परन्तु महाबलि यज्ञ के समारोह की योजनाओं से जन-समुदाय की भावना और नगर के वातावरण में परिवर्तन आ गया था। महामात्य ने राजपुरुषों को आदेश दे दिया था कि युद्ध की समाप्ति से पूर्व पचास वर्ष से कम आयु के किसी भी व्यक्ति को सिर मुँडा कर पीला चीवर धारण कर लेने की अनुमति नहीं है। राजपुरुष युवा भिक्षुओं को देखकर पूछ बैठते—"अरे कायर, यह चीवर कब धारण किया है?"

प्रजा महारानी की धर्म और संघ के प्रति श्रद्धा देखकर धर्म और संघ का आदर करने लगी थी। अब राजपुरुषों द्वारा स्थान-स्थान पर भिक्षुओं को टोका जाते देखकर प्रजा के मन में धर्म और संघ के प्रति प्रतिष्ठा कम होने लगी थी। नगर में सहस्रों भिक्षुओं की उपस्थिति में बलि का प्रसाद मांस-मद्य नगर में बँटने लगा। कौतुक-विनोद की आशा और उमंग ने जन-साधारण के मन में भिक्षुओं का आदर और आतंक क्षीण कर दिया था। लोग धर्म के अनुशासन से स्वच्छन्दता अनुभव करने लगे थे। वे भिक्षुओं को देखकर अवहेलना कर जाते। पहले जन युवा भिक्षुओं को यौवन में ही काम का त्याग करने वाले मान कर उनका आदर करते थे। अब उन्हें कायर और भगोड़े कहकर लोग उन पर विद्रूप से हँसने लगे। अनेक भिक्षु विशेषकर स्थविर असंद, राज्य और नगर में यह परिवर्तन देखकर चिन्तित और खिन्न थे। उन्हें महाबलि यज्ञ के कारण जनसमुदाय की प्रसन्नता में उच्छृंखलता तथा पाप की प्रवृत्ति दिखाई देती थी। बलि के लिये उत्साह और आनन्द में अभिधर्म का ह्रास और अपमान जान पड़ता था।

स्थविर असंद कार्य से अपराह्न में चैत्य गये थे। वे साँझ के झुटपुटे में चार अंतेवासियों सहित महाबोधि विहार लौट रहे थे। राजपथ के एक चौराहे पर एक बलिवेदी के तोरण के समीप साधारणजन की भीड़ गोल बाँधे खड़ी थी। नगाड़ा कड़ाके से बज रहा था! भीड़ वाह-वाह रे भट्ट! यह मारा! ऐसे मार!··· पुकार रही थी। लकड़ियों के आपस में टकराने की खट-खट और अट्टहास सुनाई दे रहे थे।

स्थविर असंद कुछ दूर से भीड़ की ओर देखते अनुमान कर रहे थे कि उनके समीप पहुँचते ही लोग संभ्रम से घबरा जायेंगे, भीड़ सहसा छँट जायेगी!

स्थविर असंद शिष्यों सहित भीड़ के समीप पहुँच कर ठिठक गये, परन्तु अपने विनोद में बेसुध भीड़ का ध्यान उनकी ओर न गया। भीड़ अचल रही।

स्थविर के एक शिष्य ने नागरिकों की इस अशिष्टता से खिन्न होकर क्रोध से दो बार पुकारा—"अरे मूर्ख लोगों, भन्ते के लिये मार्ग दो!"

युवा भिक्षु की क्रुद्ध ललकार सुनकर भीड़ ने भिक्षुओं की ओर ध्यान दिया। भीड़ अपने आनन्द और विनोद में भर्त्सना पाकर सहम गयी, परन्तु भीड़ में एक व्यक्ति अट्टहास कर कह बैठा—"अभी बहुत है मटकी में, इन मुंडियों को भी पिलाओ।"

भीड़ का सम्भ्रम टूट गया और लोग छंट जाने की अपेक्षा खिलखिला कर हँस पड़े। आदर पाने के लिये अभ्यस्त युवा भिक्षु इस अनादर और उपेक्षा से और भी क्रुद्ध हो गया। उसने समीप खड़े लोगों को धक्का देकर स्थविर के लिये मार्ग देने के लिये धमकाया। धक्का पाने वाला व्यक्ति दाँव-पेंच और युद्ध की तैयारी की उमंग में था। उसने धक्का देने वाले भिक्षु को टँगड़ी देकर गिरा दिया। तब तक दूसरे लोग सावधान हो गये। उन्हें भिक्षु का अनादर न करने का ध्यान आ गया। लोगों ने धृष्टता करने वाले को पकड़ कर एक ओर हटा दिया। लाठियाँ लेकर दाँव–पेंच करने वाले भी मार्ग से एक ओर हट गये।

स्थविर असंद ने विनोद में उन्मत्त होकर अविनय करने वाली भीड़ की भर्त्सना की। भीड़ के कुछ लोग सिर झुकाकर क्षमा माँगने लगे, परन्तु लोहित ऊँचे स्वर में बोल उठा—"अरे बाबा, साँड़ और साधु से क्या झगड़ा! इन्हें मार्ग दे देना ही ठीक है!"

भीड़ खिलखिला कर हँस पड़ी तो लोहित फिर बोला—"भन्ते, समुदाय के आनन्द-विनोद से क्यों खिन्न होते हैं?" और वह ऊँचे स्वर में गाने लगा, "रोग का भय होने पर वैद्य की खोज होती है। संसार से निराश होने पर परलोकदाता की चाह होती है। हमें तो परलोक की अपेक्षा सामने रखे भोजन और हाथ की तलवार का अधिक विश्वास है।" लोग फिर खिलखिला कर हँसने लगे।

स्थविर असंद ने उत्सव की उमंग में उन्मत्त होकर माया के भ्रम में फँसने के लिये पुनः भीड़ की भर्त्सना की, परन्तु भीड़ उपदेश की उपेक्षा कर हँसती रही। स्थविर क्रोध में पाँव पटकते हुए विहार की ओर चल दिये।

स्थविर असंद उस रात्रि ध्यान से समाधि के लिये बैठे तो भीड़ से प्राप्त अपमान की पीड़ा के कारण ध्यान केन्द्रित न हो सका। विश्राम के लिये चटाई पर लेटे तो भी चिन्तित थे—कलिंग में धर्म की प्रतिष्ठा के स्थान पर सहसा धर्म का ह्रास क्यों हो गया? जन-समुदाय में अधर्म का भय और धर्म का आदर क्यों नहीं रहा? चार वर्ष तक शनैः-शनैः जो कुछ बन पाया था, वह सब पन्द्रह दिन में ही लोप हो गया! सहसा उन्हें कारण समझ

में आ गया—यह सद्धर्म विरोध महामात्य सुकंठ का धर्म-विरोध है। जनसमूह को भ्रम में डालने के लिये ब्राह्मणों का छल है। जन को तृप्ति की आशा और भ्रम रहेगा तो कोई धर्म और परलोक की चिन्ता क्यों करेगा? भिक्षु और संघ धन, द्रव्य और सब सांसारिक भोगों को छांड़कर आदर भी न पायेंगे तो धर्म की विजय कैसे होगी…!

× × ×

स्थविर असंद ध्यान और समाधि के लिये निर्मित गुफा में कुशासन पर चिन्ता की मुद्रा में बैठे थे। सौमित्र दर्शन की अनुमति पाकर उनके सम्मुख उपस्थित हुआ। सेठ ने भक्ति-भाव से धरती स्पर्श से प्रणाम कर, अपनी भिक्षा स्वीकार न होने के कारण की जिज्ञासा के लिये विनय की।

स्थविर ने सेठ की धर्म-भावना से सान्त्वना पाकर उत्तर दिया—"विनय का उपदेश है, मन चिन्तित होने पर भिक्षु को अन्न ग्रहण करना उचित नहीं। ऐसा अन्न शरीर में रोग उत्पन्न करता है।"

सेठ ने मन खिन्न होने का कारण पूछा।

स्थविर ने गत संध्या नगर में घटी घटना बतायी। नगर में धर्म के ह्रास से ही मार्ग में भीड़ ने भिक्षुओं का अपमान किया और भीड़ उन पर हँस रही थी।

स्थविर और श्रमणों के अपमान का समाचार पाकर सौमित्र को स्थविर से भी अधिक दुख हुआ। सेठ कुछ समय इस दुख से मौन रहा और फिर नेत्रों में परिताप भरकर बोला—"भन्ते, नगर में बलि हिंसा की योजनाओं का ही यह कुप्रभाव है। भन्ते, यह तो अभी पाप की छाया-मात्र है। जब नित्य सहस्र-सहस्र पशुओं का रक्त और सहस्र-सहस्र कलश मदिरा के बहेंगे तब यह राज्य और नगर में रसातल तक खोजने से भी धर्म न मिलेगा। तब हिंसा और पाप से दुखी होने वाले भिक्षु इस राज्य में कैसे निवास पायेंगे?"

सेठ ने कहा—"भन्ते और संघ के उपदेश और दयामयी महारानी का प्रभाव से अहिंसा धर्म में विश्वास करने वाले लोगों को भी नित्य पशु-हिंसा के पाप का भागी बनना होगा। युवा-जन धर्म में श्रद्धा होने पर भी धर्म की शरण नहीं ग्रहण कर सकते। महामात्य पशुओं के रक्त और मद्य के प्रवाह से प्रजा को उन्मत्त कर रहा है। संसार से विरक्त महारानी अपने अधिकार की चिन्ता नहीं करतीं। बालिका युवराज्ञी को भला क्या ज्ञान। उनकी इस उपेक्षा में राजसिंहासन आचार्य का ही समझिये। युद्ध से प्रजा के असमर्थ हो जाने पर वह राजसिंहासन भी सँभाल लेगा तो उसका विरोध कौन करेगा?"

असंद ने निराशा से उत्तर दिया—"जिस राज्य और नगर में पाप की अत्यधिक वृद्धि हो जाये, उसका नाश होना ही उचित है। ऐसे पाप पंक में भिक्षु क्यों रहे?"

सौमित्र क्षण भर विचार से मौन रहकर बोला—"भन्ते, अपने चित्त की शान्ति के लिए पापी देश को त्याग सकते हैं, परन्तु भन्ते तो केवल अपने निर्वाण की चिन्ता न कर बहुजनहिताय, बहुजनसुखाय की साधना करते आये हैं? सहस्र भिक्षुओं के इस संघाराम का क्या होगा? महाविहार के लिए संचित लाखों धरण धन को भी क्या भन्ते, आचार्य को सौंप जायेंगे? धर्म से विमुख राज्य की प्रजा का क्या होगा? भन्ते, यह तो पाप और हिंसा को आश्रय देना होगा।"

स्थविर ने खिन्न स्वर में उत्तर दिया—"जिस राज्य और नगर की प्रजा वासना के लोभ में धर्म और परलोक की चिन्ता नहीं करती, धर्म और संघ का आदर भी नहीं करती, वह अपने किये का फल पायेगी। कर्मफल ही तो मनुष्य को बाँधता है। जिसका जैसा कर्म है, वह वैसा फल पायेगा।"

सौमित्र ने विह्वल होकर प्रार्थना की—"भन्ते आज्ञा दें तो उपासक निवेदन करे। यह राज्य आचार्य का नहीं है। राज्य कलिंग के राजवंश का है। महारानी हिंसा को प्रश्रय नहीं देना चाहतीं। महारानी के अज्ञान में हिंसा का पाप राज्य को डुबा रहा है। महारानी यह भी नहीं जानतीं कि उनके राज्य में साधनरत भिक्षुओं का अपमान हो रहा है। भन्ते, यह केवल धर्मविरोधियों की अभिसंधि है। धर्म की रक्षा की सामर्थ्य भन्ते में ही है।"

स्थविर ने चिन्ता से सेठ की ओर देखकर पूछा—"उपासक का क्या अभिप्राय है?"

सौमित्र रहस्य के स्वर में बोला—"भन्ते, की चिन्ता और उस चिन्ता से भन्ते के उपासे रह जाने के कारण यदि क्षुद्र उपासक को दुःख हुआ है तो महारानी को यह समाचार जानकर कितनी चिंता होगी? महारानी नगर में अधर्म की वृद्धि से परिचित नहीं हैं। आचार्य प्रजा की पुकार महारानी तक पहुँचने नहीं देता। अभी महारानी की सवारी विहार की ओर आने में डेढ़ घड़ी का समय है, परन्तु इस समय भी राजपुरुषों ने नगर में कठिनाई से मार्ग दिया··· ।"

कुछ समय तक सौमित्र और स्थविर में बहुत धीमे स्वर में मन्त्रणा चलती रही। सौमित्र विहार से लौट गया तो स्थविर असंद प्रायः एक घड़ी तक विहार के महास्थविर जीवक से मंत्रणा करते रहे।

× × ×

कलिंग के महामात्य आचार्य सुकंठ और महासेनापति भद्रकीर्ति अशोक के आक्रमण के प्रतिरोध को आयोजना में अविराम व्यस्त थे। अनेक सामन्त-सेनापतियों के नेतृत्व में सहस्रों सैनिक राज्य के उत्तर-पश्चिम भाग की ओर भेज दिये गये थे। कलिंग के सभी नगरों में लोहे, ताँबे और दूसरी धातुओं के कर्मी निरन्तर शस्त्र निर्माण में लगे हुए थे। काठ, बाँस, चमड़े, और सूत का कार्य करने वाले भी दिन-रात युद्ध की ही सामग्री बना रहे थे। इस अविराम परिश्रम में महाबलि यज्ञ की योजनाएँ उनका उत्साह बढ़ा रही थीं। प्रजा आतंक भूलकर आत्मविश्वास से आत्मरक्षा के युद्ध में जूझ जाने की भावना से झूम रही थी।

अपने राज्य पर आक्रमण की आशंका और राज्य की रक्षा की चिंता महारानी को भी थी, परन्तु वे महाबोधि विहार के महास्थविर के ज्ञानमय उपदेशों के प्रभाव से शस्त्र और हिंसा की शक्ति को हेय समझती थीं। उनका विश्वास था—

स्वर्गीय महाराज करवेल अशोक को शस्त्र-शक्ति से पराजित करके भी कलिंग को अभय नहीं बना सके थे। अशोक एक बार हार कर फिर आक्रमण करने के लिये चला आ रहा है। इस प्रकार आक्रमण और रक्षा के क्रम का कोई अन्त न होगा। कलिंग की रक्षा लीलामय की दिव्य-शक्ति द्वारा ही सम्भव है। अशोक भी उनकी लीला का तुच्छ अंश ही है। लीलामय भगवान पर विश्वास से भगवान स्वयं कलिंग की रक्षा करेंगे। महारानी को राज्य पर आक्रमण की आशंका से अधिक चिन्ता थी, स्वयं कर्मफल के बन्धन से मुक्त होकर निर्वाण प्राप्ति की।

महारानी श्रद्धा और अनुरोध देखकर महास्थविर जीवक ने उन्हें विश्वास दिलाया था कि महारानी अपनी साधना पूर्ण कर लेने पर तथागत के सूक्ष्मलोक-स्थित रूप का साक्षात्कार पा सकेंगी। तथागत का साक्षात्कार पाते ही महारानी दिव्य शक्ति और विभूति सम्पन्न हो जायेंगी। वे शरीर रहते भी निर्वाण अवस्था प्राप्त कर सकेंगी। उनकी इस दिव्य शक्ति से आततायी अशोक का पराभव क्षण मात्र में हो जायेगा। उस दिव्य शक्ति के चमत्कार से अशोक और मगध की असंख्य हाथी, घोड़ों और रथों की सेना साधकों के श्वास की वायु में इस प्रकार उड़ जायेगी जैसे वर्षा ऋतु की पहली आँधी में ग्रीष्म से सूखे झाड़-झंखाड़ उड़ जाते हैं।

कलिंग की महारानी प्रति पूर्णिमा और अमावस्या के दिन महाबोधि विहार में भिक्षुओं के निमित्त भोजन और उपयोगी वस्तुओं की भिक्षा एक सौ एक बहंगियों में उठवाकर दोपहर में विहार जाती थीं। भिक्षुओं को भिक्षा से संतुष्ट कर और एक घड़ी तक महास्थविर का प्रवचन श्रवण कर वे तीसरे पहर प्रासाद में लौटती थीं।

वेणुक ग्राम की घटना के समय और अन्य अवसरों पर कुछ लोगों की प्रार्थना से महारानी ने राजाज्ञाओं में हस्तक्षेप किया था। अतः महामात्य ने नगरपाल को सावधानी के लिये आदेश दे दिया था कि महारानी की सवारी नगर के पथों पर आते-जाते समय विशेष चौकसी रखी जाये, जन गण उनके समीप न आ सकें अवांछित जन महारानी को क्षुब्ध न कर सकें। प्रासाद का कर्मान्ताधिष्ठायक भी महारानी का दर्शन चाहने वालों से भेंट का प्रयोजन जानकर पहले महामात्य को सूचित कर दे।

राजप्रासाद से महारानी की पालकी चलने से पूर्व ही राजपुरुष मार्ग के दोनों ओर चौकस हो जाते थे। भीड़ मार्गों से हटा दी जाती। मार्ग के दोनों ओर दूकानों पर खड़ी प्रजा मस्तक झुका-झुका कर महारानी का जय-जयकार करती, परन्तु पथ पर कोई न आ पाता।

विहार में पहले एक सौ एक बहंगीवाहकों ने और फिर महारानी ने प्रवेश किया। विहार के द्वार में प्रवेश करते ही महारानी को अमंगल की आशंका हुई। महास्थविर जीवक, स्थविर असंद और आनन्द सदा की भाँति स्वस्ति और आशीर्वाद से महारानी का स्वागत करने के लिये द्वार के भीतर दिखायी न दिये। एक सौ एक बहंगियों में लायी गयी भिक्षा की ओर भी किसी ने ध्यान न दिया। चारों ओर चिन्ता और आशंका का वातावरण था। उस स्तब्धता में विहार के भीतर मध्याह्न वायु से हिलते पीपल के महावृक्ष के पत्तों की खड़खड़ाहट महारानी को हाहाकार की भाँति दारुण अनुभव हुई। द्वार पर खड़े दो मौन भिक्षु महारानी को मार्ग दिखाते हुए महास्थविर के स्थान की ओर ले चले। महास्थविर अपनी ध्यान-गुफा में आसन पर विचार की मुद्रा में बैठे थे।

महारानी के प्रणाम के उत्तर में महास्थविर ने अभय मुद्रा से आशीर्वाद देकर आसन ग्रहण करने का संकेत किया। एक राजदासी ने महास्थविर के सम्मुख भूमि पर ऊन का आसन बिछा दिया। दूसरी दासी ने ऊन के आसन पर कुशासन रखा। महारानी ने आसन पर बैठ, करबद्ध विनय की—"भन्ते, संघ के लिये उपासिका की भिक्षा स्वीकार करें।"

महास्थविर ने महारानी को सम्बोधन किया—"परमभगवती उपासिका की धर्म में श्रद्धा से राज्य का कल्याण हो, परन्तु संघ के लिये महारानी की भिक्षा का उपयोग नहीं

है। भिक्षु को पाप और हिंसा में रत यजमान के घर की भिक्षा स्वीकार करना उचित नहीं है।''

जीवक के शब्द सुनकर महारानी का शरीर कंटकित हो गया। उसे अनदेखा कर जीवक कहते गये—''स्थविर असंद और संघ के अनेक भिक्षु राज्य और नगर में व्याप्त प्रचण्ड हिंसा और धर्म के नाश से व्यथित होकर धर्म रक्षा के लिये निराहार रहकर तथागत का ध्यान कर रहे हैं। नगर में धर्म और संघ की शरण के लिये संसार का त्याग करने भिक्षुओं को सैनिक कार्य की हिंसा के लिये हाँका जा रहा है। राज्य में तथागत के अनुयायी, संसार त्यागी भिक्षु अपमानित हो रहे हैं। संघ का सम्पूर्ण धर्म प्रतिदिन सहस्र-सहस्र पशुओं की बलि की हिंसा में डूब जायेगा। धर्म पर आये संकट से रक्षा के लिये भिक्षु निराहार रहकर परित्राण दिवासेना का पाठ कर रहे हैं। जब तक संघ और राज्य में अधर्म का संकट दूर न हो जाये, संघ भिक्षा ग्रहण न कर निराहार रहेगा।''

महारानी का गौर मुख पीला पड़ गया। उन्होंने हाथ जोड़कर विस्मय प्रकट किया—''राज्य और संघ पर अधर्म का संकट···? ज्ञानधर भन्ते, उपासिका का अज्ञान दूर करें! ···उपासिका का अपराध बतायें!''

महास्थविर ने उत्तर दिया—''शास्ता ने पशु-बलि को हिंसा-कर्म और पाप कहा है। बलि के लिये दूसरों को बलात् विवश करना उससे बड़ा पाप है। भिक्षु वेश और धर्म का निरादार होने से राजा अपराधी होता है। नित्य सहस्र-सहस्र पशुओं की हिंसा संघ और इस राज्य को ले डूबेगी। ऐसी हिंसा से परित्राण के लिये धर्म की शक्ति रुद्र-रूप धारण करती है। पाप की उस अग्नि में राज्य स्वाहा हो जाते हैं।''

महास्थविर के शब्दों से महारानी का शरीर काँप उठा। नेत्र मूँदकर, दोनों हाथ जोड़कर तथागत के धातु-पात्र को स्मरण कर वे बोलीं—''उपासिका के अज्ञान और उपेक्षा से पाप की वृद्धि हुई है। उपासिका उसके लिये परितप्त है। भन्ते, धर्म के मार्ग का अनुशासन करें।''

स्थविर जीवक ने निष्पलक दृष्टि से महारानी के नेत्रों में देखा—''परमभगवती उपासिका आज सूर्यास्त से पूर्व राजाज्ञा की घोषणा करें कि राज्य और नगर में बलि नहीं होगी। सैनिक कार्य के लिये किसी को विवश नहीं किया जायेगा।''

महारानी मौन रह कर जीवक को ओर देखती रहीं और कातर स्वर में बोलीं—''भन्ते अभयदान दें। आश्वासन दें कि तथागत की शरण में आततायी के आक्रमण से राज्य की रक्षा होगी।''

महास्थविर के मुख पर विद्रूप की मुस्कान आ गयी—''संशयात्मा भगवान की कृपा नहीं पाता। वह परम लक्ष्य को भी प्राप्त नहीं कर सकता। मगध और कलिंग जिस शक्ति की लीला के अणुमात्र हैं, इस परमशक्ति के शरणागत हों। जो तथागत संशय करने वालों का भ्रम दूर करने के लिये आकाश खण्ड में अनेक द्वीप निर्माण कर एक नासा से अग्नि की तथा दूसरी नासा से जल की वर्षा कर सकते हैं, जिसके एक नेत्र के कटाक्ष से अमृत की, और दूसरे नेत्र के कटाक्ष से विष की वर्षा हो सकती है, जो धर्म और शरणागतों की रक्षा के लिये अनेक योनियों में जन्म धारण करते हैं, देव और दानव दोनों ही जिनकी आज्ञा में है, जो पृथ्वी, सूर्य, अग्नि, आकाश और वायु के नियामक हैं गुरुनिर्देश में उनकी कृपा पाकर उनके तत्त्व में समा जाने से कुछ भी शेष नहीं रह जाता। मनुष्य का

अहंकार ही उसके विश्वास को निर्बल कर उसके लिये सम्भव-असम्भव के संशय की सीमा लगा देता है। उपासिका संशय मुक्त होवें!"

महारानी ने भक्ति से नतग्रीव हो स्वीकार किया—"भन्ते का आदेश अवश्य पूर्ण होगा। ज्ञानी स्थविर और संघ की चिंता त्याग कर भिक्षा ग्रहण करे।"

महारानी के नेत्रों से, पालथी में बँधी उनकी अंजली में आँसू टपक पड़े। अधर को दाँत से दबाकर उन्होंने अपने आप को वश में किया और चित्त स्थिर करने के लिये तथागत के धातु-पात्र के ध्यान में नेत्र मूँद लिये। महारानी ने चित्त स्थिर होने पर नेत्र खोले तब भी उनकी पलकों में अश्रु थे।

महास्थविर ने महारानी की ओर निष्पलक दृष्टि से देखा—"तथास्तु! उपासिका की धर्म भावना से महारानी का धर्म संकल्प पूरा हो।"

महारानी को मौन देखकर जीवक पुनः बोले—"उपासिका मन की चिन्ता कहें।"

महारानी के नेत्र पुनः छलक आये। विह्वल स्वर में उन्होंने पूछा—"भन्ते, उपासिका का चित्त कब शान्त होगा···साधना कब पूर्ण होगी···चमत्कार दर्शन कब होगा। राज्य भय से कब मुक्त होगा?"

महास्थविर ने अपलक दृष्टि महारानी की ओर की—"जब उपासिका का चित्त अहं और संशय से मुक्त होगा, जब उपासिका को शरीर और राज्य का मोह और अहंकार नहीं रहेगा। उपासिका चित्त निर्मल होने पर चमत्कार दर्शन से बुद्धत्व प्राप्त करेंगी।"

महारानी का समाधान नहीं हुआ। कातरता से हाथों की अंजली स्थविर की ओर बढ़ा कर उन्होंने पूछा—"भन्ते, ऐसा कब होगा?"

जीवक ने उत्तर दिया—"जब गुरुचरणों में उपासिका की भक्ति पूर्ण होगी।"

महारानी पल भर के लिये मौन रहीं और फिर उन्होंने महास्थविर के सम्मुख भूमि पर सिर रख दिया और दृढ़ निश्चय से बोलीं—"उपासिका अपना शरीर और यह राज्य तथागत, धर्म और संग के निमित्त गुरुचरणों में अर्पण करती है। उपासिका चमत्कार दर्शन प्राप्त कर विहार से लौटेगी।"

महारानी का मस्तक भूमि पर था, परन्तु उनके पीछे खड़ी दोनों दासियों ने देखा महास्थविर का शरीर सहसा सिहर कर स्थिर हो गया। जीवक ने पल भर के लिये नेत्र मूँद लिये और फिर महारानी को सम्बोधित किया—

"उपासिका चमत्कार दर्शन के लिये चित्त को निर्मल करे। इस प्रयोजन से, पूर्ण त्याग के संकल्प से छत्तीस घड़ी तक मौन और ध्यानावस्थित रहे। उपासिका राज्याडम्बर के बिना धर्मार्पण हो, मध्यरात्रि में विहार में प्रवेश करे। तब उपासिका चमत्कार दर्शन द्वारा सिद्धि लाभ करेगी।"

महारानी ने भूमि से माथा उठाकर जीवक को उत्तर दिया—"भन्ते का आदेश पूर्ण होगा। उपासिका भन्ते के अनुशासन अनुसार छत्तीस घड़ी पश्चात् सेवा में उपस्थित होगी।" महारानी ने फिर माथे से स्पर्श द्वारा महास्थविर को प्रणाम किया और आसन से उठ गयी।

महारानी की शिविका महाबोधि विहार से राजप्रासाद के अन्तःपुर में लौटते ही उन्होंने प्रासाद के कर्मान्ताधिष्ठायक सामन्त प्रताप को स्मरण किया। महारानी अपने कक्ष

के आँगन में ही खड़ी रहीं। सामन्त ने सेवा में उपस्थित होकर प्रणाम किया। महारानी ने आदेश दिया—

"राज्य और नगर में इसी क्षण घोषणा की जाये! कलिंग के धर्मराज्य में जीव-बलि यज्ञ का निषेध है। किसी व्यक्ति को सैनिक कार्य के लिए बलात् नहीं धरा जायेगा। धर्म और संघ की शरण पाने में कोई बाधा न होगी। धर्म और संघ की सेवा के लिये अर्पित धन युद्ध की हिंसा के लिये आयत्त नहीं होगा। सब लोग अहिंसा धर्म का पालन कर श्रमणों और स्थविरों का आदर और सत्कार करें। हम कोष्ठ के अलिंद में प्रतीक्षा करेंगी। नगर में यह दुन्दुभि-घोषणा सुन लेने पर ही हम कक्ष में पाँव रखेंगी।"

सामन्त प्रताप धर्म और कर्तव्य के विकट द्वन्द्व में पड़ गया। उसे महामात्य का आदेश था कि राजप्रासाद की प्रत्येक गतिविधि की सूचना महामात्य को पहले दी जाये। उनकी अनुमति के बिना कुछ न हो सके, परन्तु महारानी अपना आदेश पूर्ण होने की प्रतीक्षा में राजप्रासाद के दूसरे तल्ले के अलिंद में नगर की ओर दृष्टि लगाये खड़ी थीं। सामन्त किसकी आज्ञा माने?

प्रताप के पास एक ही समाधान था, महामात्य राज्यसत्ता के प्रतिनिधि हैं, महारानी स्वयं राजसत्ता हैं। राजसत्ता के मुख से मिले आदेश की उपेक्षा कैसे की जा सकती थी? धर्म और कर्तव्य में जो सम्मुख आये! भाग्य के विधान से त्राण कहाँ थी?

महारानी नगर की ओर दृष्टि लगाये प्रासाद के दूसरे तल्ले के अलिंद में खड़ी थीं। पाव घड़ी के पश्चात् उन्हें राजपथ से दुन्दुभि का शब्द सुनायी दिया। उन्होंने देखा, एक ऊँट पर भेरी बज रही थी। ऊँट के सम्मुख अश्वारोही सैनिक ने नरसिंहा उठा कर बजाया। दूसरे ऊँट पर राजपताका लिये चारण ने घोषणा की—

"परमभट्टारिका, परमभगवती, धर्मनिष्ठ कलिंग की राजेश्वरी की जय हो! पौरजन और कलिंग की प्रजा सुने! कलिंग के धर्मराज्य में राज्यादेश से पशुबलि यज्ञ का निषेध है।

"प्रजापालक महारानी प्रजा को आश्वासन देती हैं, राजपुरुष प्रजा से बलात् सैनिक सेवा नहीं लेंगे। धर्म और संघ की शरण जाने वालों को बाधित नहीं करेंगे। धर्म और संघ की सेवा के लिये अर्पित धन युद्ध के लिये आयत्त नहीं होगा। सब लोग अहिंसा धर्म का पालन कर श्रमणों और स्थविरों का मान और सत्कार करें। इसके विपरीत व्यवहार राज-द्वार से दंडित होगा, ऐसा परमभगवती का आदेश है।"

महारानी ने तीन बार घोषणा सुनकर सान्त्वना का श्वास लिया और अपनी अंगदासी धारा की ओर देखा—"हम छत्तीस घड़ी साधना में मौन रहेंगी हमारे कक्ष में कोई नहीं आयेगा। इस समय क्या घड़ी-पहर है?"

धारा ने उत्तर दिया—"परमभगवती, अपराह्न की आधी घड़ी गयी है।"

महारानी बोलीं—"छत्तीस घड़ी बीतने पर मध्यनिशा पश्चात् आधी घड़ी जाने पर महाबोधि विहार गमन के निमित्त शिविका प्रस्तुत हो। शरीर-रक्षक और चारण नहीं जायेंगे। तू विहार के द्वार से लौट आयेगी।"

धारा का शरीर सिहर उठा।

महारानी फिर बोलीं—"हिता से कहना युवराज्ञी को एक बार··· नहीं इस समय नहीं। कल रात्रि में जिस समय हम आँगन में शिविका पर बैठें, बेटी को लाकर हमारा आशीर्वाद ले ले।"

धारा काष्ठवत् स्तब्ध रह गयी। महारानी ने अपने कक्ष में जाकर तथागत के धातु-पात्र के सम्मुख भूमि पर मस्तक रख कर प्रणाम किया और ध्यानावस्थित हो गयीं।

× × ×

महामात्य की हवेली की ड्योढ़ी पर प्रतिहारी ने दिन के तीसरे पहर की पहली घड़ी की टंकार गजर पर दी ही थी कि राजप्रासाद के कर्मान्ताधिष्ठायक वृद्ध सामन्त प्रताप ने वेग से दौड़ते अपने अश्व को ड्योढ़ी के सामने रोका।

प्रताप ने घोड़े की पीठ से ही प्रतिहारी को आज्ञा दी—''प्रभु आचार्य की सेवा में तुरन्त निवेदन किया जाये। अत्यन्त आवश्यक सम्वाद है।''

एक प्रतिहारी तुरन्त दौड़ गया।

आवश्यक सम्वाद की सूचना देने पर भी सामन्त प्रताप को महामात्य के आँगन के द्वार पर प्रायः आधी घड़ी तक, कभी एक पाँव पर और कभी दूसरे पाँव पर खड़े प्रतीक्षा करनी पड़ी। जिस समय प्रताप ने आचार्य के कक्ष में प्रवेश कर उन्हें प्रणाम किया, राज्य के कोषाध्यक्ष आचार्य अश्वत्थ और दो दूत आचार्य को प्रणाम कर विदा ले रहे थे। प्रताप को एकान्त के लिये प्रतीक्षा में श्वास रोक लेना पड़ा।

सामन्त प्रताप ने अवसर मिलते ही विह्वल स्वर में निवेदन किया—''प्रभु अभयदान दें। सेवक से विवशता में अपराध हुआ है। परन्तु दूसरा उपाय नहीं था। परमभगवती महारानी ने महाबोधि विहार से प्रासाद में लौटते ही नगर में तुरन्त पशु-बलि यज्ञ निषेध की घोषणा की जाने की आज्ञा दी। सेवक राज्यादेश की अवहेलना नहीं कर सका। महारानी के कक्ष में प्रवेश करते ही सेवक सूचना के लिये उपस्थित है।''

आचार्य ने प्रताप को तीव्र दृष्टि से बेध कर पूछा—''नगरपाल की घोषणा के लिये आदेश देने से पूर्व यह संवाद यहाँ नहीं आ सकता था?''

प्रताप ने उत्तर दिया—''स्वामी क्षमा हो, ऐसा अवसर नहीं था। महारानी दोतल्ले के अलिंद में खड़ी थीं। उनका आग्रह था, राजपथ पर अपने कानों से घोषणा सुनकर ही वे अपने कक्ष में प्रवेश करेंगी। राजप्रासाद के चारणों द्वारा घोषणा का प्रबन्ध करना पड़ा। तीन बार घोषणा सुनकर ही परमभगवती ने अपने कक्ष में प्रवेश किया। तभी सेवक आचार्य की सेवा में प्रस्तुत हो सका।''

आचार्य अपनी श्वेत दाढ़ी को दाहिने हाथ से सूतते हुए चिन्ता के स्वर में बोले—''ऐसे परस्पर-विरोधी राज्यादेशों से प्रजा हतबुद्धि हो जायेगी। महारानी ने विहार से लौटते ही आज्ञा दी थी··· विहार में क्या हुआ था?''

प्रताप ने उत्तर दिया—''स्वामी, सेवक ने यह जानने के लिये प्रतीक्षा नहीं की। प्रतीक्षा करने से विलम्ब होता। सेवक प्रासाद लौटकर तुरन्त संवाद भेजेगा।''

आचार्य ने चिन्ता के स्वर में कहा—''राज्य-प्रबन्ध में भिक्षुओं के हस्तक्षेप से अनर्थ होगा।'' और प्रताप को सम्बोधन किया, ''विहार में क्या हुआ, पूरा ब्योरा तुरन्त भेजा जाये।''

सामन्त प्रताप को महामात्य की ड्योढ़ी से लौट प्रायः एक घड़ी बीती होगी, नगरपाल चित्ररथ ने आकर महामात्य के दर्शन की प्रार्थना की। चित्ररथ ने वही संवाद दिया जिसकी आचार्य आशंका कर रहे थे।

दोपहर से पूर्व भिक्षा के लिये नगर के पण्यों, वीथियों में आये भिक्षु पशुबलि निषेध, संघ और भिक्षुओं के आदर-मान की पुनः स्थापना के राज्यादेश की नयी घोषणा सुनकर उद्दंड व्यवहार करने लगे थे। विहार में समाचार सुनकर अनेक भिक्षु अपना कौतूहल शांत करने के लिये नगर के पण्यों और पथों पर आ गये थे। कुछ दिनों पूर्व नागरिकों से पाया अपमान याद कर उन्हें क्रोध आ गया। भिक्षु, नागरिकों की धृष्टता और बलि के उत्साह में उन्मत होकर धर्म की अवज्ञा के लिये नागरिकों की भर्त्सना कर रहे थे।

अनेक नागरिक जो बलि-यज्ञ के लिये समय पर पशु न खरीद सकने के कारण चिन्तित थे, इस अवसर पर बलि-यज्ञ के विरुद्ध अपना क्रोध प्रकट करने के लिये भिक्षुओं के साथ आ मिले और चौराहों पर बलि-यज्ञ के लिये बनायी गयी वेदियों और तोरणों को खींच-खींच कर गिरा रहे थे। वेदियों और तोरणों को अपने हाथों से तोड़ने और गिराने में इन लोगों को पाप के दमन और धर्म की रक्षा का सन्तोष अनुभव हो रहा था। ऐसे लोग अहिंसा और धर्म में अपनी निष्ठा प्रकट करने के लिये बलि-यज्ञ की तैयारी करने वालों को गालियाँ देकर उनका सिर तोड़ देने की धमकी दे रहे थे। भिक्षु अपना अधिकार और आदर अनुभव करने के लिये शान्ति-रक्षा के लिए पुकारने वाले राजपुरुषों का भी अपमान कर रहे थे।

नगरपाल चित्ररथ ने महामात्य के सम्मुख चिन्ता प्रकट की—"....स्थान-स्थान पर राजपुरुषों को नियत कर दिया है कि उत्पात न बढ़ने पावे, परन्तु यदि भिक्षुओं को राज्यादेश से पूज्य मानकर, उनके उत्पात का अनुशासन न किया जायेगा, प्रजा को सिर झुकाकर उत्पात सहना पड़ेगा तो न्याय के प्रति जन की आस्था नहीं रहेगी।"

महामात्य ने क्षण भर विचार कर उत्तर दिया—"उत्पात आरम्भ हो ही गया है तो राजपुरुष कुछ समय दूर रहें। महारानी अपने आदेश का परिणाम देख लें। उत्पात आरम्भ करने वालों को उन्माद प्रकट करने का अवसर दे दो। भिक्षु महारानी के प्रश्रय उन्माद में मूढ़ हो गये हैं तो वे प्रजा का बल भी देख लें। राजपुरुष अभी केवल प्रासाद की रक्षा करें। भिक्षुओं को प्रजा का क्रोध बढ़ाने दो। भिक्षु ही रक्षा के लिए पुकारेंगे। कल मध्याह्न तक देखो।"

उत्पात करने वालों का कोई प्रतिरोध न होने के कारण उनका उन्माद बढ़ता गया। कुछ नागरिकों ने बलि-निषेध का राज्यादेश सुनकर और बलि की इच्छा करने वालों का अपमान देखकर भय से बलि के लिये क्रय कर अपने द्वार पर और आँगन में बँधे हुए पशुओं को खोल दिया। यह उन्मुक्त पशु, अहिंसा की विजय के चिह्न-स्वरूप बाजारों और गलियों में दौड़ने भागने लगे। भिक्षु और उनके साथ जुड़ गया दल अपनी भुजाओं की शक्ति द्वारा अहिंसा की प्रतिष्ठा के लिये जिस किसी द्वार पर खूब खिला-पिला कर बलि के लिये पुष्ट किये पशु को बँधा देखते, उसे खोलकर गली-बाजार में हाँक देते। अपने पशु खोल दिये जाने पर आपत्ति करने वाले लोग उनके हाथों पिट जाते। कोई बाधा न देखकर इस दल का साहस और भी बढ़ा। वे बलि के लिये बँधे पशुओं को स्वतंत्र करने के साथ-साथ पशुओं के स्वामियों को बलि की इच्छा और हिंसा के संकल्प के लिये दंड भी देने लगे। वे मद्य की दुकानों में घुसकर मद्य के मटकों को तोड़ने लगे।

बलि और हिंसा की इच्छा का दण्ड देने वाले दल के साथ ऐसे लोग भी आ मिले जो मद्य के मटके छीन कर स्वयं यथा सामर्थ्य पीकर, मटकों को तोड़कर मद्य बहाने लगे।

जो मद्य उनके लिये दुर्लभ था उस अपने हाथों बहा कर वे संतोष अनुभव कर रहे थे। मद्य के स्वामी का कातर होकर चीखना-रोना उन्हें अपनी शक्ति का संतोष दे रहा था। उत्पात बढ़ता ही गया। पशुओं की हिंसा की इच्छा और मद्य की लालसा के अपराध के लिये कई लोगों के घर और छप्पर भी जला दिये गये। अनेक लोगों ने प्राणों से भी हाथ धोये।

बलि के पाप का दंड देने वालों से भयभीत लोग आत्मरक्षा के लिये विवश हो गये और उनके क्रोध ने प्रचण्ड रूप ले लिया। भिक्षुओं ने भाग कर विहारों में शरण ली। तिस पर भी भिक्षुओं के पीत चीवर बाज़ारों में पाँवों से रौंदे जाते दिखायी देने लगे। कुछ भिक्षुओं के भी प्राण गये। बलि-यज्ञ की प्रतिष्ठा के लिये उन्मत्त लोगों ने चौराहों पर अग्निस्तूप जला कर, बाजारों में फिरते पशुओं को बलि कर, उनका मांस भून कर खाना और लूट-लूट कर मद्य पीना और बाँटना आरम्भ कर दिया । वे बलि का रक्त शरीर में पोतकर मद्य पान कर हाथों में खड्ग और भाले लेकर बलि का विरोध करने वालों पर टूट पड़े। यह धर्म की प्रतिष्ठा का दूसरा रूप था। बलि से पशुओं की रक्षा के लिये और पशुओं की बलि के अधिकार के लिये मनुष्य मनुष्य को बलि करने लगे। कलिंग के लोग अशोक के आसन्न आक्रमण को भूल कर आपस में एक दूसरे को ही शत्रु समझ कर परस्पर संहार करने लगे।

दूसरे दिन मध्याह्न के लगभग महामात्य की आज्ञा से नगर में व्यवस्था स्थापित करने के लिए सैनिकों के दल सब ओर फैल गये। नगाड़ा और नरसिंहा बजा कर घोषणा कर दी गयी कि सब नागरिक अपने-अपने घरों में शरण लें। कोई शस्त्र लेकर न चले। विहार की रक्षा के लिये विहार को सशस्त्र राजपुरुषों और सैनिकों ने घेर लिया। भिक्षु केवल प्राण देने के लिये ही बाहर निकल सकते थे। नगर के बाज़ार और गलियाँ सूनी हो गयीं .उनमें जहाँ-तहाँ केवल सशस्त्र सैनिक और छूटे हुए पशु दिखायी देते थे। बलि के भय से मुक्त कर दिये गये पशुओं को घास-भूसा देने वाला कोई न था। भूख से व्याकुल होकर वे जहाँ-तहाँ मुँह मारते फिरते थे और मार-मार कर भगा दिये जाते।

आचार्य की दुविधा

आचार्य सुकंठ का मन और मस्तिष्क सम्पूर्ण नगर से भी क्षुब्ध और व्यथित था। असंख्य सेना लेकर कलिंग पर आक्रमण करने वाले अशोक और आत्मसंहार से व्यथित नगर की चिन्ता से अधिक उन्हें चिन्ता थी महारानी के व्यवहार के कारण। राजप्रासाद से समाचार मिला था—

महारानी महाबोधि विहार में कलिंग का राज्य महास्थविर और भिक्षुसंघ को अर्पण कर देने का संकल्प कर आयी हैं। वे दिव्य शक्ति का चमत्कार देखकर सिद्धि प्राप्त करने के लिये मध्य रात्रि में अकेली विहार में जायेंगी।

महामात्य, अशोक की सेना के आक्रमण से महारानी और कलिंग राज्य की रक्षा के लिये प्राण न्योछावर करने पर उद्यत थे और महारानी स्वयं को और राज्य को समाप्त किये दे रही थीं।

महामात्य दिन के चौथे पहर राजप्रासाद पहुँचे और महारानी के दर्शन के लिये प्रार्थना की। भयभीत कर्मान्ताधिष्ठायक ने उन्हें सूचना दी कि महारानी ने अपने कक्ष से छत्तीस घड़ी तक न निकलने का संकल्प लिया है। महामात्य के लिये महारानी के दर्शन की आवश्यकता अनिवार्य थी। वे महारानी के दर्शन के लिये महारानी के कक्ष के द्वार पर पहुँचे और दर्शन की प्रार्थना की। महारानी समाधि के आसन से न हिलीं। महामात्य अपमान का यह घूँट निगल कर अपनी हवेली में लौट आये और अपने कक्ष में काठ के तख्त पर अकेले बैठे सोचते रहे—महारानी और राज्य की रक्षा के लिये क्या उपाय और कौन मार्ग हो सकता है।

बलि के विरोध और बलि के अधिकार के लिए उत्पात की रात से अगली रात, कलिंग नगर पर श्मशान का आतंक और सन्नाटा छाया हुआ था। बाजारों और गलियों में भुना हुआ अन्न, मिष्ठान्न और भुना हुआ मांस बेचने की पुकारें नहीं थीं, न फल बेचने वालों की। लुहारों के बाजार में रात भर कोलाहल रहता था, परन्तु अब वहाँ भी निस्तब्धता थी। नर्तकियों के चौराहे पर भी कोई नहीं दिखायी देता था। झरोखों और छज्जों पर दीप जलाकर बैठी नर्तकियाँ कुछ देर सूने पथों की ओर सतृष्ण दृष्टि लगाये रहीं, फिर दीपक का तेल जलाना व्यर्थ जानकर उन्होंने दीपक बुझा दिए और झरोखों के किवाड़ मूँद लिये। प्रायः पूरा नगर मौन अन्धकार में डूबा हुआ था। केवल कहीं-कहीं मशाल और भाला लिये राजपुरुष दिखाई दे जाते थे और पत्थर मढ़े बाज़ारों के फर्श पर उनके बल्लम की मूठ की ठोकर गूँज जाती थी।

चारों ओर फैली उदासी और सूनेपन को लोहित के गले का स्वर और भी पीड़ाजनक बना रहा था। वह सूने पंथों पर अकेला घूमता गा रहा था—

"बावरे पंछी, बादलों को चाँद ने ढँक लिया है,

तू खिन्नता में अपने ही पंख क्यों नोच रहा है,
आत्महत्या क्यों कर रहा है?''

नगर में तो अन्धकार था, परन्तु महामात्य की हवेली की ड्योढ़ी पर नित्य की अपेक्षा भी अधिक प्रकाश था। ड्योढ़ी के तोरण पर दो मशालें जल रही थीं और सामने पथ पर भी मशालें लिये कई सैनिक और प्रहरी खड़े थे। कई रथ और शिविकायें वाहकों सहित पथ पर प्रतीक्षा में खड़ी थीं। अनेक सशस्त्र सैनिक भी थे, ड्योढ़ी के भीतर, बड़े आँगन में भी मशालें जल रही थीं। बहुत से सैनिक, यूथप और सेनानी खड़े रहस्य स्वर में आपस में बातचीत कर रहे थे। तनिक आहट से सबकी आँखें भीतर की ड्योढ़ी के आँगन के द्वार की ओर उठ जाती थीं।

भीतर की ड्योढ़ी के प्रहरी ने बाहर आँगन के लोगों को सावधान हो जाने के लिये संकेत किया। महामात्य, महासेनापति भद्रकीर्ति, धर्मस्थ आर्य प्रजित और कोषाध्यक्ष आचार्य अश्वत्थ आँगन में आये। सब सेनापति और यूथप सावधान हो आदेश के लिये उनकी ओर देखने लगे। धर्मस्थ और कोषाध्यक्ष, आचार्य और महासेनापति को प्रणाम कर विदा हो गये।

महासेनापति के संकेत से सेनापति सुधन्वा ने उनके समीप आकर अभिवादन किया, महासेनापति ने आज्ञा दी—''तुरन्त एक सौ अधिक लेकर पूर्वी प्राचीर पर श्रीष दुर्ग को घेर लिया जाये। दुर्ग में जो भी शरणार्थी अथवा दूसरे लोग हों, बाहर हो जायें। बिना विशेष आज्ञा के दुर्ग में कोई प्रवेश न करे।'' सेनापति सुधन्वा प्रणाम कर विदा हो गया।

महासेनापति ने सेनापति हरीत की ओर देखा। हरीत के समीप आने पर उन्होंने आज्ञा दी—''तुरन्त पाँच सौ सैनिक लेकर विहार का घेरा दृढ़ कर दिया जाये। सूर्योदय से पूर्व कोई व्यक्ति विहार में न प्रवेश करे, न बाहर आ सके।''

इसके पश्चात् महासेनापति ने सेनापति विक्रम की ओर देखा। विक्रम के समीप आने पर महासेनापति ने उसे दो सौ सैनिक लेकर प्रासाद के कर्मान्ताधिष्ठायक सामन्त प्रताप सहित राजप्रासाद के बाहर आँगन में उपस्थित रहने की आज्ञा दी। इसके पश्चात् भद्रकीर्ति स्वयं महामात्य के समीप पहुँचे और रहस्य के स्वर में उन्होंने कहा—''एक घड़ी पश्चात् राजप्रासाद में।''

आचार्य से अनुमति का संकेत पाकर महासेनापति भी विदा लेकर चले गये।

× × ×

रात्रि के दो पहर बीत चुके थे। राजप्रासाद के अन्तःपुर के आँगन में नीरवता थी परन्तु दासियाँ, यवनियाँ और कंचुकी सभी जग रहे थे। निश्चिंत बेसुध सोयी हुई थी केवल युवराज्ञी अमिता। वापी और हिता की दृष्टि बार-बार अमिता की ओर चली जाती थी। बालिका के नींद में बेसुध, प्रसन्न मुख को देखकर उनके नेत्र छलक आते और हृदय उमड़ कर मुँह को आने लगता। वे मुँह फेर कर आँचल से आँसू पोंछ लेतीं। अलिंद में खड़े कंचुकी की श्वेत मूँछ दाढ़ी भी बार-बार थिरक कर रह जाती थी।

महारानी के कक्ष के द्वार पर खड़ी उनकी अंगदासियाँ धारा और नीमा भी बार-बार आँचल से नेत्र पोंछ रही थीं। अलिंद में खड़ी यवनियाँ के वक्ष भी दीर्घ निश्वासों से ऊपर-नीचे हो रहे थे। सभी के कान मध्यरात्रि के पश्चात् पहली टंकार सुनने के लिये

चौकन्ने थे। दासियों ने नीचे आँगन म आहट सुनी। वे दबे पाँव अलिंद में आ गयीं और झाँक कर नीचे आँगन में देखा।

दासी धारा से पाये आदेश के अनुसार महारानी की पालकी के वाहकों ने पालकी लाकर आँगन में रख दी थी। 'समय आ गया' अनुमान कर सभी के हृदय विह्वल हो गये। दासियों और यवनियों के आँसू उमड़ पड़े।

हिता बिना आहट किये राजकुमारी के पलंग पर झुकी और नींद में बेसुध राजकुमारी को बाँहों में उठाकर कंधे से लगा लिया। राजकुमारी संभवतः कोई स्वप्न देख रही थी। उसके मुँह से निकला—"अम्मा!"

हिता ने बहुत यत्न से आँसू रोक लिये। वह सोच रही थी—माँ को याद कर राजकुमारी विलखेंगी तो उन्हें कैसे रिझा पाऊँगी। वह नींद में बेसुध अमिता को कन्धे पर लिये अलिंद में जाकर आँगन की ओर देखनी लगी।

महारानी की पालकी आँगन में आये कुछ ही क्षण बीते होंगे कि अन्तःपुर की ड्योढ़ी पर प्रकाश दिखायी दिया। अलिंद में खड़ी दासियों और यवनियों की आँखें उस ओर गयीं। मशान लिये एक सेवक दिखायी दिया और उसके पीछे सामन्त प्रताप दूसरे सेवक के साथ आये। उनके पीछे आठ शिविकावाहक थे।

प्रताप ने शिविका के समीप बैठे मशालची और वाहकों को हट जाने का संकेत किया। सामन्त के साथ आया सेवक इन लोगों को लेकर चला गया। सामन्त के साथ आया मशालची और आठ वाहक पालकी के डाँडों के समीप बैठ गये, परन्तु उनके बलिष्ठ अंगों के तनाव के कारण उनके बैठने का ढंग शिविकावाहकों जैसा न जान पड़ा। यवनियाँ और दासियाँ विस्मय और आतंक से सोच रही थीं—यह क्या हो रहा है?

मध्यनिशा पश्चात् पहली घड़ी समाप्त होने की टंकार निस्तब्ध रात्रि के अन्धकार में यवनियों और दासियों के हृदय में बाण की भाँति गहरी बिंध गयी। उस पीड़ा से श्वास लेना कठिन हो रहा था। हिता ने अपने कन्धे पर सोई हुई युवराज्ञी को बाँहों से हृदय पर दबा लिया। सब की दृष्टि महारानी के कक्ष की ओर घूम गयी।

एक दासी मशाल लेकर महारानी के कक्ष के द्वार पर आ गयी। धारा के पीछे महारानी कक्ष से निकलीं। मशालों के लाल-पीले प्रकाश में उनका गौर चेहरा गम्भीर और तेजोमय जान पड़ रहा था। नेत्र झुके हुए थे और ओष्ठ मंत्र-जाप में हिल रहे थे। धारा और नीमा आँचल से आँसू पोंछती हुई पीछे चल रही थीं। महारानी सोपान से आँगन में उतरने लगीं। हिता भी अमिता को गोद में लिये उनके पीछे-पीछे आ रही थी।

महारानी आँगन में आ गयीं। सामन्त प्रताप उन्हें दूर ही से अभिवादन कर अँधेरे में पीछे हट गया। पालकी में बैठने से पहले महारानी ने पीछे घूम कर देखा।

हिता सिर झुकाये नींद में बेसुध राजकुमारी को बाँहों में लिये महारानी के सम्मुख आ गयी। महारानी ने वचन पाठ करते हुए अपना हाथ युवराज्ञी के माथे पर रख दिया और शिविकारूढ़ हो गयीं।

वाहकों ने पालकी कन्धों पर उठा ली और चल पड़े। धारा और नीमा पालकी के साथ चलीं। सामन्त प्रताप पालकी के पीछे हो लिया। उसके पीछे युवराज्ञी को लिये हिता, वापी, यवनियाँ और दूसरी दासियाँ रुलाई रोकने के लिये दाँतों में आँचल दबाये चलने लगीं।

अन्तःपुर की ड्योढ़ी पर प्रताप ने धारा और नीमा के अतिरिक्त सब लोगों को हाथ के संकेत से मौन रहने का संकेत कर पीछे रोक दिया। दासियाँ और यवनियाँ आँचलों में मुख छिपा कर सिसकती हुई खड़ी रह गयीं।

शिविका में बैठी महारानी नेत्र मूँदे वचन पाठ कर रही थीं, परन्तु धारा और नीमा राजप्रासाद के आँगन में अनेक मशालों का प्रकाश देख कर विस्मित और आतंकित हो गयीं। स्वयं महामात्य, महासेनापति तथा अन्य सेनापति कई घुड़सवार सशस्त्र सैनिकों सहित मौन खड़े थे। दो सेनापति और चार सशस्त्र अश्वारोही सैनिक महारानी की पालकी के आगे हो गये और महामात्य और सेनापति पालकी के पीछे-पीछे चलने लगे। शेष सशस्त्र सैनिक पंक्तियों में पालकी के दोनों ओर हो गए।

राजप्रासाद के मुख्य द्वार से शिविका बाहर होते ही अन्तःपुर में दासियाँ और यवनियाँ अपने आपको वश में रख सकी और क्रन्दन से विलाप करने लगीं।

हिता भय से काँप उठी—युवराज्ञी की निद्रा न उचट जाये। वह बालिका को कन्धे से लगाये उनके शयन कक्ष की ओर दौड़ गयी।

नीरव निशा में महारानी की पालकी अनेक मार्गों से होती हुई चली जा रही थी। महारानी पालकी के पर्दों के भीतर नेत्रों पर पलकों के पर्दे डाले, गुरुचरणों का ध्यान किये मौन मंत्र पाठ करती जा रही थीं। पालकी भूमि पर टिक गयी तो महारानी ने एक बार और भगवान तथागत और गुरुचरणों का ध्यान कर प्रणाम किया और नेत्र खोल कर पालकी से उतर आयीं।

महारानी ने विस्मय से देखा—वे विहार में नहीं, अपरिचित स्थान में थीं। अपने चारों ओर मशालों के प्रकाश में उन्हें पीत चीवरधारी भिक्षु और स्थविर नहीं, सशस्त्र सैनिक, सेनापति, महासेनापति और महामात्य दिखाई दिये। आचार्य और भद्रकीर्ति उन्हें विनय से प्रणाम कर आज्ञा की प्रतीक्षा में मौन खड़े थे।

महारानी को विवश और क्षुब्ध होकर अपना मौन तोड़ना पड़ा। उन्होंने आचार्य की ओर देखकर प्रश्न किया—"हम विहार में नहीं हैं···हम कहाँ हैं?"

आचार्य ने उन्हें पुनः प्रणाम कर विनय से उत्तर दिया—"परमभगवती राजेश्वरी को राजप्रासाद में निवास स्वीकार नहीं, अतः महारानी श्रीष दुर्ग के एकान्त में हैं। परमभगवती वहाँ एकान्त में निर्विघ्न धर्म-साधना करें।"

महारानी के माथे पर क्रोध की रेखाएँ प्रकट हो गयीं—"हम दुर्ग में नहीं, विहार में जाना चाहती हैं। आचार्य ने हमारे साथ छल किया है। हम दिव्य शक्ति चमत्कार दर्शन द्वारा सिद्धि प्राप्ति के हेतु विहार में जाना चाहती हैं।"

आचार्य ने विनय से माथा झुकाकर निवेदन किया—"परमभगवती, सेवक का अविनय क्षमा करें। महारानी का स्थान विहार नहीं है। महारानी के विहार में निवास से उनका राजस गुण नहीं रहेगा जैसे जल में पैठने से अग्नि का गुण नष्ट हो जाता है।"

महारानी का क्रोध बढ़ गया। "हमारा निश्चय है, हम विहार में जायेंगे। आचार्य केवल राज्य के सेवक हैं।"

आचार्य ने नतमस्तक हो अविचलित स्वर में उत्तर दिया—"परमभगवती सत्य कहती हैं। आचार्य राज्य और कलिंग के राजकुल का सेवक है। राजसेवक का धर्म राज्य की रक्षा करना है। आचार्य छल नहीं, धर्म-पालन कर रहा है। परमभगवती अनासक्त भाव से

विचारें। राज्य किसी व्यक्ति में नहीं, न किसी व्यक्ति का होता है। राज्य तो देश और प्रजा है। राज्य किसी को अर्पण अथवा संकल्प नहीं किया जा सकता। राजसिंहासन की उत्तराधिकारी परमभगवती युवराज्ञी हैं। भगवती राजमाता की अनुमति से आगामी पूर्णिमा के शुभ लग्न से ही कलिंग के राज्यासन की उत्तराधिकारिणी युवराज्ञी राजसिंहासन आरोहण करेंगी। इस क्षण से ही महामहिमामयी, परमभगवती देवरक्षिता कलिंग की राजेश्वरी अमिता का आदेश कलिंग के राज्य का शासन करेगा। भगवती राजमाता राज्य और राज्येश्वरी अमिता की कल्याण कामना से युद्धकाल तक यहाँ निवास करें, यह राजपरिषद् की प्रार्थना है।''

महारानी का अवश क्रोध द्रवित होकर नेत्रों से टपक पड़ा। दाँतों से होंठ काट कर वे ऊँचे स्वर में बोलीं—''आचार्य हमें छल से प्रासाद से हटा कर राज्य को बलि की हिंसा के पाप में डुबो देना चाहते हैं। हिंसा के पाप से राज्य का त्राण नहीं हो सकेगा।''

आचार्य की मुद्रा और स्वर भी विनीत हो गये। उन्होंने उत्तर दिया—''भगवती राजमाता राज्य और प्रजा का कल्याण चाहती हैं। भगवती, पाप-पुण्य और हिंसा-अहिंसा किसी व्यक्ति के हठ और अहंकार पर निर्भर नहीं करती। उसका निश्चय प्रजा और राज्य का कल्याण और बहुजन का हित और विश्वास करना है। पशुओं पर दया से बलि-निषेध की महारानी की आज्ञा ने असंख्य प्रजा को क्षुब्ध, हताश और विमूढ़ कर दिया है। यह क्षोभ अनेक उत्पातों और परस्पर हिंसा का कारण हुआ है। भगवती, बहुजन का हित और संतोष ही पुण्य और बहुजन का अहित और कष्ट ही पाप है। जनगण की इच्छा के विरुद्ध उन्हें निर्वाण के लिये विवश करना भी उनकी हिंसा है।''

महारानी आवेश में बोलीं—''आचार्य अहंकार और मोह में भगवान और गुरु की अवज्ञा कर रहे हैं। आचार्य भगवान और गुरु की दिव्यशक्ति को नहीं पहचानते। आचार्य नहीं जानते परमयोगी, महास्थविर जीवक को आकाश मार्ग से विचरण की सिद्धि प्राप्त है। भगवान का साक्षात्कार प्राप्त महास्थविर ही चमत्कार की दिव्यशक्ति से इस राज्य की रक्षा करने में समर्थ हैं। आचार्य उनकी अवज्ञा कर राज्य का नाश''''' उत्तेजना के कारण महारानी के मुख से शब्द न निकल सके।

आचार्य ने पुनः विनय से निवेदन किया—''भगवती राजमाता, देवताओं की दिव्यशक्ति सभी मनुष्य मात्र के कर्म में प्रकट और चरितार्थ होती है। देवता की शक्ति मनुष्य के विश्वास में है। मनुष्य का अज्ञान ही उनका भय है : यह युद्ध मगध और कलिंग के देवताओं में नहीं, मगध और कलिंग के राज्यों और मनुष्यों में है। राज्य और प्रजा अपनी रक्षा स्वयं ही कर सकेंगे। पक्षी भी आकाश मार्ग से विचरण करने में समर्थ हैं परन्तु वे दिव्यशक्ति से सम्पन्न नहीं होते। वे मनुष्यों के भाग्य का विधान नहीं कर सकते। प्रजा की दया और भिक्षा से निर्वाह करने वाला प्रजा की रक्षा और शासन क्या करेगा?''

महारानी ने गुरु निन्दा सुनने के पाप से बचने के लिये अपने दोनों कान हथेलियों से दबा कर नेत्र मूँद लिये।

महामात्य और महासेनापति ने भूमि तक झुक कर उनका अभिवादन किया और उनकी ओर मस्तक झुकाये हुए दुर्ग के द्वार की ओर पीछे हटते गये।

●

महामात्य का समाधान

अशोक का सैन्यदल कलिंग के उत्तर और पश्चिम के प्रदेश विजय कर लूटपाट करता कलिंग राज्य की सीमा तक पहुँच गया था। मगध की सेना द्वारा लूटे हुए और त्रस्त लोग बहुत बड़ी संख्या में कलिंग राज्य के अनेक नगरों और राजधानी में शरण के लिये आ गये थे। इन त्रस्त और पीड़ित लोगों के कारण राजधानी में विरूपता और आतंक छा गया था। यज्ञ-बलि के प्रश्न पर नगर में उत्पात हो जाने से प्रजा अत्यन्त अवसन्न थी। कलिंग के नागरिक परस्पर कलह से घायल परिवार की भाँति परिताप के दीर्घ निश्वास ले रहे थे। महारानी के नगर त्याग के समाचार ने भी उन्हें अवसन्न कर दिया था।

महामात्य सुकंठ राज्य और नगर का सम्पूर्ण आतंक और अवसाद अपने हृदय में समेट कर भी अविचलित थे। उन्होंने श्वेत श्मश्रु के ढँके चेहरे पर मुस्कान से प्रजा को आश्वासन दिया—

"भगवती राजमाता राज्य की रक्षा और कल्याण के उद्देश्य से ध्यान-साधना द्वारा दिव्य शक्तियों की सहायता पाने के लिये तप कर रही हैं। महारानी की इच्छा है कि महाराज के आदेश के अनुसार विजय के शुभ लग्न में जन्म ग्रहण करने वाली देवतारूप युवराज्ञी अमिता अविलम्ब सिंहासनारूढ़ होकर देश और प्रजा के कल्याण का भार सम्भालें इसलिये कार्तिक शुक्ला अष्टमी से राजेश्वरी का अभिषेक उत्सव आरम्भ हो।"

राजधानी की प्रजा आनन्द और उत्साह से उमड़ पड़ी। नगर के भवनों, अट्टालिकाओं और हवेलियों से मृदंग, झाँझ, तूर्य और भेरी के शब्द उठने लगे। वीथियों, पण्यों, राजपथों, द्वारों पर राजप्रासाद के अलिंदों में बन्दनवार और तोरण बाँधे जाने लगे। चौराहों पर विनोद और समारोह के लिये मंच और वेदियाँ बनने लगीं। घरों, अटारियों और हवेलियों के द्वारों पर जल के कलश रख दिये गये। आँगनों में और द्वारों के सामने वीथियों में आलेखन किया जाने लगा। नगर का वातावरण धूप, अगर तगर आदि सुगन्धित द्रव्यों के धूम और घी, तेल, अन्न, मांस आदि के अग्नि के सम्पर्क में आने की गंधों से बोझल हो गया। प्रजा आनन्द और उत्साह में झूमने लगी और उत्साह में अशोक के आक्रमण के प्रतिरोध के लिये युद्ध सन्नद्धता का कार्य दूने उत्साह से होने लगा। लुहारों के पण्य में कान पड़ी बात सुनना भी कठिन हो गया। महामात्य जानते थे, अपने दुःख और सन्ताप से निरुत्साहित मनुष्य शत्रु के आक्रमण का प्रतिरोध नहीं कर सकता।

महामात्य की आयु पचपन वर्ष की थी तभी उनकी पत्नी का देहान्त हो गया था। उस समय से उन्होंने पारिवारिक हवेली में रहते हुए भी पारिवारिक और वैयक्तिक चिंतायें छोड़कर वानप्रस्थ वृत्ति ग्रहण कर ली थी। राजकार्य के अतिरिक्त वे स्वाध्याय और मनन में ही मग्न रहते थे। पुत्र वधू और पौत्र-पौत्रियों को देखे उन्हें दो-दो, तीन-तीन सप्ताह बीत जाते थे, परन्तु महारानी के राजप्रासाद से चले जाने पर उन्होंने बालिका युवराज्ञी के

प्रति माता का कर्तव्य भी स्वीकार कर लिया था। महामात्य चिंतित रहते थे बालिका युवराज्ञी माँ के अभाव में दुखी और अधीर न हो।

महामात्य ने अपने पुत्र और पुत्री को आदेश दिया था कि युवराज्ञी के समवयस्क अपने पुत्र और पुत्री को लेकर प्रायः राजप्रासाद में जायें और बालिका का विनोद कर उन्हें उदास न होने दें। महामात्य ने महासेनापति, धर्मस्थ आदि के परिवारों से भी अनुरोध किया था। स्वयं भी वे जब तब युवराज्ञी के दर्शनार्थ जाते रहते थे। आचार्य को इस विषय में सबसे अधिक भरोसा प्रासाद के कर्मान्ताधिष्ठायक सामन्त प्रताप, वृद्ध कंचुकी उद्दाल, प्रौढ़ा दासी वापी और युवराज्ञी की विशेष दासी हिता का था। युवराज्ञी सम्भ्रांत, प्रौढ़ महासामन्तों की सूखी, कड़ी गोद की अपेक्षा हिता की कोमल मांसल गोद में ही अधिक संतोष पाती थी। उसे महामात्य और महासेनापति के सुवासित श्मश्रु की अपेक्षा कंचुकी उद्दाल के चिरपरिचित श्मश्रु ही अधिक सांत्वना देते थे।

राजप्रासाद के कर्मान्ताधिष्ठायक के आदेश से हिता ने युवराज्ञी को विश्वास दिला दिया था कि राजमाता तीर्थयात्रा का तप करने गयी हैं। वे शीघ्र ही देश-विदेश से सुन्दर पुतलियाँ लेकर राजप्रासाद में लौटेंगी। दास-दासियों को धारा और नीमा से राजमाता के राज्य को धर्मार्थ संकल्प कर देने की बात की भी भनक मिल गयी थी। राजमाता के तीर्थगमन और धर्मार्थ राज्य संकल्प के समाचारों को मिलाकर उन लोगों ने अनुमान कर लिया था कि राजमाता वैराग्य से राज्य, त्याग कर तप के लिये चली गयी हैं।

हिता अमिता को बहलाये रखती। उसे माँ की याद न आने देती परन्तु कभी तो बालिका को माँ की याद आती ही थी। तब हिता अमिता को बहलाने में सफल होकर भी स्वयं अधीर हो जाती। राजमाता के राज्य-त्याग से स्वयं उसका भविष्य भी तो अन्धकारमय हो गया था।

महामहिमामयी, परमभगवती, परमभट्टारिका, कलिंग की राजेश्वरी अमिता का राजतिलक प्रजा और राजपुरुषों के लिये आनन्द, आह्लाद और उत्सव का अवसर था परन्तु महामात्य को उसमें भी पग-पग पर चिन्ता और समस्याओं का सामना करना पड़ रहा था। बालिका महारानी के लिये राज्यसिंहासन पर निश्चल बैठने की अपेक्षा हिता की उँगली पकड़े आँगन में उछल-कूद करना या बभ्रु के पीछे उद्यान में दौड़ना ही अधिक रुचिकर था। उसे कलिंग की राज-राजेश्वरी बनने में और सिंहासनारूढ़ होने में न कोई सुख, न कोई विनोद अनुभव होता था।

जिस समय महारानी अमिता के राज्याभिषेक के विधि, अनुष्ठान किये जा रहे थे तो बालिका को लग रहा था कि महामात्य, महासेनापति, राजगुरु तथा अन्य गुरुजन उनका खेल बनाकर उसी प्रकार अपना मनोविनोद कर रहे हैं जैसे वह स्वयं बालिका सखियों की संगति में पुतली का ब्याह रचाकर खेलती है। यह उसे अच्छा न लगा। उसने हठ किया—"हम राजेश्वरी नहीं बनेंगी। हिता को राजेश्वरी बनाओ।"

राज्यतिलक अनुष्ठान के आरम्भ में राजगुरु ने युवराज्ञी के शरीर पर सात नदियों और सात सिन्धुओं का जल छिड़का। अमिता प्रसन्न हो ऊँचे स्वर से खिलखिला कर हँस पड़ी और स्वयं भी वह पवित्र जल राजगुरु और उपस्थित जन पर छिड़ककर खेलने लगी। राज्यतिलक और राजदण्ड धारण करने के विधान पूर्ण न हुए थे। बालिका एक स्थान पर बैठे-बैठे थक गयी थी, जैसे स्वच्छन्द पक्षी पिंजरे में बन्द किए जाने पर

फड़फड़ाने लगता है। बलात् सिंहासन पर बैठा दी जाने से व्याकुल हो अमिता उठकर भाग जाना चाहती थी।

महामात्य, महासेनापति और राजगुरु बालिका राजेश्वरी को समझा रहे थे कि राजेश्वरी बन जाने से उन्हें असंख्य खेल खेलने के लिये मिलेंगे, सब लोग उनकी बात मानेंगे पर वह हठ से अपना पूरा शरीर झकोर-झकोर कर अस्वीकार करती गयी।

हिता ने सहमते हुए अनुमति के लिये महामात्य की ओर देखा और आगे बढ़कर महारानी के कान में कहा—"महारानी, हमारी बात नहीं मानेंगी तो हम भी महारानी से नहीं बोलेंगे।"

हिता ने सम्भ्रान्त लोगों से आँचल की ओट कर अमिता को अपनी आँखों में आँसू दिखा दिये। अमिता उसके गले से लिपट गयी और कुछ समय के लिये सिंहासन पर बैठना स्वीकार कर लिया।

अमिता सिंहासन पर तो बैठ गयी परन्तु महामात्य, महासेनापति, राजगुरु आदि वृद्ध, अति गम्भीर व्यक्तियों का चारों ओर आ जाना उसे न सुहाया। अमिता ने हिता को सिंहासन के समीप बैठने का आग्रह किया। महामात्य हिता को महारानी की चँवरधारिणी का पद दे देने के लिये विवश हो गये। हिता सहसा महत्त्वपूर्ण और अनुपेक्षणीय बन गयी।

स्वर्ण का रत्नजटित भारी मुकुट सिर पर रखा जाने पर भी बालिका महारानी ने आपत्ति की। वह माँ को पुकार-पुकार कर रोने लगी। समझा-बुझाकर मुकुट पहना दिया गया। अमिता की आँखों में यातना से आँसू आ गये। महामात्य ने जिस बालिका महारानी को स्वामिनी कह कर, जिसके सामने नतशिर हो स्वामिभक्ति और आज्ञा-पालन की प्रतिज्ञा की उसी महारानी की आँखों में आँसू देख कर महामात्य को उसे गोद में ले लेना पड़ा।

महामात्य ने बालिका महारानी को रिझाने के लिए मुस्कराकर दुलार किया—"परमभगवती राजेश्वरी की आँखों में आँसू नहीं आते।" मन ही मन वे सोच रहे थे—यही है राजशक्ति की वास्तविकता। जैसे उपासक स्वयं देवता की प्रतिष्ठा कर उसे सर्वशक्तिमान् मान लेता है। राज्य और शासन को निबाहने का बोझ तो उनके ही कन्धों पर रहेगा। महारानी के अबोध बालिका मात्र होने से उनका कर्तव्य और भी अधिक गम्भीर होगा। महारानी तो राजपुरुषों की शक्ति की मुद्रा मात्र है या महामात्य की मुस्कान का कारण यह विचार था कि जिस राज्य और सिंहासन के लोभ में चंड अशोक ने अपने निन्यानबे भाइयों का संहार किया है, राजपरिवारों के पाँच सौ व्यक्तियों को रक्त में डुबो दिया है और दूसरे राज्यसिंहासनों के लोभ में लाखों मनुष्यों का संहार कर चुका है और लाखों का संहार करने के लिये उद्यत है, उस राज्यसिंहासन का सुख क्या यही है कि एक बालिका दो घड़ी में उससे थक गयी? यह बालिका का अज्ञान है अथवा उसका निष्पाप हृदय?

राजेश्वरी अमिता के राज्याभिषेक अनुष्ठान के उपलक्ष में कलिंग की प्रमुख नर्तकियाँ राजसभा में महारानी की मंगलकामना के लिये नृत्य कर रही थीं। महारानी राजसिंहासन पर बैठे-बैठे बहुत उकता गयीं। प्रमद वन में जाकर अपने कुत्ते बभ्रु और कुरंग शावकों के साथ खेलने का हठ करने लगीं। अपने आसन पर बैठे महामात्य देख रहे थे कि हिता, वापी और वृद्ध कंचुकी उद्दाल ही महारानी को बहलाकर बैठाये हुए थे। वे अपने श्वेत

श्मश्रु में छिपे होंठों से मुस्कराकर सोच रहे थे—क्या अब इस राज्य की व्यवस्था चलाने के लिये महामात्य, महासेनापति और धर्मस्थ की अपेक्षा हिता, वापी, वृद्ध कंचुकी का ही महत्त्व अधिक होगा ?

हिता के चातुर्य से अमिता को नृत्य करती नर्तकियों के पाँवों में छनक-छनक करते नूपुरों में रस आने लगा। महारानी सहसा पुकार उठीं—"हम भी नाचेंगी !"

समीप बैठे महामात्य ने उन्हें धीमे स्वर में समझाया—"परमभगवती, प्रजा के सामने राजेश्वरी का नाचना उचित नहीं।"

महारानी ने बालबुद्धि से तर्क किया—"तो फिर तारा और रत्ना हमारे सामने क्यों नाचती हैं ? हम भी नाचेंगी। हमारा मन चाहता है।"

महामात्य ने अमिता को नाचने की अनुमति नहीं दी तो वह हठ कर बैठी—"हम अम्मा के पास जायेंगी।"

राजनीति से कभी न थकने वाले महामात्य बालिका के हठ से विवश होकर बोले—"नहीं महारानी, आप नहीं नाच सकतीं।"

अमिता ने तर्क किया—"आचार्य काका, आप तो कहते थे, हम सिंहासन पर बैठ कर, मुकुट पहन कर राजराजेश्वरी बन जायेंगी तो सब लोग हमारी आज्ञा मानेंगे! आप हमें नाचने क्यों नहीं देते? आप हमारी आज्ञा क्यों नहीं मानते ?"

कठिन परिस्थिति में विवश महामात्य ने राजसिंहासन के पीछे चंवर लिये खड़ी हिता की ओर देखा।

हिता ने महामात्य का संकेत समझ कर मुख और नेत्रों में गम्भीरता का भाव लाकर महारानी के कान के समीप झुककर समझाया—"महारानी नाचने से बच्चों के पाँव में मोच आ जाती है। महारानी के पाँव में मोच आ जायेगी तो दादी, राजमाता और दण्डक दासी को कोड़ों से पिटवायेंगे।"

अमिता हिता पर मार के भय की बात सुनकर चिन्ता से चुप हो गयी। राजसभा में नाचने का हठ उसने छोड़ दिया।

राजेश्वरी के राज्याभिषेक के उपलक्ष्य में नगर और राज्य के सभी सेट्ठियों और जेट्ठकों (चौधरियों) ने प्रजा के लिये स्थान-स्थान पर खान-पान के मुक्त छत्र लगवा दिये थे। राजमाता के महाबलि यज्ञ का निषेध कर देने से प्रजा तृप्ति की आशा खोकर क्रोध में उद्भ्रांत हो गयी थी। प्रजा राजेश्वरी अमिता की कृपा से यह संतोष पाकर बालिका महारानी के प्रति श्रद्धा और भक्ति से विभोर हो गयी।

नगर में महारानी की शोभा-यात्रा के समारोह के दिन पण्य, वीथियों और राजपथ के दोनों ओर सभी भवन, अट्टालिकायें और हवेलियाँ मौलिओं, बन्दनवारों, तोरणों और रंगीन रेशमी-सूती वस्त्रों, बहुमूल्य दुशालों से ढँक दिये गये थे। तोरणों में कलश, नारियल और सुपारियाँ लटकी हुई थीं। सभी द्वारों के सामने कदली-स्तम्भ और आलेपन से चित्रित कलश सजे हुए थे। सब ओर धूप और सुगन्धित द्रव्यों का धुआँ उमड़ रहा था। पशुओं के सींगों को तेल से चमका कर उन्हें हल्दी और गेरू से सजा दिया गया था। शोभा-यात्रा के मार्ग के दोनों ओर के भवनों, अटारियों और हवेलियों की छतें और छज्जे कुलनारियों और कुलवधुओं के बोझ से चरमरा रहे थे। मार्गों में दुकानों और भवनों के छज्जों पर कहीं तिल रखने के लिये भी स्थान शेष न था।

महारानी की शोभा-यात्रा के आरम्भ में झूलों से सजे हुए ऊँटों पर अनेक सैनिक राजपताकायें लिये महारानी का जयघोष कर रहे थे! उनके पीछे ऊँटों पर नरसिंहे, भेरियां, नगाड़ें, झाँझ, तासे बज रहे थे। उनके पीछे बन्दी और चारण कलिंग के प्रतापी वंश की विरुदावली गाते जा रहे थे। उनके पीछे कई बैलगाड़ियों पर बँधे मंचों पर कापालिक खेल-तमाशे दिखा कर प्रजा का विनोद कर रहे थे। उनसे पीछे दूसरी बैलगाड़ियों पर बँधे बड़े-बड़े मंचों पर मंगलामुखियाँ नृत्य कर रही थीं। मंगलामुखियों के पीछे सूर्य की किरणों से चमकते बल्लमों पर राजपताकाएँ लिये अश्वारोही यूथपों का दल था। उसके पश्चात् सशस्त्र सेनानायकों से घिरे हाथियों की पंक्ति थी।

सर्वप्रथम विशाल हथिनी, सुनहरी झूलों से सुसज्जित थी और स्वर्णमंडित हौदा बँधा था। इस हौदे में दो सेनापति शरीररक्षकों और वृद्ध उद्दाल चंवरधारिणी हिता की रक्षा में सिंहासन पर राजेश्वरी अमिता थीं। महारानी के पीछे हाथियों पर क्रमशः महामात्य आचार्य सुकंठ, महासेनापति आर्य भद्रकीर्ति, राजगुरु, धर्मस्थ, कोषाध्यक्ष, राजसखा नगर सेट्ठी सौमित्र और राजपरिषद् के सदस्य थे! तत्पश्चात् रथों, शिविकाओं एवं घोड़ों पर अन्य राजसम्मान प्राप्त जन थे। महामात्य कलिंग की राजेश्वरी के वैभव प्रदर्शन द्वारा प्रजा में उनकी शक्ति और सामर्थ्य का विश्वास बैठा देना चाहते थे।

असंख्य कंठों से महारानी का जयघोष उठ रहा था। भवनों, अटारियों एवं हवेलियों की छतों और छज्जों से महारानी पर फूलों, फूलमालाओं, खीलों और तिल-चावल की वर्षा हो रही थी। मार्ग के दोनों ओर से भी फूल, मालाएँ, खीलें और तिल-चावल महारानी की ओर उछाले जा रहे थे। बालिका महारानी के लिये यह रोचक विनोद था। महारानी का हौदा फूलों और फूल-मालाओं से ढँक गया था। अमिता अपनी ओर फूल और मालायें फेंकी जाने पर प्रतिकार में फूल और मालाएँ प्रजा की ओर फेंक रही थी। जो फूल उसे बहुत रुच जाता, उसे कुछ समय के लिये रख भी लेती।

एक अटारी की छत से श्वेत फूलों की बहुत ही सुन्दर गुँथी हुई माला अमिता के सम्मुख हौदे में आकर गिरी। अमिता माला से बहुत प्रसन्न हुई। उसने माला को कंठ में पहन लिया और प्रतिकार में अपने कंठ से मोतियों की एक माला उतार कर फेंक दी। इसके पश्चात् बालिका-महारानी फूलों के प्रतिकार में प्रजा की ओर मोतियों, रत्नों की मालायें और रत्न तथा मोती फेंकने लगी। हिता बार-बार महारानी को रत्न फेंकने से रोक रही थी। हिता के कहने से भी महारानी फूलों के प्रतिकार में रत्न फेंकने का खेल छोड़ने के लिये न मानी! महारानी की दानशीलता और उदारता देखकर प्रजा श्रद्धा से विभोर हो तुमुल स्वर में उनका जय-जयकार करने लगी।

प्रजा के जय-जयकर से अमिता का रत्न फेंकने का उत्साह बढ़ रहा था। कुछ समय पश्चात् महामात्य के हाथी के साथ चलते कंचुकी ने महारानी की हथिनी के समीप आकर हिता और उद्दाल को सन्देश दिया कि महारानी को रत्न फेंकने से रोका जाये। उद्दाल और हिता के बहुत अनुनय से समझाने पर भी अमिता ने हठ किया—"हम पर सब लोग फूल और अक्षत फेंक रहे हैं। हम भी उनकी ओर फेंकेंगे।"

हिता और कंचुकी ने समझाया—"परमभगवती, फूल और अक्षत फेंकने के लिये ही हैं, परन्तु रत्न और मणि-मुक्ता बहुमूल्य हैं। महारानी, पुष्प और अक्षत रखकर मणि-मुक्ता नहीं फेंके जाते।"

अमिता ने हठ किया—"नहीं, मणि मुक्ता की अपेक्षा फूल अधिक सुन्दर हैं।" वह फूलों को नाक के समीप ले जाकर बोली, "देखो फूलों में तो सुगन्ध है, वे कोमल हैं। मणि-मुक्ता तो निर्गन्ध और कठोर हैं।"

अमिता किलक-किलक कर रत्न और मणि-मुक्ता प्रजा की ओर फेंक रही थी और प्रजा महारानी की उदारता और दानशीलता का जयघोष ऊँचे से ऊँचे स्वर में कर रही थी। राज्यधन का अपव्यय होता देखकर महामात्य को चिन्ता थी, परन्तु महारानी की दानशीलता से प्रजा में जो श्रद्धा उमड़ पड़ रही थी, उससे भी उन्हें कम सन्तोष न था।

महामात्य के कुंचकी ने सन्देश दिया कि कोषाध्यक्ष आर्य अवश्य राज्यधन के फेंके जाने से चिन्ता प्रकट कर रहे हैं।

महामात्य ने उन्हें उत्तर भेजा—"यह राज्यधन का सदुपयोग है। कलिंग पर मगध के आक्रमण के प्रतिरोध में राज्यकोष में पड़े रत्न और मणि-मुक्ता सहायक न होंगे। महारानी के प्रति प्रजा की श्रद्धा ही उस आक्रमण का प्रतिरोध करने में सहायक होगी।"

महारानी का दर्शन पाने के लिये राजपथ पर अपार भीड़ थी। महारानी द्वारा प्रजा में उदारता से मणि-मुक्ता बाँटने का समाचार वायु के प्रवाह के साथ फैलने वाली सुगन्ध की भाँति तुरन्त नगर के कोने-कोने में पहुँच गया। पथ पर प्रजा की भीड़ इतनी घनी हो गयी कि शोभा-यात्रा की गति अति मंथर हो गयी। महारानी को हौदे में बैठे हुए एक पहर के लगभग समय बीच चुका था। बैठे रहने की यातना से बालिका का अंग-अंग व्याकुल हो रहा था। वह बार-बार हिता और कंचुकी से भूमि पर उतार दिये जाने की इच्छा प्रकट कर रही थी।

कंचुकी और हिता जैसे-तैसे बालिका महारानी को बहला कर हौदे में बैठाये हुए थे। एक अटारी से नीले कमल का अधखिला फूल महारानी के हौदे में आकर गिरा। अमिता का हाथ उस फूल की ओर बढ़ गया। हौदा फूलों से भरा होने के कारण नीला कमल फिसल कर नीचे मार्ग पर गिर गया, महारानी के हाथ न आ सका।

अमिता ने पुकारा—"हथिनी को रोको, हम फूल लेंगे!"

हिता और कंचुकी ने अमिता को बहुत समझाया कि इससे अधिक सुन्दर सैकड़ों कमल महारानी के लिये राजप्रासाद में रखे हैं, परन्तु बालिका नहीं मानी। अनुरोध पूरा न किये जाने पर वह क्रोध में हिता को मार स्वयं भी रो पड़ी।

महामात्य ने अव्यवस्था देखकर कंचुकी और हिता की ओर क्रुद्ध दृष्टि डाली। कंचुकी ने अभयदान माँग कर उत्तर दिया—"बालिका महारानी तीन घड़ी से अधिक समय से हौदे में जकड़ी बैठी हैं। उनके कोमल अंगों के और बाल प्रकृति के लिये यह विकट यातना है। उनका शरीर विवश हो गया है। अब वह सह नहीं सकती!"

महामात्य स्वयं भी एक पहर तक आसन से बैठे रहने की थकान अनुभव कर रहे थे परन्तु कर्तव्य पूरा करना आवश्यक था। बालिका तो उस कर्तव्य को समझती नहीं थी। महारानी का प्रजा के सामने रोना अशुभ, अशकुन और राज्यशक्ति का अपमान होता।

महामात्य ने महासेनापति से परामर्श किया। दोनों ने स्वीकार किया—राज हठ, बाल हठ और स्त्री हठ इनमें से किसी एक का भी उपाय कठिन है। यहाँ तीनों हठ एक साथ हैं। प्रजा के सम्मुख महारानी के रोने की अपेक्षा उनका क्रीड़ा से पथ पर उतर कर फूल ले लेना ही अच्छा है।

महामात्य की अनुमति से महारानी की हथिनी को बैठा दिया गया। कंचुकी और हिता पथ पर उतरे। महामात्य, महासेनापति, राज्य-परिषद् के सदस्य तथा शोभा-यात्रा में सवारियों पर चलने वाले सभी जन महारानी के आदर में तुरन्त सवारियों से पथ पर उतर आये। कंचुकी ने अमिता को हाथी से उतार लिया।

महारानी को अपने बीच पाकर प्रजा ने और भी अधिक उल्लास से जयध्वनि की। महारानी के लिये स्थान करने के लिए सशस्त्र राजपुरुषों ने प्रजा को पीछे हटा दिया। प्रजा पीछे धकेली जाने पर भी अपनी महारानी का बालरूप समीप से देखकर गद्‌गद हो भूमि स्पर्श से उन्हें प्रणाम करने लगी।

महारानी क्रीड़ा और विनोद में गिरे हुए फूल को ढूँढ़ रही थीं। राजपथ पर असंख्य कुचले हुए फूलों का कीचड़ हो रहा था। प्रजा सुन्दर से सुन्दर फूल महारानी को भेंट कर रही थी, परन्तु अमिता हौदे से गिरे नील कमल को ही चाहती थी। प्रजा महारानी के भोलेपन पर तन-मन से न्योछावर हो रही थी।

खोया हुआ नील कमल ढूँढ़ते समय महारानी की दृष्टि भीड़ में दबे अपनी ही आयु के दो बालकों पर पड़ गयी। महारानी ने उन्हें पुकारा—"आओ! आओ!" और स्वयं ही उनकी ओर बढ़ गयी।

दोनों बालक शरीर पर केवल फटे-पुराने झगले पहने थे। वे महारानी के स्वर्णखचित वस्त्रों और रत्नजटित मुकुट के तेज से आतंकित होकर पीछे हटने लगे।

महारानी ने बालकों को अश्वासन से पुकारा—"आओ, हमारे साथ खेलो। हमसे भय क्यों करते हो? हम किसी से छीनते नहीं, किसी को डराते नहीं, किसी को मारते नहीं!"

प्रजा ने महारानी के शब्दों से गद्‌गद होकर ऊँचे स्वर में जयध्वनि की। भयभीत बालकों को सान्त्वना देकर महारानी के समीप लाया गया। क्षण भर में अनेक बालकों ने भीड़ में से निकल कर महारानी को घेर लिया।

अमिता को उससे पूर्व इतने बालकों को ऐसी अवस्था में देखने का अवसर नहीं मिला था। वह विस्मित थी और बालक महारानी के वस्त्र-आभूषण देखकर स्तब्ध थे। बालकों के लालायित नेत्र अपने वस्त्रों की ओर लगे देखकर अमिता ने पूछा—"तुम्हें यह वस्त्र अच्छे लगते हैं? तुम ऐसे वस्त्र क्यों नहीं पहनते?"

एक साहसी बालक ने उत्तर दिया—"हमें ऐसे वस्त्र कौन देगा?"

अमिता ने पल भर सोचा और बोली—"वस्त्र अम्मा देती हैं। अम्मा सब को देंगी।"

महामात्य ने अवसर के अनुकूल महारानी की बात की व्याख्या की—"परमभगवती महारानी प्रजा को आश्वासन देती हैं, वह प्रजा की माता हैं, वे प्रजा का उचित पालन करेंगी।"

सब ओर जयघोष होने लगा।

अमिता अपने वस्त्र और आभूषण उतार-उतार कर दरिद्र बालकों में बाँटने लगीं। आनन्द से विह्वल प्रजा के जयघोष से राजपथ के दोनों ओर की अट्टालिकाएँ काँप उठीं—"जय हो! जय हो प्रजावत्सल, धर्मावतार बालमहारानी की जय हो।"

प्रजा को जान पड़ रहा था, सत्य ही कलिंग की रक्षा और कल्याण के लिये सृष्टि की पालक, आदि-शक्ति माता ने बालिका में कलिंग के राज्यसिंहासन पर पदार्पण किया है।

अमिता नील कमल को भूल गयी थी। वह चारों और खड़े बालक-बालिकाओं से झूले और गुड़ियों की बात करने लगी।

महामात्य के संकेत से कंचुकी और हिता ने महारानी से राजप्रासाद लौट चलने का अनुरोध किया।

अमिता ने बालकों की भीड़ की ओर संकेत कर कहा—"इन्हें भी राजप्रासाद ले चलो। हम इनके साथ खेलेंगे।"

अमिता को समझाया गया, ऐसा उचित नहीं। उचित-अनुचित के तर्क से अमिता का समाधान न हुआ। हिता ने विवशता प्रकट की—"महारानी, हथिनी लक्ष्मी महारानी के अतिरिक्त किसी दूसरे को अपनी पीठ पर नहीं बैठायेगी।"

अमिता सदा हिता की बात का विश्वास करती थी, परन्तु उस समय बालकों की संगति की आतुरता में उसने हिता की बात से भी संतुष्ट न होकर स्वयं हथिनी के समीप हो उससे पूछा—"लक्ष्मी मौसी तू हमारे सखा बालकों को अपनी पीठ पर नहीं बैठायेगी?"

लक्ष्मी ने अपनी सूँड़ उठाकर और झुकाकर अनुमति दे दी।

अमिता ताली बजाकर किलक उठी—"लक्ष्मी सब को बैठायेगी!" और उसने हठ किया, दूसरे सभी बच्चों के हथिनी पर बैठ जाने पर ही वह हौदे में बैठेगी।

जितने बालक हथिनी पर बैठ सकते थे बैठा दिये गये, परन्तु बालकों की संख्या अधिक थी और बढ़ती जा रही थी। अमिता के हठ के कारण महामात्य और राजपरिषद् के दूसरे लोगों के हाथियों पर भी बच्चों को बैठाया गया। कुछ बालक रथों पर भी बैठे और कुछ पालकियों पर। तब महारानी अमिता स्वयं हथिनी पर बैठीं।

महामात्य के आदेश से यह शोभा-यात्रा नगर के अन्य भागों की ओर न जाकर राजप्रासाद की ओर लौट चली। शोभा-यात्रा में विघ्न पड़ जाने के कारण राजगुरु, धर्मस्थ, कोषाध्यक्ष और सेठ सौमित्र ने महामात्य के सम्मुख चिन्ता प्रकट की।

महामात्य ने उन्हें सान्त्वना दी—"देवता सचमुच कलिंग पर कृपालु हैं। देवताओं की इच्छा और विधान से ही राज्य की रक्षा के लिये असाधारण घटनाओं का यह चक्र चल रहा है।" उन्होंने मन ही मन देवताओं की कृपा के लिये उन्हें प्रणाम किया। प्रजा ने उससे पूर्व कभी राजसत्ता के प्रति इतनी श्रद्धा, स्नेह और ममत्व का अनुभव न किया था।

× × ×

महामहिमामयी कलिंग की राजेश्वरी अमिता के प्रताप और महामात्य आचार्य सुकंठ के आयोजन से राज्य और नगर की प्रजा के लिये प्रत्येक दिन समारोह का और रात उत्सव की थी। प्रजा जान ही न पायी कि महारानी के राजतिलक का उत्सव कब समाप्त हुआ और चंड अशोक के प्रतिरोध के लिये कलिंग की सेना के 'विजय अभियान' का समारोह आरम्भ हो गया। राजपथों और वीथियों में अभी राजतिलक के बन्दनवारों के पत्ते सूख कर झड़ नहीं पाये थे कि 'विजय अभियान' के समारोह के बन्दनवार बँधने और स्थान-स्थान पर नगाड़े और नरसिंघे बजने लगे।

महामात्य प्रजा के उत्साह में विराम का समय न देकर शत्रु के आतंक और त्रास अनुभव का अवसर ही न आने देना चाहते थे। वास्तविक परिस्थिति का ज्ञान केवल महामात्य, महासेनापति और राज्य-परिषद् को ही था। दो मास पूर्व ही सेनापति सामन्त सुबन्धु और सामन्त दुर्जय अपनी सेनाएँ लेकर चंड अशोक को सीमा पर ही रोक लेने के लिये राजधानी से जा चुके थे। दूत नित्य ही समाचार ला रहे थे कि कलिंग के इन सेनापतियों को शत्रु के अपरिमित बल के दबाव से पीछे हटना पड़ रहा था।

महासेनापति ने राज्याभिषेक का अनुष्ठान पूर्ण होते ही विशाल सैन्यदल सहित सीमान्त के लिये प्रस्थान कर दिया था। आत्मरक्षा के इस युद्ध की तैयारी का उत्साह राजधानी में ऐसा था मानो मगध को विजय करने के लिये कूच हो रहा हो। युद्ध-यात्रा के लिये नगर के चौराहों पर प्रजा को बिना मूल्य शस्त्र और भोजन-वस्त्र बँटता रहता था। नगर और राज्य में दुन्दुभि से घोषणा होती रहती—

''परमभगवती महारानी की जय हो! प्रजा और पौरजन सुनें! धर्म और राज्य की रक्षार्थ तथा देवताओं के प्रासाद के लिये बाल-वृद्ध, रोगी, स्त्री और संन्यासी को छोड़कर सब सवर्ण, धनी और दीन, कलिंग की महारानी की विजय-यात्रा में शस्त्र धारण करें! सब धनी अपने अन्न का एक तिहाई भाग और महारानी अपने स्वर्ण का दस में से आठ भाग स्वेच्छा से राज्य के आयत्त करें! जो ऋणी और दास स्वेच्छा से शस्त्र धारण कर सैनिक बने, वह ऋण और दासत्व से मुक्त हो··· ।'' कलिंग की प्रजा, महाशक्ति की बालिका अवतार कलिंग की राजेश्वरी के प्रति श्रद्धा और भक्ति से रण के नगाड़े, कड़खे और झाँझ बजाती, झूमती अनवरत प्रवाह में राज्य की उत्तर-पश्चिम सीमा की ओर चली जा रही थी।

महामात्य आचार्य सुकंठ कलिंग की राजेश्वरी अमिता के नाम से विराट युद्ध का आयोजन कर रहे थे। कलिंग की मर्यादा की रक्षा के लिये चंड अशोक का प्रतिरोध करने में वे राज्य की सम्पूर्ण भूमि, प्रजा और स्वयं अपने आपको भी युद्ध के यज्ञ में आहुति दे देने के लिये तैयार थे परन्तु वे, बालिका महारानी के सूर्य के ताप से दुखी हो जाने के समाचार से भी चिन्तित हो जाते। बालिका अमिता ही अब कलिंग की राजसत्ता का बीज और प्रतीक थी। भविष्य में अमिता से ही कलिंग के राजवंश का वृक्ष प्रस्फुटित हो सकता था।

आचार्य प्रासाद के कर्मान्ताधिष्ठायक सामन्त प्रताप से नित्य ही महारानी की शारीरिक और मानसिक अवस्था के विषय में समाचार की प्रतीक्षा करते थे। प्रताप इस विषय में हिता से जिज्ञासा करता रहता। चिन्ता का मुख्य कारण था—अमिता प्रायः ही माता को याद कर अधीर हो जाती थी। कर्मान्ताधिष्ठायक से लेकर प्रासाद के नायक, प्रहरी, कंचुकी, यवनियाँ और दास-दासियाँ इसी यत्न में रहते थे कि महारानी विनोद में मग्न रहें और माता को याद करने का अवसर न आ पायें। उद्दाल और हिता के कौशल से अमिता प्रायः ही विनोद में उलझी रहती, परन्तु बालिका को माँ की याद कभी न आना कैसे सम्भव होता।

महारानी नन्दा प्रातः चैत्य में पूजा से लौट कर बेटी को स्मरण कर उसे पूजा के पवित्र जल का आचमन कराती थीं और आशीर्वाद देती थीं। वह समय आने पर अमिता

माँ को अवश्य याद करती और हिता से अनुरोध करती—''हितू, हमें आचमन कराकर आशीर्वाद दे दे।''

हिता का गला भर आया। वह आँसुओं का घूँट निगल कर अमिता की इच्छा पूरी कर देती। भोजन के लिए अनुरोध किये जाने पर निद्रा के लिये पलंग पर लिटाये जाते समय या प्रातः नींद खुलने पर अमिता माता को याद कर पूछ लेती—''अम्मा तीर्थयात्रा से कब लौटेंगी? तीर्थ कहाँ है, कितनी दूर है?''

सामन्त प्रताप के परामर्श से हिता ने अमिता को समझा दिया था कि राजमाता राज्य और पुत्री की कल्याण कामना से तीर्थयात्रा के लिये गयी हैं, यात्रा से शीघ्र ही लौटेंगी। अमिता के माँ के लिये अधीर होने पर हिता बालिका को कभी गुड़िया के खेल में लगा देती, कभी प्रमद उद्यान में ले आती, कभी राजप्रासाद की छत पर ले जाकर नगर के दृश्य दिखाने लगती और कभी शिविका अथवा हाथी पर नगर विहार के लिये ले जाती। नगर में जाने पर हिता को आशा बनी रहती, सम्भव है मोद को देख पाने का अवसर मिल जाये। अपनी अनुपस्थिति में बालिका के अधीर हो जाने की आशंका से उसे वापी के हाथों में छोड़ कर, मोद से मिलने चले जाने का अवसर अब हिता को कम ही मिल पाता था।

× × ×

महामात्य के आदेश से राज्य का उत्तम अन्न पहले सैनिकों को दिया जा रहा था और बड़ी मात्रा में सैनिकों के लिये उत्तर-पश्चिम में भेजा जा रहा था। साधारण प्रजा और विशेष कर राज्य के उत्तर-पश्चिम भागों से राजधानी में आये हुए शरणार्थियों को मोटे और कुअन्न से निर्वाह करना पड़ रहा था। ऐसा अन्न खाने के कारण वे लोग अनेक उदर व्याधियों की लपेट में आ जाते थे।

सर्वसाधारण में त्रास फैल गया था कि उत्तर-पश्चिम से आये लोगों पर देवताओं का कोप है। उनकी संगति रोग का कारण है। महारानी के अभिषेक के उत्सव और विजय अभियान के पर्व में जब वेदियों से बलि प्रसाद और मदिरा बिना मूल्य बाँटे गये तो राजधानी में इन रोगों ने और भी विकराल रूप ले लिया। नगर में विशूचिका रोग (हैजा) फैल गया। लोग इस रोग से कुछ ही घड़ी में तड़प-तड़प कर मर जाते। प्रजा इस अदृश्य शत्रु के भय से अथवा दैवी प्रकोप से काँपने लगी। विहार के अनेक भिक्षु नागरिकों के प्रति क्रोध भुला कर, स्वयं रोग का भय न कर रोगियों की सेवा करने लगे। वृद्धा और माताएँ आतंकित होकर अपनी सन्तान को सम्भावित भय से बचाने के लिये भिक्षुओं के आशीर्वाद के लिये विहारों में आने लगीं। भिक्षु उन्हें औषधि अथवा अभिमंत्रित जल का आचमन कराकर अभय का विश्वास दिलाते समय यह भी बताना न भूलते कि यह बलि की हिंसा के पाप का फल है। मनुष्य अपने कर्म से इसी प्रकार दुःख भोगता है।

धनी वैश्य कुलों में इस महामारी का कारण अन्य ही अनुमान किया जा रहा था। यह लोग रहस्य के स्वर में कहते—'यह नगर के पाप से रुष्ट होकर महारानी के नगर त्याग के कारण दैवी अभिशाप है।' ऐसी किंवदन्तियाँ महामात्य तक भी पहुँचती थीं।

महामात्य ने विचार कर आदेश दिया—''रोग पाप है। पाप को भस्म करने की शक्ति वैश्वानर (अग्नि) देवता में है। नगर के जिस घर और मुहल्ले में रोग का प्रकोप हो,

वहाँ के निवासी स्थान छोड़कर वन में निवास करें और वह पापयुक्त स्थान वैश्वानर देवता की तुष्टि के लिये अर्पण किया जाये।''

राजपुरुषों ने रोग से आक्रान्त नगर के सभी भागों और बस्तियों को जला दिया। वैश्वानर देवता के तृप्त हो जाने पर नगर एक सप्ताह में ही रोग के प्रकोप से मुक्त हो गया।

जन साधारण में दूसरी ही किंवदन्ती फैल गयी—ज्ञानी आचार्य को वैश्वानर देवता की सिद्धि प्राप्त है। उन्होंने देवता को सन्तुष्ट कर राज्य की रोग से रक्षा की है। देवरूपा बालिका महारानी का प्रताप और आचार्य का तप अशोक के सैन्यदल को भी क्षण मात्र में भस्म कर सकेगा।

●

सौमित्र के सूत्र

सेठ सौमित्र राजतिलक और विजय अभियान के उत्सवों में उत्साह से सहयोग दे रहा था। महारानी के राज्यारोहण के अवसर पर उसकी ड्योढ़ी पर एक पक्ष तक निरंतर मंगल वाद्य बजते रहे थे। एक पक्ष तक नृत्य-संगीत की सार्वजनिक समज्या चलती रही थी। उसकी हवेली से नित्य एक सहस्र लोगों को प्रसाद बँटता था। सेठ ने महारानी की सेना के उत्तर दिशा में विजय अभियान के अवसर पर भी एक सहस्र गाड़ी अन्न राज्यभंडार को दिया था। एक सहस्र भाले, खड्ग और धनुष आदि दिये थे और अपने ग्यारह दासों को सैनिक सेवा के लिये अर्पण कर दिया था। सौमित्र जब-तब महामात्य का दर्शन कर राज्य की सेवा के लिये अपनी तत्परता भी प्रकट करता रहता था। इन व्यस्तताओं के कारण सेठ को रात के दूसरे पहर तक भी विश्राम न मिल पाता था। रात्रि का दूसरा पहर समाप्त होने को था। सेठ सौमित्र अपनी हवेली के अन्तःपुर के आँगन के उज्ज्वल प्रकाश भरे कक्ष में था। वह कोमल आसन बिछी चौकी पर बैठा था। सामने श्वेत स्फटिक पत्थर की ऊँची बड़ी चौकी पर चाँदी के बड़े थाल तथा अनेक पात्रों में भोज्य पदार्थ रखे थे। सेठ की दोनों सन्तानों की माता भी समीप एक चौकी पर बैठी सेठ की रुचि भाँप कर सेवकों को अन्य व्यंजन लाने का आदेश दे रही थी। सहसा कक्ष में सेठ की प्रौढ़ा दासी मौसी ने मुस्कराते हुए प्रवेश किया और सेठ के समीप ही भूमि पर बैठ गयी। मौसी ने निःसंकोच भाव से सेठ के थाल की ओर देख कर सेठानी को सम्बोधित किया—"स्वामिनी, यह क्या! बड़ियाँ नहीं बनवाती हो? स्वामी को वही तो सबसे अधिक रुचती हैं।"

"अब स्वामी को बड़ी रुचती ही नहीं। नित्य ही आहार कम करते जाते हैं।" सेठानी ने चिंता प्रकट की।

मौसी ने आपत्ति की—"यह क्या करते हैं स्वामी; मांस त्याग दिया है तो कुछ तो खायेंगे? शरीर को कुछ तो पुष्टि चाहिये।"

सेठ ने मुस्कराकर मौसी की ओर देखा और भोजन से हाथ खींच लिया।

मौसी ने मान किया—"स्वामी दासी की बात क्यों रखेंगे?"

एक दासी जल पात्र और हाथ पोंछने का वस्त्र लेकर आगे बढ़ आयी और दूसरी दासी ने ताम्बूल की मंजूषा लाकर सेठानी के समीप रख दी।

मौसी फर्श पर हाथ की टेक लेकर उठी और पौंछन वस्त्र अपने हाथ में लेकर बोली—"स्वामिनी आज्ञा दें तो स्वामी के लिये ताम्बूल दासी प्रस्तुत करे!"

सेठानी से पहले सेठ बोल उठा—"हाँ, मौसी के हाथ का ताम्बूल खाये तो अवधि बीत गयी। मौसी को अब अपनी विजया की दुकान का बहुत मोह हो गया है।"

सेठ मौसी का संकेत समझ गया था कि मौसी कोई सम्वाद लायी है और एकान्त में बात करना चाहती है।

सेठ हाथ धो और पोंछकर दूसरे कक्ष की ओर चला गया। मौसी ताम्बूल की मंजूषा उठा कर उसके पीछे गयी। जिस समय सेठ मौसी से बात करता था, कोई सेवक विघ्न नहीं डाल सकता।

सेठ सौमित्र की दासी मौसी की आयु सेठ से एक-दो बरस कम थी। किसी समय मौसी का नाम कलिका था। उस समय एक बार कलिका ने मौसी होने का अहंकार प्रकट किया था। सौमित्र उसे मौसी ही पुकारने लगा था। दासी का कलिका नाम सभी भूल गये थे और वह सेठ से मौसी कहला कर जगत मौसी बन गयी थी।

आयु बढ़ने पर मौसी के सामने के दाँत गिर गये थे और होंठ कुछ भीतर की ओर हो गये थे। बड़ी-बड़ी आँखों पर भँवें झुक आयी थीं, परन्तु होंठों पर पान की लाली, आँखों में चंचलता और मुख पर कोमलता और लावण्य के चिह्न अब भी शेष थे। बात करते समय वह अब भी ठुड्डी अथवा कपोलों पर उँगली रख कर मुग्धाओं और युवतियों की ही भाँति हाव-भाव से विस्मय और आतंक प्रकट करती थी। पड़ोस और परिवार के सभी बच्चे बूढ़े उससे बात करना चाहते थे। वह नगर सेठ के परिवार में चालीस वर्ष से अधिक रही थी। परिवार में उसका स्थान और अधिकार था। लोग उसे 'मौसी' कह कर पुकारते थे, परन्तु ध्वनि 'भाभी' की रहती थी।

जिस समय सौमित्र के पिता नगर सेठ चारुक की आयु लगभग अड़तीस वर्ष की थी। उन्होंने कलिका का रूप लावण्य देखकर उसे विशेष दासी के रूप में खरीद लिया था। तब कलिका की आयु पन्द्रह वर्ष की थी। कलिका की माँ निर्धन गणिका थी। अपनी बेटी को नगर सेठ के हाथ बेच कर उसने बेटी का भाग्य बना दिया था। उस समय सौमित्र सोलह-सत्रह वर्ष का किशोर था। एक दिन सौमित्र ने किशोरावस्था की उच्छृंखलता से पिता की विशेष दासी से धृष्ट परिहास कर दिया। कलिका ने दासी होकर भी स्वामी की कृपा के भरोसे स्वामी के पुत्र की भर्त्सना कर दी थी—"कुछ तो सोचो, मैं तुम्हारी माता के स्थान, मौसी तुल्य हूँ। तुम्हारे पिता की सेविका हूँ उनकी कृपा से ही आदर पाती हूँ। मेरा अनादर उनकी अवज्ञा करना है।"

सौमित्र चिढ़ कर कलिका के अहंकार का विद्रूप करने के लिये उसे मौसी ही पुकारने लगा था। स्वामी पुत्र के अनुकरण से सेठ की हवेली के दूसरे लोग भी कलिका को मौसी सम्बोधन करने लगे थे। मौसी, स्वामी पुत्र नवयुवक सौमित्र की वासना तुष्टि न करके भी उसे रहस्य वार्ता से काम-केलि की शिक्षा देती रहती और सौमित्र का विश्वास पाकर अपना प्रभाव बनाये रहती थी। क्रीतदासी होकर भी वह अपने चातुर्य के कारण आदर पाती थी।

सौमित्र के पिता उनसठ बरस की साधारण आयु तक जीवित रहे। मौसी के गर्भ से पहले एक पुत्र और फिर दो कन्याएँ हुईं! सेठ चारुक ने मौसी के पुत्र को अपने जीवनकाल में ही अपनी व्यवसाय की गद्दी पर कर्मी बना दिया था। मौसी की दोनों बेटियों के लिये धन देकर उन्हें नगर के निर्धन क्षत्रिय कुलों में ब्याह दिया था।

सेठ चारुक की मृत्यु के पश्चात् मौसी ने आभूषण और शृंगार त्याग दिये। स्वामी के शोक में विधवा कुलनारियों की भाँति वह केवल श्वेत वस्त्र पहनने लगी थी। वह ऐसे वेष में भी युवतियों के रूप को लजा देती थी। श्रेष्ठी परिवार की सन्तानों का पालन

अपने पेट की सन्तानों की भाँति करती थी। सौमित्र उससे हास-परिहास भी करता रहता था। सेठ की प्रकृति गम्भीर हो जाने पर मौसी सेठ को काम-केलि के रहस्य में ही नहीं, अन्य अभिसंधियों में भी मंत्रणा देने लगी।

मौसी प्रौढ़ा हो जाने के कारण निःसंकोच और निर्भय नगर की गलियों और बाजारों में घूम आती थी। मौसी के व्यवहार में कुलनारियों का सौम्य और दासी का निस्संकोच दोनों ही आकर्षक अनुपात में थे। हँसी-ठिठोली का स्वभाव होने के कारण नागरिक उससे सभी तरह की बातें आत्मीयता से कर लेते थे। मौसी नगर के समाचार सौमित्र को देती रहती थी।

महामात्य ने महारानी की सवारी नगर में निकलते समय उनके समीप किसी के आने पर और राजप्रासाद में लोगों के आने-जाने पर बन्धन लगा दिये थे तो सौमित्र ने राजप्रासाद के सामने मौसी के लिये राजपथ पर विजया घोट कर बेचने और भुने हुए अन्न और मिष्ठान्न की दुकान खुलवा दी थी।

मौसी राजप्रासाद के प्रहरियों और दास-दासियों को सामने से आते-जाते देखती तो आदर से कुछ खाने-पीने का निमंत्रण दे देती। मौसी उधार देने में उदार थी, तिस पर उसकी बातों का रस। लोग उसके यहाँ दो पल बैठ लेना चाहते थे। इस सूत्र से मौसी को राजप्रासाद की गतिविधि का बहुत-सा समाचार मिलता रहता; कौन दासी महारानी की मुँहलगी है, युवराज्ञी क्या खेल खेलती हैं; दण्डक किस दास से क्रुद्ध है, हिता का शासन के लिये दण्डक के हाथ पड़ना और चमत्कार से उसकी रक्षा, हिता और मोद का सम्बन्ध आदि सभी कुछ वह जानती थी।

एक दिन मौसी ने अपनी दुकान के सामने से जाते समय हिता को पुकार कर ममता और सहानुभूति प्रकट की—"किसी के प्रणय से ईर्ष्या करने वालों पर मन्थन का वज्र गिरे।" मौसी ने हिता को एक तांत्रिक का नाम बताया, जिसका कवच कंठ में पहन लेने पर मनोवांछा पूर्ण होने में सन्देह नहीं रह सकता था। इसके पश्चात् मौसी ने सहानुभूति से हिता को समझाया, "बेटी, क्या मैं नहीं जानती विरह का दुःख कैसा होता है?…तू बेचारी बिट्ठल के कर्मान्त तक दौड़ी जाती है। जब कहे, तेरा सन्देश मोद को मैं कह दूँ, वह यहाँ ही आ जाया करे…।"

मौसी जानती थी कि राजप्रासाद के आंतरिक भेद सबसे अधिक हिता से प्राप्त हो सकते थे।

राजप्रासाद से महारानी के चले जाने के पश्चात् बालिका महारानी को सदा बहलाये रखने का कार्य हिता के लिये अधिक कठिन हो गया था। अमिता क्षण भर के लिये भी खिन्न हो जाती तो सामन्त प्रताप हिता से क्रुद्ध हो जाता। ऐसी अवस्था में मोद से भेंट के लिये राजप्रासाद से जाना हिता के लिये कठिन हो गया था। हिता मौसी की कृपा और सहायता के लिये बहुत अनुगृहीत थी। तीसरे पहर बालिका महारानी की निद्रा के समय हिता कभी आधी-पौन घड़ी के लिये मौसी के यहाँ आकर मोद से बातें कर सकती थी। हिता मौसी के प्रति अपनी माँ से भी अधिक ममता और भरोसा अनुभव करती थी।

मौसी ने हिता के कठिन उत्तरदायित्व के प्रति चिन्ता प्रकट कर रहस्य के स्वर में सेठ द्वारा की गयी जिज्ञासा प्रकट की—"बालिका महारानी राजमाता को तो क्या स्मरण करती होंगी? बच्चे तो भूल ही जाते हैं!"

हिता ने विश्वास से उत्तर दिया—"मौसी क्या कहूँ, कहना उचित नहीं पर कैसे हो सकता है कि स्मरण न करें? मौसी, मैं ही जानती हूँ, कैसे बहला कर रखती हूँ। इतना न करूँ तो राजप्रासाद और नगर में प्रतिक्षण कोहराम मचा रहे…।"

मौसी रात्रि के दूसरे पहर सेठ की जिज्ञासा का उत्तर देने आयी थी। मौसी ने बालिका महारानी के विषय मे स्वामी के कौतूहल का कारण अनुमान कर रहस्य के स्वर में माता के लिये बालिका महारानी की विह्वलता, हिता के हाथों में बालिका महारानी के पालतू जीव की भाँति वश होने तथा हिता और मोद के प्रणय का रहस्य सेठ को बता कर कहा—"छोकरी बिट्ठल के दास मोद के लिये उन्मत्त है। उसे पाने की धुन में वह अग्नि में कूद जाने से भी न डरेगी।"

सेठ ने मौसी की बात ध्यान से सुनी। कुछ पल मौन रह कर मौसी को आदेश दिया—"तू दासी हिता से मिलती रहना। अन्य समाचार देना।"

मौसी को विदा कर सेठ शय्या पर लेटा बहुत देर तक विचार करता रहा। उसने निश्चय किया क्यों न स्वयं राजप्रासाद में जाकर अवस्था देख ले!

× × ×

प्रथम पहर की सुहावनी धूप राजप्रासाद के प्रमद उद्यान के वृक्षों से छन कर भूमि पर फैल रही थी। प्रौढ़ा दासी वापी और दासी हिता महारानी अमिता को एक वृक्ष की डाल से बँधे झूले पर झुला कर बहला रही थीं। महामात्य और महासेनापति के परिवारों के पौत्र-पौत्रियाँ भी प्रातःकाल महारानी के विनोद में संगति देने आये हुए थे। कुत्ता बभ्रु कुछ दूर बैठा महारानी का झूला झूलना देख रहा था।

बभ्रु सहसा ऊँचे स्वर में भौंक कर एक कदम्ब वृक्ष की ओर लपक गया। कुत्ते के भौंकने से अमिता की दृष्टि वृक्ष की ओर गयी। उसने देखा एक बिल्ली आँगन से भाग कर आ रही थी, वह छलांग मार कर कदम्ब पर चढ़ गयी। बभ्रु बिल्ली को पकड़ लेने में असफल होकर क्रोध और हिंसा की उत्तेजना में वृक्ष के नीचे उछलने लगा। बिल्ली ऊपर एक शाखा पर चिपक कर बैठी भय से काँप रही थी।

अमिता के हृदय में कातर बिल्ली के लिये करुणा उमड़ आयी। उसका झूला झूलना रुक गया। उसने बभ्रु की भर्त्सना की—"दुष्ट, तू निरीह बिल्ली को क्यों डरा रहा है। अम्मा कहती हैं, किसी को डराओ मत…।"

अमिता अपनी बात पूरी न कह कर हिता को सम्बोधन कर पुकार उठी, "हितू, अम्मा तीर्थ से कब आयेंगी? तू कहती थी, अम्मा तीर्थ से पुतलियाँ लेकर शीघ्र आयेंगी!"

हिता ने अमिता को बहलाने के लिये कबूतरों को दाना चुगाने का खेल सुझाया, परन्तु बालिका महारानी झुँझला उठीं—"हम नहीं खेलेंगे, हम अम्मा के पास जायेंगे!"

हिता ने दूसरा खेल सुझाने के लिए महामात्य के पोते आदित्य को सम्बोधन किया—"आज पुतली की राजसभा में कुमार आदित्य महासेनापति बनेंगे। हाय…" हिता ने ठोड़ी पर उँगली रखकर चिंता प्रकट की, "कुमार आदित्य के पास खड्ग तो है ही नहीं? महासेनापति महारानी का अभिवादन कैसे करेंगे?"

हिता ने अमिता के सम्मुख चिंता प्रकट की—"महारानी, बेचारी नयी पुतली की राजसभा तो हुई ही नहीं। पुतली महारानी की शोभा-यात्रा के लिये दासी, जेट्ठक बिट्ठल के यहाँ से नया हाथी भी ले आयी है।"

अमिता नयी पुतली की राजसभा का खेल खेलने के लिये मान गयी। सब बालक हिता को घेरकर सभा भवन में आ गये। अब कलिंग के राजप्रासाद का सभा भवन अनेक प्रकार की पुतलियों, खिलौनों और फलों-फूलों से भरा रहता था।

अमिता नयी पुतली को सिंहासन पर बैठा रही थी तभी अलिंद से यवनी की पुकार सुनायी दी—"परमभगवती राजेश्वरी की जय हो! दासी को अभयदान मिले। दासी निवेदन करती है; राजसखा, सेट्ठियों के जेट्ठक सौमित्र राजदर्शन के लिये राजद्वार पर उपस्थित हैं।"

हिता को आशंका हुई कि गुड़ियों की राजसभा के खेल में बहली हुई अमिता का मन खेल से उचट जाने पर उसे फिर बहलाना कठिन हो जायेगा, परन्तु यह भी जानती थी कि राजसखा सेट्ठी सामन्त प्रताप से अनुमति लेकर आया है। उसकी राजदर्शन की इच्छा की अवहेलना उचित न थी।

हिता ने अमिता की ओर से यवनी को उत्तर दिया—"राजसखा नगर सेट्ठी राजेश्वरी की सेवा में उपस्थित हों!"

सौमित्र ने सभा भवन में आकर भूमि स्पर्श से अमिता को प्रणाम किया। सेठ के पीछे सेवक एक मंजूषा उठाये था। सेठ की ओर अमिता की पीठ थी। वह नयी पुतली को सिंहासन पर बैठाकर अपने हाथों उसे छोटा मुकुट पहना रही थी।

अमिता ने पुतली को मुकुट पहना कर भी सौमित्र की ओर ध्यान नहीं दिया। उसने बच्चों की राजसभा को सम्बोधित किया—"सब लोग महारानी को प्रणाम करें।"

अमिता की दृष्टि सभा में एक ओर खड़े प्रौढ़ सौमित्र की ओर गयी! सौमित्र ने अमिता के आदेश के अनुसार सब बच्चों के साथ भूमि स्पर्श कर पुतली को प्रणाम किया। प्रौढ़ सेठ को बच्चों के खेल में सम्मिलित होते देखकर अमिता प्रसन्न हो गयी। सौमित्र एक ओर चुपचाप खड़ा बालिका महारानी के खेल को आदर पूर्वक ध्यान से देखने लगा।

युवती हिता को एक वयस्क व्यक्ति की उपस्थिति में बच्चों की तरह खेलने में संकोच अनुभव हो रहा था, परन्तु महारानी के खेल को निबाहना भी कर्तव्य था इसलिये उसने सेठ को अनदेखा कर, संकोच से सिर झुकाये एक बालक को बाँह से पकड़ कर पुतली महारानी के सम्मुख उपस्थित कर प्रार्थना की—"अन्नदाता, यह दुष्ट चोर है। यह नागरिकों का धन छीन उनकी हत्या करता है! इसे नगरपाल ने दण्ड पाने के लिये राजद्वार पर भेजा है।"

अमिता ने गुड़िया का सिर हिलाया और पुतली-महारानी की ओर से आज्ञा दी—"महारानी आज्ञा देती हैं, दूसरों से छीनने वाले, दूसरों को डराने वाले, दूसरों को मारने वाले दुष्ट को धर्मस्थ दण्ड दें।"

हिता ने फिर घोषणा की—"सभा सुने; अब महारानी के सम्मुख नृत्य होगा।"

सौमित्र की उपस्थिति को अनदेखा कर अपना कर्तव्य हिता निबाह रही थी। सौमित्र की ओर पीठ कर उसने सिंहासन पर बैठी पुतली के सम्मुख ठुमुक-ठुमुक कर थोड़ा-सा

नाचा और भूमि स्पर्श कर बोली—"परमभगवती राजेश्वरी की जय हो! अन्नदाता, दासी नर्तकी को पुरस्कार मिले।"

अमिता ने पुतली का सिर स्वीकृति में झुकाकर उत्तर दिया—"महारानी नर्तकी से प्रसन्न हैं। नर्तकी को पुरस्कार देती है।" अमिता ने समीप पड़ी एक माला उठाकर हिता की ओर फेंक दी।

नर्तकी को पुरस्कार देकर अमिता ने तर्जनी उँगली उठाकर पुतली महारानी को सम्बोधन किया—"परमभगवती, राजेश्वरी राजसभा में नृत्य नहीं करेंगी, अन्यथा आचार्य काका और महासेनापति काका रुष्ट हो जायेंगे। राजेश्वरी समाज के सम्मुख नृत्य नहीं करती!"

अमिता का बाल सुलभ कथन सुनकर सौमित्र का चेहरा सहसा गम्भीर हो गया। उनकी दृष्टि हिता की ओर गयी और हिता के नेत्रों से मिल गयी। हिता ने सेठ की आँखों में संकेत पाया और सकुचा गयी; मानो बालिका महारानी का ऐसी बात कहना दासी का अपराध हो।

अमिता का ध्यान सेठ और हिता की ओर नहीं था। वह अपने खेल में व्यस्त थी। उसने महामात्य के आसन पर बैठे महामंत्री के पौत्र को सम्बोधन किया—"आचार्य, यह पुतली-महारानी अच्छी नहीं हैं। यह भिक्षुओं को बहुत भिक्षा देती हैं। यह यज्ञ का उत्सव नहीं करती। इन्हें पालकी पर बैठा कर तीर्थ-यात्रा के लिये भेज दो! इनकी पुत्री महारानी बनेगी और अम्मा को स्मरण करेगी तब यह महारानी पुतली लेकर आयेगी। फिर अम्मा से नहीं बोलेंगे।"

अमिता की बात सुनकर सौमित्र के नेत्र फैल गये। एक गहरा निश्वास लेकर वह नेत्र झुकाये पल भर सोचता रहा।

हिता बार-बार सेठ की दृष्टि बचाकर उसकी ओर देख लेती थी। सेठ के विस्मित होने और विचार में डूब जाने से वह आतंक अनुभव कर रही थी। उसने प्रसंग बदलने के लिये अमिता से प्रार्थना की—"महारानी, यह तो बहुत सुन्दर गुड़िया है।"

सौमित्र ने तुरन्त हाथ जोड़कर अमिता के सम्मुख निवेदन किया—"परम भगवती राजेश्वरी अभयदान हो। चतुर राजदासी का कहना ठीक है। यह पुतली सुलक्षण और सुन्दर है, परन्तु सेवक महारानी के लिए तीन और पुतलियाँ सेवा में लाया है।"

सेठ ने सेवक द्वारा प्रस्तुत मंजूषा में से एक पुतली निकाल कर निवेदन किया—"परमभगवती, यह चालुक्य देश की राजकुमारी है। यह कलिंग की राजेश्वरी को प्रणाम करने के लिये उपस्थित है।"

सेठ ने दूसरी पुतली निकाली—"यह गौड़ देश की राजकुमारी है।" और तीसरी पुतली निकालते हुए बोला, "यह मद्र देश की राजकुमारी है। यह दोनों भी महारानी की सेवा में प्रणाम करती हैं।" सेठ ने पुतलियों के सिर सिंहासन के सम्मुख झुका दिये।

अमिता कुछ पल पुतलियों की ओर देखती रही और फिर कौतूहल से बोली—"इन राजकुमारियों की माताएँ कहाँ हैं? इन्हें अपनी अम्मा की याद नहीं आयेगी?"

सौमित्र उचित उत्तर सोच ही रहा था कि अमिता ने फिर पूछ लिया—"क्या इनकी माताएँ तीर्थ का तप करने गयी हैं?"

सेठ समझ गया, बालिका महारानी माता के वियोग में दुखी है। उसे मौसी की बात याद आयी—दासी हिता कहती थी कि यदि वह महारानी को सँभाले न रहे तो प्रासाद

और नगर में सदा कोहराम मचा रहे।···यदि   राम मच जाये तो आचार्य विवश हो ही जायेंगे!····दासी हिता ही स्थिति सँभाले हुए है।

अमिता ने सेठ से पूछ लिया—"काका, हमारी अम्मा तीर्थ यात्रा से कब लौटेंगी?"

बालिका के प्रश्न ने गूढ़ चिन्ता में डूबे हुए सेठ के मस्तिष्क के तन्तुओं को झंकार दिया। एक साथ कई विचार आये। महामात्य का छल बालिका महारानी के सामने प्रकट हो जाये···परन्तु बालिका की सामर्थ्य क्या है? कोई महामात्य के कोप का भाजन बनेगा तो बालिका उसकी रक्षा नहीं कर सकेंगी। महामात्य के छल की भित्ति को धक्का देकर गिराने से वह स्वयं ही पहले उसके नीचे दब कर मरेगा।

सेठ ने विचार में गर्दन झुकाये उत्तर दिया—"परमभगवती राजेश्वरी धैर्य रखें। राजमाता शीघ्र ही तीर्थ यात्रा से लौटेंगी। महामात्य आचार्य ही राजमाता को बुलवा देंगे।"

अमिता को उत्तर देकर सेठ के नेत्र, अपनी ओर देखती हिता के नेत्रों से मिल गये। हिता के नेत्रों की कातरता और मौन प्रार्थना को सेठ ने एक दृष्टि में समझ लिया। दासी के नेत्र प्रार्थना कर रहे थे—सेठ दया करके महारानी की माता के लिये अधीरता का रहस्य गुप्त रखें।

अमिता का चेहरा उदास हो गया। वह बोली—"आचार्य काका से कहेंगे, अम्मा को शीघ्र बुला दो।"

अमिता की दृष्टि सभाभवन के द्वार से अलिंद में चली गयी। उसके मुख का भाव सहसा बदल गया। वह किल्लोल से पुकार उठी—"वामन तामुल! वामन तामुल आया! वामन को घोड़ा बनायें!"

बालिका महारानी समीप खड़ी बालिका को बाँह से खींचती हुई दौड़ पड़ी और भवन से बाहर चली गयी। दूसरे बच्चे भी किल्लोल से–'वामन! वामन!' पुकारते हुए उसके पीछे दौड़ पड़े।

हिता बालक बालिकाओं को महारानी के साथ मार्ग देने के लिये एक ओर होकर सिंहासन के समीप खड़ी रही। सभाभवन के द्वार पर खड़ी वापी और दूसरी दासी भी बच्चों की ओर चली गयीं। सेठ के सम्मुख हिता अकेली ही रह गयी थी। वह भी द्वार की ओर जा रही थी, परन्तु सेठ का संकेत पा रुक कर वह ठिठक गयी।

सेठ ने रहस्य के कोमल स्वर में हिता को सम्बोधन किया—"तुम्हारा परम सौभाग्य है। तुम्हें परम देवी की अवतार राजेश्वरी के बालिका रूप की सेवा करने और उनका विश्वास पाने का अवसर मिला है। तुम राजमाता के वियोग में महारानी को सान्त्वना देती हो। तुम जैसे राजसेवकों के दर्शन से पुण्य होता है। राजभक्त प्रजा के लिये तुम आदरणीय हो। प्रजा तुम्हारी इस राजसेवा के लिये क्या मूल्य दे?" सेठ ने अपने बायें हाथ की कलाई में पहना रत्नजटित कंगन उतार कर हिता की ओर बढ़ा दिया।

सेठ के अप्रत्याशित व्यवहार से हिता को रोमांच हो आया। संकोच से हाथ जोड़कर बोली—"आर्य स्वामी, दासी आभूषण का क्या करेगी? दासी पर स्वामी की कृपा रहे।"

"बेटी, आदर को ठुकराना नहीं चाहिये।" सेठ ने समझाया। उसके नेत्रों में आत्मीयता और आदर था परन्तु स्वर में अधिकार का भाव।

हिता ने सोचा, सेठ को रुष्ट करना उचित नहीं। यदि सेठ बालिका महारानी के मुख से सुनी राजमाता के वियोग में दुखी होने का प्रसंग प्रासाद के कर्मान्ताधिष्ठायक यूथप अथवा महामात्य से कह दे तो···।

हिता के सेठ के सामने जोड़े हुए हाथ अंजली के रूप में फैल गये। सेठ ने रत्नजटित कंगन उसकी अंजली में रख दिया। हिता ने प्रार्थना की—"आर्य, दासी तो स्वर्ण पाने की और स्वर्ण धारण करने की अधिकारिणी नहीं है। यह दासी के किस प्रयोजन का है?"

सौमित्र ने पल भर सोचा। उसके होंठों पर मुस्कान आ गयी। उसने रहस्य के स्वर में उत्तर दिया—"भाग्य ने जिसे राजेश्वरी के विश्वास और स्नेह का पात्र बनाया है, उसका भाग्य और भविष्य क्या होगा; यह कौन जानता है? सम्भव है, किसी दिन कोई कुलवन्त तुझ सुलक्षणा को वरण कर ले। भाग्य की लीला से तो शूद्र और दास भी सिंहासन पर बैठते हैं। भाग्य के लिखे से राजेश्वरी असहाय होकर निर्वासित हो जाती है; दूसरे के हाथ पुतली बन जाती है।"

सौमित्र अपनी बात कह कर पल भर अर्थपूर्ण तीक्ष्ण दृष्टि से हिता की ओर देखता रहा और फिर द्वार की ओर घूम गया।

हिता को अपने हाथों में रत्नजटित कंगन का बोझ असह्य जान पड़ रहा था। वह व्याकुल हो रही थी, अन्य दास-दासी देखेंगे तो क्या समझेंगे, क्या कहेंगे? समझ नहीं पा रही थी कि कंगन का क्या करे?…कहाँ छिपा कर रखे? दूसरा उपाय न देखकर उसने कंगन को अपने वक्ष पर कसे कंचुकी वस्त्र में छिपा लिया और महारानी की सेवा में चली गयी।

× × ×

राज्य और नगर में सेठ सौमित्र की राजभक्ति, दानशीलता और राजद्वार में उसके प्रभाव की कीर्ति बढ़ती जा रही थी। राजद्वार से विशेष कृपा चाहने वाले उसकी ड्योढ़ी को ही राजद्वार का मार्ग समझने लगे थे। सेठ के यहाँ केवल न्याय या कृपा की इच्छा करने वाले ही नहीं, सभी भाँति के लोग आते थे।

सेठ के यहाँ राज्य की उत्तर सीमा के नगरों से भागकर आए ऐसे लोग भी आते थे जो अशोक के सैन्य दल के भय से अपने घर-द्वार और भूमि पीछे छोड़ कर केवल सोना और बहुमूल्य रत्न समेट कर भाग आये थे। अब वे भोजन, वस्त्र और दूसरी आवश्यकताओं के लिये सोना और रत्न बेचना चाहते थे। ऐसे लोग भी सेठ के यहाँ आते थे जो आक्रमण के भय से दक्षिण की ओर भागना चाहते थे और अपना घर-बार, भूमि, पशु बेचकर सुविधा के साथ ले जाने योग्य सोना खरीदना चाहते थे। दोनों तरह के लोगों की आवश्यकताएँ अपने में पूरी हो सकती थीं परन्तु वे सौमित्र के व्यवसाय की गद्दी द्वारा होती थीं। ऐसे दोनों ही तरह के लोगों के लिये सौमित्र के यहाँ वस्तुओं के अलग-अलग भाव थे। सोना और रत्न बेचना चाहने वालों को पदार्थों के रूप में बहुत कम मूल्य मिलता क्योंकि युद्ध के समय सोने और रत्नों के ग्राहक कहाँ थे। अन्य पदार्थ बेच कर सोना और रत्न खरीदने वालों को सोने और रत्नों का मूल्य बहुत देना पड़ता क्योंकि युद्ध के कारण सोना और रत्न बाजार में कहाँ थे? सौमित्र के यहाँ जो भी आता, अपने धन का रूप बदलने के लिये धन का एक अंश छोड़ जाता था।

दलाली का व्यवसाय करने वाला गोप, अगंध और सुवीर को लेकर सौमित्र के यहाँ आया था। बड़े कक्ष में दायें-बायें बेचने और खरीदने की गद्दियों पर सेठ के कारिन्दे लेवा-

बेची कर रहे थे। दोनों ही तरह के ग्राहकों की भीड़ थी। गोप और उसके साथ आये लोग सौमित्र से ही परामर्श करना चाहते थे, इसलिये उन्हें प्रतीक्षा करनी पड़ी।

सौमित्र ने तीनों अतिथियों को उचित आसन दिया। भीतर के कक्ष में साधारण क्रय-विक्रय करने वालों को नहीं बुलाया जाता था। सुवीर, सामन्त वंश का होने के कारण, सहायता की याचना करने के लिये आकर भी सम्मान का अधिकारी था। सौमित्र उसे कक्ष में प्रवेश करते देख अपनी गद्दी से उतरा और अपने समान आसन पर बैठा कर साथ बैठा। अगंध को सेठ ने अपने साथ ही बायीं ओर स्थान दिया। गोप उनके सामने हाथ भर के अन्तर में बैठ गया। सेवकों ने उनके सम्मुख ताम्बूल, सुगन्ध और मदिरा उपस्थित की।

सुवीर प्रतीक्षा से उकता चुका था, बोला—''सेट्ठी के सत्कार से हम कृतार्थ हैं। हम तो इस संकट में जेट्ठक के निर्देश के लिये आये हैं। जेट्ठक बतायें; हमारी रक्षा कैसे होगी?''

सौमित्र ने तुरन्त उत्तर दिया—''युद्ध के संकट में देवताओं का आशीर्वाद कलिंग की राजेश्वरी का प्रताप, महामात्य की बुद्धि, महासेनापति का शौर्य और प्रजा की राजभक्ति सहायता करेगी। संकट के समय ब्राह्मण का तप और ज्ञान क्षत्रिय का बाहुबल और वणिक की दानशीलता सहायता करती है।''

गोप ने उत्साह से सौमित्र का समर्थन किया—''साधु! साधु! सेट्ठियों के अग्रणी सत्य कहते हैं। जो भी समझता है, यही कहेगा।''

सुवीर ने धीमे स्वर में सन्देह प्रकट किया—''जेट्ठक सत्य कहते हैं, युद्ध में तो महामात्य और महासेनापति रक्षा करेंगे ही हम तो युद्ध के राजकर से त्रस्त हैं।''

सौमित्र ने विस्मय प्रकट किया—''क्या कहते हैं सामन्त! युद्ध के लिये राजकर तो युद्ध की बलि है, दान है।''

अगंध ने उत्तर दिया—''परन्तु दान तो श्रद्धा और सामर्थ्य के अनुसार होता है। सम्पत्ति का दस में से आठ भाग देकर धनी का सामर्थ्य क्या रह जायेगा? तब उसे रक्षा की आवश्यकता ही क्या रह जायेगी? धनी के तीन अथवा आठ शरीर तो नहीं हैं। वह अपनी रक्षा के लिये इतना मूल्य क्यों दें? जेट्ठक राजद्वार में न्याय के लिये प्रार्थना करें…।''

सुवीर ने अगंध का समर्थन किया—''सेठियों के अग्रणी, यही तो मैं कहता हूँ। धनी का सब कुछ राज्य आयत्त हो जायेगा तो राज्य धनी की क्या रक्षा करेगा?''

सौमित्र का चेहरा चिन्तित हो गया, उसने बहुत गम्भीरता से उत्तर दिया—''मित्र, यह अधर्म बुद्धि है। ऐसी बात द्विज को शोभा नहीं देती। धन तो राज्य और जन का है, राज्य और जन की आवश्यकता के लिये है। जैसे सूर्य पृथ्वी से जल लेकर पृथ्वी पर बरसा देता है, वैसे ही धनी का धर्म है। द्विज राजभक्ति की रक्षा में ही अपना धर्म निबाहता है, इसलिये राजभक्ति द्विज का परम धर्म है।''

गोप ने ''साधु! साधु'' कहकर उत्साह से सौमित्र का समर्थन किया। अगंध और सुवीर दीर्घ निश्वास लेकर चुप हो गये।

सौमित्र ने उन्हें आश्वासन दिया—''देवता रूप महारानी के प्रताप और आचार्य महामात्य के न्याय में अन्याय का भय किसे है? इस शरीर का तो धर्म ही राज्य और बन्धुओं की सेवा है।''

सुवीर साहस पाकर बोला—"जेट्ठक; राजाज्ञा तो सभी को शिरोधार्य है। राजद्वार से केवल न्याय चाहते हैं। अपने पास सम्पत्ति के नाम जो थोड़ा–बहुत है, भूमि और निवास के रूप में ही है। धनी को स्वर्ण सम्पत्ति का दस में से आठ भाग राजकोष में देने की आज्ञा है। आप देख लें राजपुरुष भी देख लें, सुवीर के पास स्वर्ण नहीं है। राजस्व के पुरुष भूमि की मिट्टी का मनमाना मोल आँक कर चालीस सहस्र मुद्रा माँगें तो सुवीर क्या करेगा?"

सौमित्र ने गोप की ओर समर्थन की आशा से देखा—"भूमि के ही गर्भ से तो धन और स्वर्ण उत्पन्न होता है। भूमि ही तो धन है। स्वर्ण तो धन का प्रतीक मात्र है। राजस्व स्वर्ण का नहीं, धन का है।" सेठ ने अगंध और सुवीर से प्रश्न किया, "परन्तु राजद्वार से महामात्य के यहाँ न्याय से कौन वंचित रहा?"

सेठ ने फिर गोप की ओर देखा—"स्वर्ण से यदि भूमि मिलती है तो भूमि से स्वर्ण भी मिलता ही है।"

सुवीर ने खिन्न स्वर में उत्तर दिया—"तो फिर जेट्ठक मेरी भूमि का एक भाग-धरोहर रख लें और इस संकट से मुक्ति दिलायें।"

सौमित्र ने संकोच और मुस्कराकर उत्तर भी दिया—"इस घर में जो कुछ है, आज सबसे पहले राज्यसेवा निमित्त है। इस समय चालीस सहस्र धरण कहाँ है? आते-जाते में यदि कुछ बन पड़ेगा तो राजाज्ञा पूर्ति निमित्त मुझे सामन्त की सेवा से संतोष ही होगा। सामन्त फिर कभी पूछ देखें।"

सुवीर को उत्तर देकर सौमित्र ने गद्दी पर हथेली टेक कर तकिये से पीठ लगा ली। अनजाने में उसकी हथेली से अगंध के कन्धे पर पड़े दुपट्टे का छोर दब गया। अगंध, सुवीर और गोप के साथ ही जाने के लिये उठा तो उसका दुपट्टा खिंच गया।

चतुर वैश्य अगंध ने सौमित्र का संकेत समझा और कुछ समय पश्चात् अकेला लौट आया। सौमित्र ने उसकी भर्त्सना की—"इसी बुद्धि से व्यवसाय करते हो तुम? पंहले तुमने युद्ध की बलि का राजस्व बचाने के लिये पूरे तीन ग्राम की भूमि क्रय कर ली। मानो स्वर्ण को धरती में छिपा देने से राजस्व के पुरुष की आँखों में धूल डाल दोगे और फिर बात करने आये तो गोप को साथ लेकर। तुम नहीं जानते, यह वैश्य कुल में जन्म लेकर भी ओछा है। वह तो महामात्य का गुप्तचर है। महामात्य की कृपा की आशा में स्थान-स्थान से सूँघ कर महामात्य ने यहाँ सच-झूठ लगाना ही उसकी वृत्ति है। हमने सामन्त सुवीर को इन्कार तो किया नहीं! सामन्त कुल का इतना आदर तो करना ही होगा। उसे फिर अकेले में भेजना।"

सुवीर के फिर आने पर सौमित्र ने उसका और भी अधिक आतिथ्य किया और समझाया—"हमारे आप के बीच व्यवसाय में दलाल की क्या आवश्यकता है? आप गोप को लेकर आये उसकी क्या आवश्यकता थी? माना बहुत नहीं, वह चार सौ धरण ही लेगा, परन्तु चार सौ धरण की हानि आप क्यों सहें। सामन्त का रक्त है न; इसलिये वैश्य की भाँति नहीं सोच पाते।" सौमित्र मुस्कराया "चार सौ धरण में दो साधारण परिवार एक वर्ष निर्वाह करते हैं सामन्त! एक सुन्दर स्वस्थ दासी बाजार में मिल सकती है।"

सुवीर ने चालीस सहस्र धरण के ऋण की प्रार्थना की तो सौमित्र ने आश्वासन दिया—"कठिन है, परन्तु यत्न करने से हो भी सकता है।"

सौमित्र ने चालीस सहस्र धरण के ऋण में निस्संकोच सुवीर की सम्पूर्ण भौतिक सम्पत्ति धरोहर रखने, ऋण काल में भूमि की आय का आधा भाग लेते रहने और चक्रवृद्धि ब्याज मिला कर साठ सहस्र धरण के ऋण का ताड़-पत्र लिख देने का सुझाव दिया।

सुवीर की आँखें विस्मय से खुली ही रह गयीं। उसने अधीर स्वर में प्रश्न किया—''यह भी क्या मेरी सहायता है? लाख धरण के मूल्य की भूमि चालीस सहस्र धरण में! इसका तो अर्थ है, भूमि को तुम्हें संकल्प करके राजस्व का ऋण पूरा कर दूँ। अगंध ने किस संकट में फँसा दिया मुझे?''

सौमित्र सुवीर की अधीरता लक्ष न कर उत्तर दिया—''इस समय कलिंग में भूमि की धरोहर पर ऋण देना गरजते मेघों के नीचे बड़िया सुखाने के समान है। आज भूमि का मूल्य क्या है? युद्ध का परिणाम क्या होगा, कौन जानता है? चार छह मास पश्चात् यह भूमि हमारी तुम्हारी होगी या चंड अशोक के किसी सामन्त की? तब सौमित्र सुवीर से क्या ले लेगा?'' सौमित्र बोलता गया, ''सामन्त जानते हो, व्यवसाय में हानि-लाभ का ही विचार रखा जाता है। मैं लोभ से नहीं कह रहा हूँ। लोभ क्या करूँगा? यह सब युद्ध के अंत में जाने किसका होगा पर व्यवसाय तो रीति से ही किया जाता है।''

सुवीर ने फिर अनुनय के स्वर में कहा—''सेट्ठियों के जेट्ठक की दानशीलता और उदारता की कीर्ति है! इस समय व्यवसाय के लिये ऋण नहीं माँग रहा हूँ। संकट में सहायता माँग रहा हूँ। राज्य कोष से त्राण के निमित्त सेट्ठी की छाया चाहता हूँ।''

सौमित्र ने उपेक्षा से उत्तर दिया—''मुझे ब्याज का लोभ नहीं परन्तु ऋण होगा तो ब्याज भी होगा ही जैसे प्रकाश के साथ छाया चलती है। सामन्त व्यवसाय की बात न कर सहायता या सुझाव की बात करें तो पूछूँगा। राज्य कोष से बचने के लिये ऋण लेना आवश्यक ही क्यों है? ···सोचिये, उपाय सूझ ही जायेगा।''

सुवीर उत्साह से बोला—''इतनी बुद्धि अपने में कहाँ? ऐसे परामर्श के लिये ही तो सेट्ठियों के अग्रणी के यहाँ आया है। सेट्ठी उपाय बताकर सहायता करें।''

सौमित्र ने सेवक की ओर देखा। सेवक ने मद्य का एक और चषक सुवीर के सम्मुख रख दिया। इच्छा न होने पर भी सेठ के प्रति विनय से सुवीर ने पात्र उठा कर पी लिया और आशा से सेठ की ओर देखने लगा।

सेठ ने ग्रीवा सुवीर की ओर झुका कर धीमे स्वर में सुझाया-''धर्मकार्य से लिये संकल्पित सम्पत्ति पर युद्ध के राजस्व का निषेध है। आप अपनी सम्पूर्ण भू-सम्पत्ति को महाबोधि विहार या अन्य देवस्थान के नाम संकल्प कर दें तो राजस्व के राजपुरुष सामन्त से क्या छीन लेंगे?''

सुवीर को सौमित्र की बात से चोट सी लगी। उसने आहत विस्मय से पूछा—''क्या?···सम्पूर्ण भू-सम्पत्ति देवस्थान अथवा संघाराम को संकल्प कर दूँ? सेट्ठी मेरी रक्षा का उपाय बता रहे हैं आप का प्रयोजन है, राजस्व के चालीस सहस्र न देने के लिए सर्वस्व स्वाहा कर दूँ?''

सौमित्र ने सुवीर की ओर अधिक झुक कर आश्वासन दिया—''वैश्य सर्वस्व स्वाहा कर देने का सुझाव नहीं दे सकता। भू-सम्पत्ति संकल्प कर देने की विधि क्या बतायी है मैंने, सामन्त ध्यान से सुनें! सामन्त ग्राम और भू-सम्पत्ति महाबोधि विहार अथवा देवस्थान

के निमित्त संकल्प करें और जीवनकाल के लिये स्वयं तथा सामन्त के पश्चात् उनका वंश देवस्थान की ओर से उस सम्पत्ति के प्रबन्धक अथवा कर्मान्ताधिष्ठायक नियुक्त हों। कर्मान्ताधिष्ठायक निर्वाह मात्र के लिए धन रख कर शेष लाभ देवता को अर्पण करे। सामन्त समझे? सम्पत्ति से लाभ क्या होगा, यह तो सम्पत्ति के कर्मान्त सामन्त ही गणना करेंगे। तब सामान्त की सम्पत्ति का स्वामी राज्य नहीं, देवता होगा; इतना ही तो अन्तर होगा।....हाँ, तब देवता का प्रभाव सामन्त की सम्पत्ति का रक्षक होगा। सामन्त देवता के नाम से देवता के प्रतिनिधि के रूप में अपनी सम्पत्ति का स्वामी होगा।''

सामन्त सुवीर सौमित्र की चतुरता से चकित होकर कुछ पल मौन सेठ की ओर देखता रहा। वह मन ही मन तौल रहा था, क्या यह सम्भव हो सकेगा? अविश्वास से उसने शंका की—''क्या राजस्व के पुरुष और महामात्य इसमें आपत्ति नहीं करेंगे?''

सौमित्र ने अपने सिर के खिचड़ी केशों में उँगलियाँ चलाते हुए स्वीकार किया—''करेंगे ही। वे तो सभी धर्म कार्यों में आपत्ति करेंगे। परन्तु महारानी की आज्ञा तो धर्म के निमित्त संकल्पित सम्पत्ति को युद्ध के लिए आयत्त न करने की ही है।''

सुवीर विह्वल होकर बोल उठा—''अब राजमाता महारानी कहाँ है? वे तो तीर्थ तप करने के लिए राज्य से दूर हैं और राजेश्वरी पुतली से खेलती होंगी।''

सेठ ने चारों ओर देखा और धीमे स्वर में उत्तर दिया—''समर्थ लोगों की लीला समर्थ लोग ही जानते हैं। राजमाता आधी रात में तीर्थयात्रा के लिये गयीं। लोग ऐसा भी कहते हैं कि राजमाता युद्ध योजना की हिंसा से क्षुब्ध हैं उन्हें राजप्रासाद और राज्याडम्बर से विरक्ति है, इसलिए कहीं नगर में ही एकान्तवास कर तप कर रही हैं, परन्तु उन्हें प्रजा और नगर की अवस्था का क्या ज्ञान? यदि समर्थ आचार्यगण और सामन्तगण महारानी के दर्शन कर प्रजा की अवस्था उनसे कहें!....सामन्त, कुछ करने-कहने से ही होता है। हाथ पर हाथ रख कर बैठ जाने से तो कुछ होता नहीं।''

सुवीर दोनों हाथों की उँगलियाँ आपस में फँसाये अनेक पल तक शून्य दृष्टि से भीत की ओर देखता रहा और बोला—''आचार्य की देव-सम्पत्ति राज्य आयत्त करने में संकोच होगा?''

सौमित्र बोला—''प्रजा तो जान लेगी कि आचार्य देव-सम्पत्ति का भी आदर नहीं करता। किसान खेत में बाँस के टुकड़े को वस्त्र पहना कर और हाँडी का सिर बना कर रक्षक खड़ा कर देता है। उसका भी कुछ प्रभाव होता ही है। आचार्य देव-सम्पत्ति के हरण के पाप का भागी तो होगा। असहाय कुछ नहीं कर पाता तो देवता की शरण लेता है।''

सुवीर ने विचार कर कहा—''सामन्त जयन्त से बात करूँगा और अपनी भार्या के मामा से भी पूछ देखूँ। फिर आकर जेट्ठक से विचार करूँगा।''

सौमित्र ने समर्थन किया—''यही उचित है। चार अनुभवियों की अनुमति से चलना चाहिये, ऐसा ही महाजनों ने भी कहा है।''

सौमित्र चाहता था कि सामन्त वंश के लोगों में महामात्य के अन्याय और महारानी के पुनः लौटाये जाने की बात उठे।

●

दासी की बुद्धि

राजप्रासाद के द्वार पर प्रहरी ने रात्रि का पहला पहर समाप्त हो जाने की टंकार गजर पर दे दी थी। बालिका महारानी को पर्यंक पर लिटा दिया गया था, परन्तु अभी यह निद्रागत न हुई थी। बालिका को शयन कक्ष में जाकर निद्रा आने से पूर्व माता से आशीर्वाद पाने का अभ्यास था। वह पर्यंक पर लेटी वापी से रोचक कथा सुनती माँ के चरणों की आहट की प्रतीक्षा करती थी।

महारानी नन्दा के तीर्थयात्रा गमन के पश्चात् राजमाता मही अपने कक्ष से आकर पोती को आशीर्वाद दे जाती थीं। दादी बालिका को बहलाने के लिये कुछ समय उसके पर्यंक पर बैठी भी रहतीं परन्तु स्वयं थकान और विश्राम की इच्छा अनुभव होने पर बालिका को निद्रागत करने का भार वापी और हिता पर छोड़कर अपने कक्ष की ओर चली जातीं।

शयन कक्ष के चारों कोनों में ऊँचे दीवटों पर रखे बड़े दीपक बुझा दिये गये थे। केवल महारानी के सिरहाने फर्श पर एक दीपक, पात्र से ढँका हुआ दीप्त था। कक्ष के फर्श पर केवल इतना प्रकाश था कि ठोकर न लग सके। कक्ष के अलिंद में बैठे दो बन्दी वीणा और मृदंग पर मंद स्वर में लय बजा कर निद्रा के लिये बालिका महारानी का ध्यान केन्द्रित करने का यत्न कर रहे थे।

वापी पर्यंक के दाहिनी ओर फर्श पर बैठी नागदेश की राजकुमारी की खोज में जाने वाले राजकुमार की रोमांचक कथा रहस्य में धीमे स्वर से सुना रही थी। पलंग की बायीं पाटी के साथ फर्श पर बैठी हिता अमिता की ओर से हुंकारा भरती जा रही थी। वापी और हिता दोनों की ही दृष्टि बालिका की झुकती पलकों की ओर थी। हिता एक हाथ से अमिता के शरीर को सहला रही थी और उसकी दूसरी बाँह बालिका के सिर के नीचे रेशमी तकिये के ऊपर फैली थी। हिता के बाहु का स्पर्श अमिता के लिये रेशमी कोमल तकिये की अपेक्षा भी अधिक सान्त्वनादायक था।

अमिता के नेत्र मुँद गये। बालिका का श्वास निद्रा की समगति से चलता देखकर वापी ने द्वार पर खड़े प्रहरी को संकेत किया। प्रहरी के संकेत पर बन्दियों ने संगीत समाप्त कर दिया। हिता महारानी को करवट दिलाकर अपना बांह निकाल लेने का उपाय कर रही थी। अमिता ने सहसा पलकें उघाड़ दीं और बोल उठी—''हितू, सेठ काका ने कहा था, आचार्य काका अम्मा को शीघ्र बुला देंगे।''

''हाँ, अम्मे महारानी।'' हिता ने अनुमोदन किया।

''हम आचार्य काका के यहाँ जायेंगे। आचार्य काका से कहेंगे अम्मा को शीघ्र बुला दें।'' अमिता ने कहा।

"हाँ, अम्मे महारानी।" हिता ने अमिता की पीठ सहला कर आश्वासन दिया, "अभी राजपथ पर अन्धकार है। अभी महारानी सो जायें। कल सूर्य के प्रकाश में आचार्य काका को बुलवा लेंगी। अभी महारानी विश्राम करें।"

अलिंद से फिर वीणा और मृदंग की मधुर मन्द लय सुनायी देने लगी।

अमिता ने आग्रह किया—"नहीं, हम स्वयं आचार्य काका की ड्योढ़ी पर जायेंगे। हमारी अम्मा नहीं हैं हम सखी लेखा की अम्मा से मिलेंगे।"

"हाँ, महारानी।" अमिता के संतोष के लिये हिता ने स्वीकार किया और उसकी पीठ पर थपकी देने लगी। कुछ क्षण में अमिता की पलकें मुँद गयीं। बालिका के गहरी नींद में सो जाने पर हिता उठी और उसने अमिता के पर्यंक के समीप ही फर्श पर एक कथरी बिछा ली और उस पर लेट गयी।

वापी और हिता महारानी के पर्यंक के समीप ही भूमि पर सोती थीं। नींद में भी दोनों एक आँख और एक कान से सतर्क रहती थीं। अमिता के स्वप्न में बड़बड़ा देने या करवट लेने के शब्द से भी वे चौंक कर एक बार उसकी ओर देख लेतीं। कुछ क्षण पश्चात् वापी भी पलंग की पाटी छोड़कर बेटी के साथ कथरी पर आ लेटी।

वापी मध्याह्न से ही चिन्तित थी। उसे हिता अनमनी और व्याकुल सी जान पड़ रही थी। हिता के अनमनी और व्याकुल होने के कारण अनुमान कर लेना माँ के लिये कठिन नहीं था। हिता को व्याकुल और अनमनी देखकर वापी को यही आशंका होती थी कि लड़की दास कलाकार से भेंट के लिये नगर में जाने का बहाना ढूँढ़ रही है। यह फिर अपने आप को संकट में डालेगी। बेटी की ऐसी व्याकुलता से वापी को क्रोध आता। उसका मन चाहता ऐसी उच्छृंखल लड़की से न बोले, परन्तु पेट की लड़की की व्याकुलता की उपेक्षा कैसे कर सकती थी? शंका होती, बेटी के शरीर में पीड़ा न हो। दो बार एकान्त देख कर वह पूछने को हुई तो कोई आ गया या किसी ने हिता को पुकार लिया।

वापी ने बेटी के साथ कथरी पर लेट कर मुख से कुछ न बोल उसका शरीर छूकर देखा। शरीर कुछ ऊष्ण जान पड़ा। वापी से रहा न गया, हिता के कान से मुख लगा कर पूछा—"क्या हुआ है तुझे! शरीर तो ठीक है?"

हिता के मौन, निश्चय रहने पर वापी ने उसे अपनी ओर खींच कर फिर आग्रह से पूछा—"क्यों, क्या कुछ पीड़ा है?"

हिता मौन ही रही, परन्तु अपने कंचुक-वस्त्र से कंगन निकाल कर माँ के हाथ में दे दिया। वापी ने हाथ में पायी वस्तु को कपड़े से बाहर निकाल कर ढके हुए दीपक के धुँधले प्रकाश में देखा।

वापी के होंठ विस्मय से खुले रह गये। गहरी श्वास निकल गयी। अपने आपको सम्भाल कर उसने होंठों के शब्द से प्रश्न किया—"यह कहाँ से पाया! पाया था तो तुरन्त कंचुकी मामा को क्यों नहीं सौंप दिया? मर जाय तू, चोरी के अपराध में शरीर की खाल खिंचवायेगी।···तू क्या करेगी इसका?···तूने इसे उठाया ही क्यों?···सोया हुआ साँप हाथ में उठा लिया तूने। अब इसे फेंक देगी तब भी इसकी चोट से नहीं बच सकेगी···।" वापी व्याकुलता में कहती चली गयी।

हिता ने कंठ का अवरोध निगल कर कहा—"नगर सेट्ठी दे गये हैं।"

"मर गयी तू!" क्रोध में वापी बोली, "सेट्ठी महारानी को भेंट दे कर गया था तो तूने उसी समय कंचुकी मामा को पुकार कर इसे यूथप के यहाँ कोष में क्यों नहीं भिजवा दिया? तू मरेगी और मुझे भी मारेगी। इस जीवित सर्प को हृदय पर रख कर तू कैसे बचेगी···।"

हिता ने माँ के मुख पर हाथ रख कर उत्तर दिया—"सेट्ठी ने अपने हाथ से मुझे ही दिया है। सेट्ठी कहता था, तेरी राजसेवा धन्य है। यह मेरी राजसेवा का पुरस्कार है।"

वापी कुछ पल बेटी की ओर ध्यान से देखती रह गयी और आतंक के स्वर में बोली—"जाने तेरे भाग्य में क्या है? सेट्ठी के मन में ऐसी बात है तो उसने वह तुझे क्यों दिया? तेरा मूल्य देना था तो सामन्त यूथप को देता। सेट्ठी नहीं जानता, राजप्रासाद के दास-दासी बिकते नहीं! राजाओं के योग्य भेंट दासियों को नहीं दी जाती! सेट्ठी जानता है तू स्वर्ण धारण नहीं कर सकती। इतना धन पहन कर शिविका और रथ के बिना कोई कहीं जा सकता है? सेट्ठी की जाने क्या इच्छा है? ··· सेट्ठी तेरा सर्वनाश क्यों कर रहा है?"

हिता कुछ क्षण मौन रह कर बोली—"अभी जाकर इसे कुएँ में डाल दूँ?" वापी ने कंगन को हृदय पर दबा कर उत्तर दिया, "यह दो-चार दासों के मूल्य से अधिक धन है। जाने विधाता की क्या इच्छा है?"

हिता ने कहा—"सेट्ठी कहता था, भगवान ने जिसे राजेश्वरी का विश्वासपात्र बनाया है, विधाता जाने उसका भाग्य क्या हो?"

वापी ने कहा—"सेट्ठी ऐसा कहता था? वह क्या चाहता है? सेट्ठी के पास अपार धन है, परन्तु राजप्रासाद के दास खरीदे नहीं जा सकते? जाने तेरे भाग्य में क्या है? देख, कहती हूँ, सम्भल कर रहना। कोई दुस्साहस न कर बैठना। हाय, जाने हमारे भाग्य में क्या है।"

दूसरे दिन महारानी के शय्या से उठने से पूर्व ही हिता गहरे विचार में डूबी और खोई सी जान पड़ रही थी। बालिका महारानी को कलेवा करवा कर खेल खिलाने के लिये वह सभा भवन में ले आयी। अमिता गुड़िया के ब्याह का खेल खेलना चाहती थी। हिता ने गौड़ देश की पुतली का विवाह रचाने का सुझाव दिया और नई पुतली बालिका की गोद में थमा दी।

सहसा अन्यमनस्क हिता से ऐसी चूक हो गयी जैसी पहले कभी नहीं हुई थी। सदा सुघड़, सावधान हिता के हाथों से महारानी की बाँह को झटका लग गया और नयी पुतली अमिता के हाथों से पत्थर के फर्श पर गिर कर चूर-चूर हो गयी। अमिता के होंठ रुलाई के आवेग में फैल गये।

हिता ते तुरन्त महारानी को गोद में उठाकर कंठ से लगा लिया और आश्वासन दिया—"अम्मे महारानी, चिंता न करें। दासी तुरन्त बिट्ठल के यहाँ से इससे भी सुन्दर पुतली लेकर आती है।"

समीप खड़ी वापी देख रही थी। बेटी के साहस के कारण आशंका से उसका हृदय मुँह को आ रहा था। वह दृष्टि से चेतावनी देने के लिये बेटी की ओर देख रही थी।

हिता ने माँ की दृष्टि को अनदेखा कर उतावली से सम्बोधन किया—"माँ भगवती महारानी को सम्भालना। मैं तुरन्त महारानी के लिये नयी पुतली लेकर आती हूँ।"

हिता माँ को कुछ कहने का अवसर न देकर झपटती हुई कंचुकी उद्दाल की खोज में चली गयी।

नगर की अवस्था विचित्र हो रही थी। अन्न और वस्त्र महँगे हो गये थे। कुलीन लोग अपना उदात्त वेश (सफेदपोशी) निबाहने में कठिनाई अनुभव कर रहे थे। परम्परागत और पूर्व क्रीत दासों को छोड़कर गृह सेवा के लिये सेवक नहीं मिल रहे थे। जौहरी और उत्तम वस्त्र बेचने वाले व्यापारी हाथ पर हाथ धरे बैठे थे, परन्तु बाजारों में घूमने वालों की भीड़ बढ़ गयी थी। भुना अन्न, मद्य, मिष्ठान्न, फूल मालायें बेचने वालों की संख्या भी बढ़ गयी थी। नगर के चारों ओर शिविरों में, प्रान्त-प्रान्त से एकत्र हुए सैनिक समरक्षेत्र की ओर जाने से पूर्व कुछ समय नगर में खूब मनोविज्ञान कर लेना चाहते थे। अपरिचितों के सामने उन्हें किसी प्रकार का संकोच न था। उन्हें अपने प्राणों की चिन्ता न थी तो अपने बोल-चाल अथवा आचार-व्यवहार की क्या चिंता होती। इन लोगों की उच्छृंखलता से साधारण नागरिक आतंकित रहते थे।

मोद महाबलि यज्ञ के लिये तोरण बनाने के पश्चात् महारानी के राज्याभिषेक के उत्सव के लिये तोरण बनाने में लग गया था। राज्याभिषेक के तोरण गिरने से पहले ही उसे बिट्ठल ने विजय-अभियान समारोह के लिये तोरण बनाने का नगरपाल से पाया आदेश दे दिया। वह भी समाप्त हुआ तो बिट्ठल ने उसे वैशाली की नर्तकी की पालकी बनाने में जुटा दिया था, परन्तु उस काम में मोद का मन न लगता था। राजप्रासाद में धातु-पात्र के मंदिर के शृंगार के लिये जाने और हिता के समीप रहने की कामना-पूर्ति की कोई आशा न रही थी। नित्य नगर के पण्यों और पथों पर सहस्त्रों सशस्त्र व्यक्तियों को अभिमान में घूमते देखकर और व्यवसायी समुदाय में गुप-चुप चलती आतंक की बातें सुन कर उसका मन चाहता था कि वह भी सैनिकवेश धारण कर दासत्व से मुक्त हो जाये। नगर और जनसमूह के लिये भय की आशंका का सामना शस्त्र लेकर साहस से करे परन्तु जब भी वह मौसी द्वारा संदेश पाकर, उनकी विजया की दूकान में जाता, हिता आँखों में आँसू भरे अपनी शपथ दिला देती—नहीं तुम प्रतीक्षा करो। महारानी लौटेंगी और महास्थविर की चमत्कार शक्ति से मगध का चंड राजा क्षय हो जायेगा।

मोद मन की क्षुब्ध अवस्था में निश्चय नहीं कर पा रहा था, क्या करे?

अनुभवी बिट्ठल चारों ओर की अवस्था का प्रभाव मोद के मन पर भी अनुभव कर रहा था। यों भी वह सदा अपने बंधक चतुर कलाकार को संतुष्ट रखने का ध्यान रखता था। उसे नागरिकों जैसे वस्त्र और मद्य आदि के लिये कुछ कार्षापण देता रहता था अब वह कुछ और अधिक कृपा दिखा कुछ अधिक कार्षापण दे रहा था।

मोद मन विरक्त होने पर भी स्वामी को अप्रसन्न नहीं करना चाहता था। वह कर्मान्त में बैठा पालकी पर खुट-खुट हथियार चला रहा था। कर्मान्त के द्वार की ओर से आहट पा कर उसने अनुमान किया, स्वामी देखने आया है कि वह कार्यरत है या नहीं। कार्य में व्यस्तता दिखाने के लिये उसका सिर और भी अधिक झुक गया।

"सुनो तो!" सुन कर मोद ने सहसा सिर उठाया। सामने हिता कंचुकी पालित के साथ खड़ी थी। हिता की व्यग्रता उसने दृष्टि मिलते ही जान ली।

हिता बोल उठी—"महारानी की पुतली टूट गयी है। महारानी बहुत व्याकुल हैं।"

हिता बिट्ठल के यहाँ पुतली लेने ही जाती थी, यह सभी जानते थे, परन्तु वह बहुत व्याकुल जान पड़ रही थी। मोद ने सोचा, मौसी की दूकान पर पुतली ले आने का संदेश न भेजकर हिता स्वयं इतनी दूर क्यों दौड़ी आयी।

मोद ने कहा—"परमभगवती के लिये पुतलियों की क्या कमी है! बैठ कर साँस तो लो। दौड़ कर आयी जान पड़ती हो। राजप्रासाद के लोगों के सत्कार का अवसर प्रजा को कब मिलता है?"

मोद ने धोती की अंटी से कुछ कार्षापण निकाल कर कंचुकी की ओर देखा—"कंचुकी मामा के पान के लिये एक पात्र तो ले आऊँ या मामा स्वयं…।"

कंचुकी पालित मोद की उदारता से परिचित था। हिता कंचुकी पालित या यवनी लिहा को ही रक्षा के लिये लेकर आती थीं। पालित ने बात समाप्त होने की प्रतीक्षा न की। वह टूटे हुए दाँत दिखा कर विनय से हँस दिया और उसने हाथ बढ़ा दिया।

मोद ने कंचुकी के हाथ में मद्य के बड़े पात्र का मूल्य चार-छह कार्षापण रख दिये।

पालित हाथ में दाम पाते ही मोद को सम्पन्न स्वामी नागरिकों के योग्य अक्षय सुख और वैभव का आशीर्वाद देता हुआ समीपस्थ मद्य की दुकान की खोज में चला गया।

एकान्त पाते ही मोद ने हिता के समीप हो पूछा—"ऐसी विह्वल क्यों? मौसी से संदेश भेज दिया होता। इतनी दूर…।"

हिता वेग से चली आने के कारण बोल नहीं पा रही थी, रुक-रुक कर बोली—"श्वास ले लूँ, बताती हूँ।"

मोद ने स्नेह से कहा—"तुम इतनी दूर दौड़ी आयीं। मौसी की दूकान पर आने के लिये संदेश भेज दिया होता।"

हिता ने कहा—"नहीं स्वयं आना ही आवश्यक था।" हिता ने चारों ओर देख कर निश्वास लिया, "सुनो!" और अपने कंचुकी से कंगन निकाल कर मोद के हाथ में दे दिया।

ढाई-तीन सहस्र धरण से अधिक मूल्य का रत्न-जटित कंगन देखकर मोद के नेत्र विस्मय से फैल गये। हिता के नेत्रों में नेत्र डाल कर उसने पूछा—"यह क्या?" उतना धन तो राजप्रासाद की दासी के लिये भी कहीं पड़ा पा जाना सम्भव न था। उस धन के कारण हिता पर संकट आने की चिन्ता से उसने फिर प्रश्न किया, "यह क्या… कहाँ से…कैसे?"

"तुम्हारे अदास हो सकने का, तुम्हारी मुक्ति का मूल्य!" आवेश के कारण द्रुत श्वास से हिता ने रुक कर उत्तर दिया।

भय और चिन्ता के कारण मोद की उत्तेजना शिथिल हो गयी। उसने पूछा—"पर पाया कहाँ?" पल भर सोच कर बोला, "राजप्रासाद में पड़ा हुआ भी पाया है तो प्रासाद का ही है। दास द्वारा पाया गया धन भी तो दास के स्वामी का ही होता है। तूने अपने पास रखा ही क्यों?"

हिता मौन रह गयी। उसे मौन देखकर मोद ने अनुमान किया हिता मेरे प्रेम में विवेक-शून्य होकर मेरी मुक्ति के लिये यह धन प्रासाद से चुरा लायी है। सम्भव, अधीर हो गयी है; यह कंगन लेकर स्वयं को भगा ले जाने का अनुरोध मुझसे करने आयी हो। ऐसा साहस करूँ तो क्या सफल हो सकूँगा?

मोद सोच ही रहा था, हिता ने पूछा—"यह कंगन तुम्हें दे जाऊँ तो क्या वह बिट्ठल की सम्पत्ति हो जायेगा?"

"यही तो नियम है। मेरा बंधक तो अवधि समाप्त होने पर और मुझ बंधक रखने वाले को अवधि का पूरा ब्याज दिया जाने पर ही छूट सकता है। दास न अपना मूल्य ले सकता है, न अपना मूल्य दे सकता है।"

हिता चिन्ता में दीर्घ श्वास ले बोली—"सुनो, कंगन मुझे सेट्ठी सौमित्र ने राजभक्ति के पुरस्कार में दिया है। कंचुकी लौटेगा तो तुम कुछ समय बहलाये रखना। मैं सेट्ठी सौमित्र के यहाँ जाती हूँ। कंगन सेट्ठी को लौटा कर सेट्ठी से प्रार्थना करूँगी कि इसके बदले तुम्हारा मूल्य बिट्ठल को दे दे और तुम्हें अदास करा दे।"

मोद मुग्ध हो विस्मय से हिता की ओर देख रहा था। उसे पग उठाते देख मोद ने चेतावनी दी—"सावधान रहना, लोग कहते हैं, नगर सेट्ठी की नीति और अभिप्राय भाग्य की रेखा पढ़ लेने वाले भी नहीं जान सकते। जो धन तुम ग्रहण नहीं कर सकती, वह उसने तुम्हें क्यों दिया, वह इतना अबोध नहीं है?"

"नहीं; नहीं, चिन्ता न करो।" हिता मोद को धैर्य बँधाकर उसके कर्मान्त से चली गयी।

हिता अधिक विलम्ब न करने की चिन्ता में नगर की वीथियों और पण्यों में प्रायः दौड़ती हुई सेठ की हवेली में पहुँची। दिन का तीसरा पहर श्रीमानों के विश्राम का समय होता है। परन्तु कलिंग पर आयी विपत्ति के कारण सेठ को और उनके कारिन्दों को विश्राम कहाँ था। दिन के पहले और दूसरे पहर में व्यवसाय के प्रयोजन से आये अनेक लोग अभी तक अवसर के लिये प्रतीक्षा कर रहे थे। लोग विश्राम के समय कार्य सुविधा से और शीघ्र हो सकने की आशा में उस समय भी आ गये थे। बाहर के बड़े कक्ष में दायें-बायें लगी गद्दियों पर कई लोग थे। व्यवसाय चल रहा था। सामने बीच में सेठ की बड़ी गद्दी पर केवल तकिये पड़े थे, सेठ न था।

हिता ने कक्ष में आकर लोगों को देखा और सामने की गद्दी सूनी देखकर अनुमान किया, सेठ भीतर के किसी कक्ष में व्यस्त है या विश्राम कर रहा है। उसकी ओर किसी ने ध्यान न दिया। कमर में पट्टा बाँध, हाथ में खड्ग लिये द्वार पर खड़े प्रहरियों ने भी उसकी ओर ध्यान न दिया था। हिता ने स्वयं ही प्रहरी को सम्बोधन किया—"नगर सेट्ठी कहाँ हैं? दासी नगर सेट्ठी का दर्शन चाहती है।"

प्रहरी ने अपनी अधपकी, गिलहरी की पूँछ के समान लटकती लम्बी मूँछों को सहला कर, मुख में सुपारी के कारण विकृत स्वर में अवज्ञा से उत्तर दिया—"वाह, नगर सेट्ठी से भेंट करेगी! तुझे जो कुछ लेना-देना हो लेखकों, कारिन्दों से बात कर!" प्रहरी ने भित्तियों के साथ ऊँचे मंचों पर बैठे कारिन्दों की ओर संकेत कर दिया।

हिता ने आग्रह किया—"लेना-देना नहीं है। राजप्रासाद की दासी हूँ!" उसने राजकीय दासी होने का गर्व दिखाया, "मेरा नाम हिता···।"

हिता को बात पूरी न कहनी पड़ी। प्रहरी के चेहरे पर आदर और आतंक का भाव आ गया। उसके हाथ अंजलि में बँध गये। नगर के लोगों ने बालिका महारानी की शोभा-यात्रा के समय, उनके हाथी पर उनकी चँवरधारणी दासी को देखा था। प्रहरी आदर से ग्रीवा झुका कर तुरन्त समाचार देने भीतर चला गया।

सौमित्र जानता ही था कि हिता को जो कंगन दिया गया है, एक दिन दासी को उसकी हवेली तक खींच लायेगा। फल इतना शीघ्र होने से भी उसे कुछ विस्मय न हुआ। उसने हिता को भीतर बुलवा लिया।

सेठ ने राजेश्वरी की दासी का संवाद एकान्त में सुन पाने के लिये समीप खड़े दास और समीप बैठे लेखक को भी हट जाने का संकेत कर दिया। सेठ स्वयं अपनी गद्दी के किनारे खिसक आया और राजदासी को गद्दी के समीप काठ के तख्त पर बैठा कर आदर से उसकी ओर झुक गया।

हिता ने प्रार्थना की—"कृपालु स्वामी, रत्नजटित कंगन लौटा लें और उसके मूल्य में जेट्ठक बिट्ठल के बंधक कलाकार मोद को बंधक मुक्त करा दें तो दासी अनुगृहीत होगी।"

सेठ ने हथेली पर कनपटी टेक, विचारपूर्ण मुद्रा में सहानुभूति से हिता की बात सुनी और सहायता करने की इच्छा प्रकट करने के लिये पूछा—बिट्ठल ने कितने वर्ष पूर्व, कितने धन में, कितने वर्ष के लिये मोद को बंधक रखा था? बिट्ठल मोद से कैसा व्यवहार करता था? मोद बंधक मुक्त हो जाने पर शूरसेन नहीं लौट जायेगा? यदि नहीं लौट जायेगा तो भी हिता तो राजप्रासाद की दासी है, वह प्रासाद से बँधी ही रहेगी, आदि-आदि।

हिता ने आँसू पोंछते हुए बताया—महारानी ने वरदान देने की प्रतिज्ञा की थी। वह उनके प्रत्यागमन की प्रतीक्षा में है।

सेठ ने गम्भीरता से सब कुछ सुन कर सहानुभूति से समझाया—"तुम्हारी राजसेवा के लिये कंगन का मूल्य या उससे अधिक भी दे देना कठिन नहीं है, परन्तु बिट्ठल क्या लेकर मोद को बंधक मुक्त करेगा, वह तो बिट्ठल ही जानता है। वह कम लोभी नहीं है। शूरसेन के सेट्ठी ने कठिनाई से अढ़ाई सहस्र धरण लेकर ऐसे कलाकार को बंधक दे दिया, परन्तु मोद से लाभ उठाने का समय तो बिट्ठल के लिए अब ही आया है। मोद क्या जीवन में आठ-दस मूर्तियाँ ही गढ़ेगा? दास-दासी का मूल्य पशु की भाँति उनके शरीर के मांस के तौल से निश्चय नहीं किया जाता। दास का मूल्य तो उसकी श्रम-शक्ति या उसके कौशल चातुर्य से लाभ की सम्भावना से ही आँका जाता है। यदि मोद का हाथ कट जाये या वह प्रमादी हो जाये तो बिट्ठल उसे एक सौ धरण लेकर भी हाँक देगा।"

सेठ सान्त्वना के स्वर में बोला—"तुम्हारे संतोष के लिये यदि मैं मोद को बंधक मुक्त कराने के लिये बिट्ठल को मुँहमाँगा दे भी दूँ तो लाभ क्या? उसके अदास होते ही आचार्य के राजपुरुष उसे सैनिक सेवा के लिये धर लेंगे। उनसे कौन बच सकता है? स्वयं महारानी उनके हाथों में छटपटा रही हैं। महारानी कल विह्वल होकर माता को स्मरण कर रही थीं···" सेठ ने अपने कंधे पर पड़े दुपट्टे से नेत्र ढँक लिये।

हिता ने चिन्ता प्रकट की—"आचार्य काका तो कहते थे, राजमाता शीघ्र ही तीर्थयात्रा से लौटेंगी।"

सेठ ने हिता की ओर झुक कर रहस्य स्वर में समझाया—"बालिका महारानी को और कैसे बहलाया जायेगा? राजमाता को आचार्य शीघ्र ही क्यों बुलायेंगे? तब उनका शासन कैसे चलेगा? ···ब्राह्मण की कूटनीति को लोग समझ नहीं सकते। सुना नहीं तुमने, मगध के सम्राट नन्द के ब्राह्मण मंत्री चाणक्य ने उसका सिंहासन छीन कर शूद्र को राजा

बना दिया था। ब्राह्मण त्याग का आडम्बर करता है, परन्तु वह इस लोक और परलोक का भी शासन अपने हाथ में रखना चाहता है। धन मद से शासन का मद अधिक बड़ा है। बेचारी पुतली से खेलने वाली बालिका महारानी की क्या सामर्थ्य है!····हृदय काँप जाता है सोच कर, क्या होगा? बालिका महारानी तो आग्रह से आदेश भी नहीं दे सकती, इस समय तो केवल देवता की कृपा ही कलिंग की रक्षा कर सकती है। हाँ, यदि बालिका महारानी हठ कर बैठे तो महामात्य उन्हें कैसे चुप करा लेगा? भद्रे, महारानी को तो तुम्हीं मौन बनाये हो···''

सेठ ने प्रसंग बदला—''अवसर आने पर हम से जो बनेगा तुम्हारे लिए करेंगे, परन्तु तुम्हारे अदासी हुए बिना कुछ लाभ नहीं है। मोद को भी राजाज्ञा ही मुक्त कर सकती है।''

हिता ने अधीर होकर अंजलि बाँध प्रार्थना की—''स्वामी उपाय बतायें!''

सेठ ने धीमे परन्तु दृढ़ स्वर में कहा—''ऐसा उपाय बताऊँ कि राजमाता के लौटने के दिन ही मोद बंधकमुक्त हो और राजमाता तुझे अदासी करें। मैं दासी से कहला भेजूँगा।''

हिता भूमि पर सिर रख कर बोली—''दासी स्वामी से वचन की प्रतीक्षा करेगी!''

सेठ ने आश्वासन दिया—''निश्चय! उससे पहले मोद की मुक्ति का लाभ ही क्या है? बेचारे सुन्दर, सुरूप युवक को मृत्यु की आग में धकेल देना तो क्रूरता है। देवता उस पाप से रक्षा करें।''

हिता ने स्वर्ण का रत्नजटित कंगन सेठ को धरोहर के रूप में सौंप दिया और जाने की आज्ञा माँगी।

सेठ ताम्बूलवाहक को पुकार कर हिता से बोला—''राजसेविका क्या नगर सेट्ठी के यहाँ से ऐसे ही चली जायेगी?''

हिता के दासी होने के कारण सेठ उसे ताम्बूल प्रस्तुत नहीं कर सकता था। उसने ताम्बूलवाहक को आज्ञा दी—''राजदासी के लिये पाँच धरण पुरस्कार दिया जाये।''

सेवक धरण लाने गया तो सेठ हिता की ओर झुक कर बोला—''देवता की कृपा पर विश्वास रखना। मोद नगर के सम्पूर्ण देवालयों में जाकर राजमाता महारानी के शीघ्र लौटने के लिए शंख बजाकर वरदान माँगे। दुखी प्रजा को देवता से राजमाता से लौटने का वरदान माँगने को कहे। देवता तुम्हारी मनोवांछा पूर्ण करेंगे।''

हिता सेठ की हवेली से लौटी तो उसकी गति और भी तेज थी। हाँफती हुई वह मोद के यहाँ पहुँची। द्रुत श्वास लेते हुए उसने मोद को सेठ के आश्वासन की बात बतायी और नगर के देवालयों में जाकर शंखनाद द्वारा राजमाता के शीघ्र लौटने के वरदान की भिक्षा माँगने का अनुरोध किया। वह तुरन्त पालित को लेकर हाँकती हुई राजप्रासाद की ओर दौड़ चली।

× × ×

पूर्व क्षितिज से ऊषा की रक्तिम आभा कलिंग के राजप्रासाद के कंगूरों पर पड़ने लगी। प्रमद उद्यान और प्रासाद की प्राचीर के भीतर के वृक्षों पर बसेरा लेने वाले पक्षियों ने सचेत होकर मंगल गान से ऊषा का स्वागत किया, परन्तु प्रासाद के कक्षों में उसका

कुछ प्रभाव न जान पड़ा। बाल सूर्य की सिंदूरी सुनहली कोमल किरणें ऊषा के आवरण को भेद कर प्रासाद पर पड़ने लगीं। प्रासाद के आँगन और अलिन्दों में प्रभातकालीन घाम की ऊषा फैलने लगी। इस पर भी प्रासाद में शिविर के प्रभात की आलस्यजनित स्तब्धता को भंग किया बंदियों द्वारा पिप्पणी पर मंगल गान ने। कहीं विलम्ब हो जाने की उद्विग्नता अथवा उतावली नहीं थी।

चेरी धर्म की अनुयायी राजमाता ब्राह्ममुहूर्त से पूर्व ही शय्या त्याग कर नित्य नियम में प्रवृत्त हो जाती थीं इसलिये उस समय ब्राह्ममुहूर्त से ही प्रभात-कालीन मंगल वाद्य आरम्भ हो जाता था। राजमाता के तीर्थ यात्रा गमन पर इस नियम में शिथिलता आ गयी थी। बालिका महारानी को ब्राह्ममुहूर्त में उठने का क्या आग्रह होता? जब भी उनके पलक खुल जाते, वही उनके शय्या त्याग का समय था, परन्तु अलिन्दों में धूप आ जाने पर बन्दियों ने आँगन में पिप्पणी और मृदंग पर मंगल गान आरम्भ कर दिया। हिता पात्र में ऊष्ण जल और पोंछने के लिये वस्त्र लिये महारानी की पलकें खुलने की प्रतीक्षा में पर्यंक के समीप खड़ी थी। वापी और उद्दाल अलिंद में खड़े बात कर रहे थे, परन्तु सुधि उनकी भी इधर ही थी।

अमिता की पलकें खुलीं और शरीर ने धनुष की तरह तन पर अँगड़ाई ले ली। हिता को सामने देख उसके छोटे-छोटे बाहु उसकी ओर उठ गये। हिता द्वार की ओर देख महारानी के तकिये पर झुक गयी और बालिका के कान के समीप मुख कर धीमे से बोली—''आज महारानी आचार्य काका से अनुरोध करेंगी कि राजमाता को तीर्थयात्रा से तुरन्त बुलवा दें। महारानी आज नगर विहार से विनोद करेंगी।''

हिता ने बालिका को पलंग पर बैठाने के लिये अपनी बाँहों का सहारा दिया, परन्तु अमिता उछल कर खड़ी हो गयी। उसने बाहु हिता के गले में डाल दिये और अलिंद की ओर देख कर ऊँचे स्वर में बोली—''हम आचार्य काका को आदेश देंगे, अम्मा को शीघ्र बुलायें। हम आज नगर विहार करेंगे।''

''हाँ अम्मे महारानी, महारानी नगर में जाकर आचार्य काका से अम्मा को बुलाने का अनुरोध करेंगी।'' हिता ने अमिता को दुलार कर कहा, ''अम्मे जल ग्रहण करें, मुख-हाथ धोयें!''

वापी और उद्दाल भी शयन कक्ष में आ गये और उन्होंने भूमि स्पर्श द्वारा महारानी को दिवस का प्रथम प्रणाम किया।

उद्दाल पिंजरे में एक मैना लिए हुए था। कंचुकी ने मैना को संकेत किया—''गौरा कहो, परमभगवती महारानी की जय हो!''

मैना बोल उठी—''परमभगवती महारानी की जय हो! अन्नदाता का प्रताप अक्षय हो!'' मैना शब्दों को दो-दो बार दोहरा कर बोलने लगी, ''बुद्धं शरणं गच्छ। धर्मं शरणं गच्छ। संघ शरणं गच्छ।''

अमिता हिता की गोद छोड़ कर मैना की ओर कूद गयी और पिंजरे से मुख लगा कर उसे पुचकारने लगी—''गौरा, दूध-भात खाएँगी! गौरा को दूध भात दो।''

मैना गौरा, अमिता के शब्द दोहराने लगी—''गौरा दूध-भात खायेगी। गौरा को दूध-भात दो।'' अमिता भी पुलक-पुलक कर मैना की प्रतिद्वन्द्विता में वही शब्द दोहराने लगी।

हिता ने महारानी का मुख पात्र में धुलवा कर पात्र को पलंग के नीचे कर दिया था। वापी पलंग के नीचे रखा पात्र उठाने के लिये झुक गयी। कंचुकी के कान से अपनी बात बचाने के लिये उसने बेटी के कान के समीप मुख करके कहा—"हाय मूर्ख, तू कल से क्या कर रही है? महारानी को स्वयं माता की याद दिला रही है!"

हिता ने मुख फेर माँ की बात अनसुनी कर दी। अमिता के मुख-हाथ धुला कर हिता और वापी उसे कलेवा कराने ले गयीं। खेल में लगी अमिता श्रीखंड और दूसरे पदार्थों से भरे पात्रों की ओर ध्यान नहीं दे रही थी। हिता ने फिर बालिका का दुलार किया—"अम्मे महारानी कलेवा कर लें तो नगर विहार के लिये जाकर आचार्य काका को माता को बुलाने का आदेश दें।"

अमिता की पीठ पीछे वापी ने बेटी की ओर देख कर दृष्टि से भर्त्सना की—"यह क्या कर रही है तू?"

उद्दाल समीप नहीं था। हिता ने उपेक्षा से उत्तर दिया—"अम्मा, तू चुप रह। तुझे जाने क्या-क्या दिखायी देता है।" उसने अमिता को उत्साहित किया, "हाँ महारानी, कलेवा कर लें तो नगर विहार को चलें।"

उद्दाल दिन के पहले पहर और संध्या समय सामन्त प्रताप को बालिका महारानी के विषय में समाचार देने जाता था। सामन्त यह जान कर सन्तुष्ट था कि बालिका महारानी विनोद में रमी रह कर राजमाता को अधिक स्मरण नहीं कर रही थीं, बल्कि माता को भूलती जा रही थीं। सामन्त ऐसा ही समाचार महामात्य को दे रहा था, परन्तु उस दिन कंचुकी ने सामन्त प्रताप को सूचना दी—"महारानी ने नगर विहार की इच्छा प्रकट की है। महारानी ने शय्या से उठते ही राजमाता को स्मरण किया है और आचार्य महामात्य से राजमाता को तीर्थयात्रा से बुला देने के लिये आदेश देने की इच्छा प्रकट की है···।"

सामन्त प्रताप महारानी के नगर विहार के लिए शिविका प्रस्तुत की जाने की अनुमति देकर चिन्ता करने लगा। महारानी के मन में माता की स्मृति पुनः जाग उठने का क्या कारण?···क्या बालिका की सेवा अथवा विनोद में कुछ उपेक्षा हुई है?

× × ×

राजपथ पर राजदंडधारी चारण घोषणा करता जा रहा था—"परमभगवती कलिंग की राजेश्वरी की जय हो! प्रजा और पौरजन ससम्मान सावधान! राजेश्वरी के लिये मार्ग दिया जाये।"

बालिका महारानी के राज्याभिषेक के पश्चात् राजमाता के चैत्य दर्शन अथवा महाविहार जाने के समय महामात्य के आदेश से रखी जाने वाली सतर्कता शिथिल हो चुकी थी। अब नगर में पहले की अपेक्षा भीड़ भी अधिक थी। नागरिक, पदाति सैनिक और अश्वारोही सैनिक भी महारानी की शिविका आती देख कर मार्ग के किनारे सिमट कर महारानी के लिये मार्ग दे रहे थे और झुक-झुक कर जयघोष द्वारा उनका अभिवादन कर रहे थे। अमिता जनसमूह को देख कर प्रसन्न हो रही थी। नगर में आने से सदा ही उसका विनोद होता था।

महारानी की पालकी राजपथ पर एक वीथिका के सामने से जा रही थी। एक छोटे बछड़े के ऊँचे स्वर में रम्भाने के स्वर ने बालिका का ध्यान आकर्षित किया। एक पुरुष

एक छोटे बछड़े को गले में बँधी रस्सी से खींचे ले जा रहा था। बछड़ा बंधन से मुक्ति के लिये अड़ उछल-कूद रहा था।

"ठहरो! ठहरो!" अमिता बछड़े की ओर देखकर पुकार उठी—"कितना प्यारा बछड़ा है?…हम बछड़े को देखेंगे!" शिविका रुक गयी। अमिता पालकी से उतरने का यत्न करने लगी। हिता चंवर लेकर पालकी के साथ चल रही थी। उसने तुरन्त आगे बढ़ कर महारानी को पथ पर उतार दिया। महारानी को भूमि पर खड़े देख कर प्रजा ने पुनः झुक-झुक कर आदर प्रकट किया।

अमिता का ध्यान अभिवादन करती हुई प्रजा की ओर नहीं था। वह बछड़े की ओर भाग चली और उसके पीछे-पीछे हिता, वापी, कंचुकी, यवनियाँ और अंगरक्षक भी भागे।

अबोध बछड़ा कलिंग की राजेश्वरी की उपस्थिति का महत्व नहीं जानता था। वह जोर से रम्भा कर छूटने के लिये उछल-कूद करता रहा।

अमिता ने पूछा—"बछड़ा क्यों रो रहा है? इसे क्यों बाँधा है? इसे खोल दो!"

साथ चलते अंगरक्षकों के नायक ने निवेदन किया—"महारानी की जय हो। खोल देने से बछड़ा भाग जायेगा।"

अमिता ने पूछा—"कहाँ भाग जायेगा? बछड़ा क्या किसी से छीनता है? किसी को डराता है? किसी को मारता है? वह रो क्यों रहा है?"

हिता ने झुक कर महारानी के कान में बताया—"अम्मे महारानी, बछड़ा अपनी माँ के पास जाना चाहता है।"

अमिता बोल उठी—"बछड़े को मत बाँधो। उसे अपनी माँ के पास जाने दो। हम इसे देखेंगे। बछड़े को छोड़ दो।"

महारानी के आदेश से बछड़े के गले की रस्सी खोल दी गई। बछड़ा कूदता हुआ और वेग से दौड़ने के लिये अपना सिर झुका कर पूँछ और पिछले खुर उछालता हुआ वीथि में भाग चला।

वीथि संकरी होने के कारण महारानी की पालकी भीतर नहीं जा सकती थी। अमिता ने पालकी की ओर देखा भी नहीं। वह स्वर्णखचित वस्त्र का पाँव तक लटकता अंगरखा पहने, प्रसन्नता में ताली बजा-बजा कर पैदल ही बछड़े के पीछे-पीछे गली में भाग चली। हिता, वापी, कंचुकी, यवनियाँ और अंगरक्षक भी उसके पीछे-पीछे भागे।

अमिता पुकारती जा रही थी—"छोटा-सा बछड़ा कहाँ गया? हम बछड़े को देखेंगे।"

गली में आते-जाते लोग बालिका महारानी को पाँव-पैदल भागती देख कर विस्मय से ठिठक जाते और सिर झुका कर एक ओर हट कर मार्ग दे देते। बछड़ा छलांग लगा कर एक छोटे घर का द्वार लाँघ आँगन में चला गया।

अमिता उस द्वार के सम्मुख पहुँची तो बछड़ा पूँछ उठाये कूद-कूद कर अपनी माँ के स्तनों में मुँह मार रहा था और स्नेहातुर गैया अपनी सन्तान को चाट-चाट कर प्यार कर रही थी। अमिता की आँखें फैल गयीं। वह निर्वाक् रह गयी और उसका नीचे का ओंठ लटक गया। कुछ क्षण में उसके नेत्रों से आँसू झरने लगे। वह ऊँचे स्वर में रो कर माँ को पुकारने लगी—"हम अपनी अम्मा के पास जायेंगे।"

महारानी के दर्शन के कौतूहल से आँगन के भीतर और बाहर जुड़ गयी भीड़ स्तब्ध खड़ी थी। हिता ने तुरन्त आगे बढ़कर अमिता को गोद में उठा लिया और उसके आँसू अपने आँचल से पोंछ कर याद दिलाया—"भगवती महारानी आचार्य काका के सौध में सखी लेखा से खेलने जायेंगी।"

हिता माँ की स्मृति से रोती हुई बालिका को गोद में लिये भीड़ को हटा कर राजकीय शिविका की ओर लौट आयी।

× × ×

महामात्य आचार्य सुकंठ शर्मा राज्य के अन्नभंडार के अध्यक्ष आर्य विधु से सीमांत की सेनाओं के लिये अन्न भेजने के सम्बन्ध में परामर्श कर रहे थे। उन्हें आँगन से लोहे का विशाल भांड बजने की झंकार सुनाई दी। आचार्य का दाहिना हाथ उठ गया।

आर्य विधु को मौन रहने का संकेत कर आचार्य बोले—"आर्य कुछ पल के लिये दूसरे कक्ष में विश्राम करें।" और उन्होंने कक्ष के एक कोने में खड़े बहरे दास की ओर देख कर हाथ से संकेत कर दिया। दास आर्य विधु को मार्ग दिखाता हुआ बाहर ले गया।

नगरपाल तथा और दूसरे अधिकारियों द्वारा नगर अथवा राज्य के और सेनापतियों द्वारा युद्ध क्षेत्र के सब समाचार साधारणतः महामात्य के पास पहुँचते रहते थे। मगध की सेनाएँ कलिंग की सीमा में बहुत दूर तक प्रवेश कर गयी थीं। अब महामात्य अधिक सतर्क रहते थे। उन्हें शंका थी कि कौटिल्य चाणक्य की नीति के अनुयायी मगधवासी भेद नीति से कलिंग के राज्य और नगरों में उपद्रव खड़ा करके, कलिंग की राजसत्ता को विशृंखल करने का प्रयत्न भी कर सकते हैं। उन्होंने अपने अनेक विशेष विश्वस्त गुप्तचर भी नगर और राज्य में फैला दिये थे। यह चर अधिकारियों के विषय में एवं राज्य और नगर की स्थिति के सम्बन्ध में सब समाचार सीधे महामात्य को देते रहते थे। वे किसी भी समय प्रतीक्षा किये बिना, महामात्य के भवन के आँगन में आकर पक्षियों के पीने के लिये जल भरे लोहे के भांड को बजा देते थे।

आचार्य के कक्ष से आर्य विधु के निकलते ही माथे पर चंदन लगाये, गले में रुद्राक्ष की माला पहने, एक हाथ में भाग्य बताने का पाँसा और दूसरे में काठ की पटिया और गेरू लिये ज्योतिषी का वेश धारण किये व्यक्ति ने प्रवेश कर आचार्य को प्रणाम किया।

महामात्य ने प्रश्न के भाव से आगंतुक की ओर देखा। आगंतुक ज्योतिषी ने अभयदान माँग कर निवेदन किया—

"भगवती महारानी नगरविहार करते समय एक बछड़े को देख कर क्रीड़ा में उसके पीछे हो गयीं। बछड़े को माँ का स्तन पीते और गैया को बछड़े को स्नेह से चाटते देखकर बालिका महारानी माता की स्मृति से पण्य-वीथि में रो रही हैं। जनसाधारण कह रहे हैं—शिशु महारानी को छोड़ कर राजमाता का तप साधना के लिये तीर्थगमन उचित नहीं हुआ। कोई ऐसा भी कह रहे हैं—शिशु महारानी के लिये आचार्य के मन में दया नहीं है। आचार्य राजमाता से शीघ्र प्रकाशनार्थ क्यों निवेदन नहीं करते? कोई ऐसा भी कह रहे हैं—महारानी पथ-पण्य में रोयेंगी तो चंड अशोक से कलिंग की रक्षा कौन करेगा? कोई ऐसा भी कह रहे हैं—भगवती महारानी की शिविका आचार्य की पौत्री भद्रे लेखा से खेलने के लिये आचार्य के सौध में जा रही है।"

आचार्य समाचार पाकर प्रजा में राजसत्ता के सम्मान की हानि से चिंतित स्वर में बोले—"क्या बुढ़ापे में सामन्त प्रताप अपनी बुद्धि और राजप्रतिष्ठा का विचार खो बैठा है? बिना समाचार और समुचित आयोजन के परमभगवती का पदार्पण किसी सौध में कैसे हो सकेगा?"

आचार्य की दृष्टि कक्ष के बाहर द्वार के सम्मुख सिर झुकाये खड़े नवागन्तुक प्रतिहारी पर पड़ी। ध्यान पाकर प्रतिहारी ने निवेदन किया—"स्वामी अभयदान हो। संदेश है कि भगवती महारानी की शिविका सौध की ड्योढ़ी पर पहुँच रही है।"

आचार्य कुछ न कह पाये। तुरन्त ड्योढ़ी की ओर चल दिये।

हवेली में व्यस्तता की व्यग्रता फैल गयी। सब लोग भीतर-बाहर दौड़ने लगे। आचार्य ने चलते-चलते सम्मुख आते अपने पुत्र और ड्योढ़ी के रक्षक को आदेश दिया—"महारानी के समुचित सत्कार का प्रबन्ध तुरन्त किया जाये!"

आँगन में दासियाँ और सेविकाएँ व्यग्रता से अति शीघ्र आलेपन-आलेखन बनाने में लग गयीं। परिचर्या दासियाँ आचार्य की वधू और पौत्र-पौत्रियों को वस्त्राभूषण पहनाने लगीं। कुछ लोग अर्घ्यपात्र, दीपक और नैवेद्य लिये ड्योढ़ी की ओर दौड़ रहे थे। बड़े भवन में महारानी के लिये सिंहासन का आयोजन किया जाने लगा।

जिस समय आचार्य घृतदीपों का पात्र लेकर ड्योढ़ी के द्वार पर महारानी की आरती उतार रहे थे, अमिता अधीर होकर पुकार उठी—"आचार्य काका, हमारी अम्मा कब आयेगी? काका, हमारी अम्मा कब आयेगी? हमारी अम्मा को बुला दो।"

आचार्य ने नतमस्तक हो निवेदन किया—"परमभगवती राजेश्वरी, राजमाता राज्य और राजेश्वरी के कल्याण के लिये तप साधना कर रही हैं।"

अमिता ने सिर हिलाकर आग्रह किया—"नहीं-नहीं, अम्मा को शीघ्र बुला दो।"

महामात्य ने पुनः निवेदन किया—"परमभगवती राजमाता के तप और धर्म साधन में विघ्न पड़ने से राजमाता दुखी होंगी।"

अमिता आचार्य के घुटनों से लिपट गयी और मचल कर और भी अधिक आग्रह से अनुरोध करने लगी—"नहीं-नहीं, काका, अम्मा को शीघ्र बुला दो!"

अमिता के होंठ रुलाई में फैलते देखकर आचार्य को शंका हुई कि महारानी रो न पड़ें। विवश होकर उन्होंने आश्वासन दिया—"परमभगवती का आदेश पूर्ण होगा।"

महामात्य की पुत्रवधू ने भी द्वार पर आकर महारानी की आरती उतारी और पाद-पूजा की।

आचार्य कलिंग की राजेश्वरी को मार्ग दिखाते हुए हवेली के बड़े भवन में ले गये और उन्हें स्वर्णखचित वस्त्र बिछे ऊँचे आसन पर बैठाया।

अमिता ने आसन पर बैठकर अनुरोध किया—"आचार्य काका भी हमारे समीप बैठें।"

महामात्य ने सिर झुकाकर असमर्थता प्रकट की—"परमभगवती अन्नदाता की कृपा है। आचार्य राजेश्वरी का सेवक है। सेवक को स्वामी के सम आसन पर बैठना शोभा नहीं देता।"

"तुम तो हमारे काका हो!" अमिता ने विस्मय से कहा, "काका, तुम तो हमें गोद में लेकर खिलाते थे। अब दूर क्यों बैठते हो?"

महामात्य के श्वेत श्मश्रु के ढँके होंठों पर स्नेह की मुस्कान आ गयी। उन्होंने उत्तर दिया—"तब परमभगवती शिशु युवराज्ञी थीं। अब महारानी कलिंग की राजेश्वरी हैं। आचार्य सुकंठ महारानी का आज्ञापालक सेवक है।"

अमिता को याद आ गया, वह कलिंग की राजेश्वरी है। राजतिलक के समय आचार्य काका ने उससे कहा था कि वह राजेश्वरी बन जायेगी तो सब लोग उसके आदेश का पालन करेंगे। हिता ने भी प्रातःकाल ही कहा था—"महारानी, आचार्य काका को आदेश देंगी कि आचार्य अम्मा को शीघ्र बुला दें।"

अमिता अपने गुदगुदे हाथ की तर्जनी उँगली उठाकर बोल उठी—"आचार्य काका! हम आदेश देते हैं, आचार्य काका अम्मा को शीघ्र बुला दें।" और उसी साँस में कहती गयी, "आचार्य काका, हम सखी लेखा के साथ खेलेंगे।"

हिता सिर झुकाये आसन के समीप खड़ी थी। अपने उत्तरदायित्व के कारण अमिता के बाल-सुलभ वार्तालाप से स्वयं पर आने वाले भय को वह बहुत यत्न से छिपाये खड़ी थी। सावधान थी कि उसके शरीर के कम्पन अथवा रोमांच से उसका भय प्रकट न हो सके। अमिता के भूमि पर उतर आने की इच्छा देख कर हिता तत्परता से महारानी की सहायता के लिये बढ़ आयी, परन्तु महामात्य ने आदर से स्वयं ही आगे बढ़कर महारानी को भूमि पर उतार दिया।

आचार्य के पुत्र ने अपनी पुत्री और पुत्र को सेवा में प्रस्तुत किया। बालक राजकीय शिष्टाचार की चिंता न कर एक साथ खेलते हुए हवेली के अन्तःपुर के उद्यान की ओर चले गये। अंगरक्षक और महामात्य के पुत्र सावधानी में उनके साथ रहे।

महामात्य अवकाश पाकर अपने कक्ष की ओर चले गये। इस अनाभ्यस्त कार्य से थक गये थे। ये बालिका महारानी के स्वाभाविक, बालोचित व्यवहार और राजसता की प्रतिष्ठा के समन्वय के लिये चिंतित थे। महारानी के अनुरोध और आँसुओं से परास्त होकर उन्हें राजमाता को बुला देने के लिये 'हाँ' कर देनी पड़ी। करुणा और चिंता से उनका मन क्षुब्ध हो उठा था। वे एकान्त में गर्दन झुकाये मौन बैठे।

आचार्य ने द्वार पर आहट का अनुमान कर सिर उठाया। कक्ष के द्वार पर आंतरिक प्रतिहारी नतशिर खड़ा था। महामात्य को चिंतित अवस्था में देखना उचित न था, अतः प्रतिहारी नतदृष्टि था।

प्रतिहारी ने स्वामी के कंठ से हुंकारे का शब्द सुनने पर भूमि स्पर्श कर निवेदन किया—"अन्नदाता स्वामी, अभयदान हो, रणक्षेत्र से महासेनापति का दूत उपस्थित है वह आदेश की प्रतीक्षा में है।"

महामात्य जानते थे युद्धक्षेत्र की अवस्था चिंताजनक थी। महासेनापति यथासम्भव मगध की सेना का प्रतिरोध कर रहे थे। महासेनापति के उदाहरण, प्रेरणा और आदेश से कलिंग के सैनिक मगध की सेना के प्रवाह को अडिग चट्टानों की भाँति रोक रहे थे, परन्तु कलिंग का एक-एक सैनिक मगध के दस-दस सैनिकों को गिरा देने के पश्चात् नदी के उस कगार के समान गिर पड़ता था जिसके नीचे और दोनों ओर की धरती को नदी ने दूर तक काट दिया हो।

महामात्य ने संकेत से दूत के प्रवेश की अनुमति दे दी।

× × ×

वापी का मन संध्या से ही भयंकर आशंका और दुश्चिन्ता में डुबकियाँ ले रहा था। मध्याह्न में महारानी को नगर विहार से लौटने पर, आहार के पश्चात् विश्राम के लिये पर्यंक पर सुला दिया गया था। अमिता दोपहर की नींद से उठी थी और हिता उसका मुख धुला रही थी। प्रासाद के कर्मान्ताधिष्ठायक का प्रहरी संदेश लाया कि महारानी के निद्रा-विश्राम के समय हिता सामन्त की सेवा में प्रस्तुत हो।

सामन्त की आयु और उसका संयमित स्वभाव जानने के कारण वापी को हिता के लिये कुछ अन्य चिन्ता थी। उसने बेटी के सामन्त द्वारा बुलाये जाने का कारण अनुमान कर लिया था। नगर में राजमाता की स्मृति से बालिका महारानी के असंयमित व्यवहार तथा महामात्य की ड्योढ़ी पर उचित पूर्व सूचना बिना महारानी के पहुँचने का उत्तरदायित्व उसकी बेटी हिता पर ही तो था।

वापी बेटी को समझाकर थक गयी थी कि महारानी के मन में माँ की स्मृति जगाने की मूर्खता और अपराध न करे, परन्तु हिता ने माँ की चेतावनी पर कान न दिया था। पिछली बार बेटी दण्डक के हाथों में पड़ गयी थी तो वापी ने बालिका महारानी को सम्मुख लाकर हिता को दण्डक के कोड़ों से बचा लिया था। इस बार क्या होगा? जाने कितने कोड़े पड़ेंगे और उसके पश्चात् विशेष राजसेवा के अयोग्य प्रमाणित होने पर माँ-बेटी को जाने किस कठिन कार्य में लगा दिया जाये? उस समय महारानी की निद्रा भंग होने के कारण हिता कर्मान्ताधिष्ठायक के सम्मुख जाने से बच गयी थी।

उस रात्रि प्रथम प्रहर में महारानी के निद्रागत हो जाने पर हिता पुनः संदेश पाकर यवनी के साथ सामन्त प्रताप के आँगन में गयी थी। डेढ़ घड़ी बीत जाने पर बेटी न लौटी तो वापी का सिर चिन्ता से फटने और हृदय मुँह को आने लगा। उसे जान पड़ रहा था, रात आधी से भी अधिक बीत गयी है। बेटी पर न जाने क्या बीत रही है? सम्भव है, सामन्त ने उसके अपराध से क्रुद्ध होकर अंधकूप में डाल देने का आदेश दिया हो अथवा वह दण्डक के आँगन में···

वापी अमिता के पर्यंक के समीप अपनी कथरी पर पड़ी, मुख आँचल में छिपाये और शरीर कथरी से ढँके आँसू बहा रही थी। रोने के शब्द से महारानी की निद्रा में विघ्न की आशंका थी। ऋतु में ऊष्मा होने के कारण महारानी के पर्यंक के दोनों ओर खड़ी दो दासियाँ ताड़ के बड़े-बड़े व्यजन डुला रही थीं। दासियाँ उसे रोते जान लेतीं तो क्या उत्तर देतीं।

ऐसी गरमी में वापी को कथरी ओढ़े देख एक व्यजन दासी ने कौतूहल से उसके समीप झुक कर पूछ लिया—"अरी, इस गरमी में भी तुझे वातास प्रिय नहीं लगता? कथरी ओढ़ कर लेटी है। क्या जूड़ी आ रही है?"

"हाँ बहन!" वापी ने स्वर वश कर उत्तर दिया, "जूड़ी आ रही है। वायु से जाड़ा लग रहा है। बेटी आ जाये तो मैं अलिंद में जा लेटूँ।"

लगभग मध्य रात्रि में हिता सजीव और सशरीर अमिता के शयन कक्ष में लौट आयी तो वापी के प्राणों में प्राण आये। ढँके हुए दीपक के प्रकाश में वापी बेटी के चेहरे की

अवस्था ठीक से न देख पायी। माँ बेटी की अवस्था जानने के लिये उतावली थी। मन में आशंका थी, बेटी की पीठ पर जाने कितने कोड़े पड़े होंगे।

वापी हिता को बाँह से पकड़ कर तुरन्त अलिंद में ले गयी। बेटी की पीठ, कटि, नितम्बों और बाहुओं से मार के चिह्नों के लिये हाथ से टटोला और सधे हुए स्वर में पूछा—"क्या हुआ री?"

"कुछ भी तो नहीं।"

अँधेरे में वापी बेटी के मुख और नेत्रों का भाव नहीं देख सकी, परन्तु हिता के स्वर की निर्भयता ने उसकी आशंका दूर कर दी। आशंका का बोझ हृदय से उतरने पर उसे बेटी की जान-बूझ कर आपत्ति को निमंत्रण देने की मूर्खता के लिये क्रोध आ गया। स्वर दबा कर बोली—"क्या हो गया है तुझे? क्यों अपना सिर कुल्हाड़े के तले रखने का हठ कर रही है?"

"मैं क्या कर रही हूँ!" हिता ने दबे स्वर में खिन्नता प्रकट की, "अम्मा तुझे जाने क्या-क्या दिखायी देता रहता है। सामन्त पूछ रहे थे, महारानी तो नगर विहार करने गयी थी, शिविका महामात्य की हवेली में ले जाने की अनुमति किसने दी?"

"उत्तर दे दिया—महारानी नगर में पौरजन के सम्मुख सखी भद्रे लेखा की क्रीड़ा संगति के लिये आग्रह कर रोने लगीं; मैं दासी क्या कर सकती थी?"

सामन्त ने पूछा—"महारानी तो राजमाता को भूल कर विनोद में लीन थीं, माता की स्मृति पुनः कैसे लौट आयी?"

कह दिया—"महारानी कई दिन से स्वप्न में माता का दर्शन पाती हैं। चौंक-चौंक पड़ती हैं। इसी से दिन में वे माता को अधिक-अधिक याद करती हैं। स्वामी, सम्भव है कि दुष्ट कापालिक ने कोई उच्चाटन-उपचार या प्रयोग किया है··· तू ही कह, महारानी के स्वप्नों पर तो मेरा वश नहीं हो सकता।"

वापी ने चेतावनी दी—"तू चुड़ैल बहुत दक्ष बनती है, सामन्त प्रतिहारी यवनियों से नहीं पूछेंगे?"

हिता ने उपेक्षा के स्वर में उत्तर दिया—"तू मेरा समर्थन नहीं करेगी! यवनियाँ तो महारानी को घड़ी दो घड़ी देखती हैं। वे क्या जानती हैं, भित्ति के साथ खड़ी-खड़ी झपकी लेती रहती हैं···।"

वापी मुँहजोर बेटी के प्रति आशंका से अपने विकल हृदय को दोनों हाथों से मसोस कर रह गयी। चिंतित थी—इस मूर्खा को क्या हो गया? सामंत प्रताप और महामात्य से होड़ ले रही है। जैसे चींटी हाथी की दृष्टि में न पड़ सकने के अहंकार में हाथी से युद्ध करने की चुनौती दे! यह हाथी की एक ही फुफकार में धूल के साथ जाने कहाँ उड़ जायेगी। मूर्खा ऐसे निर्भय हो रही है जैसे अतल खाई के किनारे बहुत ऊँची कगार पर खड़ा अंधा भय का अनुभव नहीं करता। यह आँखें मूँदे कगार कर नाच रही है तो पाँव कब तक नहीं फिसलेगा!

हिता को निःशंक, निश्चिन्त ग्रीवा उठाये चलते देखा माँ का हृदय आशंका से बिंध-बिंध कर आँखों में आँसू आ जाते थे।

दूसरे दिन दूसरा पहर बीत न पाया था कि वापी हिता की अवस्था देख कर और भी व्याकुल हो गयी। दोपहर में वापी और हिता महारानी के भोजन का आयोजन कर रही थीं तभी यवनी मोहा अवसर देखकर, हिता को संकेत से एक ओर बुला कर कान में कुछ कह गयी थी। हिता महारानी को भोजन कराते समय भी अस्थिर सी थी। बार-बार महारानी के लिये नयी पुतली लाने की चिंता प्रकट कर रही थी। अपराह्न में महारानी के पलंग पर लेटते ही हिता ने उद्दाल से कहा और कंचुकी पालित को रक्षा के लिये साथ लेकर शीघ्र पुतली ले आने के लिये निकल गयी।

व्याकुल वापी चिंतित थीं—जाने लड़की को क्या हो गया, सुनती ही नहीं। शायद सुन ही नहीं सकती। सन्देह नहीं था कि हिता मोहा से मोद का संदेश पाकर ही गयी है। मूर्खा से पुनः विलम्ब हो गया तो क्या होगा···।

हिता ने लौटने में विलम्ब नहीं किया, आधी-पौन घड़ी में ही लौट आयी, परन्तु उसका मुख देखने से शंका होती थी कि वर्ष-छह मास से रोगी हो। रंग पीला, नेत्र ऊषा से आरक्त सूजे हुए। होंठ सिसकियों को दबाने के प्रयत्न में भिंचे हुए थे। महारानी की निद्रा समाप्त होने की प्रतीक्षा में भी वह भित्ति की ओर मुख किये आँचल से आँसू पोछती जा रही थी।

माँ ने चिंता से पूछ लिया—"क्या हुआ री?"

हिता ने होंठ दाँतों से काट कर ग्रीवा झुका ली कि रोने का शब्द मुख से न निकल जाये।

अमिता जाग उठी तो हिता आँचल से मुख पोंछ तुरन्त सेवा में उपस्थित हो गयी। उसे देख कर बालिका ने भी पूछ लिया—"हितू, तू रो रही है। तुझे क्या हुआ?"

हिता ने महारानी से सिर में भयंकर पीड़ा होने के लिये क्षमा माँगी और सम्हल जाने का यत्न किया, परन्तु उसकी अवस्था तो ऐसी थी कि जो भी देखता पूछे बिना न रह सकता था! वह सभी से सिर में भयंकर पीड़ा का कारण बता रही थी।

वापी जानती थी पीड़ा हिता के सिर में नहीं, हृदय में थी। उसका रोम-रोम भय से काँप रहा था। दासी को अपनी इच्छा से रोने का क्या अधिकार, परन्तु उद्दंड बेटी को कैसे समझाती?

वापी ने कंचुकी मामा उद्दाल से हिता के भयंकर सिर पीड़ा के कारण असहाय हो जाने की बात कह कर, बेटी को एक ओर अलिंद में कथरी बिछा कर लिटा दिया, परन्तु अमिता स्नेह से अधीर होकर बार-बार हिता को पुकार लेती और उसके समीप चली जाती। हिता की सिर पीड़ा का समाचार अन्तःपुर भर में फैल गया।

वापी रात के दूसरे पहर में ही बेटी को समीप लिटा कर उसकी सिर पीड़ा का कारण पूछ सकी। हिता ने आँखों पर हाथ रखे, सिसकियाँ लेते-लेते बताया—"राजपुरुष 'उसे' पकड़ कर ले गया। कोई नहीं जानता कहाँ ले गये। किसी अंधकूप में जीवित है अथवा···।"

मौसी ने हिता को बताया था कि राजपुरुषों ने मोद को पकड़ लिया था। बेचारे मोद ने चोरी नहीं की थी; किसी पर हाथ भी नहीं उठाया था। उसके स्वामी ने उस पर कोई आरोप, अभियोग नहीं लगाया था। मोद नगर के देवालयों में शंख बजा कर, ऊँचे स्वर में

देवताओं से राजमाता महारानी के शीघ्र लौट आने की प्रार्थना करता था और दूसरे लोगों से भी ऐसा ही करने को कहता था। वह कई दिन से प्रातः और संध्या समय अनेक देवालयों में घूमता फिरता था। राजपुरुषों का ध्यान उसकी ओर गया। उन्होंने उसे कुछ दिन ऐसा करते देख, फिर एक दिन उसे पकड़ ले गये। तीस दिन से बिट्ठल अपने कलाकार दास को ढूँढ़ता फिर रहा था। बिट्ठल ने नगरपाल के द्वार पर जाकर प्रार्थना की—मेरा दास भाग गया है अथवा किसी ने उसे बाँध कर रख लिया है अथवा किसी ने उसकी हत्या कर दी है। नगरपाल सहायता करें।

नगरपाल उपेक्षा में हँस दिया, "तुम्हारा दास क्या स्वर्ण और रत्नों के आभरण पहने था जो कोई धन के लोभ में उसकी हत्या करेगा? उसे बाँध कर कोई क्यों रखेगा? वह क्या कमनीय, लावण्यमयी दासी है जिसे अन्तःपुर में छिपाकर उसका उपयोग किया जा सकता है? कहीं मद पीकर मत्त पड़ा होगा या जुए में बहुत कुछ हार कर भय से कहीं छिपा पड़ा होगा। भूख से व्याकुल होकर स्वयं ही भागा आयेगा। यदि वह भाग गया है तो उसे पकड़ कर लाओ। हम उसका कठोर शासन कर देंगे।"

बिट्ठल ने सुना था कि मोद को राजपुरुष ही धर ले गये हैं, परन्तु नगरपाल के सम्मुख यह बात कहने का साहस उसे न हुआ।

हिता को रात भर नींद न आयी। देवताओं से राजमाता को लौटाने की प्रार्थना करने के कारण मोद के धर लिये जाने पर उसे राजपुरुषों के अन्याय के प्रति क्रोध आया, जो देवता से अपनी इच्छापूर्ति की प्रार्थना में भी बाधा दे रहे थे। उसे सेठ सौमित्र के प्रति क्रोध आया जिसने मोद को देवताओं में शंख बजा कर ऐसी प्रार्थना करने का परामर्श दिया था।

हिता का सिर चिन्ता में घूमने लगा, वह स्वयं भी तो सेठ के कहने से महारानी को बहका कर कितना उत्पात खड़ा कर रही है। अनेक घटनायें—महारानी का गाय और बछड़े को देख कर नगर पथ पर रो पड़ना और बिना पूर्व सूचना के महारानी को माता के प्रत्यागमन का अनुरोध करने के लिये महामात्य के यहाँ पहुँचा देना···उसने क्या-क्या कर डाला था। यदि सामन्त प्रताप और महामात्य यह भेद जान पायें तो उसका सिर कन्धों से पृथक हो जाने में कितना समय लगेगा?···हिता ने कल्पना से देखा, एक बधिक उसकी गर्दन पकड़ कर काष्ठ पर रख रहा है। दूसरा बधिक विकराल कुलिश उसके सिर पर उठाये हैं। उसका शरीर पीसने में भीग गया।

हिता रात भर चिन्ता करती रही—जिस मार्ग पर इतना आगे बढ़ चुकी थी उससे लौट कर जाने में भी रक्षा नहीं।···मोद यदि किसी अन्धकूप में पड़ा बिसूर रहा है तो उसकी रक्षा के लिए केवल महारानी राजमाता से प्रार्थना का ही अवलम्ब है। महामात्य के सम्मुख ऐसी प्रार्थना का अर्थ मोद और स्वयं की ग्रीवा का तत्काल बधिक के काष्ठ पर रखा जाना ही होगा। मोद के लिये जिस पथ पर वह पाँव रख चुकी थी, उससे लौटना सम्भव नहीं था।···अब चाहे जो हो, वह बालिका महारानी को राजमाता की स्मृति से व्याकुल करके महामात्य को, राजमाता के प्रत्यागमन के लिये विवश करेगी ही। महामात्य से भयभीत नहीं होगी। भय में रक्षा नहीं है।

हिता के गुप्त सुझावों और प्रोत्साहनों से माता, के लिये अमिता की व्याकुलता बढ़ती ही जा रही थी। हिता ने इस विषय में अपनी विवशता प्रकट करने के लिये सामन्त

प्रताप की सेवा में निवेदन किया। सम्भव है स्थविरों के आशीर्वाद से बालिका का मन स्थिर हो सके अथवा किसी तांत्रिक के कवच से महारानी की सुधि माता की ओर से हट सके।

स्वयं भी सामन्त का ऐसा ही विचार था। उन्होंने महाविहार में महास्थविर जीवक से बालिका महारानी के मन की शान्ति के लिये पाठ कराने की प्रार्थना की। एक आचार्य को महारानी के मन की शान्ति के लिये प्रासाद में होम और पूजापाठ करने का आदेश दिया। एक तांत्रिक को दोष की शान्ति का उपचार करने के लिये आदेश दिया।

हिता एक ओर सामन्त प्रताप के आदेशानुसार बालिका के मन की शान्ति के लिए उपचार करवा रही थी और दूसरी ओर बालिका के संकेतों द्वारा माता की सुध-दिला-दिला कर उपचारों को व्यर्थ किये दे रही थी।

हिता ने अमिता के मन में पुतली के एक नये खेल के लिये कौतूहल उत्पन्न किया। अमिता के बार-बार पूछने पर एकान्त अवसर देखकर अमिता के कान में सुझा दिया था—"महारानी, अम्मा के तीर्थ तप से लौटने का खेल खेलें!"

अमिता 'बेटी-पुतली' को अपने कक्ष में लिये 'माता-पुतली की प्रतीक्षा कर रही थी। हिता एक छोटी पालकी में पुतली को अलिंद में ला रही थी, परन्तु पालकी आ ही नहीं रही थी। विलम्ब से उद्विग्न खिन्न स्वर में अमिता पुकार उठी—"हितू, पुतली की अम्मा को लाओ? क्यों नहीं लाती?"

बालिका महारानी की खिन्नता भरी पुकार सुनकर हिता कक्ष में आ गयी। उसने ठोढ़ी पर उँगली रख कर कातर स्वर में विवशता प्रकट की—"महारानी पुतली की माता रूठ गयी है। तीर्थ तप से नहीं आती। कहती है, बेटी महारानी बन गयी हैं। बेटी हमें लेने आयेंगी तभी हम आयेंगे!"

हिता की बात समझ पाने के लिये अमिता अपने पाँव हाथ में पकड़े, भोला मुख उसकी ओर उठा देखती रही। बाल-बुद्धि से विचार कर उसके मुख से निकला—"हम भी अम्मा को लेने जायेंगे तो अम्मा तीर्थ से आयेंगी?"

हिता के सुझाव से अमिता 'बेटी-पुतली' को लेकर अलिंद में 'माता-पुतली' को बुलाने लगी और बेटी तथा माता पुतलियों का मेल हो गया। प्रातः या दोपहर के पश्चात् अमिता को सुलाते समय कान के पास मुख ले जाकर अथवा उसके नींद से उठने पर हिता अवसर देखती तो किसी न किसी प्रसंग से माता की याद दिला देती—महारानी स्वप्न में राजमाता को देखेंगी, अथवा स्वप्न में अम्भा ने प्यार किया था न।

अपराह्न में अमिता ने निद्रा समाप्त की तो हिता ने धीमे स्वर में पूछ लिया—"महारानी स्वप्न में अम्मा को तीर्थ यात्रा से बुलाने के लिये गयी थीं न··· महारानी अम्मा को बुलाने उत्तर द्वार जायेंगी?"

कंचुकी उद्दाल ने आहट से अनुमान किया—महारानी जाग उठी हैं। उसने कक्ष में प्रवेश किया और सुना अमिता कह रही थी—"···हम उत्तर द्वार जायेंगे।"

कंचुकी को देखकर अमिता फिर बोल उठी—"मामा, हम अम्मा को बुलाने उत्तर द्वार जायेंगे। शिविका लाओ!"

हिता महारानी का मुँह धोकर वस्त्र से पोंछ रही थी तब भी अमिता अपनी बात दोहराये जा रही थी —"हम अम्मा को बुलाने उत्तर द्वार जायेंगे, हम उत्तर द्वार जायेंगे। शिविका लाओ!"

हिता उद्दाल को समीप देख कर महारानी को स्नेह से समझाने लगी —"नहीं महारानी, तीर्थ बहुत दूर है···तीर्थ सौ योजन दूर है। मार्ग बहुत बीहड़ है। मार्ग में बहुत भालू, सिंह आदि हैं।"

अमिता कहे जा रही थी —"हम धनुष-भाले और अंगरक्षकों को साथ ले जायेंगे। हम बभ्रु को साथ ले जायेंगे। बभ्रु सिंह को मार देगा!"

उद्दाल चिंतित था क्या करे —महारानी के माता को तीर्थ-यात्रा से लौटा कर लाने के लिये उत्तर-द्वार जाने की इच्छा के बाल आग्रह का वृत्तान्त सामन्त प्रताप के सम्मुख निवेदन करने का न साहस था, न पूरे वृत्तान्त की आवश्यकता थी। बालिका महारानी की नगर विहार की इच्छा का समाचार देने से भी शिविका आ सकती थी। उद्दाल ने सामन्त के सम्मुख जाकर निवेदन किया—"महारानी नगर विहार के लिये जाना चाहती हैं।"

बालिका महारानी प्रजा के सम्मुख जाकर राजसम्मान और राजगौरव के अनुकूल व्यवहार नहीं कर पाती थीं। महामात्य ऐसी घटनाओं से खिन्नता अनुभव करते थे। उन्होंने सामन्त प्रताप को परामर्श किया था —देवता और राजा का दर्शन प्रजा के लिये दुर्लभ सौभाग्य है। प्रजा ऐसे दर्शन का भार नित्य नहीं सम्भाल सकती। ऐसा अवसर प्रजा के लिये नित्य आने से प्रजा की दृष्टि में उसका महत्त्व तथा प्रतीक्षा न रहेगी। प्रासाद में महारानी के विनोद के लिये कौन साधन दुर्लभ हो सकता है···उन्हें राजप्रासाद से बाहर जाने की इच्छा ही क्यों हो!

सामन्त यत्न करता था कि महारानी नगर में जाने की इच्छा अनुभव न करें। उसकी नगर विहार की इच्छा का समाचार पाकर सामन्त बालिका को किसी अन्य विनोद से बहला देने का आदेश दे देता था।

सामन्त ने उद्दाल से महारानी की नगर विहार की इच्छा का संदेश पाकर उसके विनोद के लिये नटी का कौतुक करवाने की आज्ञा दे दी थी, परन्तु महारानी ने अपना हठ नहीं छोड़ा। वह नगर विहार के लिये उत्तर द्वारा जाने का हठ किये रही। सामन्त को महारानी के लिये शिविका प्रस्तुत करने का आदेश देना ही पड़ा।

सामन्त प्रताप ने महारानी के उत्तर सिंहद्वार तक विहार के लिये शिविका प्रस्तुत करने का आदेश तो दिया, परन्तु नगरपाल को भी संदेश भेज दिया कि महारानी अमुक मार्ग से उत्तर सिंहद्वार तक विहार के लिये जा रही हैं। मार्ग में भीड़ अथवा उनके क्षुब्ध होने के अवसर से सावधान रहें।

उस समय सामन्त महारानी की नगर विहार की इच्छा से विशेष रूप से आशंकित था, क्योंकि मगध सेना कलिंग राज्य में कई योजन भीतर आ गयी थी। प्रतिदिन सैकड़ों घायल सैनिक युद्ध क्षेत्र से लौट रहे थे। उत्तर से भागकर ग्रामीण प्रजा जन कहीं भी शरण न मिलने पर राजपथ के दोनों ओर की हवेलियों के अलिन्दों में ही पड़े रहते अथवा मादुर का कोई टुकड़ा बिछाकर अपने बर्तन-भाड़े समीप रखे पथों के एक ही ओर पड़े रहते। नगर की अवस्था बहुत विरूप हो रही थी।

महारानी की शिविका द्रुतगति से उत्तर सिंहद्वार की ओर बढ़ती जा रही थी। नगरपाल की सावधानी से नगर के पथ पर केवल सशस्त्र सैनिक ही दिखाई दे रहे थे। शिविका के सम्मुख चलते राज-चिह्नधारी चारण की पुकार सुनकर सैनिक महारानी का जयघोष कर और नतशिर होकर सम्मान प्रकट कर रहे थे। अमिता यह नया व्यवहार देखकर प्रसन्न हो रही थी और विस्मित भी। नगर के सिंहद्वार पर और अधिक सैनिक थे। सैनिकों ने बालिका महारानी के प्रति विधिवत् सम्मान प्रकट किया।

महारानी को सिंहद्वार के सम्मुख पथ पर नगर की ओर आते यात्रियों का समूह दिखाई दिया। समूह में प्रायः सैनिक ही थे। इन सैनिकों के वस्त्र फट कर चिथड़े हो रहे थे। कुछ लोग लाठी या बल्लम के सहारे लँगड़ा-लँगड़ा कर चल रहे थे। कोई-दो-दो सैनिक कंधों पर मोटा बाँस लिये थे और बाँस में चादर या धोती बँधी थी। उस चादर या धोती में भी वे किसी सैनिक को उठाये हुए थे। उन लोगों को देखकर अमिता पुकार उठी—"अरे, अरे यह कैसी शिविका है? हम उस शिविका पर बैठेंगे।"

राजकीय शिविका के अंगरक्षकों के नायक ने समीप आकर महारानी को समझाया—"परमभगवती महारानी, वह घायल सैनिकों की शिविका है। वह वाहन महारानी के योग्य नहीं।"

अमिता ने कुछ क्षण विस्मय में मौन रह, नयी वस्तु को देखकर आग्रह किया—"हम उसे देखेंगे!"

नायक से संकेत पाकर, कंधों पर रखे बास में बँधे कपड़े में घायल सैनिक को उठाये हुए दो सैनिक महारानी की शिविका की ओर बढ़ आये। सैनिकों के कंधों पर कपड़े में लटके सैनिक के फटे वस्त्रों पर बहुत-सा सूखा रक्त लगा हुआ था। उसका सूखे रक्त से लिपटा मुख सूजा हुआ था। नेत्र मुँदे थे। उसके सूजे हुए और खुले होंठों से धीमे-धीमे कराहट निकल रही थी। सैनिक की ऐसी अवस्था देखकर बालिका महारानी का हृदय भय और करुणा से मुँह को आने लगा।

अमिता ने उस ओर से मुख फेर लिया। वह दूसरे सैनिकों की ओर देखने लगी। समीप आ गये सैनिकों के समूह में अधिकांश लोगों के वस्त्र रक्त से भरे थे। कुछ के सिर पर बँधे वस्त्रों में रक्त था और वे अपने साथ लाठी के सहारे चलते घायल सैनिकों को सहारा देते हुए चल रहे थे।

अमिता आतंक से पुकार उठी—"यह क्या है?"

सिंहद्वार के सैनिकों के नायक ने पालकी के समीप आकर और भूमि स्पर्श कर निवेदन किया—"महामहिमामयी, परमभगवती राजेश्वरी, इन सैनिकों को आक्रमणकारी आततायी चंड अशोक ने मारा है।"

बालिका उत्तर का अभिप्राय न समझ सकी। उसके नेत्र आतंक से फैल गये और ओंठ खुले रह गये। उसने पूछा—"अशोक कहाँ है?"

नायक ने पुनः भूमि स्पर्श कर उत्तर दिया—"परमभगवती, चंड अशोक दूर है···। वह कलिंग पर आक्रमण करने आ रहा है।"

अमिता का विस्मय बढ़ा। उसने प्रश्न किया—"अशोक क्या करेगा?"

नायक ने फिर विनय से उत्तर दिया—"परमभगवती अशोक महा दुष्ट है। वह महारानी की प्रजा का धन छीनेगा और महारानी की प्रजा की हत्या करेगा।"

"उसे बाँध लो!" अमिता बोली, "अम्मा ने आज्ञा दी है—किसी से छीनो मत! किसी को डराओ मत! किसी को मारो मत! तुम अशोक को जंजीर से बाँध दो।"

नायक ने निवेदन किया—"परमभगवती के आदेश से महासेनापति अशोक को बाँधने गये हैं।"

अमिता ने पूछा —"काका कब गये?"

"परमभगवती महासेनापति बहुत दिन पूर्व गये हैं।" नायक ने उत्तर दिया।

अमिता ने आग्रह किया—"तो तुम भी जाओ। तुम अशोक को शीघ्र बाँध कर लाओ। हम उसे देखेंगे।"

नायक ने सिर झुकाये निवेदन किया—"परमभगवती, अभयदान मिले। यह सैनिक आचार्य महामात्य के आदेश से यहाँ अशोक से युद्ध करने के लिये खड़े हैं।"

अमिता ने विस्मय से प्रश्न किया—"क्या अशोक यहाँ आयेगा?"

सेनानायक विनय से बोला—"परमभगवती यह तो दैव ही जानता है, परन्तु यदि अशोक आयेगा तो महारानी के सेवक उसका वध करने के लिये प्राण दे देंगे।"

"नहीं-नहीं!" अमिता ने भय से सिर हिला अपनी घुँघराली अलकें छिटकाकर निषेध किया, "नहीं, तुम किसी को मत मारना! अम्मा कहती हैं—किसी से छीनो मत! किसी को डराओ मत! किसी को मारो मत! तुम किसी को मत मारना। दुष्ट अशोक आयेगा तो हम उसे बभ्रु की जंजीर से बाँध देंगे। वह किसी से नहीं छीनेगा, किसी को नहीं मारेगा।"

सेनानायक नतमस्तक मौन रह गया।

पालकी के अंगरक्षकों के नायक ने हिता के समीप आकर बात की। हिता ने अमिता के समीप आकर निवेदन किया—"परमभगवती महारानी, सूर्यास्त का समय निकट है। महारानी प्रासाद की ओर चलें।"

अमिता ने हिता की प्रार्थना की ओर ध्यान नहीं दिया। उसने शिविका से उतारे जाने की इच्छा प्रकट की। भूमि पर उतार दी जाने पर वह सैनिकों के समूह की ओर बढ़ गयी।

एक सैनिक घुटने पर चोट के कारण दूसरे सैनिक के कंधे का सहारा लेकर खड़ा था। अमिता ने सैनिक की ओर मुख उठाकर उससे पूछा—"तुम्हें बहुत पीड़ा है?"

सैनिक महारानी के प्रति आदर से भूमि स्पर्श कर मौन रह गया।

अमिता ने फिर प्रश्न किया—"तुम्हारे घुटने पर किसने मारा?"

सैनिक को उत्तर देने का साहस न हुआ, परन्तु सिंहद्वार के नायक ने आगे बढ़कर विनय से उत्तर दिया—"परमभगवती अन्नदाता, इसका घुटना युद्ध में टूट गया।"

अमिता के मुख पर करुणा का भाव आ गया। उसने घायल सैनिकों को सम्बोधन किया—"तुम युद्ध में क्यों गये थे? तुम ऐसा खेल मत खेलो! तुम युद्ध में मत जाना! युद्ध में कोई न जाये!"

सैनिक कुछ उत्तर न दे सका। अमिता फिर बोली—"तुम्हें बहुत पीड़ा हो रही है, तुम से चला नहीं जाता? हमारी शिविका पर बैठ जाओ!"

महारानी का आदेश सुनकर सैनिक काँप उठा। उसने भूमि स्पर्श कर महारानी को प्रणाम किया और खड़ा रहा।

अमिता फिर बोली—"तुम शिविका पर बैठो। हम दौड़ चलेंगे। हमारे पाँव में पीड़ा नहीं है। हम बहुत वेग से भागते हैं। हिता हमसे हार जाती है।"

सैनिक के निश्चल होने पर अमिता ने अंगरक्षक सैनिकों के नायक और हिता को आदेश दिया—"हम आदेश देते हैं। इस सैनिक को शिविका पर बैठा दो!"

नायक धर्म संकट में सिर झुकाये मौन रहा। महारानी के आदेश का पालन न करना अधर्म था और महारानी की शिविका पर साधारण जन को बैठाकर राजवाहन का अपमान करना भी अधर्म था।

अमिता अपनी इच्छा पूरी होती न देख मचल कर हिता का आँचल खींच कर पुकार उठी—"हितू यह सैनिक हमारा आदेश नहीं मानता। तू उसे शिविका पर बैठा दे।"

अंगरक्षकों के नायक ने देखा कि बालिका महारानी का अनुरोध पूरा न होने से उसके नेत्र सजल हो आये थे। अनेक सन्तानों के पिता प्रौढ़ सेनानायक ने अनुमान किया, बालिका की इच्छा पूरी न होने से महारानी के नेत्रों से आँसू बहने लगेंगे। ऐसी घटना का संवाद पाकर सामन्त प्रताप और महामात्य अत्यन्त खिन्न होंगे। नायक ने भूमि स्पर्श कर महारानी की आज्ञा को स्वीकार किया और सैनिक को बाँह से पकड़कर राजकीय शिविका पर बैठा दिया। किंकर्तव्य विमूढ़ और भय से काँपता विवश सैनिक शिविका पर लाद दिया गया।

अमिता संतुष्ट हो किलक कर हाथों से ताली बजाने लगी। उसने दूसरे आहत सैनिकों को भी शिविका पर बैठाने का आदेश दिया। उसकी आज्ञा से शिविका नगर के भीतर चल पड़ी।

राजकीय शिविका के सामने चारण रीति के अनुसार प्रजा को राजसम्मान के लिये सावधान होने की चेतावनी देता आ रहा था—"परमभगवती महा-महिमामयी कलिंग की राजेश्वरी की जय हो! पौरजन और प्रजा राजेश्वरी की शिविका के लिये मार्ग दें!" परन्तु महारानी की शिविका पर घायल सैनिक बैठे हुए थे। बालिका महारानी पालकी के साथ-साथ उछलती-कूदती चली जा रही थी।

नगरपाल चित्ररथ राजपथ के किनारे के एक भवन में चौकसी के लिये उपस्थित था कि सिंहद्वार से महारानी की सवारी राजप्रासाद की ओर जाते समय, पथ पर किसी प्रकार की भीड़ अथवा अव्यवस्था न होने पाये। चारण की पुकार सुनकर नगरपाल मार्ग पर आ गया।

राजकीय शिविका पर कई घायल सिपाहियों को बैठे और महारानी को पथ पर पैदल चलते देख कर नगरपाल के नेत्र क्रोध से आरक्त हो गये। चित्रपथ ने इस अविनय, अनाचार और राजशक्ति के असम्मान के लिये शिविका के साथ चलते अंगरक्षकों के प्रौढ़ नायक की भर्त्सना की। नायक का उत्तर पाकर नगरपाल को मौन रह जाना पड़ा। इस दृश्य की ओर अधिक जन का ध्यान आकर्षित होने का अवसर न देने के लिये सम्मुख चलते चारण को राजकीय शिविका की घोषणा करने से निषेध कर दिया।

नगर के चौक में और अधिक भीड़ से भरे पथ पर राजकीय शिविका पहुँचने से पहले ही नगरपाल ने महारानी के सम्मुख हाथ जोड़कर निवेदन किया—"परमभगवती राजेश्वरी, इन सैनिकों के घर वहाँ ही हैं। यह अपने घर जायेंगे।" अब राजेश्वरी शिविका पर आसन ग्रहण करें।"

नगरपाल का संकेत पाकर वाहनों ने शिविका पथ पर रख दी। शिविका पर रख दिये गये सैनिक पथ पर उतर आने के लिये उठने लगे।

अमिता बोली—"नहीं-नहीं ऐसा नहीं होगा। हम इन घायल सैनिकों को प्रासाद में ले जायेंगे। हम इन्हें दूध-भात खिलाकर पर्यंक पर सुलायेंगे।"

नगरपाल निरुपाय हो गया। परिस्थिति न सँभाल सकने की अपनी विवशता में उसने क्रोध से शिविका के साथ चलते कंचुकी और हिता की ओर देखा—"यह सब क्या हो रहा है?"

हिता तुरन्त अमिता के कान के समीप झुक गयो और समझाया—"भगवती महारानी, सैनिक घर नहीं जायेंगे तो उनकी अम्मा रोयेंगी।"

हिता के समझाने से बालिका पल भर के लिए सोच में पड़ गयी और बोली—"इनकी अम्मा को यहाँ ही बुलाओ। हम इनकी अम्मा को देखेंगे।"

अमिता घायल सैनिकों के समीप जाकर उन्हें पुचकार कर समझाने लगी—"तुम युद्ध मत करना··· किसी से छीनो मत! किसी को डराओ मत! किसी को मारो मत! कोई युद्ध में न जाये। अम्मा कहती हैं, युद्ध और हिंसा पाप है।"

नगरपाल ने इस परिस्थिति को शीघ्र समाप्त कर देने के लिये घायल सैनिकों के परिवार के लोगों को तुरन्त बुला कर उन्हें ले जाने का आदेश दे दिया था।

हिता बार-बार अमिता के कान में समझा रही थी—अम्मे महारानी, सैनिकों की माता इनकी प्रतीक्षा में रो रही हैं। अब इन्हें अपनी अम्मा के पास जाने दें।

एक प्रौढ़ा और एक युवती अपने पुत्र और अपने पति के घायल होकर लौटने के समाचार पाकर रोती-बिलखती हुई आयी। नगरपाल के संकेत से स्त्रियों का विलाप मौन हो गया, परन्तु उनके आँसू देख कर अमिता के भी आँसू झरने लगे।

सूर्यास्त हो चुका था। बाजारों में संध्या समय के काम-काज की भीड़ बढ़ रही थी। अँधेरे में महारानी का प्रासाद से बाहर रहना भी उचित न था। घायल सैनिकों के शिविका से चले जाने पर भी अमिता ने राजप्रासाद में लौटने के लिये शिविकारूढ़ होना स्वीकार न किया। घायल सैनिकों की माँ को अपने पुत्र का सिर गोद में लेकर रोते देखकर उसे फिर माँ की याद आ गयी थी और वह अपनी माता के समीप जाने का आग्रह कर रही थी।

नगरपाल बहुत व्याकुल हो रहा था। इस सब अव्यवस्था के लिये महामात्य उसे क्या कहेंगे? ऐसी अवस्था में वह अपने निर्णय से कर भी क्या सकता था? वह अश्वारूढ़ हो द्रुतगति से महामात्य से आदेश पाने के लिये चला गया।

महामात्य एक विशेष गुप्तचर से बालिका महारानी के माता की याद कर प्रजा के सम्मुख रोने और अपनी बालबुद्धि से प्रजा को युद्ध में न जाने का आदेश देने की घटना का सम्वाद सुन रहे थे। वे राज्य की रक्षा के लिये सब कुछ निछावर कर रहे थे। अपने एक मात्र पुत्र मयंक को यूथप बनाकर युद्ध में भेज चुके थे। वे अशोक के प्रतिरोध के

लिये अपना और राज्य का सर्वस्व अर्पण किये दे रहे थे। महारानी उसी युद्ध में प्रजा को योग न देने के लिये कह रही थीं। महामात्य संवाद से अधीर हो उठे।

महारानी बालिका थीं, परन्तु थीं तो कलिंग की अधिपति राजेश्वरी। राज्य की अधिपति ही प्रजा को युद्ध में योग न देने के लिये कहें और प्रजा के सम्मुख रोती-कल्पती फिरें तो क्या होगा? उसी समय उन्हें द्वार पर नगरपाल के उपस्थित होने का सम्वाद मिला।

नगरपाल के उपस्थित होते ही महामात्य बोले—"शत्रु के आक्रमण के प्रतिरोध को निर्बल करने का कोई भी कारण नहीं होना चाहिए। राजशक्ति प्रजा की कातर करुणा और निर्भर नहीं कर सकती। राजशक्ति को प्रजा का सम्मान और विश्वास चाहिये। इस समय कलिंग के राज्य और राजेश्वरी के प्रति यही कर्तव्य और धर्म है। युद्ध काल में महारानी का राजप्रासाद से बाहर आना उचित न होगा। सामन्त प्रताप को आदेश दो कि महारानी के प्रासाद में प्रवेश करने पर राजप्रासाद के द्वार मुँद जायें और युद्ध काल में न खुलें। राजप्रासाद में महारानी के विनोद के लिये जो भी आवश्यक हो किया जाये, परन्तु महारानी प्रासाद में नहीं निकलेंगी।"

नगरपाल ने नतशिर हो शंकित स्वर में निवेदन किया—"महामति आचार्य के आदेश का पालन होगा, परन्तु महारानी राजमाता के बिना प्रासाद में न लौटने का हठ किये बैठी हैं। उनकी इच्छा के विरुद्ध उन्हें प्रासाद में कैसे ले जाया जा सकेगा?"

आचार्य के माथे पर सदा बनी रहने वाली चिन्ता की रेखायें और भी गहरी हो गयीं। पल भर वे नगरपाल के नेत्रों में देखते मौन रहे और फिर भर्त्सना के स्वर में बोले—"चित्ररथ तुम इसी बुद्धि से नगर की व्यवस्था करते हो? नगरपाल एक बालिका के हठ का उपाय नहीं कर सकता?"

नगरपाल महामात्य से आदेश और भर्त्सना पाकर चिंता से सिर झुकाये राजपथ के चौक में पहुँचा। संध्या का अंधकार गहरा हो चुका था। महारानी की शिविका के चारों ओर भीड़ बढ़ गयी थी। नगरपाल ने भीड़ से कुछ अन्तर पर ही अपना घोड़ा रोक लिया। संकेत से एक राजपुरुष को बुला कर बहुत धीमे स्वर में बात की और फिर राजपुरुष की सवारी के लिये अपना घोड़ा देकर राजप्रासाद की ओर भेज दिया। संध्या के अंधकार में राजप्रासाद की अट्टालिकायें श्यामल और धूसर दिखायी पड़ रही थीं। नगरपाल उसी ओर दृष्टि लगाये खड़ा था।

संध्यागमन से प्रासाद के द्वार के तोरण पर मशालें जल रही थीं। प्रासाद में और भी कई स्थानों पर दीपक जल रहे थे, परन्तु अन्तःपुर के दक्षिण भाग की अट्टालिका के दूसरे तल्ले पर अंधकार ही था। राजमाता के तीर्थगमन पश्चात् से प्रासाद के उस भाग में अंधकार ही रहता था, परन्तु नगरपाल के देखते-देखते राजमाता के कक्ष के गवाक्षों में भी अनेक दीपक जल उठे।

नगरपाल ने कुछ राजपुरुषों और साधारण जन को समीप बुलाकर कुछ आदेश दिया। यह लोग तुरन्त महारानी की शिविका के समीप गये और विस्मय के स्वर में पालकी को घेरे अंगरक्षकों को सम्बोधन करके बोले—"अरे देखो! राजमाता की अट्टालिका में प्रकाश हो रहा है। क्या राजमाता तीर्थ से लौट आयी हैं?"

"परमभगवती राजमाता की जय हो, जय हो!" शिविका के चारों ओर जयघोष होने लगा।

अमिता ने माता का जयकार सुना। उसे माता की अट्टालिका में दीपक जलते दिखायी दिये। वह हर्ष से ताली बजा कर पुलकित हो गयी—"अम्मा आ गयी! अम्मा आ गयी।"

"अम्मा के पास जायेंगे, शीघ्र चलो।" अमिता व्याकुल होने लगी।

अमिता शिविका पर जा बैठी और पुकारने लगी—"जल्दी चलो। अम्मा के पास जल्दी चलो!"

बालिका महारानी की शिविका राजप्रासाद की ओर चल पड़ी। हिता, कंचुकी अंगरक्षक, यवनियाँ सब पालकी के साथ भागते हुए चले जा रहे थे।

राजप्रासाद के मुख्य द्वार के आँगन में पालकी के प्रवेश करते ही प्रासाद के विशाल कपाट मुँद गये। आदेश हो गया, द्वार केवल सामन्त कर्मान्ताधिष्ठायक की अनुमति से खोले जायें।

●

आचार्य की विवशता

कलिंग नगर के पूर्व भाग में प्राचीर के भीतर पुराना और जीर्ण-श्रीष दुर्ग उस समय भी खड़ा था। किसी काल में दुर्ग नगर की प्राचीर से कुछ अन्तर पर बाहर था। उस समय यह दुर्ग समुद्री दस्युओं से नगर की रक्षा के लिये सैनिकों की चौकी थी। महाराज करवेल के पितामह महाराज विशाल ने समुद्री दस्युओं का दमन कर दिया था। नगर की बस्ती शनैः शनैः बढ़ती गयी। नगर की पुरानी प्राचीर को तोड़ कर नयी प्राचीर बनायी गयी तो दुर्ग प्राचीर के भीतर आ गया।

श्रीष दुर्ग के चारों ओर सागर से मछली पकड़ने वाले मछुओं की बस्ती थी। युद्ध आरम्भ होने के समय राज्य की उत्तरी सीमा से अनेक शरणार्थियों ने उत्तेजित दुर्ग में डेरा डाल लिया था। वे कुछ मास निर्विघ्न इस दुर्ग को अपना घर बनाये रहे, परन्तु नगर में बलि निषेध की घोषणा के परिणामस्वरूप उत्पात हो जाने पर एक रात सैनिकों ने दुर्ग को घेरकर सब शरणार्थियों को खदेड़ दिया और दुर्ग पर पहरा लगा कर बैठ गये।

बलि निषेध कांड के पश्चात् से महामात्य का परम विश्वासपात्र सामन्त यूथप एक सौ सशस्त्र पदाति और पचास अश्वारोही सैनिकों सहित सदा दुर्ग को घेरे रहता था। जन-साधारण को दुर्ग के भीतर् क्या, दुर्ग के समीप भी जाने की अनुमति न थी। प्रजा और पौर जन में दुर्ग के सम्बन्ध में कई प्रकार की रहस्यपूर्ण किंवदन्तियाँ फैल गयी थीं। कई लोग कहते थे, चंड अशोक ने अपने अट्ठानबे भाइयों की हत्या कर दी है। उसका एक भाई प्राणरक्षार्थ भाग आया है। वह इस दुर्ग में शरणागत है। कुछ लोग कहते थे उत्तर सीमा से मगध के कुछ सेनापतियों को बन्दी बनाकर महामात्य ने इस दुर्ग में रखा है। युद्ध के पश्चात उनका न्याय होगा। कुछ लोगों का विश्वास था—दुर्ग में कामरूप देश से आये महान् तांत्रिक अशोक के विध्वंश के लिये तंत्र शक्ति की साधना कर रहे हैं।

इस प्रकार की कल्पना का एक कारण भी था।

नित्य प्रथम पहर में दुर्ग के द्वार से एक दासी पूजा के नैवेद्य का पात्र लिये निकलती थी और नगर के किसी देवालय अथवा चैत्य में नैवेद्य अर्पण करके लौट आती थी। यह दासी सम्भवतः गूँगी थी अथवा उसे मौन का आदेश था। आस-पास के लोगों ने उसे कभी किसी से बोलते नहीं देखा था। महामात्य ने युद्धकाल के लिये श्रीर्ष दुर्ग में राजमाता के गुप्तवास का प्रबन्ध करके उनकी सेवा के लिये उपयुक्त दास-दासी नियुक्त कर दिये थे। इनमें से केवल दासी मातंगी को ही राजमाता की पूजा का नैवेद्य लेकर नगर में जाने की अनुमति थी।

मातंगी आचार्यकुल की वंश क्रमागत और महामात्य की विशेष विश्वस्त दासी थी। मातंगी राजमाता की पूजा का नैवेद्य किसी देवालय अथवा चैत्य में अर्पण कर लौटते

समय दूसरे-तीसरे दिन आचार्य को हवेली में आकर राजमाता का कुशल-क्षेम कह आती थी।

श्रीष दुर्ग में विवश हो आने पर राजमाता ने आत्मसम्मान की रक्षा और मन के शत्रुओं—काम, क्रोध, लोभ, मोह को वश में करने के लिये चिर मौन धारण कर लिया था। वे बहुत समय तक ध्यान में बैठी रहतीं अथवा धर्म ग्रंथों और सूत्रों का पाठ करती रहतीं। वे स्वयं कभी किसी को पुकार कर न बोलतीं। कोई प्रार्थना या निवेदन किये जाने पर संकेत से अथवा 'हाँ ना' संक्षिप्त उत्तर दे देती थीं।

मातंगी को महामात्य द्वारा राजमाता के व्यवहार पर सतर्क दृष्टि रखने का आदेश था। निरंतर राजमाता की ओर ही ध्यान रखने से उनके व्यवहार के कारण मातंगी के मन में उनके लिये श्रद्धा और अनुराग उत्पन्न होने लगा। राजमाता तो मौन रहतीं, परन्तु अपने ही संतोष के लिये मातंगी का मन चाहता कि राजमाता उसे कोई आज्ञा दें, वह उनकी कोई सेवा कर सके।

मातंगी के लिये नगर से लौटकर सदा मौन बने रहना कठिन था। मातंगी को कूटनीति के वातावरण में रहने से निरक्षर होते हुए भी कूटनीति के व्यवहार का ज्ञान था। वह दास-दासियों से कुछ कहती और संवाद राजमाता तक पहुँचता, इससे यह ही अच्छा था कि वह राजमाता के समीप ही बात कर उन का विश्वास पा लेती। इस प्रकार राजमाता की विश्वासपात्र बनती और वह महामात्य की भी विश्वस्त बनी रह सकती थी।

पाँच-छः वर्ष की बालिकाओं को देखकर मातंगी की स्मृति क्षुब्ध हो जाती थी। छब्बीस-सत्ताईस वर्ष पूर्व, उसकी इतनी ही आयु की बेटी किसी रोग के कारण उसकी गोद सूनी कर गयी थी। सन्तान के वियोग का दुख उसके मन से कभी दूर न हुआ। मातंगी ने नगर में माता के वियोग से व्याकुल बालिका महारानी के माँ को ढूँढ़ते फिरने का समाचार सुना तो उसका हृदय व्याकुल होकर आँखों में आँसू आ गये। मातंगी के लिये राजमाता के सम्मुख बैठकर वह संवाद उन्हें सुनाये बिना रहना असम्भव हो गया। इससे पूर्व वह राजमाता को महासेनापति के सेना लेकर सीमा पर कूच करने और आहत सैनिकों के बड़ी संख्या में नगर में आते रहने के संवाद भी सुना चुकी थी। शत्रु की सेना के नित्य राजधानी के समीप आते जाने के भयावह संवाद भी वह राजमाता को सुनाती रहती थी। राजमाता यह सब सुन, नेत्र मूँद कर शरणागति मंत्र के जाप में लीन हो जाती थीं।

एक दिन देवालय में नैवेद्य अर्पण कर दुर्ग में लौट कर मातंगी ने राजमाता के सम्मुख निवेदन किया—"भगवती, नगर में बहुत आतंक फैल गया है। सब ओर युद्ध से लौट कर आये आहत ही दिखाई देते हैं। सब लोग कहते हैं, शत्रु राजधानी के बहुत समीप आ गया है। नगर में शत्रु के सैनिकों का बहुत आतंक है। कहते हैं, आचार्य महामात्य ने राजप्रासाद के द्वार मुँदवा दिये हैं और अनेक सशस्त्र प्रतिहारी राजप्रासाद की रक्षार्थ घेरे हैं। बालिका महारानी प्रायः एक पक्ष से नगरविहार के लिये भी नहीं निकलीं।"

राजमाता ने उत्तर दिया—"भगवान रक्षा करेंगे।" और नेत्र मूँद कर मंत्र जाप करती रहीं। राजमाता ने नेत्र खोले। मातंगी हाथ जोड़ उनके सम्मुख बैठी थी।

राजमाता ने मातंगी को सम्बोधन किया—"मातंगी, तू एक काम करेगी?"

मातंगी ने विनय से सिर झुकाकर अनुमति प्रकट की।

राजमाता ने तथागत के धातु-पात्र की वेदी से एक सूखा हुआ श्वेत पुष्प उठाकर कहा—"यह पुष्प एक लाख मंत्र जाप की शक्ति से समर्थ है। तू इसे बेटी के शरीर पर बाँध दें। मंत्र का बल संकट में बालिका की रक्षा करेगा।"

मातंगी ने भूमि पर माथा रखकर राजमाता को प्रणाम किया और मंत्र की शक्ति से समर्थ पुष्प अंजलि में ले लिया।

दूसरे दिन मातंगी राजमाता की पूजा का नैवेद्य लेकर श्रीष दुर्ग से नगर गयी तो नैवेद्य चैत्य में अर्पण करने के पश्चात् आचार्य की हवेली में गयी। श्रीष दुर्ग में सब यथावत् कुशल-क्षेम का संवाद निवेदन कर राजप्रासाद के सम्मुख राजपथ पर पहुँची।

राजप्रासाद के सम्मुख पथ पर मातंगी की पुरानी परिचिता एक वृद्धा की दही बेचने की दुकान थी। वृद्धा की कुशल-क्षेम पूछकर मातंगी ने नगर में फैले त्रास के प्रति चिंता प्रकट की—"सुना है, राजप्रासाद में नित्य रक्षा के लिये महत् पूजा होती है। सहस्र जन को प्रसाद बाँटा जाता है। कई सौ बालक-बालिकाएँ नित्य क्रीड़ा के लिए प्रासाद में जाते हैं।"

वृद्धा मुँह फुलाकर बोली—"कौन कहता है? दूर जाकर बात बड़ी हो जाती है। हम तो यहाँ द्वार के सम्मुख ही रहते हैं। अब राजप्रासाद में है ही क्या! अब तो प्रासाद द्वार के कपाट भी नहीं खुलते। यही दस-पंद्रह बालक-बालिकाएँ राजप्रासाद में जाते हैं। वही जो कुछ प्रासाद पाते हों। वह क्या··· ।"

वृद्धा ने मार्ग पर जाती बालकों से घिरी एक दासी की ओर संकेत किया—"सामने बालकों को लिये महारानी की दासी हिता ही तो जा रही है। तू देख ले, कितने सैकड़ा बालक जा रहे हैं। यही दासी तो महारानी के लिए चुन-चुन कर पुतलियाँ और बालक-बालिकाओं को ले जाती है।"

वृद्धा कहती गयी—"अरे हमें क्या लेना है राजमाता के प्रासाद से। पहले दिन में बीस-बीस कार्षापण का दही, मुरमुरा, मिठाई बिक जाता था। निर्वाह हो जाता था। जब से नगरसेठ की रखैल दासी ने पड़ोस में घुटी भाँग की दूकान खोल ली है, वह भी गया। वह मरी बुढ़ापे में भी रहस केलि···।"

मातंगी वृद्धा की बात आधी ही छोड़कर घुटनों पर हाथ धर कर उठ गयी "चलूँ, हवेली में बच्चे मुझे न पाकर रोने लगते हैं।"

मातंगी पहले धीमे फिर यथा-सम्भव द्रुतगति से हिता के पीछे चल दी। हिता के समीप पहुँचकर मातंगी बोली—"बेटी देख, यह तेरा कार्षापण गिर गया। उतावली में इतनी बेसुध क्यों हो रही है!"

मातंगी ने भूमि की ओर झुककर उठाते हुए एक कार्षापण हिता की ओर बढ़ा दिया।

हिता के नगर-पण्य में आने पर कभी-कभी सेठ सौमित्र की कोई दासी किसी बहाने उससे कुछ बात कर जाती थी। वह माता के लिए महारानी की व्याकुलता का समाचार पाकर सेट्ठी की ओर से कोई संवाद भी दे जाती थी।

हिता ने अपरिचित वृद्धा दासी को देखकर अनुमान किया, यह सेठ की ही दासी है, कुछ कहना चाहती है। हिता ने मातंगी के हाथ से कार्षापण ले लिया और बोली—"अब आँचल से गिर गया तो यह मेरे पास नहीं रहना चाहता।" अपने साथ के कंचुकी को

सम्बोधन कर बोली, ''मामा, यह तुम्हारे ही भाग का है। प्यासे तो होंगे ही। मौसी की दूकान कौन दूर है! वह देखो पीछे···।''

कंचुकी पालित की मद्य की प्यास कभी तृप्त नहीं होती थी। वह कार्षापण लेकर हिता को आशीर्वाद देता हुआ मौसी की दूकान की ओर लपक गया।

मातंगी हिता के साथ ही चल रही थी। हिता के कान के समीप मुँह ले जाकर बोली—''भगवती राजमाता का संदेश है। राजमाता को तुझ पर विश्वास है··· ।''

''राजमाता तो तीर्थाटन के लिये गयी हैं।'' हिता ने विस्मय और संदेह प्रकट किया।

''इस बुढ़ापे में मुझे क्या लोभ है? झूठ क्यों बोलूँगी!'' मातंगी बोली, ''मेरा विश्वास कर, तुझसे कुछ माँग नहीं रही हूँ। राजमाता श्रीष दुर्ग में हैं। तू उन्हें वहीं बन्दी समझ। मैं राजमाता की सेवा में नियुक्त आचार्य ही हवेली की दासी हूँ, समझी!''

अपना विस्मय वश कर हिता ने प्रश्न किया—''भगवती का क्या संदेश है?''

मातंगी ने बताया—''राजमाता तप कर रही हैं, परन्तु बेटी के लिये माँ कैसे चिंतित नहीं होगी। राजमाता ने एक लाख मंत्र जाप से सशक्त एक पुष्प दिया है। इस पुष्प को कवच में रखकर संकट से रक्षा के लिये महारानी के शरीर पर बाँध देना। ऐसी राजमाता की इच्छा है।''

हिता ने मातंगी के आँचल में रखा हुआ दोना आदर से अंजलि में लेकर अपने आँचल में रख लिया और सजल नेत्रों से बोली—''महारानी सकुशल हैं, परन्तु माता के लिये अति व्याकुल हैं। भगवान और देवता की दया ही सहायक है। परमभगवती को दासी का भूस्पर्श निवेदन करना।''

× × ×

राजप्रासाद से बाहर नगर में जा सकने का अवसर न रहने से अमिता की माता के लिये व्याकुलता समाप्त नहीं हो गयी। प्रासाद के कर्मान्ताधिष्ठायक सामन्त प्रताप इस कारण बहुत चिंतित थे। सामन्त ने हिता को बुलाकर कठोर चेतावनी दी थी।

''तेरी सूझ-बूझ और बुद्धि को क्या हो गया? तू प्रमाद के कारण अब राजसेवा योग्य नहीं रही। बालिका को भी बहला नहीं सकती? भविष्य में महारानी के व्याकुल होने का समाचार मिलने पर तुझे दण्डक को सौंपकर महारानी की सेवा के लिये अन्य दासी नियुक्त करनी होगी।''

सामन्त प्रताप हिता को सुनाकर कंचुकी उद्दाल से दूसरी चतुर दासियों के सम्बन्ध में बात करने लगा और सिर झुकाये हिता की ओर देखकर बोला—''इसके लिये दण्डक को कोई अन्य कार्य की व्यवस्था करने को कहो या इसे कुछ समय के लिये काल-कोठरी में रख दो। जब यह किसी प्रयोजन की नहीं तो इसे महारानी के पीछे-पीछे लगाये रखने का उपयोग क्या?···अच्छा, अभी यह जाये। हम अन्य योग्य दासी के सम्बन्ध में सोच लें।''

हिता लौट कर बहुत रोयी। उसे जान पड़ रहा था कि वह बहुत ऊँचे चढ़ गयी थी परन्तु वृक्ष के ऊपर फल नहीं था, ऊपर राक्षस बैठा था जो उसे धक्का देकर निर्दयता से नीचे फेंक रहा था।

हिता की कल्पना थी—राज्य, प्रजा और सब कुछ महारानी के लिये ही है। महारानी के दुख से परास्त होकर महामात्य महारानी की इच्छा पूर्ण करेंगे। वह भी महारानी की इच्छा की नाव में छिपे बैठे चूहे की भाँति बाधाओं की नदी के पार पहुँच जायेगी।···

आचार्य महामात्य तो राक्षस से भी कठोर निकला। वह तो स्वयं ही राजा बन गया था। उसी ने मोद को बाँधकर जंगली मार्गों पर कावर में युद्ध की सामग्री ढोने के कार्य में लगा दिया था।

हिता को मौसी से रहस्य समाचार मिला था—सहस्रों लोग जिनसे राजपुरुष अप्रसन्न थे, पकड़-पकड़कर युद्ध की सामग्री कावरों में रणक्षेत्र की ओर ले जाने के लिये लगा दिये गये। ऐसे सहस्रों लोग नगर से रात-दिन शस्त्र और अन्न कावरों में ढोकर रणक्षेत्र में जाते थे। वहाँ से घायल सैनिकों को कावरों में उठाकर नगर में लाते थे। इन लोगों के मार्ग में थक कर शिथिल हो जाने से राजपुरुष इन्हें कोड़े से मार-मार कर शीघ्र चलने के लिये विवश करते थे।

हिता महारानी के लिए पुतलियाँ और पशुओं के चेहरे लेने के लिये बिट्ठल के यहाँ गयी थी। उसने मौसी से मिला समाचार कहकर पूछा—"क्या यह सत्य है?"

बिट्ठल ने उदास स्वर में उत्तर दिया—"हाँ ऐसा ही सुना है। यह राजपुरुष सुई से हल का काम ले रहे हैं। इनकी बुद्धि का क्या भरोसा। मुझसे कहते, मैं मोद के स्थान पर इन्हें दो दास देता! वैशाली की नर्तकी की शिविका अधूरी ही पड़ी है। नगरपाल के सम्मुख कुछ कहूँ तो राज्यादेश के प्रति असंतोष का अपराधी समझा जाऊँ।"

मोद की अवस्था का अनुमान कह हिता का मन खंड-खंड हो रहा था। उसने एक ही बार दण्डक की अप्रसन्नता से कोड़े की चोट पीठ पर सही थी। उस स्मृति से ही उसके शरीर का रोम-रोम कंटकित हो जाता था। न जाने वैसे कितने कोड़े मोद के शरीर पर पड़ते होंगे।

हिता मन ही मन सोचती—मेरा वश चलता तो अपनी पीठ की ढाल बना कर मोद को कोड़ों की चोट से बचा लेती। मेरा शरीर—खंड-खंड हो जाता तब भी मैं मोद पर चोट न आने देती। मोद कोड़े से बचने के लिये धूप और धूल में कितना बोझ उठाये निरंतर दौड़ता रहता होगा? थकान, प्यास और गरमी से उसकी क्या अवस्था होती होगी? कितना पसीना उसके शरीर से बहता होगा जैसे सरोवर में डुबकी लेकर निकला आदमी जान पड़ता है।

हिता का मन चाहता—सामन्त प्रताप उसे भी दण्डक के यहाँ कोड़ों से मारा जाने के लिये भेज दे! जिस पीड़ा को मोद सहता है, वह भी सहे। वैसे ही प्राण दे दे। यदि मोद की मृत्यु का समाचार मिला तो वह अवश्य प्राण दे देगी। प्रासाद की छत से अथवा कुएँ में कूद कर प्राण दे देगी।

हिता को सेठ सौमित्र पर क्रोध आता—सेठ ने ही मुझे महारानी को माता की स्मृति से व्याकुल करने की मूखता सुझायी। सेठ ने ही मोद को देवालय में शंख बजाकर राजमाता के लौटने की प्रार्थना देवताओं से करने के लिये कहा। इतने लोगों का सर्वनाश करके उस दुष्ट को क्या मिला? नगर में जाकर मोद को देख आने का, उसमें दो-चार बात कर पाने का अवसर भी न था। भगवती राजमाता जब लौटतीं, देखा जाता। हम तो भाग्य मान कर संतोष किये बैठे थे। इस दुष्ट सेट्ठी ने ही आग लगा कर सब कुछ भस्म कर दिया।

सामन्त प्रताप के क्रोध के सामने सिर झुका लेने के अतिरिक्त हिता और कर ही क्या सकती थी। उसने गुप्त उपायों से इतने दिन बालिका के मन में माता की स्मृति को भड़काया था वह सहसा कैसे विलीन हो जाती।

अमिता नींद से उठी तो उसने हिता से कहा—"हितू आज अम्मा स्वप्न में नहीं आयीं।"

हिता के मुख पर भय की छाया आ गयी। उसने कातर स्वर में अनुरोध किया—"भगवती अम्मे, माता को ऐसे याद नहीं करते। भगवती अब वयस्क हो गयी हैं।"

हिता के मुख पर भय और उसके स्वर की कातरता से अमिता को विस्मय हुआ। उसने पूछा—"क्यों याद नहीं करते?"

किसी दूसरे के आ जाने से पहले ही हिता ने दबे स्वर में तुरन्त समझाया—"लोग देखेंगे कि महारानी अम्मा को याद करती हैं तो दण्डक दासी को कोड़ों से मारेगा।"

अमिता मौन रह गयी, परन्तु जब हिता उसे स्नान करा रही थी, अमिता ने एकान्त देखकर फिर पूछ लिया—"हम अम्मा को याद करेंगे तो तुझे दण्डक क्यों मारेगा?"

हिता की आँखों में आँसू आ गये—"अम्मे भगवती, दासी का भाग्य ही ऐसा है। महारानी लोगों के सामने माता को याद न करें।"

हिता के दुखी होने का भय बालिका के मन पर बैठ गया। उसने किसी के सामने रहते माता को याद नहीं किया। याद आने पर वह उदास हो जाती और एकान्त पाने पर केवल हिता से माता की बात करती।

हिता अमिता को हृदय पर दबा कर आश्वासन दे देती—"अम्मे महारानी, दासी बलिहारी जाये, राजमाता एक दिन अवश्य आयेंगी।" और उसे कल्पना में दिखाई देता, राजमाता के आने पर वह मोद की रक्षा के लिये प्रार्थना करेगी। परिणाम जो भी हो, वह रो-रो कर प्रार्थना अवश्य करेगी।

अमिता का हिता से माता को एकान्त में याद करने का रहस्य सम्बन्ध बन गया। अमिता के लिये केवल हिता ही विश्वासपात्र हो गयी। अमिता रहस्य रखना भी सीख गयी। जब भी वह हिता से माता के सम्बन्ध में बात करना चाहती तो हिता से प्रमद-उद्यान में अथवा राजप्रासाद की छत पर चलने के लिये आग्रह करती। प्रासाद की छत पर जाकर हिता कई पल राजपथ की ओर दृष्टि लगाये रहती, सम्भव है, मोद दूर मार्ग पर दिखाई दे जाये!

महारानी नगर में विनोद के लिये नहीं जा सकती थीं। प्रासाद में उनके विनोद के लिये सभी सम्भव उपाय किये गये थे। इसके अतिरिक्त हिता नगर में जाकर कुछ बालक-बालिकाओं को महारानी के साथ खेलने के लिये ले आती थी। वह अब इसी मिस कभी मौसी के यहाँ आकर सुख-दुख की बात कर आती अथवा बिट्ठल से मोद के विषय में संवाद पूछ जाने की साध पूरी कर लेती परन्तु संवाद तो कुछ था नहीं।

हिता को मातंगी से राजमाता के सुदूर तीर्थ न जाकर श्रीष दुर्ग में होने का समाचार मिला तो वह इतनी विक्षिप्त हो गयी कि एक स्थान पर बैठ पाना असम्भव जान पड़ने लगा। अधीर होकर वह बार-बार अमिता को बाहुओं में लेकर हृदय में लगा लेती।

अमिता ने हिता की व्याकुलता से अधीर होकर पूछा—"क्या है हितू?"

हिता ने रहस्य बताने में आशंका जान कहा—"अम्मे महारानी, कुछ नहीं। दासी महारानी पर बलि जाये।" परन्तु इतने बड़े रहस्य के बोझ से उसे श्वास अवरोध सा अनुभव हो रहा था। प्रासाद में यह बात वह किससे कहती। माँ से कहने पर वह केवल शिक्षा देती, "तू चुप रह, तुझे क्या? ऐसी बात जिह्वा पर लायेगी तो जिह्वा को ही खो बैठेगी!"

सेठ सौमित्र के परामर्श से ही हिता ने सब संकट पाया था परन्तु यह रहस्य वह सेठ सौमित्र के अतिरिक्त और किसे बता सकती थी? हिता कंचुकी पालित को रक्षा के लिये साथ लेकर, महारानी के लिये पुतलियाँ लाने के कार्य से सेठ बिट्ठल के यहाँ गयी। बिट्ठल हिता को देख कर मोद की हानि याद कर उदास हो जाता था, परन्तु राजप्रासाद के लोगों की, चाहे दास ही हों, उपेक्षा कैसे कर सकता था। उसने पुरस्कार स्वरूप हिता के हाथ में पाँच कार्षापण और पालित के हाथों में भी कुछ कार्षापण रख दिये।

हिता ने बिट्ठल से पाये कार्षापण भी पालित के ही हाथ में देकर कहा—"मामा, तुम्हें कब अवसर मिलता है. मन भर पी लो। मैं कार्षापण का क्या करूँगी तुम्हारे आने तक बैठी हूँ, शीघ्र आना।"

हिता ने पालित को मद्य की दुकान के शीघ्र लौट आने के लिये तो कहा, परन्तु जानती थी, इतने कार्षापण पाकर पालित डेढ़-दो घड़ी से पूर्व नहीं लौटेगा। पालित के जाते ही हिता द्रुतगति से अकेली सेठ सौमित्र की हवेली की ओर चल दी। सेठ के कक्ष का द्वार-रक्षक हिता को पहचान गया। तुरन्त ही सेठ ने उसे भीतर के कक्ष में बुलवा लिया।

हिता ने पहले आँसू बहा कर सेठ के परामर्श पर चलने के कारण मोद की दुरवस्था का वृत्तांत बताया और अपना संकट भी सुनाया कि सेठ के परामर्श के कारण वह भी प्रासाद के कर्मान्ताधिष्ठायक सामन्त के क्रोध का पात्र बन गयी है। अब वह क्या करे?

सौमित्र मोद और हिता का दुर्भाग्य सुनकर बोला—"तू बता, आचार्य के अन्याय से कौन बचा है? तू राजमाता की और महारानी की एकमात्र विश्वस्त दासी है। तू यह नहीं करेगी तो कौन करेगा? परन्तु देवता तो दीर्घ साधना से प्रसन्न होता है। देवता तप की परीक्षा लेता है। तुझे देवता पर विश्वास नहीं है। क्या आचार्य की दया पर विश्वास करेगी?"

हिता अब अपना रहस्य और अधिक न छिपा सकी—"स्वामी जानते हैं, महारानी दूर तीर्थ में तप करने नहीं गयी हैं। इसी नगर में श्रीष दुर्ग में हैं। दुर्ग को सशस्त्र प्रहरी घेरे हैं। वहाँ किसी का प्रवेश नहीं है।"

हिता से रहस्य जानकर सेठ कुछ पल विचार में मौन रहा और फिर अपनी आँखें आधी मूँद हिता के नेत्र में देखकर बोला—"यह तू क्या नहीं जानती थी? यदि उस दिन महारानी को उत्तर सिंह द्वार पर न ले जाकर श्रीष दुर्ग ले गयी होती तो क्या होता! महारानी बालिका हैं तो क्या···उनके लिये कौन द्वार मार्ग रोक सकता है? मोद की रक्षा राजमाता के आदेश के अतिरिक्त और कौन कर सकता है? राज्य आचार्य का नहीं महारानी का अथवा राजमाता का ही है। राजमाता क्या जानती नहीं कि अनाचार हो रहा है? उनका स्थान जान गयी हो तो निराश क्यों हो?"

हिता ने निराशा से अपने दोनों हाथ फैलाकर विवशता प्रकट की—"स्वामी, अब तो बालिका महारानी प्रासाद में बन्दी हैं। प्रासाद के द्वार खुल ही नहीं सकते।···इस दासी का क्या सामर्थ्य?"

सेठ ने हिता की ओर झुककर समझाया—"तू अपना सामर्थ्य नहीं जानती। तेरी चतुरता से नगर में त्राहि-त्राहि मच गयी है। तू जानती है, यह आचार्य का भेद है। भेद को भेद ही काटता है। भेद का मार्ग खोजने में स्त्री से अधिक चतुर कौन हो सकता है?

आचार्य की बन्दी बनी हुई बालिका महारानी की प्राणरक्षा का भी क्या विश्वास और मोद की रक्षा भी राजमाता के आदेश के अतिरिक्त कौन कर सकेगा!"

सामन्त प्रताप ने राजप्रासाद में बालिका महारानी के विनोद के सभी सम्भव आयोजन प्रस्तुत कर दिये थे कि महारानी को नगर में जाने की इच्छा ही न हो। प्रासाद का सभा भवन पुतलियों, दूसरे खिलौनों, फल-फूलों और मिठाइयों से भरा रहता था। प्रासाद में बन्दर, भालू का नाच कराने वालों और नटों के भी दल सदा आते-जाते रहते थे, परन्तु बालिका महारानी का सबसे प्रिय खेल पशुओं की सभा में गीदड़ का राजतिलक उत्सव था।

पशुओं का वह नाटक एक प्राचीन लोक-कथा के आधार पर था:—एक गीदड़ भूख से व्याकुल होकर जंगल से गाँव में चला गया था। गाँव के कुत्तों ने गीदड़ का पीछा किया। गीदड़ प्राण बचाने के लिये भागता हुआ एक रंजक (रंगरेज) के घर के सामने नील से भरे कुण्ड में गिर पड़ा। कुण्ड से निकलने पर गीदड़ का रंग नीला हो गया। नील से रंगा गीदड़ वन में लौटा तो दूसरे पशु उसे पहचान न सके और उससे डरने लगे।

जंगल के राजा सिंह ने भय कातर हो नीले गीदड़ से पूछा—"हे विचित्र जीव, तू कौन है?"

नीले गीदड़ ने अवसर अनुकूल गम्भीर स्वर में उत्तर दिया—"हे वन के पशुओ! मुझे भगवान ने स्वर्ग से भेजा है कि मैं पृथ्वी के वनों पर राज्य करूँ।"

प्रासाद में एकत्र सब बालक-बालिका और अमिता, सिंह, चीते, हाथी, भालू, भैंसे, भेड़िये, कुत्ते आदि के मुखौटे पहन लेते थे। जो बालक जिस पशु का मुखौटा पहन लेता, वह उसी पशु की बोली भी बोलने लगता। स्वर्ग से राज्य करने आये नीले गीदड़ का चेहरा पहनने वाला बालक नीले रंग का चोला भी पहन लेता था।

नीले गीदड़ को राजसिंहासन पर बैठाकर उसका राजतिलक किया जाता था। हिता या वापी गीदड़ों की तरह हुआँ-हुआँ कर बोली बोलने लगती। नीला गीदड़ भी पुराने अभ्यासवश वैसी ही बोली बोलने लगता। दूसरे वन पशु पहचान लेते कि उनका राजा बन जाने वाला नील वर्ण पशु वास्तव में गीदड़ है। सब पशु नीले गीदड़ पर टूट पड़ते और उसका पीछा करके दौड़ते-भागते फिरते।

अमिता को नीले गीदड़ के राजतिलक के उत्सव में बहुत आनन्द आता था। यह खेल कई बार होता और कई बालक बारी-बारी से नीला गीदड़ बनते रहते थे!

अमिता दोपहर की नींद से उठी तो हिता उसका मुख धुलाने और कुल्ला कराने के लिये गोद में उठाकर शयन कक्ष के समीप स्नान के कक्ष में ले गयी। हिता ने अवसर देख कर अमिता के कान से मुख लगा कर कहा—"अम्मे महारानी, राजमाता तीर्थ से नगर में लौट आयी हैं। दुष्ट आचार्य और सामन्त उन्हें यहाँ आने नहीं देते। महारानी किसी से कुछ न कहें। जैसे दासी कहे, चुपचाप नगर में साथ चलें तो खेल के पश्चात् सन्ध्या समय राजमाता के पास चली जायेंगी।"

अमिता हिता से रहस्य रखने की शिक्षा पा चुकी थी। उसने भोली आँखों से हिता को विश्वास दिलाया कि वह रहस्य रखेगी और उसके साथ नगर में जायेगी।

अपराह्न में बालिका महारानी बालक-बालिकाओं सहित रंगे सियार के राजतिलक का नाटक खेल रही थीं। खेल एक बार समाप्त हो जाने पर कई बार खेला गया। खेल

समाप्त हो जाने पर बालक पशुओं के मुखौटे पहने प्रमद उद्यान में जाकर एक-दूसरे को पहचानने का खेल खेलने लगे।

अमिता अपने वस्त्रों के कारण पहचान ली जाने से चिढ़ रही थी। हिता ने उसके वस्त्र खेलने वाले बालकों में अदल-बदल दिये।

बालक पशुओं के मुखौटे पहने ही ड्योढ़ी के आँगन के दायीं ओर के बड़े आँगन में जाकर आँखमिचौनी का खेल खेलने लगे। संध्या का झुटपुटा हो चला, परन्तु हिता ने खेल न समाप्त कराया। उद्दाल और वापी आयु के कारण थक कर एक ओर बैठ गये थे तब भी हिता बालकों को बाहर के आँगन में खिलाती ही जा रही थी।

संध्या का झुटपुटा घना हो जाने पर हिता ने बालकों को पुकारा—"अंधकार हो गया। चलो, तुम्हें प्रासाद से बाहर छोड़ आऊँ।"

बालक मुखौटा उतारने लगे तो हिता बोली—"रहने दो, रहने दो। घर ले जाओ। घर पर भी खेलना।"

पशुओं के मुखौटे पहने और भिन्न-भिन्न पशुओं की बोलियाँ बोलते बालकों का झुण्ड अपने चारों ओर लिये हिता प्रासाद की ड्योढ़ी के सम्मुख आँगन में आयी और प्रासाद द्वार की ओर चल दी। उसके दोनों हाथों में दो बालिकाओं के हाथ थमे थे। इनमें से एक कुत्ते का चेहरा पहने अमिता थी। सभी बालक अपने-अपने मुखौटे की बोली बोलते, उछलते-कूदते हिता के साथ चले जा रहे थे।

प्रासाद के द्वार के तोरण पर संध्या की मशालें जल चुकी थीं। द्वार के समीप पहुँच कर बालक द्वारपाल सैनिकों को डराने के लिए ऊँचे स्वर में जीवों की बोलियाँ बोलने लगे। अमिता भी कुत्ते की तरह भौंक रही थी। द्वारपाल भी हँसने लगे। सैनिकों ने द्वार के मुँदे हुए विशाल कपाटों की बगल में एक छोटी खिड़की बालकों के बाहर जाने के लिये खोल दी।

हिता के रोम-रोम से पसीना छूट रहा था। यदि कुछ पूछ लिया जाता तो उसके मुख से शब्द न निकल पाता। वह दाँतों से होंठ दबाये, महारानी और एक दूसरी बालिका के हाथ अपनी मुट्ठियों में दबाये, अनेक बोलियों का कोलाहल करते बालकों से घिरी हुई; उन्हें कुछ दूर छोड़ आने के लिये उनके समूह में प्रासाद के मुँदे द्वार से बाहर हो गयी।

प्रासाद के द्वार से कुछ ही दूर तोरण पर जलती मशालों के धुँधले प्रकाश में प्रासाद में जाने वाले बालकों को लेने आये दास, सेवक अथवा सम्बन्धी प्रतीक्षा में खड़े थे। वे बालकों के मुख छिपे होने के कारण उन्हें पहचान नहीं पा रहे थे, परन्तु बालक अपने-अपने मुखौटे की बोली बोलते और हँसते हुए अपने रक्षकों के हाथ थाम कर चल दिये।

हिता अमिता का हाथ अपनी मुट्ठी में लिये थी। उसके घुटने लड़खड़ा रहे थे। वह यथासम्भव शीघ्र गति से समीप की गली की ओर बढ़ती जा रही थी। उसे जान पड़ रहा था, वह स्वयं ही मृत्यु की खाई में कूद कर अतल की ओर गिरी जा रही है। अभी पीछे से प्रासाद के यूथप और दण्डक की ललकार सुनायी देगी और उनके हाथों के खड्ग उसकी पीठ में धँस कर पेट से सम्मुख निकल जायेंगे।

राजप्रासाद से लगभग सौ कदम जाकर हिता अमिता का हाथ पकड़ एक सँकरी गली में चली गयी। गली के अन्धकार और एकान्त में उसने महारानी के मुख पर बँधा कुत्ते

का मुखौटा उतार कर फेंक दिया। गली में कुछ दूर एक साधारण गृहस्थ के घर का द्वार खुला था। हिता अमिता को लिये घर के आँगन में चली गयी।

गृहस्वामी एक युवा स्त्री को अपनी बालिका का हाथ थामे, अपने घर में प्रवेश करते देख ललकारने लगा—"तू कौन है···क्या चाहती है, अरी कहाँ चली आ रही है? यहाँ शरणार्थियों के लिये स्थान नहीं है। यह धर्मशाला अथवा देवालय नहीं है। जाओ बाहर जाओ!"

"सावधान! ससम्मान सावधान!" हिता ने चेतावनी दी, "कलिंग की राजेश्वरी रात्रि में अपनी प्रजा की अवस्था देखने आयी हैं। संयत होकर पहचानो!"

गृहस्वामी कुछ क्षण के लिये काष्ठवत् स्तब्ध हो गया और फिर उसने क्षमायाचना के लिये महारानी को प्रणाम किया। गृहस्थ की पत्नी अलिंद में खाट पर बैठी गोद में लिये शिशु को दूध पिला रही थी। उसने भी शिशु के मुख से स्तन खींच शिशु को खाट पर रख दिया और आँगन में आँचल गले में डाल कर महारानी को दण्डवत् प्रणाम किया।

शिशु सहसा मुख से स्तन छीना जाने और खाट पर रख दिये जाने से चीत्कार कर रो पड़ा था। अमिता हिता का हाथ छोड़कर शिशु की ओर बढ़ गयी और उसे कौतूहल और ध्यान से देखने लगी और पुलक से पुकार उठी—"हितू देख, शिशु! कितना छोटा शिशु!"

अमिता को इतने छोटे शिशु को स्पर्श करने और देखने का अवसर कभी न मिला था। वह शिशु से खेलने लगी।

गृहस्थ तुरन्त जल का पात्र ले आया। उसकी पत्नी एक परात उठा लायी। वे खाट पर बैठी महारानी के चरण धोने लगे।

हिता ने महारानी की ओर से गृहस्थ से प्रश्न किया—"महामहिमामयी कलिंग की राजेश्वरी जानना चाहती हैं, प्रजा को कोई कष्ट तो नहीं है? प्रजा की कोई प्रार्थना है?"

गृहस्थ ने पुनः भूस्पर्श प्रणाम से उत्तर दिया—"अन्नदाता की कृपा से सब कुशलक्षेम है।"

अमिता रोते हुए छोटे शिशु को अपनी गोद में लेने के लिये आतुर हो गयी। हिता को भय था, अमिता के बाहु से शिशु गिर न पड़े। हिता ने शिशु को अपने हाथों में लेकर अमिता के हाथों से छुआ दिया और समझाया—"अम्मे महारानी, शिशु भूखा है। दूध के लिये रो रहा है। वह माता का दूध पियेगा। महारानी देखें।"

हिता ने शिशु को उसकी माँ की गोद में दे दिया। माता का स्तन मुख में पाकर शिशु मौन हो दूध पीने लगा। अमिता बहुत कौतूहल और विस्मय से उसी ओर नेत्र गड़ाये रही।

गृहस्थ की दूसरी सन्तान अमिता की ही आयु की बालिका थी। वह बालिका अलिन्द में एक ओर बैठी एक कटोरे में भुना हुआ अन्न खा रही थी। सहसा आगन्तुकों के आ जाने और अपने माता-पिता के सम्भ्रम से बालिका सहम गयी थी, परन्तु अमिता को अपने छोटे भाई से खेलते देखकर उसका भय दूर हो गया और वह खाट के समीप आकर अमिता के सुथरे सुचिक्कण केश और मुख देखने लगी।

अपनी समवयस्का बालिका को अपने समीप खड़ी देखकर अमिता ने उसे सम्बोधन किया—"तेरा नाम क्या है?"

बालिका ने उत्तर दिया—"माया।"

अमिता ने प्रश्न किया—"तेरे पास कैसी पुतली है, हम देखें।"

माया तुरन्त अलिंद के कोने से मिट्टी के दो खिलौने उठा लायी और बोली—"पुतली है और हाथी है।"

अमिता खाट से नीचे भूमि पर उतर आयी। दोनों बालिकाएँ तुरन्त सखी बनकर पुतली को हाथी पर बैठाने का खेल खेलने लगीं। गृहस्थ और उसकी पत्नी आदर से मौन बालिका महारानी का खेल देखते रहे।

× × ×

हिता बालकों को लेकर मुख्य द्वार के आँगन में चली गयी तो वापी चौतरे पर से उठी और उसने उद्दाल को सम्बोधन किया—"मामा, बालक चले गये। उठो न!"

गठिये के कारण उद्दाल के जानु में पीड़ा हो रही थी। उसने अपनी पीड़ा को शाप दिया और घुटनों को मल कमर पर हाथ रख कर उठा और मुख्य द्वार के आँगन की ओर जाती वापी से बोला—"उधर क्यों जा रही है! हितू महारानी को अन्तःपुर के आँगन में ही ले गयी होगी। सीधे सामने के द्वार से ही चल।" दोनों भीतर के द्वार से अन्तःपुर के आँगन की ओर चले गये।

बालिका महारानी के कक्ष में प्रकाश जल चुका था, परन्तु भीतर कोई न था। उद्दाल ने अलिंद में खड़ी प्रतिहारी यवनी की ओर देखा—"महारानी क्या प्रमद उद्यान की ओर गयी हैं।" और अनुमान कर लिया हिता महारानी को प्रमद उद्यान की बावड़ी पर ले गयी होगी। अमिता को बावड़ी के थिथले जलकुण्ड में खेलना बहुत प्रिय था। संध्या समय हिता वहाँ ही महारानी के हाथ-मुख धुला देती थी।

वापी ने स्थान के कक्ष में जाकर पोंछने का वस्त्र और अमिता के जूते ले लिये और उद्दाल के पीछ-पीछे प्रमद उद्यान की बावड़ी की ओर चल दी।

प्रमद उद्यान की बावड़ी पर कोई नहीं था।

वापी बोली—"महारानी सभा भवन में पुतलियों से खेलने गयी होंगी।"

वापी और उद्दाल श्लथ गति से अन्तःपुर और बाहर के आँगन के बीच के सभा भवन की ओर चल दिये। सभा भवन के अलिंद में प्रकाश था परन्तु भवन के भीतर अन्धकार।

उद्दाल के अलिंद में खड़ी यवनी से विस्मय में प्रश्न किया—"महारानी यहां नहीं आयीं, प्रमद उद्यान में भी नहीं हैं।"

यवनी ने विज्ञता से उत्तर दिया—"यहाँ ढूँढ़ रहे हो! जानते हो संध्या समय अन्तःपुर के पिछवाड़े बेला के झाड़ खिलते हैं। हिता पुतलियों के लिये मालाएँ गुँथवाने के लिये महारानी को और कहाँ ले जायेगी?"

उद्दाल और वापी फिर अन्तःपुर का आँगन लाँघ कर पिछवाड़े पहुँचे। अन्धकार में बेला की झाड़ियाँ श्यामल दिखायी दे रही थीं। उनमें नये खिले फूल आभाहीन थे। चारों ओर सुगन्ध फैल रही थी परन्तु हिता और अमिता वहाँ भी न थीं।

उद्दाल खीझ कर बोला—''तेरी चुड़ैल बिटिया हम बूढ़ों से भी आँखमिचौनी खेलने लगी। महारानी को लेकर जाने कहाँ छिप गयी है। घुटनों की इस पीड़ा के लिये मैं कहाँ तक भटकूँगा; तू ही उसे ढूँढ़। भण्डार घर की ओर निकल गयी होगी और क्या।''

उद्दाल और वापी बेला की झाड़ियों की ओर से अन्तःपुर के आँगन में लौटे। जहाँ-तहाँ खड़ी यवनियों से पूछते भण्डार घर की ओर गये। किसी ने भी महारानी और उनकी दासी को किसी ओर आते देखने की बात स्वीकार नहीं की। उद्दाल को हिता की बालिश क्रीड़ा पर बहुत क्रोध आ रहा था; ऐसी चंचलता भी क्या?

वापी ने सुझाया—''नगर का प्रकाश दिखाने छत पर ले गयी होगी।''

उद्दाल अलिंद में शिला पर बैठ गया और बोला—''मैं यहाँ बैठा हूँ तू छत पर जाकर लिवा ला।''

वापी ने महारानी और हिता को छत पर भी न पाया। उसका हृदय दहल गया। क्रोध भी आया—हाँ, ऐसी चंचलता और हँसी भी क्या! मन ही मन चिन्ता की, इधर कई दिन से लड़की की चंचलता तो शांत थी। वापी का हृदय धड़क रहा था, जाने कहाँ गयी, क्या हो गया है?

उद्दाल ने वापी से सुना, महारानी छत पर भी नहीं हैं तो वह आशंकित हो गया। वापी कंचुकी से भी अधिक व्याकुल हो रही थी। उद्दाल और वापी के आदेश और अनुरोध से अनेक यवनियाँ और कंचुकी मशाल लेकर महारानी और हिता को ढूँढ़ने लगे। कुछ ही पल में अन्तःपुर और बाहर आँगनों के सब कक्ष, अलिंद और उद्यान खोज डाले गये। सभी से महारानी को अन्तिम बार देखने का समय बार-बार पूछा गया। यवनियाँ, कंचुकी, सेवक और प्रहरी आशंकित हो गये। सभी सोच-सोच कर उत्तर देने लगे। एक बार कुछ कहते, दूसरी बार पूछा जाने पर आशंका से कुछ और उत्तर दे देते। निश्चिन्त रह जाना भी उनका अपराध था।

यवनियों कंचुकियों और दासियों ने महारानी को कुछ समय पूर्व इधर या उधर जाते देखना स्वीकार किया। अन्तःपुर की ड्योढ़ी के प्रहरी ने कहा, बालकों के खेल के पश्चात् महारानी और दासी हिता अन्तःपुर में चली गयी थीं। उन्हें फिर बाहर जाते नहीं देखा।

यवनियों, कंचुकियों और प्रहरियों के मुख पीले पड़ गये और हृदय धड़क रहे थे। सभी का अनुमान था, उनके अनजाने में सहसा कोई भयंकर दुर्घटना हो गयी थी। प्रासाद के सभी कुओं और बावड़ियों में, रस्सियों में बँधी मशालें उतार कर और दास-दासियों को उतार कर भी देखा गया।

वापी की आँखों से निरंतर अश्रुधाराएँ बह रही थीं। सब यवनियाँ, कंचुकी, सेवक और भीतर के प्रहरी सिंह से त्रस्त भेड़ों की भाँति उद्दाल और वापी को घेरे एक साथ खड़े थे। किसी को कोई उपाय या समाधान नहीं सूझ रहा था, क्या हुआ? क्या किया जाये?

विकट परिस्थिति की सूचना प्रासाद के कर्मान्ताधिष्ठायक सामन्त प्रताप को देना आवश्यक था। उद्दाल ऐसा समाचार सामन्त के सम्मुख ले जाने की अपेक्षा अपने पेट में कटारी भोंक कर प्राण दे देना चाहता था।

उद्दाल के मुख से शब्द निकलना भी कठिन था। उसने सभी यवनियों, कंचुकियों, सेवकों और प्रहरियों से एक बार फिर पूरे प्रासाद में उद्यानों, वृक्षों के नीचे और कुओं के

भीतर खोजने का आदेश दिया। एक बार फिर खोज हुई, परन्तु पूर्ववत् निष्फल। प्रायः दो घड़ी समय बीत गया, परन्तु प्रासाद के लोगों को जान पड़ रहा था वे महारानी को एक युग से खोज रहे हैं।

वापी मूर्च्छा से गिर पड़ी।

उद्दाल दोनों घुटनों पर कोहनियाँ रखे अपना सिर दोनों हाथों में लिये अनेक पल बैठा रहा और फिर आँखों में आँसू भर आने से मार्ग देखने में असमर्थ और हृदय तथा मस्तिष्क पर आघात से चलने में भी असमर्थ होने के कारण, एक दास के कंधे का सहारा लिये, अपनी मृत्यु का सामना करने के लिये साहस बटोर सामन्त प्रताप के आँगन की ओर चला।

युद्धकाल में सामन्त प्रताप केवल प्रासाद के ही प्रबन्ध में न लगा रहता था। दिन का अधिकांश समय प्रासाद से बाहर सैनिकों के संचय और उन्हें रणक्षेत्र की ओर भेजने के प्रबन्ध में भी सहयोग देता। वृद्धावस्था के कारण घोड़े पर बहुत समय तक दौड़ने-फिरने से सामन्त का शरीर अति श्रांत हो जाता था, अपने भवन में लौटने पर प्रायः एक घड़ी तक दासी उसका शरीर दबाती रहती थी तभी वह उठ सकने योग्य हो पाता था।

सामन्त की वृद्धा पत्नी आर्ये पृथा ने सुना, कंचुकी उद्दाल सामन्त के दर्शन के लिये प्रस्तुत है। सामन्त को नगर से लौटे प्रायः आधी ही घड़ी बीती थी। दासी सामन्त का शरीर दबा रही थी और सामन्त थकावट से औंघा गया था! आर्ये पृथा ने उद्विग्न होकर कह दिया—''कंचुकी अभी बाहर बैठे। आर्यपुत्र को भी कभी विश्राम की आवश्यकता होती है।''

सामन्त के दर्शन के अवसर से इन्कार सुनकर उद्दाल खड़ा न रह सका। आँगन में भूमि पर गिर पड़ा और ऊँचे स्वर में रो उठा—''हाय भगवती, महारानी!''

कंचुकी का विलाप सुनकर आर्ये पृथा का हृदय आशंका से दहल गया। उन्हें पति को नींद से उठाना ही पड़ा।

अश्रु बहाते हुए उद्दाल ने बालकों से क्रीड़ा करने के पश्चात् महारानी के प्रासाद में अदृश्य हो जाने का समाचार सामन्त को सुना दिया।

सामन्त विश्राम की मुद्रा में शरीर पर अपर्याप्त वस्त्र ही पहने था। वह उसी अवस्था में आँगन में निकल पड़ा। सामन्त ने सबसे पहले आदेश दिया कि दण्डक हिता की माता दासी वापी से रहस्य अवगत करे। उसने तत्काल चार प्रमुख ज्योतिषियों और तांत्रिकों को प्रस्तुत करने के लिए अश्वारोही भेजने का भी आदेश दिया।

वापी मूर्च्छित पड़ी थी। दण्डक के निर्देश से दो दास उसे उठाकर अनुशासन के आँगन में ले गये। उसे औषध सुँघाकर सचेत किया गया और यातना का भय दिखा कर रहस्य पूछा गया। यातना से विवश भी किया गया।

वापी पुनः मूर्च्छित हो गयी। उसे पुनः सचेत किया गया। सचेत हो जाने पर वह शपथों से विलख-विलख कर रो-रो कर कहती रही—मैं कुछ नहीं जानती। यातना से वह फिर बेसुध हो गयी।

सामन्त की आज्ञा में पुनः अनेक यवनियों, कंचुकियों, सेवकों और सैनिकों ने मशालें लेकर प्रासाद के सभी भागों, उद्यानों, कुओं; बावड़ियों को देख छाना। दासों और सैनिकों ने कुओं के जल के नीचे तल तक जाकर टटोला, परन्तु सब यत्न निष्फल रहे।

सामन्त सशस्त्र सैनिकों और मशालधारियों को लेकर प्रासाद के अन्तःपुर के गुप्त गुफा मार्ग के द्वार पर गया। गुप्त मार्ग के कक्ष के द्वार को उन्होंने मशालों के प्रकाश में ध्यान से देखा। कहीं कोई चिह्न नहीं था। वहाँ अंकित गुप्त चिह्न यथावत् थे। द्वार मकड़ी के जाले से भी ढँका हुआ था।

राजप्रासाद की सभी यवनियों, दासों, सेवकों और प्रहरियों को अन्तःपुर के आँगन में पंक्तियों में भूमि पर बैठा दिया गया। दण्डक के साथ कई यवन और हब्शी दास हाथों में कोड़े, जंजीरें और लकड़ियाँ लिये, अनेक सैनिक खड्ग और भाले लिये खड़े थे। यवनियों और दास-दासियों पर कोड़े पड़ रहे थे। उन्हें रहस्योद्घाटन के लिये मुक्ति और धन का लोभ दिया जा रहा था। आतंक और पीड़ा से मूढ़ हो चुके लोग जो कहा जाता उसी के लिये हामी भर लेते थे।

सामन्त गुप्त गुफा मार्ग के द्वार का निरीक्षण करके लौटा तो ज्योतिषी और तांत्रिक आ गये थे। सामन्त ने बालिका महारानी के कुशल तथा उपस्थिति के विषय में उनसे गणना करने के लिये अनुरोध किया। एक तांत्रिक समाधिस्थ होकर दिव्य दृष्टि से महारानी को देखने का यत्न करने लगा।

एक ज्योतिषी ने गणना द्वारा विचार प्रकट किया—''महारानी मित्र का रूप धरे शत्रु के वश में हैं। महारानी किसी चौपाये की सवारी पर नहीं गयीं। किसी मनुष्य के कन्धे अथवा बाँहों में गयी हैं। वे भित्ति में छिद्र के मार्ग से गयी हैं। जिस मार्ग से गयी हैं, उसी मार्ग से उनका लौटना सम्भव है । वे दक्षिण-पूर्वाभिमुख जा रही हैं। पूर्व में सागर है इसलिये जल-यात्रा का भी योग हो सकता है। वे परइच्छा के प्रभाव में हैं। वे प्रासाद की परिधि से बाहर हैं, परन्तु अपने राज्य की सीमा में हैं। शत्रु, महारानी द्वारा अपनी इच्छा पूर्ण कराने के लिये उन्हें ले गया है, परन्तु महारानी के ग्रह विजय के हैं। वे प्रसन्न और सकुशल लौटेंगी।''

सामन्त ने तुरन्त दस सशस्त्र सैनिकों को मशालें लेकर राजप्रासाद की प्राचीर में छिद्र देखने के लिये भेज दिया।

तांत्रिक ने विचार कर कहा—''महारानी को प्रासाद से शत्रु पक्ष के मंत्र बल ने प्रस्थापन क्रिया द्वारा सशरीर स्थानांतरित कर दिया है। मंत्र प्रयोगी मंत्र का प्रभाव शिथिल करेगा अथवा मंत्र द्वारा क्रिया की शान्ति की जायेगी तभी वे प्रासाद में लौटेंगी?''

सामन्त ने अधीर होकर प्रश्न किया—''गुरुवर, आकाश मार्ग से शरीर स्थानांतरित कर देने की प्रबल सिद्धि की शक्ति किस सिद्ध में है?''

तांत्रिक ने रहस्य के स्वर में उत्तर दिया—''मगध में महान् तांत्रिक सिद्ध हैं। क्या स्वयं कलिंग में महास्थविर जीवक को आकाश मार्ग से विचरण की सिद्धि नहीं है!''

सामन्त ने कातरता से प्रश्न किया—''गुरुवर उस मंत्र योग को शिथिल करने में असमर्थ हैं?''

तांत्रिक ने उत्तर दिया—''मैं नवम स्थान तक संचरण कर सकता हूँ, परन्तु आकाश विचरण और स्थानान्तर प्रस्थापन दशम-द्वार की क्रिया सिद्धि है। मुझे इस योग में एक वर्ष लगेगा।''

सामन्त ने पूछा—''महास्थविर जीवक इस मंत्र योग को शान्त करने की सामर्थ्य रखते हैं?''

तांत्रिक ने स्वीकार किया—''महास्थविर में ऐसा सामर्थ्य है।''

सामन्त ने विचार कर प्रश्न किया—''मंत्रयोग करने वाले का स्वयं अन्त हो जाने पर उसके मंत्र का प्रभाव भी समाप्त न हो जायेगा?''

तांत्रिक ने निषेध के संकेत से चेतावनी दी—''कदापि नहीं। यदि मंत्र योगी ने महारानी को पशु योनि का रूप दे दिया है, तो उस योग से महारानी को वह स्वयं ही मुक्त कर सकेगा।''

रात्रि का दूसरा पहर भी आधा बीत चुका था। सामन्त जलहीन मीन की भाँति असमर्थ तथा व्याकुलता अनुभव कर रहा था। महामात्य को तुरन्त संवाद देना उचित था परन्तु ऐसा संवाद आचार्य को देने की अपेक्षा वह स्वयं सूली पर चढ़ जाना ही श्रेयस्कर समझता। संवाद पाकर महामात्य क्या करेंगे? परन्तु यह उसका कर्तव्य था।

सामन्त तुरन्त दो अश्वारोही सैनिकों सहित अश्वारूढ़ हो अति वेग से महाविहार की ओर चल दिया। रात्रि में महाविहार द्वार के कपाट मुँदे हुए थे। कपाट खुलवाने में सामन्त को बहुत समय लग गया।

सामन्त ने महास्थविर के दर्शनार्थ प्रार्थना की। एक भिक्षु ने उन्हें मार्ग दिखाकर एक स्थविर के सम्मुख उपस्थित किया। सामन्त के सम्मुख उपस्थविर निद्रा से जाग कर आँख मल रहा था। सामन्त ने प्रार्थना की, महारानी के संकट में महास्थविर के आशीर्वाद की आवश्यकता है।

निद्रारक्त नेत्र मलते हुए स्थविर असंद ने प्रश्न किया—''सामन्त महारानी का कष्ट कहें।''

सामन्त ने उत्तर दिया—''भन्ते, वह रहस्य है।''

स्थविर असंद ने विचार कर उत्तर दिया—''सिद्ध महास्थविर इस अवश्य समाधि द्वारा आकाश मार्ग निशाचरण से स्थानान्तरण में हैं। विहार में उनका शरीर नहीं है।''

सामन्त मौन रह गया। उसे सन्देह हो गया, महास्थविर जीवक ही मंत्र के बल से उत्पात कर रहा है, परन्तु सामन्त प्रताप विवश था। महामात्य को संवाद पहुँचा देने के अतिरिक्त और मार्ग नहीं था।

× × ×

युद्धकाल के नियमानुसार रात्रि की पहली घड़ी के अन्त में भेरियों के गर्जन और नरसिंहे के शब्द सहित ललकार सुनायी दी—

''महामहिमामयी कलिंग की राजेश्वरी की जय हो! प्रजा और पौरजन सुनें। राज्य और नगर की रक्षा के लिये महारानी का आदेश है, एक घड़ी रात्रि से सूर्योदय पूर्व तक प्रजा और पौरजन अपने गृह-द्वार से बाहर न निकलें। नगर रक्षक और राजपुरुष संदिग्ध अवस्था में दिखाई दिये व्यक्ति पर प्रहार करेंगे। प्रजा जन संदेह-आशंका का कारण देखें तो कांसा बजा कर राजपुरुषों को संकेत करें।''

हिता ने बालिका महारानी की ओर से गृहस्थ को सम्बोधन किया—''परमभगवती राजेश्वरी प्रजा की अवस्था देखने के लिए अन्यत्र जायेंगी।''

हिता अमिता को गृहस्थ के घर से वीथी में ले आयी और उसका हाथ अपनी मुट्ठी में लिये पण्य की ओर चल दी। संकरी वीथी अंधियारी और निर्जन थी। हिता का हृदय काँप रहा था और पाँव लड़खड़ा रहे थे। साहस पाने के लिये वह अमिता को समझाने लगी—"अम्मे महारानी, धैर्य धरें। महारानी अम्मा के पास जा रही हैं। कोई जन अथवा राजपुरुष प्रश्न करेगा तो महारानी उत्तर देंगी—महारानी राजप्रासाद से अपनी प्रजा की अवस्था देखने आयी हैं।"

महासँकरी वीथी समाप्त कर हिता अमिता को लिये पण्य के मार्ग पर आ पहुँची। पण्य में दोनों ओर दुकानें बन्द थीं एक दुकान के सामने बैठा कुत्ता अपरिचित लोगों को देख कर जोर-जोर से भौंकने लगा। हिता विवश थी। कुत्ते को महारानी के प्रजा की अवस्था देखने जाने का कारण बता कर चुप नहीं कराया जा सकता था, वह अमिता को लेकर पूर्व दिशा की ओर जाने वाला मार्ग पकड़ने के लिये चलती गयी।

हिता को सामने और घूम कर देखने पर, पीछे भी कुछ दूर मार्ग पर चलती हुई मशालें दिखायी दीं। वह कुछ ही पग चल पायी थी कि ऊँचे कर्कश स्वर में ललकार सुनायी दी—"कौन है?···कौन है?" और एक सनसनाता हुआ बाण हिता के सिर पर से चला गया।

हिता भय से काँप उठी। उसने अमिता को रक्षा के लिये अपने शरीर की आड़ में ले लिया और एक मुँदी हुई दुकान के कपाट के काष्ठ के साथ लग कर खड़ी हो गयी और भय से थरथराते कंठ से ऊँचे स्वर सें पुकारा—"कलिंग की महारानी···।"

हिता अपना वाक्य पूरा नहीं कह पायी थी कि एक और बाण वेग से आकर उसके कंधे के ऊपर से दुकान के कपाट में गड़ गया।

हिता ने अमिता को अपने शरीर से चिपकाये शक्ति भर ऊँचे स्वर में पुकारा—"महारानी की जय हो! राजेश्वरी की जय हो! सावधान! परमभगवती की जय हो! ससम्मान सावधान।"

हिता ने देखा, मशालें और भाले उठाये कुछ सैनिक उनकी ओर चले आ रहे थे। सैनिकों की तीव्र गति के कारण उसकी मशालें पीछे की ओर उड़ रही थीं। सैनिकों ने उन्हें घेर लिया। सैनिकों के चेहरे पर सन्देह और विस्मय दिखाई दे रहा था।

हिता ने अमिता को अपनी ओट से सम्मुख कर सैनिकों को सम्बोधन किया—"सैनिक पहचानें! परमभगवती कलिंग की राजेश्वरी को पहचानें! प्रजा की माता महारानी संकट-काल में प्रजा की अवस्था देखने आयी हैं।"

सैनिकों ने बालिका महारानी की चँवरधारी दासी को पहचाना। सन्देहजनक परिस्थिति के कारण सैनिकों ने कुछ सम्भ्रम में भूस्पर्श से महारानी का जयघोष किया। सैनिक के नायक ने नतशिर हो प्रार्थना की—"परमभगवती राजेश्वरी का आदेश हो!"

अमिता ने हिता की बात का समर्थन किया—"हम नगर में प्रजा की अवस्था देखने आये हैं।"

नायक ने नतशिर हो पुनः विनय प्रदर्शन किया। उसके आदेश से दो लम्बे भालों में वस्त्र बाँध कर महारानी के लिये शिविका पीछे बना दी गयी। दो मशालधारी सैनिक शिविका के आगे और दो शिविका के पीछे हो गये। सैनिकों ने अपने खड्ग कोष से

खींच कर सम्मान में उठा लिये और शिविका को घेर कर चलने लगे। हिता महारानी के शरीर पर हाथ धरे शिविका के साथ-साथ चलने लगी।

हिता ने सैनिकों को महारानी का संदेश दिया—"महारानी श्रीष दुर्ग की दिशा में जायेंगी।"

महारानी की शिविका के सम्मुख जलती मशालों के प्रकाश में श्रीष दुर्ग का ऊँचा द्वार दिखायी दिया। दुर्ग द्वार के पट मुँदे हुए थे। द्वार की ओर से ललकार सुनायी दी—"कौन है? सावधान! आगे न बढ़ना!"

महारानी के साथ चलते सैनिकों ने हुंकार से उत्तर दिया—"कलिंग की महारानी की जय हो! ससम्मान सावधान? महारानी के लिये मार्ग दिया जाये!"

दुर्ग द्वार के दोनों ओर अश्वारोही सैनिक भाले उठाये और द्वार के सम्मुख भी कई सशस्त्र सैनिक खड्ग खींचे खड़े थे। द्वार के तोरण पर बैठे हुए सैनिकों ने धनुषों पर बाण चढ़ाकर प्रत्यंचाएँ खींच लीं। द्वार-रक्षक सैनिकों के नायक यूथप ने कुछ पग आगे बढ़कर गम्भीर स्वर में चेतावनी दी—"ठहरो, कौन है? महारानी की आज्ञा से दुर्ग के समीप जाने का निषेध है।"

हिता ने अपने साथ आये सैनिकों को आदेश दिया—"महारानी दुर्ग में प्रवेश कर राजमाता का दर्शन करेंगी।"

शिविका के साथ चलते सेनानायक ने धीमे स्वर में हिता से पूछा—"भगवती राजमाता तीर्थाटन से लौट आयी हैं?"

"राजमाता इस समय इसी दुर्ग में हैं। महारानी दुर्ग में प्रवेश करेंगी।" हिता ने उत्तर दिया।

सेनानायक ने दुर्ग की ओर चार पग बढ़कर उत्तर दिया—"परमभगवती महारानी दुर्ग में प्रवेश करेंगी। दुर्ग का द्वार खोला जाये।"

दुर्गरक्षक यूथप ने एक और पग आगे बढ़कर ललकारा—"दुर्ग में प्रवेश का निषेध है। दुर्ग का द्वार नहीं खुल सकता।"

इस अवज्ञा से महारानी को शिविका के साथ आये सेनानायक को क्रोध आ गया। उसका शरीर तत्परता की मुद्रा में तन गया। वह खड्ग उठाकर बोला—"कलिंग की राजेश्वरी का मार्ग कोई द्वार नहीं रोक सकता।"

दुर्गरक्षक यूथप ने उसी प्रकार उत्तर दिया—"राज्यादेश है, दुर्ग का द्वार नहीं खुलेगा।"

महारानी के साथ आये सेनानायक ने अपने खड्ग की मूठ को अपनी ढाल पर ठोंका। उसके अनुकरण में उसके सभी सैनिकों ने खड्गों की मूठें ढालों पर ठोंकी और उनके शरीर आक्रमण के लिये पिछले पंजों पर सिमटे हुए सिंहों की भाँति तन गये।

इस ललकार के साथ ही दुर्गरक्षक सैनिकों के खड्ग भी अपनी ढालों पर बज उठे। आकाश लोहे पर लोहा बजने की झंकार से झंकृत हो गया और उस झंकार को ऊँचे स्वर में भेदती हुई ललकारें सुनाई दीं—

"परमभगवती राजेश्वरी की जय!

"कलिंग की महारानी की जय!"

"यह क्या है? यह क्या हो रहा है?" शान्त स्वर में आकाशवाणी सुनायी दी।

सैनिकों के दोनों दलों के नेत्र दुर्ग शिखर की ओर उठ गये। सैनिकों ने विस्मय से देखा—दुर्ग के दूसरे तल्ले पर गवाक्ष खुल गया था। गवाक्ष के बाहर दीपक थामे एक हाथ दिखाई दे रहा था। दीपक के आलोक चक्र में राजमाता का चिंतित मुख था।

राजमाता के ओंठ हिले।

सैनिकों ने सुना—"रक्तपात नहीं होगा! हिंसा नहीं होगी! कलिंग के सैनिक कलिंग के सैनिकों का रक्तपात नहीं करेंगे।"

अमिता ने दीपक के प्रकाश से गवाक्ष में प्रकट मुख को पहचाना। वह दोनों बाहु गवाक्ष की ओर उठा कर पुकार उठी—

"अम्मा! अम्मा! अम्मा!"

अमिता की शिविका के चारों ओर खड़े हुए सैनिकों ने अपने खड्ग उठाकर ऊँचे स्वर में जयघोष किया—

"कलिंग की महारानी की जय!"

दुर्गरक्षक यूथप ने अपना खड्ग नीचा कर लिया और आगे बढ़कर महारानी के साथ आये सैनिकों के नायक को सम्बोधन किया—"सेनानायक कुछ क्षण प्रतीक्षा करें। आचार्य महामात्य से आदेश लेना होगा।"

रक्षक यूथप ने एक अश्वारोही द्वारपाल का अश्व ले लिया और वह अश्व अंधकार में लोप हो गया।

× × ×

अशोक की अमित सेना कलिंग के सैनिकों को रणक्षेत्र में गिराती और पीछे धकेलती हुई कलिंग की राजधानी से केवल दो योजन पर आ पहुँची थी। अब कलिंग की सेना अडिग चट्टान की भाँति जम गयी थी। महामात्य नगर से प्रतिदिन और भी सैनिक भेजते जा रहे थे। कलिंग की सेना की पंक्तियों में सैनिकों के गिर जाने से जो स्थान रिक्त होता वहाँ नये सैनिक आ जाते।

अशोक को अपने चरों से समाचार मिला था कि कलिंग की सेना की संख्या क्षीण हो चुकी है। उनके अंतिम सैन्य दल ही मोर्चे पर डटे हैं। अशोक की सेना का बल असीम था। मगध के विशाल साम्राज्य के सभी भागों से एकत्र नाना वेशधारी और नाना प्रकार की भाषाओं में ललकारने वाले सैनिक कलिंग की सेना पर टूट-टूट पड़ते थे। कलिंग के शेष रह गये तीस सहस्र सैनिकों को दिन और रात्रि अपलक युद्ध करते एक सप्ताह बीत गया था। उनके धनुषों की प्रत्यंचायें टूट जाने पर दूसरी प्रत्यंचा बाँध लेने या तूणीर में बाण समाप्त हो जाने पर दूसरा तूणीर कंधे पर बाँध लेने अथवा भाला या खड्ग टूट जाने पर दूसरा शस्त्र ले लेने का भी समय न मिलता था। कलिंग के श्रांत सैनिक मगध के असंख्य सैनिकों का संहार कर उनके नीचे उसी भाँति दबते जा रहे थे जैसे जंगल में आँधी के समय महावृक्षों के गिरने पर कोमल पौधे कुचल जाते हैं।

कलिंग के महासेनापति की दृढ़ता से क्षुब्ध होकर सम्राट् अशोक ने अपने सेनापतियों को आदेश दिया था—आक्रमण दिन और रात अविराम चले। कलिंग के शेष सैन्य दल को क्षण भर का भी विश्राम न मिले।

अशोक ने प्रतिज्ञा कर ली थी कि वह विश्राम के लिये स्वयं भी रण-गज से नहीं उतरेगा। कलिंग के राजप्रासाद में पहुँच कर शय्या पर विश्राम करेगा।

कलिंग के महासेनापति भद्रकीर्ति ने पराजय स्वीकार न की और न पीछे हटे। अपनी सेना के भिन्न-भिन्न भागों में शीघ्र से शीघ्र पहुँच सकने के लिये उन्होंने सुविधा और सुरक्षा की सवारी हाथी का हौदा छोड़कर घोड़े की पीठ पर ही आसन जमा लिया था। उनके लिये दिवा तथा प्रकाश-अंधकार का भेद नहीं रहा था। सवारी का घोड़ा थक कर शिथिल हो जाता तो वह घोड़ा बदल देते, परन्तु स्वयं विश्राम न करते।

कलिंग के महासेनापति आर्य भद्रकीर्ति सूर्यास्त के दो घड़ी पश्चात् तक युद्ध करते-करते मगध की सेना के सम्मुख घोड़े से गिर पड़े और मूर्च्छित हो गये। मगध का सेनापति हाथी की पीठ से सैन्य संचालन कर रहा था। उसके आदेश से मगध के सैनिकों ने आर्य भद्रकीर्ति को तुरन्त दबा लिया और लोहे की साँकलों से बाँध लिया। मगध के सेनापति ने आर्य भद्रकीर्ति को मगध के सैन्यदल के पीछे हाथी पर से युद्ध का निरीक्षण करते मगध सम्राट के सम्मुख उपस्थित किया।

आर्य भद्रकीर्ति के मुख पर जल छिड़का जाने और औषध सुँघायी जाने से उनकी मूर्छा टूटी। उन्होंने अपना शरीर लोहे की साँकलों से बँधा पाया। उनके चारों ओर अनेक मशालों का प्रकाश था। अनेक हाथी और घोड़े वृत्ताकार खड़े थे। कई हाथियों पर और नीचे भूमि पर भी चारों ओर कई मशालें जल रही थीं। हाथियों और घोड़ों पर मगध के सशस्त्र सेनानायक, यूथप और सामन्त थे। इस बड़े वृत्त के मध्य में विशाल दन्ती पर हौदे में मगध सम्राट अशोक, स्वर्ण-सज्जित कवच और शिरस्त्राण पहने उनकी ओर तीव्र दृष्टि से देख रहा था। अशोक का वाहन विशाल गज भी लोहे की महीन साँकलों के कवच से ढँका था और उसे मगध के सशस्त्र अश्वारोही सैनिक घेरे हुए थे। महासेनापति भद्रकीर्ति का मस्तक पीड़ा से फट रहा था परन्तु उन्होंने अशोक के नेत्रों की ओर निर्भय दृष्टि से देखा।

कलिंग के सेनापति से नेत्र मिलने पर सम्राट अशोक ने अपने समीप दूसरे गज पर आरूढ़ मगध के महासेनापति को सम्बोधन किया—"महाबलाधिकृत आर्य रुद्रप्रताप, अब युद्ध की क्या अवस्था है?"

मगध के महाबलाधिकृत रुद्रप्रताप ने नतशिर हो उत्तर दिया—"सम्पूर्ण पृथ्वी के स्वामी, परमभागवत मगध सम्राट की जय हो! सम्राट की अजेय सेना ने कलिंग के अवरोध को पदाक्रांत कर दिया है। कलिंग के स्त्री-शासित राज्य का दुस्साहसी सेनापति पराजित होकर परमभागवत मगध सम्राट के चरणों में उपस्थित है। कलिंग की सेना-छिन्न-भिन्न हो चुकी है। सम्राट के लिये कलिंग नगर तक कलिंग के सैनिकों के शवों से बिछा हुआ मार्ग प्रस्तुत है। सम्राट आदेश दें।"

अशोक ने कलिंग के सेनापति की ओर देखा—"कलिंग के सेनापति ने स्त्री-शासित राज्य की रक्षा बहुत साहस और वीरता से की है। हम उनकी वीरता की श्लाघा करते हैं परन्तु सम्राट अशोक वीरों को अपनी आज्ञा और सेवा में ही देखकर प्रसन्न होता है, अपने विरोध में नहीं। कलिंग में सम्राट की अधीनता का विरोध करने का दंड पाया। अधीनता स्वीकार करने पर सम्राट युद्ध के नियमों के अनुसार कलिंग को अभयदान देंगे। सम्राट की अवज्ञा और विरोध वीरता नहीं अपराध है। कलिंग का सेनापति अपनी रानी को

सम्राट की अधीनता स्वीकार करने का सन्देश भेजे तो सम्राट कलिंग के सेनापति, कलिंग की सेना और नगर को अभयदान देंगे।''

कलिंग के सेनापति ने अपना मस्तक ऊँचा उठाकर उत्तर दिया—''कलिंग के सेनापति ने पराजय स्वीकार नहीं किया है। वह रणक्षेत्र में आहत हुआ है। वह रण में खेत रह सकता है, परन्तु पराजय स्वीकार नहीं करेगा। कलिंग की देवरक्षित परमभगवती राजेश्वरी अजेय हैं। कलिंग राज्य का शरीर क्षत-विक्षत हो जाने पर भी उसकी आत्मा अपनी स्वतंत्रता की रक्षा करेगी। कलिंग की प्रजा का सिर आततायी के सम्मुख नहीं झुक सकता।''

सम्राट अशोक ने कलिंग के सेनापति की ओर से मुख फेर लिया और मगध के महाबलाधिकृत को आदेश दिया—''महाबलाधिकृत, सैन्य दल कलिंग नगर पर अधिकार करे। नगर की प्रजा का धन मगध की सेना के लिए पुरस्कार हो। राजप्रासाद को घेरकर कलिंग की रानी को बन्दी बनाया जाये।''

सम्राट का अभिप्राय समझ कर लोहे की साँकलों में बँधे कलिंग के महासेनापति को सम्राट के सामने से हटा दिया गया।

× × ×

वह रात्रि कलिंग के लिये महान संकट की थी। मध्याह्न से पूर्व ही महामात्य को समाचर मिला था कि कलिंग की सेना पतग पत्तन पर भी शत्रु को नहीं रोक सकी थी। मगध की सेना के ब्यूह से बचने और राजधानी से सम्पर्क सुरक्षित करने के लिये आर्य भद्रकीर्ति अपनी सेना को राजधानी से दो योजन के अन्तर पर एक उपत्यका में हटा ले आये थे। महामात्य ने अप्रत्याशित आवश्यकताओं के लिये नगर में केवल दस सहस्र सेना रख कर शेष सब सेना महासेनापति की सहायता के लिये भेज दी थी। महाविहार के प्रति अपनी विरक्ति को दमन कर उन्होंने महास्थविर जीवक के पास भी संदेश भेजा कि राज्यरक्षा निमित्त महारानी को नगर के प्रत्येक व्यक्ति की आवश्यकता है। विहार के एक सहस्र भिक्षु राजधानी की विपत्ति में सहयोग दें। मध्याह्न पश्चात् रणक्षेत्र से आये समाचारों से उन्हें निश्चय हो गया कि शत्रु का अवरोध सम्भव न था।

अपराह्न में रणक्षेत्र से चले दूत ने संध्या पश्चात् राजधानी में पहुँच कर महामात्य को और भी चिंताजनक समाचार दिया था। आचार्य डेढ़ पहर रात बीतने पर भी अपने अत्यन्त विश्वासपात्र तथा योग्य तीन सेनापतियों से परामर्श कर रहे थे। एक लाख सैनिक रणक्षेत्र में बलिदान करके भी चंड अशोक का अवरोध सफल न हुआ था। केवल दस सहस्र को लेकर क्या सम्भव था।

आचार्य ने सोचा : नगर और दस सहस्र सैनिकों को भी ध्वंस कर देने और स्वयं ध्वंस हो जाने से कलिंग की राजसत्ता की रक्षा न हो सकेगी। उनका प्रयोजन आत्मबलिदान मात्र नहीं, कलिंग की राजसत्ता और स्वतन्त्रता की रक्षा था।

महामात्य का विचार था कि शेष सेना कलिंग की बालिका राजेश्वरी और राजमाता को लेकर दक्षिण ओर की पर्वत श्रेणियों और वनों में चली जाये। कलिंग के राजवंश के बीज की रक्षा की जाये। जब तक राजा जीवित है, राज्य का अन्त नहीं होता। जब तक पराजय स्वीकार न की जाये स्वतन्त्रता का अधिकार बना रहता है। जब तक कलिंग का एक भी सैनिक जीवित है, कलिंग पराजय स्वीकार नहीं करेगा। कलिंग की भूमि के कणों

में कलिंग के वनों के पत्तों में, कलिंग की वायु में कलिंग की राजसत्ता जीवित रहेगी और फिर प्रत्यक्ष मूर्त रूप ग्रहण करेगी। वे विश्वासपात्र सेनापतियों से परामर्श कर रहे थे कि जब तक आर्य भद्रकीर्ति मगध की सेना को रोके हैं, नगर को आतंकित किये बिना वे बालिका महारानी, राजमाता और सेना को नगर से निकाल ले जायें।

चरम संकट के समय महामात्य की हवेली की सुव्यवस्था और नियम शिथिल हो गये थे। आचार्य ने अधिकांश दासों और सेवकों को शस्त्र देकर सैनिक बना दिया था। अब प्रत्येक द्वार पर प्रहरी अथवा कंचुकी न थे। संवाद लाने वाले दूतों को एक-एक करके क्रमशः प्रस्तुत नहीं किया जाता था। आँगन के द्वार खुले देख दूत संवाद के महत्व के विचार से स्वयं ही भीतर चले जाते थे। आचार्य सेनापतियों से गुप्त परामर्श के समय भी दूतों को संकेत से समीप बुलाकर संवाद सुन लेते थे।

नगर के एक गुप्तचर ने समाचार दिया—शत्रु का सैन्यदल राजधानी के समीप आ पहुँचने के त्रास से महाविहार के अनेक भिक्षु नगर त्याग कर गये हैं और शेष भिक्षु परित्राण दिवासेना का पाठ करने बैठ गये हैं। महास्थविर जीवक दैवी शक्ति के चमत्कार द्वारा रक्षा के लिये समाधिस्थ हो गये हैं।

महामात्य ने समाचार सुनकर चर को चले जाने का संकेत कर दिया।

दूत के कक्ष से निकल पाने से पूर्व ही सामन्त प्रताप ने प्रवेश किया। सामंत के घुटने श्रान्ति और उद्वेग से काँप रहे थे। वे स्वेद से लथपथ थे। वह आचार्य को प्रणाम कर खड़े न रह सके। सिर झुकाये भूमि पर बैठ गये।

प्रताप ने लज्जा और परिताप के कारण मुख को दोनों हाथों से ढँककर आचार्य की अनुमति की प्रतीक्षा किये बिना ही निवेदन किया—"स्वामी, सेवक जिस दण्ड के योग्य हो, दिया जाये। महारानी प्रासाद में नहीं हैं।"

आचार्य की ग्रीवा सहसा सीधी हो गई, मुख से निकला—"महारानी प्रासाद में नहीं हैं! ···महारानी कहाँ हैं?"

सामन्त प्रताप ने ग्रीवा झुकाये उत्तर दिया—"महारानी प्रासाद में नहीं हैं। प्रासाद का कोना-कोना और वृक्ष-वृक्ष छान लिया गया है। बावड़ी, कूप तड़ागों में भी खोजकर देख लिया गया है। महारानी और दासी हिता सूर्यास्त के एक घड़ी पश्चात् तक प्रासाद में थीं इसके पश्चात् नहीं हैं। किसी संदिग्ध जन ने प्रासाद में प्रवेश नहीं किया।"

आचार्य के माथे पर भृकुटी गहरी हो गयी। उन्होंने प्रश्न किया—"दासी हिता भी नहीं है?"

सामन्त ने ग्रीवा झुकाये स्वीकार किया—"दासी भी नहीं है। सेवक की बुद्धि असमर्थ है। ज्योतिषी ने गणित किया है, महारानी शत्रु के प्रभाव से प्राचीर में छिद्र से गयी हैं। प्राचीर में कहीं छिद्र नहीं है। प्रासाद के द्वार दो पक्ष से नहीं खुले हैं। तांत्रिक का विचार है, महारानी मंत्रबल द्वारा प्रस्थापन क्रिया के प्रयोग से आकाश मार्ग द्वारा स्थानान्तरित हुई हैं। वे मंत्र के प्रभाव में हैं···।"

आचार्य ने तीक्ष्ण स्वर में टोक दिया—"दासी हिता भी मंत्र बल द्वारा प्रस्थापन क्रिया से स्थानान्तरित हुई है? शत्रु के लिये दासी का क्या महत्त्व है? प्राचीर में छिद्र नहीं हैं। प्रासाद के द्वार दो पक्ष से नहीं खुले हैं। प्रासाद में सैनिकों का और तुम्हारा आवागमन भी आकाश मार्ग से होता है।"

सामन्त ने नेत्र आचार्य की ओर उठाकर क्षीण स्वर में उत्तर दिया—''स्वामी प्रासाद का द्वार नहीं खुलता। द्वार के बाहु में क्षुद्र उपद्वार ही खुलता है।''

''उपद्वार ही छिद्र है।'' आचार्य क्रोध से बोले, ''यह छल है। यह दासी का छल है। यह दासी को वश कर लेने वाले का छल है। संध्या से तीन घड़ी तक सामन्त कहाँ था? तत्काल समाचार क्यों नहीं दिया? क्या नगर में भी खोज की गयी है? नगरपाल ने…।''

कक्ष के द्वार पर द्रुत पदों की आहट सुनकर आचार्य मुख का वाक्य पूरा नहीं कर पाये। कक्ष के द्वार पर श्रीष दुर्ग का रक्षक यूथप पदांक, अत्यन्त विक्षिप्त अवस्था में अभिवादन में सिर झुकाये खड़ा था।

आचार्य ने ऊँचे स्वर में प्रश्न किया—''क्या राजमाता भी श्रीष दुर्ग में नहीं हैं?''

पदांक ने करबद्ध हो उत्तर दिया—''स्वामी, अभयदान मिले। भगवती राजमाता दुर्ग में हैं। परमभगवती राजेश्वरी सैनिकों के एक दल सहित दुर्ग द्वार पर उपस्थित हैं। महारानी का दुर्ग में प्रवेश का आग्रह है।''

महामात्य उत्तेजना में तख्त से उठकर भूमि पर खड़े हो गये। उनके मुख से निकला—''महारानी सैनिकों के दल सहित दुर्ग-द्वार पर उपस्थित हैं!'' विश्वास से फिर प्रश्न किया, सैनिकों का दल, कैसे सैनिक? किन सैनिकों का दल?''

यूथप पदांक ने उत्तर दिया—''स्वामी, महारानी की सेवा में कलिंग के सैनिकों का, नगर रक्षक सैनिकों का दल है। महारानी राजमाता के दर्शन के लिये दुर्ग में प्रवेश का आग्रह कर रही हैं।''

आचार्य ने सामन्त प्रताप की ओर दृष्टि निक्षेप कर यूथप पदांक से प्रश्न किया—''महारानी दुर्ग तक कैसे आयी हैं।''

पदांक ने उत्तर दिया—''स्वामी, महारानी राजकीय शिविका पर नहीं सैनिकों के कंधों पर हैं।''

आचार्य की भृकुटी गहरी हो गयी—''क्या बालिका महारानी अकेली प्रासाद से आयी हैं?''

यूथप ने उत्तर दिया—''स्वामी, केवल चंवरधारी दासी साथ है। स्वामी, राजमाता ने कोलाहल सुनकर दुर्ग के दूसरे तल के गवाक्ष से आदेश दिया है, रक्तपात न हो। कलिंग के सैनिक रक्तपात न करें।''

आचार्य ने नेत्र मूँदकर दो पल विचार कर सामन्त प्रताप को सम्बोधन किया—''समझे, यह इस दासी का छल है। सामन्त तुरन्त श्रीष दुर्ग जायें।''

आचार्य की दृष्टि पदांक की ओर गयी—''महारानी और राजमाता को तुरन्त प्रासाद में पहुँचाया जाये। दो स्थानों की अपेक्षा एक स्थान की ही रक्षा की जाये।''

आचार्य के समीप पीढ़ी पर बैठा सेनापति सोमनाथ सम्भ्रम बोल उठा—''भगवन् आज्ञा दें!''

आचार्य ने सोमनाथ की ओर देखा।

सेनापति ने निवेदन किया—''भगवन्, भगवती महारानी के समीप ऐसी छलिया दासी की उपस्थिति सदा भय का कारण होगी।''

आचार्य की दृष्टि सामन्त प्रताप की ओर गयी। सामन्त के नेत्रों में रक्त भर आया था। उसने उत्तर दिया—"स्वामी अनुमति दें, छलिया दासी का सिर दुर्ग के द्वार पर ही गिरेगा।"

आचार्य ने दाहिने हाथ के अँगूठे और मध्यमा से दोनों कनपटियों को दबा कर पल भर विचार किया—"अभी दासी का वध न किया जाये। छल दंडनीय है परन्तु···दासी शत्रु की दूती नहीं है।··· वह महारानी को सिंहद्वार की ओर न ले जाकर श्रीष दुर्ग क्यों ले गयी!···दासी शत्रु की दूती नहीं, है तो संकटकाल में उसकी बुद्धि उपयोगी होगी। स्वामिभक्त बुद्धिमान दास सबसे बड़ा धन है। दास का अपना विरोधी स्वार्थ न होने से उसकी बुद्धि स्वामी का धन होती है। दासी का प्रयोजन जाना जाये। यदि वह शत्रु की दूती नहीं है तो सामन्त महारानी की रक्षा के लिये उसका उपयोग करें। उसकी इच्छा पूर्ण करना अनुचित हो तो सूर्योदय पश्चात् अनुमति लेकर उसका वध किया जाये। सामन्त महारानी, राजमाता, चँवरधारी दासी और दस विश्वस्त दासी और दस कंचुकियों सहित गुफा मार्ग से प्रासाद छोड़ने के लिये प्रति क्षण सन्नद्ध रहें।"

आचार्य ने सेनापतियों से परामर्श करने के लिये दृष्टि दूसरी ओर कर ली।

सामन्त प्रताप और पदांक सिर झुकाकर आदेश पालन के लिये चले गये।

●

अमिता की करनी

राजमाता मध्य रात्रि में श्रीष दुर्ग से शिविका में राजप्रासाद लौटीं तो बालिका महारानी उनकी गोद में थी। अमिता ने नौ मास से अधिक समय पश्चात् माता को पाया था। इतनी रात्रि बीत जाने पर भी बालिका की आँखों में नींद नहीं आयी। उसने माँ को अपनी सभी पुतलियाँ दिखायीं, हिता द्वारा सिखाये पुतलियों के नये-नये खेल बताये। बभ्रु की उच्छृंखलताएँ भी बतायीं। तब भी माँ के गले से बाँहें हटा लेने के लिये उसका मन न चाहा।

राजमाता ने बेटी को निद्रा के लिये अपनी गोद में ही लिटा लिया। उनका रोम-रोम बेटी के स्नेह की तृप्ति ग्रहण कर रहा था। वे समाधि की अवस्था से पृथ्वी पर उतर आयी थीं, परन्तु समाधि की अवस्था से भी अधिक तन्मय थीं। वे घड़ी भर अपने आशीष के हाथ बेटी के शरीर पर रखे मौन बैठी रहीं। बेटी निद्रा में बेसुध हो गयी तो उसे हिता को सौंप दिया। तथागत ने चमत्कार से उन्हें बन्धनमुक्त किया था। वे भगवान के प्रति कृतज्ञता में ध्यानमग्न हो गयीं।

सामन्त प्रताप और यूथप पदांक शैथिल्य की कोई सम्भावना न रहने देने के लिये महारानी के शयनकक्ष के सम्मुख आँगन में स्वयं उपस्थित थे। एक प्रयोजन यह भी था कि महारानी पर्यंक पर निद्रागत हो जायें तो महामात्य के आदेशानुसार छलिया दासी हिता की समस्या का निपटारा किया जाये। दासी के अनुशासन के लिये आँगन में बधिक, कुलिश और काष्ठ लिये सामन्त के आदेश की प्रतीक्षा में बैठा था।

सामन्त प्रताप और पदांक ने प्रासाद में पहुँचते ही दास-दासियों को भय और लोभ दिखाकर हिता के रहस्य के सम्बन्ध में प्रश्न किये थे। वे मोद के प्रति हिता के अनुराग का रहस्य जान गये थे। वापी को भी यह रहस्य स्वीकार करना पड़ा था। वे परस्पर धीमे स्वर में तर्क-वितर्क कर रहे थे—

दासी महारानी को लेकर द्वार अथवा बिट्ठल के गृह-द्वार पर नहीं गयी; श्रीष दुर्ग के द्वार पर पहुँची। उसका क्या अभिप्राय अथवा स्वार्थ सम्भव था?…राजमाता के प्रति अनुराग अथवा कुछ अन्य? कलाकार दास के श्रीष दुर्ग में होने की आशा थी?…वह क्या शत्रु की दूती है?

श्रीष दुर्ग से राजमाता और महारानी को शिविका में लेकर राजप्रासाद पहुँचने के पश्चात् हिता राजमाता की सेवा में उपस्थित थी। अपनी माँ के सम्बन्ध में कुछ जानने का अवसर उसे न मिला था। निद्रागत अमिता को उसके शयनकक्ष में लाकर और पर्यंक पर सुला कर हिता ने कक्ष की व्यजन दासी के कान से मुख लगाकर पूछा—"मेरी माँ कहाँ है?"

व्यजन दासी ने मौन संकेत से अज्ञान प्रकट करने के लिये हाथ हिला दिया। दासी सामन्त के क्रोध की भाजन वापी के विषय में क्या समाचार दे सकती थी।

हिता अलिंद में खड़ी यवनी से माँ के विषय में जानने के लिये अलिंद में गयी। सहसा दो यवनियों ने उसे बाँहों से धर लिया और मौन रहने का संकेत कर दूसरे आँगन में ले गयीं।

आँगन में अन्धकार था। मुख को काले वस्त्र से ढके हुए एक व्यक्ति हिता के सम्मुख आ गया। हिता भय से सिहर उठी। उसने सहायता के लिये अपनी दोनों बाँहों को धरे यवनियों की ओर देखा। यवनियाँ अदृश्य हो गयी थीं। काले वस्त्र से मुख ढँके व्यक्ति का धीमा कोमल स्वर सुनायी दिया—"चतुरा दासी धैर्य रखे। मगध के दूत के लिये क्या संदेश है? प्रासाद में मगध के सैनिक प्रस्तुत हैं।"

हिता की चीख निकल गयी—"छल?"

हिता दूसरी बार चीख न सकी। एक कटार उसके होंठों से आ लगी। जानु लड़खड़ा जाने से वह भूमि पर गिर पड़ती परन्तु उसे चार हाथों ने थाम लिया। हिता भय के कारण बहुत जोर से हाँफ रही थी। उसे अपने मुख पर जल के छींटे अनुभव हुए।

"हितू, हितू धैर्य!" उसने उद्दाल का परिचित स्वर सुना।

दूसरे कान में सुनायी दिया—"धैर्य, दासी धैर्य, यह परीक्षा थी। धैर्य!" यह सामन्त प्रताप का स्वर था।

हिता ने नेत्र मूँद लिये। उसने सुना—"सच-सच कह दे, तूने महारानी को प्रासाद से बाहर ले जाने का छल क्यों किया था?"

हिता श्वास के वेग के कारण प्रश्न सुन न सकी थी। मुख से शब्द निकलना भी सम्भव न था। उसके हृदय की धड़कन समीप खड़े लोगों को सुनायी दे रही थी। उद्दाल ने हिता के होंठों से जल का पात्र लगा दिया। हिता ने कुछ घूँट जल पी लिया। उसे आँगन में भूमि पर लिटा दिया गया। उसकी आँखें मुँदी थीं। उसे जान पड़ा, कोई उसे पंखे से वातास दे रहा था।

लगभग आधी घड़ी हिता उसी अवस्था में भूमि पर पड़ी रही। आँखें खोलने पर उसे समीप बैठे उद्दाल का मुख दिखायी दिया। उद्दाल ने फिर वही प्रश्न किया—"सच कह दे, तूने महारानी को प्रासाद से बाहर ले जाने का छल क्यों किया था?"

हिता ने गर्दन झुकाकर पल भर सोचा और क्षीण स्वर में उत्तर दिया—"महारानी माता के लिए बहुत व्याकुल थीं।⋯महारानी कल रात्रि स्वप्न में माता को याद कर रो रही थीं⋯ ।"

"दासी, राजमाता और आचार्य महामात्य तेरी स्वामिभक्ति से प्रसन्न हैं। तू जो वर चाहे माँग!" हिता ने घूमकर देखा, सामन्त प्रताप उसकी पीठ पीछे खड़ा सम्बोधन कर रहा था।

हिता ने तुरन्त उठकर सामन्त के सामने अपना सिर भूमि पर रख दिया।

सामन्त ने पुनः कहा—"दासी मनचाहा वर माँगे!"

हिता ने भूमि पर सिर रखे ही निवेदन किया—"भगवती महारानी दीर्घायु हों। राजमाता सकुशल रहें। स्वामी का मंगल हो!"

सामन्त बोला—"तू कलाकार दास मोद को पाना चाहती है। मोद जहाँ भी हो, राज-रक्षा से सकुशल लौटेगा। तू उसे पायेगी, यह राज्यादेश है। यह संकटकाल है। दासी, तू महारानी और महामात्य की विश्वासपात्र है। तू निद्रा और आलस्य त्यागकर निष्पलक सजग रहकर प्रतिक्षण महारानी की सेवा में प्रस्तुत रहेगी। सन्देश पाते ही तू महारानी और राजमाता को लेकर प्रासाद से प्रस्थान करेगी? अन्त समय तक तू इस रहस्य की रक्षा करेगी।"

सामन्त के वचन सुनकर हिता के मस्तिष्क और शरीर की सम्पूर्ण क्लांति और श्रांति दूर हो गयी।

× × ×

गत रात्रि राजप्रासाद में कोई विश्राम न पा सका था। मध्य रात्रि में महारानी के प्रासाद में लौट आने के पश्चात् ही व्याकुलता और व्यग्रता का शमन हो सका था। तब भी दास-दासियाँ, यवनियाँ, कंचुकी, सेवक और प्रहरी, सामन्त प्रताप और पदांक के बार-बार इधर-उधर आने-जाने के कारण निश्चिन्त न हो सके थे। उस व्यग्रता में ही आकाश में प्रभात की धवलिमा छाने लगी थी। दास-दासियाँ और सेवक शरीरों में भरी निद्रा और थकान के कारण जमुहाइयों को वश कर अपने नियमित कार्यों के लिये तत्पर हो रहे थे। उनके शरीरों में भरे शैथिल्य और थकावट की चिंता न कर सूर्य की किरणें चारों ओर फैल गयीं।

अमिता बहुत विलम्ब से निद्रागत के कारण दिन का पहला पहर हो जाने पर भी शय्या पर निद्रा में अचेत पड़ी थी। हिता निष्पलक और सजग पर्यंक के समीप खड़ी थी। उसे चिंता थी, महारानी की निद्रा पूर्ण हो सके, महारानी को प्रतिक्षण यात्रा के लिये प्रस्तुत रखना है।

बालिका महारानी की निद्रा दूसरा पहर लगने पर टूटी। हिता तुरन्त उसका मुँह-हाथ धुला कर वस्त्र पहना देने का उपक्रम करने लगी। अमिता पुकार उठी—"हम पहले अम्मा के पास जायेंगे। पहले अम्मा को देखेंगे!"

अमिता राजमाता के कक्ष की ओर दौड़ चली। अपने कक्ष में धर्मग्रन्थ पाठ में मग्न माता से आशीर्वाद पाकर और उनके हाथ से पवित्र जल का आचमन लेकर ही अमिता ने मुख धुलवाना स्वीकार किया।

माता के लौट आने के उत्साह में अमिता हिता के वश में भी कठिनता से आ रही थी। हिता को चिन्ता थी, महारानी गुफा-मार्ग के कक्ष के समीप ही आँगन में खेलें, परन्तु बालिका को हिता का अनुरोध दुलख कर मनमानी करने से ही सन्तोष हो रहा था।

धाँय! धाँय धाँय!

सहसा नगर से विचित्र भयावह गम्भीर नाद सुनायी पड़ा। मानो नगाड़े गला घुट जाने के कारण कराह उठे हों। कुछ पल पश्चात् यह नाद बार-बार सुनायी देने लगा। उस शब्द से आतंक, अशुभ और आशंका की सिहरन रक्त में दौड़ जाती थी। हृदय मुँह को आ जाता था। प्रासाद के दास दासी इस अपरिचित अशुभ नाद का अभिप्राय जानने के लिये प्रासाद की छत पर चढ़ कर देखने लगे।

नगर के पथों, चौराहों पर कपड़े से ढँके नगाड़ों पर बार-बार तीन चोटें दी जा रही थीं। मार्गों पर और पण्यों में लोग अपनी-अपनी गठड़ी-मुठड़ी लिये चले जाते दिखायी दे रहे थे।

मोटे वस्त्रों से ढँके नगाड़ों पर विशृंखलित चोटों का शब्द नगर की भूमि के रुद्ध हाहाकार के समान जान पड़ रहा था। शब्द की दारुणता ही उसका अभिप्राय कह रही थी—

प्राण रक्षा के लिये भागो! शत्रु नगर में प्रवेश कर रहा है।

प्रासाद के दास-दासियों के हृदय विचलित होकर हाथ-पाँव शिथिल हो रहे थे। जो दास-दासी प्रासाद में अधिकार और आदर पाये हुए थे, वे चिन्तित और भयभीत थे। वे समझ गये, स्वामी के लिये प्राण देने का अवसर आ गया है। जिन दासों का उपयोग बोल सकने वाले दो पाँव के पशुओं की भाँति होता आया था, वे भी चिन्तित और भयभीत थे—जाने भाग्य में क्या बदा है? उनके लिये भाग जाने का भी अवसर नहीं था। भय से उनके अंग शिथिल हो गये थे। वे भय की प्रतीक्षा में भित्तियों का सहारा लेकर बैठ गये थे।

एक सेनापति ने दो सौ सशस्त्र सैनिकों सहित प्रासाद में प्रवेश किया और राजमाता के कक्ष में निवेदन के लिये प्रस्तुत हुआ। सामन्त प्रताप ने पूर्व शिविकाओं और वाहकों को प्रासाद के लिये गुफा मार्ग के समीप पहुँच जाने का आदेश दे दिया।

सूर्योदय के समय आचार्य महामात्य को रणक्षेत्र से सन्देश मिला था कि महासेनापति भद्रकीर्ति मगध की सेना के अवरोध के प्रयत्न में लगभग मध्य रात्रि में धराशायी हो गये थे। सेनापति दिगनाथ अब भी युद्ध कर रहा था।

महामात्य जानते थे दिगनाथ मगध की सेना को अधिक समय तक नहीं रोक सकेगा। एक दिन पूर्व ही उन्होंने दस सहस्र सैनिक दक्षिणापथ की ओर भेज दिये थे कि दक्षिणापथ दुर्ग को महारानी के लिये सुरक्षित रखें।

महामात्य ने अपने विश्वस्त सेनापति सोमनाथ को तुरन्त दो सौ सैनिक लेकर प्रासाद में भेज दिया कि विलम्ब किए बिना महारानी और राजमाता को शिविकाओं में लेकर गुफा मार्ग से वनों से चले जायें और वन मार्ग से दक्षिणापथ दुर्ग में शरण लें। वे स्वयं एक सहस्र सैनिक लेकर दक्षिणापथ के मार्ग की रक्षा के लिये राजधानी से चल दिये थे।

सेनापति सोमनाथ अन्तःपुर में आकर राजमाता के कक्ष के द्वार पर उपस्थित हुआ। उसने भूस्पर्श से अभिवादन कर राजमाता के सम्मुख महामात्य का सन्देश निवेदन किया।

महारानी ने विचार में नेत्र मूँद लिये। कुछ क्षण मौन रह कर उन्होंने सोमनाथ को धीमे और स्थिर स्वर में आश्वासन दिया—"सेनापति धैर्य रखो! भय-अभय मनुष्य के मन की अवस्था से होता है, रक्षक केवल भगवान है। वे चाहेंगे तभी दक्षिणापथ में रक्षा हो सकेगी। भगवान की कृपा से यहाँ भी रक्षा हो सकेगी। महामात्य के शस्त्र और सैनिक रक्षा नहीं कर सकते। रक्षा महास्थविर जीवक के सिद्धि चमत्कार और भगवान की कृपा से होगी। सेनापति तुरन्त महाविहार में महास्थविर के सम्मुख प्रार्थना करें, उपासिका दर्शन की कृपा चाहती है। हम महास्थविर के आदेश की प्रतीक्षा में हैं।"

सेनापति सोमनाथ को दुविधा में देखकर राजमाता बोलीं—''सेनापति धैर्य रखें हम भय का उपाय कर रहे हैं।''

सोमनाथ ने नतशिर, करबद्ध हो निवेदन किया—''परमभगवती राजमाता का आदेश और धर्मनिष्ठा शिरोधार्य है, परन्तु परिस्थिति विकट है। महामात्य दक्षिणापथ की ओर प्रस्थान कर चुके हैं। शत्रु के मार्ग में अब कोई अवरोध शेष नहीं है। किसी भी पल शत्रु के नगर प्रवेश की आशंका है।''

राजमाता को सोमनाथ का विरोध अप्रिय लगा। उन्होंने दृढ़ता से आदेश दिया—''सेनापति भगवान महास्थविर की सेवा में संदेश ले जायें। उपासिका गुरु भगवान से आदेश पाये बिना नगर से प्रस्थान नहीं करेगी।''

सोमनाथ विवश होकर राजमाता के कक्ष से आँगन में आया। उसने चार अश्वारोही सैनिकों को आदेश दिया—एक अश्व महास्थविर के वाहन के लिये साथ लेकर चौकड़ी भरते हुए महाविहार जाय और महास्थविर को अश्व पर राजप्रासाद में ले आये।

सेनापति सोमनाथ विवश होकर अन्तःपुर के द्वार पर प्रतीक्षा में खड़ा था। महारानी और राजमाता के आसन्न शत्रु के हाथ पड़ जाने की आशंका में उसका हृदय डूबा जा रहा था।

सभा भवन में पुतलियों से खेलते-खेलते अमिता को पुनः माता की याद आ गयी। उसने आग्रह किया—''हम अम्मा के पास जायेंगे।'' और राजमाता के आँगन की ओर दौड़ चली।

राजमाता नेत्र मूँदे समाधि में बैठी बुद्धवचन का पाठ कर रही थी। अमिता उनसे जा लिपटी। राजमाता ने पाठ में विघ्न न पड़ने देने के लिये बेटी के स्पर्श से उमड़ते स्नेह पुलक को वश कर गम्भीरता से आशीर्वाद दिया—''तेरा कल्याण हो, धर्म में तेरी अटूट श्रद्धा हो, भगवान तेरी रक्षा करें।'' और आदेश दिया, ''जाओ बेटी आँगन में खेलो !''

राजमाता पुनः नेत्र मूँद वचन पाठ करती हुई महास्थविर के उत्तर की प्रतीक्षा करने लगीं।

अमिता ने राजमाता के कक्ष से अपने आँगन की ओर आते हुए अलिंदों और आँगन में अनेक सशस्त्र सैनिक देखकर हिता ने प्रश्न किया—''हितू, आज यहाँ इतने सैनिक क्यों हैं?''

हिता और उद्दाल के हृदय आसन्न भय की आशंका से काँप रहे थे। दोनों ही सामन्त के आदेश के अनुसार महारानी को अपनी बाँहों की पहुँच से दूर नहीं होने दे रहे थे। बालिका महारानी को त्रस्त करना उचित न था।

हिता ने उत्तर दिया—''अम्मे भगवती, सैनिक महारानी और राजमाता को प्रणाम करने आये हैं।''

अमिता की दृष्टि झूले की ओर चली गयी। अलिंद से कक्ष के पिछवाड़े आम के वृक्ष से एक झूला लटक रहा था। अमिता ने आग्रह किया—''हम झूला झूलेंगे।''

हिता और उद्दाल ने महारानी को सुरक्षित स्थान में रखने के लिये अपने कक्ष में अथवा सभा भवन में पुतली से ही खेलने का सुझाव दिया, परन्तु बालिका के आग्रह से विवश होकर उसे झूले की ओर ले गये।

चरम संकट और भय के उस क्षण में राजप्रासाद में कई घटनायें एक साथ हो रही थीं।

अमिता शरत के मध्याह्न की सुहावनी धूप में पावस का गीत गाती हुई झूला झूल रही थी।

राजप्रासाद में आतंक भर गया था। आतंक से विक्षिप्त दास सूप बभ्रु को आहार देना भूल गया था। बभ्रु भी सब ओर भय और आतंक सूँघ रहा था। वह अपनी पूरी शक्ति से खूँटे को उखाड़ कर जंजीर को भूमि पर घसीटता हुआ अमिता को खोज कर उसके समीप आ पहुँचा था और उसकी रक्षा के लिये सतर्क बैठ गया था।

राजमाता अडिग विश्वास से वचन पाठ करती हुई महास्थविर जीवक द्वारा भगवान के चमत्कार की रक्षा पाने की प्रतीक्षा कर रही थीं।

सेनापति सोमनाथ अन्तःपुर के द्वार पर अत्यन्त विकलता से महास्थविर जीवक को लाने के लिए महाविहार की ओर गये सैनिकों के लौटने की प्रतीक्षा कर रहा था। उसका हृदय विह्वल था कि इस विलम्ब के कारण शत्रु से लड़ते हुए प्राण देकर भी वह राजमाता और महारानी की रक्षा नहीं कर सकेगा। सहसा उसे नरसिंहों और नगाड़ों का तुमुल शब्द सुनायी दिया।

इन नरसिंहों और नगाड़ों का शब्द कलिंग के नरसिंहे और नगाड़े से भिन्न था। सोमनाथ ने अनुमान कर लिया कि मगध की सेना नगर में प्रवेश कर रही है। सेनापति के लिये अब और प्रतीक्षा करना असम्भव था, परन्तु महास्थविर जीवक को लेने गये सैनिक अभी लौटे न थे।

सोमनाथ ने पुनः राजमाता के कक्ष द्वार पर उपस्थित होकर प्रार्थना की—''परमभगवती, अब प्रतीक्षा के लिये समय नहीं है।''

वचन पाठ में मौन समाधिस्थ, नेत्र मूँदे राजमाता ने न उत्तर दिया, न वे सेनापति की ओर अभिमुख हुईं।

सेनापति ने पुनः अधिक ऊँचे स्वर में प्रार्थना की।

महारानी पूर्ववत् मौन और निरपेक्ष रहीं।

सोमनाथ ने तीसरी बार और ऊँचे स्वर में प्रार्थना की। इस बार राजमाता ने मंत्र समाप्त कर, भगवान को प्रणाम कर, सेनापति की ओर ध्यान दिया।

सेनापति ने अति अनुनय से प्रार्थना की—''भगवती राजमाता, शत्रु नगर में प्रवेश का तूर्य बजा चुका है। उसे मार्ग में कोई बाधा नहीं। वह राजप्रासाद की ओर ही आ रहा है। गुफा मार्ग पर शिविका प्रस्तुत है। भगवती शिविका की ओर पधारने की कृपा करें।''

राजमाता ने प्रश्न किया—''गुरु भगवान आये?''

सेनापति ने उत्तर दिया—''चार सैनिक महास्थविर के लिये अश्व लेकर गये थे। अभी तक नहीं आये।''

राजमाता ने उत्तर दिया—''उपासिका भगवान गुरु की अनुमति के बिना प्रासाद त्याग नहीं करेगी।'' राजमाता ने नेत्र मूँद लिये।

सेनापति को अनुभव हुआ उसके पाँव तले धरती फट गयी थी और वह अतल में गिरता चला जा रहा था परन्तु वह निरुपाय था। इस स्थिति का उपाय करने के लिये सोमनाथ ने आंगन में आकर साथ आये सैनिकों को आदेश दिया :—

"एक अश्वारोही तुरन्त जाकर देखे, महाविहार में गये अश्वारोही क्यों नहीं लौटे। पचास धनुर्धारी सैनिक तुरन्त प्रासाद की छत पर जाकर शरसंधान करें। एक सौ सैनिक अन्तःपुर को घेर कर रक्षा करें। पचास सैनिक गुफा-मार्ग की रक्षा करें।"

जिस समय सेनापति सोमनाथ प्रासाद में अंतिम आमरण संग्राम की तैयारी कर रहा था, अमिता की दृष्टि आकाश की ओर गयी। उसे दिखायी दिया—अति समीप काले-काले बादलों के समूह आकाश की ओर उठ रहे थे और उन बादलों के बीच में लाल लपटों जैसी निःशब्द बिजलियां लपक रही थीं।

अमिता ने विस्मय से पूछ लिया—"हितू आकाश में वह क्या है?"

आकाश की ओर विराट परिमाण में उमड़ता धुआँ और लाली देख कर हिता, वापी और कंचुकी सिहर उठे। नगर की ओर से एक अस्पष्ट आर्त हृदय द्रावक कोलाहल सुनायी दे रहा था।

उद्दाल ने बालिका को रक्षार्थ कक्ष के भीतर ले जाने के लिये निवेदन किया—"भगवती महारानी, भयंकर संकट सिर पर है। शत्रु ने नगर में आग लगा दी है। महारानी रक्षा के लिये कक्ष में चलें।"

अमिता ने उद्दाल की बात नहीं सुनी। बालिका का ध्यान वृद्ध की चेतावनी की अपेक्षा आकाश में उठते हुए धुएँ और लाली ने ही आकर्षित किया। वह किलक कर बोली—"मामा, हम प्रासाद की छत पर जाकर देखेंगे। अहा, कितना सुन्दर है। हम छत पर जाकर देखेंगे।" अमिता प्रासाद की छत पर जाने के लिये चौड़ी सीढ़ियों की ओर दौड़ चली।

हिता, वापी और उद्दाल बालिका महारानी के पीछे-पीछे, उसे पुकारते हुए दौड़े—"नहीं-नहीं! अम्मे महारानी ऐसा न करें! प्रासाद की छत पर न जायें।"

बभ्रु बालिका स्वामिनी और उसके पीछे अन्य लोगों को दौड़ते देखकर, दौड़कर अमिता के साथ हो गया। अमिता अपने सेवकों की चेतावनी की उपेक्षा कर कहती जा रही थी—"हम छत पर जायेंगे। हम छत पर से देखेंगे।"

अमिता सीढ़ियों पर पहुँची तो बभ्रु लपक कर उससे भी आगे-आगे अपने गले की जंजीर सीढ़ियों में घसीटता हुआ छत की ओर चढ़ चला। बभ्रु के पीछे-पीछे अमिता और अमिता के पीछे हिता, अपनी बाँहें महारानी की ओर फैलाये दौड़ी जा रही थी। हिता के पीछे वापी और उद्दाल शरीर की पीड़ाओं को भुला कर सीढ़ियों पर चले जा रहे थे।

ठीक उसी समय महास्थविर को संदेश देने भेजे गये चारों अश्वारोही अपने अश्व बाहर आँगन में छोड़ कर अन्तःपुर में आये। सोमनाथ सैनिकों की ओर बढ़कर पुकार उठा—"महास्थविर कहाँ हैं?"

सबसे आगे आते सैनिक ने उत्तर दिया—"स्वामी, महास्थविर प्रातः ही नगर त्याग कर चले गये।"

सोमनाथ चारों सैनिकों को लेकर दौड़ता हुआ पुनः महारानी के कक्ष के द्वार पर उपस्थित हुआ। वह शीघ्रता से भूस्पर्श कर, बहुत ऊँचे स्वर से पुकार उठा—''परमभगवती, अब विलम्ब न करें। महास्थविर की सेवा में संदेश लेकर गये यह सैनिक संवाद लाये हैं, महास्थविर नगर का त्याग कर गये हैं। वे नगर में नहीं हैं।''

सोमनाथ का कथन सुनकर राजमाता के मुख पर से दृढ़ता का भाव जाता रहा। उन्होंने संवाद लाने वाले सैनिकों की ओर जिज्ञासा से देखा। सैनिक ने भूमि स्पर्श कर अभयदान के लिये प्रार्थना की और निवेदन किया—

''महाविहार के सभी स्थानों को देखा गया है। अधिकांश भिक्षु महाविहार त्याग गये हैं। एक अत्यन्त वृद्ध, कातर भिक्षु ने विलाप करते हुए समाचार दिया कि महास्थविर प्रातः ही पीला चीवर त्याग, एक कौपीन मात्र धारण कर शरीर पर भभूत रमा कर औघट वेश में विहार से प्रस्थान कर गये हैं।''

सैनिक ने बताया—''नगर शत्रु के सैन्यदल से भर गया है। शत्रु नागरिकों की सम्पदा बलात् हरण करके घर जला रहा है। शत्रु का अश्वारोही दल राजपथ से उनके पीछे-पीछे ही प्रासाद की ओर चला आ रहा था। शत्रु अश्वारोहियों के पीछे हाथियों का दल है। वे इस समय प्रासाद के द्वार से दूर नहीं होंगे।''

संवाद सुनकर महारानी ने पल भर के लिये नेत्र मूँद कर निश्वास लेकर सेनापति सोमनाथ को सम्बोधित किया—''सेनापति बेटी अमिता, बालिका महारानी की रक्षा करें।''

सोमनाथ ने राजमाता के आदेश की स्वीकृति के संकेत में नतशिर हो सैनिकों को आदेश दिया—''परमभगवती महारानी तुरन्त दासी हिता और कंचुकी उद्दाल सहित गुफा मार्ग के कक्ष में पधारें। गुफा मार्ग पर शिविकायें प्रस्तुत हैं।''

सैनिक बालिका महारानी के कक्ष की ओर दौड़ पड़े।

सोमनाथ ने राजमाता को सम्बोधन किया—''सेवक परमभगवती को गुफा द्वार का मार्ग दिखाना है, पधारें।''

राजमाता सेनापति के दिखाये मार्ग से सीढ़ियाँ उतरने लगीं।

सेनापति सोमनाथ के आदेश से चारों सैनिक महारानी को गुफा के द्वार पर लाने के लिये अन्तःपुर के आँगन से जा रहे थे। उन्हें राजप्रासाद के मुख द्वार से रण हुंकारें सुनायी दीं।

''कलिंग की राजेश्वरी की जय!''

''देवप्रिय मगध सम्राट की जय!''

धातु की ढालों पर खड्ग और भाले पड़ने की झंकारें गूँज उठीं। महारानी के कक्ष के सम्मुख यवनी अब भी कर्तव्य की तत्परता में खड्ग लिये खड़ी थीं। यवनी ने सैनिकों को बताया—''बालिका महारानी कौतूहल से प्रासाद की छत पर दौड़ गयी हैं।''

सैनिक महारानी को लाने के लिये प्रासाद की छत की ओर दौड़ पड़े।

बभ्रु अमिता से पहले छत पर पहुँच गया था। वहाँ बहुत से अपरिचित सशस्त्र सैनिकों को धनुषों पर बाण चढ़ाये देखकर वह आशंका में जोर से भौंकने लगा। अमिता

छत पर पहुँची तो बभ्रु बालिका की रक्षा के लिये उसके चारों ओर घूम-घूम कर भौंकने लगा।

अमिता ने ऊँची छत पर आकर देखा—नगर में अनेक स्थानों पर धुएँ के काले बादल और अग्नि की गगन-चुम्बी लपटें उठ रही थीं। नगर का आकाश, काष्ठ, वस्त्र और अन्न के जलने की चरचरी गंधों और भयातुर चीत्कारों से भरा हुआ था। नगर के पथों और वीथियों पर अनेक नर-नारी अपनी गठड़ी-मुठड़ी उठाये इधर-उधर भाग रहे थे। दूसरे लोग हाथों में भाले और खड्ग लिये भागते लोगों का पीछा कर उनकी गठड़ी-मुठड़ी छीन कर उन्हें मार.कर भूमि पर गिरा रहे थे।

अमिता इस दारुण दृश्य से व्याकुल हो गयी। वह पुकार उठी—"वहाँ क्या हो रहा है? यह कौन लोगों से छीन रहे हैं? यह कौन लोगों को मार रहे हैं?"

सोमनाथ की आज्ञा से महारानी को खोजते हुए चारों सैनिक भी प्रासाद की छत पर पहुँच गये। बभ्रु सशस्त्र सैनिकों को महारानी के समीप आते देखकर सामने ही उन्हें दूर रखने के लिये भौंकने लगा।

सैनिकों ने महारानी के आदर में भू स्पर्श कर, हाँफते हुए कंचुकी उद्दाल और हिता को सम्बोधन किया—"महा भय! शत्रु प्रासाद के आँगन में पहुँच गया है। सेनापति का आदेश है, महारानी रक्षा के लिये तुरन्त गुह्य-मार्ग के कक्ष में पधारें!"

अमिता ने सैनिकों की ओर ध्यान न देकर उद्दाल को फिर सम्बोधन किया—"मामा, यह कौन प्रजा से छीन रहे हैं? यह कौन प्रजा को डरा रहे हैं? यह कौन प्रजा को मार रहे हैं?"

कंचुकी ने उत्तर दिया—"परमभगवती, महा भय है। अम्मे भगवती, तुरन्त नीचे कक्ष में चलें।"

अमिता ने मचल कर आग्रह किया—"नहीं। बताओ यह कौन प्रजा से छीन रहे हैं ? यह कौन प्रजा को मार रहे हैं?"

कंचुकी ने उत्तर दिया—"परमभगवती, चंड अशोक महारानी की प्रजा से छीन रहा है, प्रजा को डरा रहा है, प्रजा को मार रहा है। अम्मे महारानी, दुष्ट अशोक शिशुओं के प्रति निर्दय है। वह शिशुओं की हत्या करता है। महारानी तुरन्त गर्भ कक्ष में चलें। राजमाता महारानी को···।"

महारानी ने अस्वीकृति में अलकें छिटका कर आग्रह किया—"नहीं, नहीं, दुष्ट अशोक को बाँध लो! वह किसी से क्यों छीनता है? किसी को क्यों डराता है, किसी को क्यों मारता है?"

कंचुकी ने महारानी को गोद में उठा लेने के लिये बाँहों में समटते हुए समझाया—"अम्मे महारानी, गर्भ कक्ष में पधारें। अशोक राक्षस के समान क्रूर है। उसे कोई नहीं बाँध सकता।"

प्रासाद की छत पर खड़े सैनिकों ने देखा कि शत्रु सैनिक अन्तःपुर के द्वार से भी भीतर घुसने का यत्न कर रहे थे। पुकार उठी—"महारानी शीघ्र, अति शीघ्र पधारें।"

अमिता ने कंचुकी की बाँहों से हट कर हठ किया—"क्यों नहीं बाँध सकता? आचार्य काका कहाँ हैं? महासेनापति काका कहाँ हैं?"

घबराते हुए सैनिकों ने उत्तर किया—"परमभगवती, कलिंग की सेना परास्त हो गयी है। आचार्य महामात्य रणक्षेत्र में हैं।" महासेनापति रणक्षेत्र में मारे गये। वे जीवित नहीं हैं।"

भयभीत स्वर में अमिता में पूछा—"काका को किसने मारा?"

कंचुकी ने समझाया—"महारानी, उन्हें दुष्ट अशोक ने मारा। महारानी शीघ्र गर्भ कक्ष में पधारें। राजमाता पुकार रही हैं।"

अलिंद से गुफा मार्ग की ओर जाती हुई राजमाता अन्तःपुर के द्वार पर शत्रु और प्रासाद के सैनिकों की भिड़न्त के कोलाहल से आतंकित होकर पुकारने लगीं—"शीघ्र लाओ। बेटी को शीघ्र लाओ।"

अन्तःपुर के आँगन में खड़े सैनिक भी महारानी को प्रासाद की छत पर देखकर राजमाता के अनुकरण में पुकारने लगे—"परमभगवती तुरन्त ही पधारें।"

प्रासाद की छत पर खड़ी अमिता किसी की गोद में न जाने का हठ कर रही थी। बभ्रु अमिता की रक्षा के लिये क्रोध में भौंक-भौंक कर उसके चारों ओर चक्कर लगा रहा था। बभ्रु के कारण सैनिक बालिका को स्पर्श करने में असमर्थ थे।

अमिता हठ से मचल कर पुकार रही थी—"नहीं, नहीं, हम दुष्ट अशोक को बाँधेंगे। हितू, बभ्रु की जंजीर हमें दो! हम चंड अशोक को बाँधेंगे।"

नीचे अन्तःपुर के द्वार पर दोनों ओर के सैनिकों में भयंकर संघर्ष हो रहा था। शत्रु के सैनिकों की संख्या बढ़ती जा रही थी। हिता ने अन्य कोई उपाय न देखकर महारानी को सन्तुष्ट कर, सीढ़ियों से नीचे ले जाने के लिये कुत्ते को पुकार कर, उसके गले की जंजीर खोलकर अमिता के हाथ में दे दी और कातर स्वर में अनुरोध किया—"अम्मे महारानी, दासी की गोद में नीचे चलें।"

अमिता ने हिता की गोद में आना भी स्वीकार न किया।

नीचे आँगन में सोमनाथ की पुकार सुनायी दी—"महारानी तुरन्त पधारें!"

छत पर खड़े हुए सैनिकों को सेनापति की पुकार का उत्तर देना पड़ा—"महारानी न आने का हठ किये हैं। महारानी जंजीर लेकर अशोक को बाँधने के लिये जाना चाहती हैं।"

मगध के सैनिकों ने अन्तःपुर के आँगन में प्रवेश कर लिया था। मगध सैनिकों के सबसे पहले दल के साथ सेनापति गोपाल था। अशोक ने उसे कलिंग के राजप्रासाद पर अधिकार करने के लिये भेजा था। गोपाल ने प्रासाद की छत से आती पुकार सुनी :

"....महारानी जंजीर लेकर अशोक को बाँधने जा रही हैं।"

गोपाल को अपने कानों पर विश्वास न हुआ परन्तु उसके कानों ने फिर प्रासाद की छत पर से कलिंग के सैनिकों को पुकारते सुना—"महारानी जंजीर लेकर अशोक को बाँधने जा रही हैं।"

मगध सेनापति गोपाल सतर्क हो गया। वह अपने सैनिकों को द्वार पर छोड़ उल्टे पाँव लौट पड़ा। राजप्रासाद के द्वार पर लौट कर गोपाल ने देखा, अनेक सशस्त्र सामन्तों से घिरा सम्राट अशोक का विशाल गज नगर के सिंहद्वार से राजप्रासाद के द्वार तक आ

पहुँचा था। सम्राट के प्रासाद में प्रवेश के लिये राजप्रासाद के हाथी को प्रासाद के मुख्य द्वार पर बैठाया जा रहा था।

सेनापति गोपाल ने सम्राट के हाथी के सामने आदर से सिर झुका कर सम्राट को प्रतीक्षा का संकेत करने के लिये दोनों हाथ उठा दिये और आतंकित स्वर में कहा—"सम्राट अभयदान दें। प्रासाद में भय है। सम्राट प्रतीक्षा करें।"

सम्राट अशोक के माथे पर बल पड़ गये। उसने क्षुब्ध स्वर में प्रश्न किया—"अजेय सम्राट अशोक के लिये भय है?"

भयभीत सेनापति ने नतशिर हो संकोच से उत्तर दिया—"महिमामय सम्राट कलिंग की उन्मन्त रानी सम्राट को बाँधने के लिये जंजीर लेकर आ रही हैं।"

अशोक ने विद्रूप और तिरस्कार के स्वर में प्रश्न किया—"क्या अभी कलिंग की रानी का अहंकार शेष है? अजेय अशोक ऐसी दुस्साहसी रानी का दर्प अपने पाँव तले रौंद कर चूर्ण करेगा।"

सम्राट ने हाथी से उतरने के लिये भूमि की ओर देखा। छोटी सीढ़ी लेकर साथ चलने वाले पार्श्व रक्षक सैनिक ने तुरन्त सीढ़ी हाथी के शरीर से लगा दी।

शंका से विह्वल सेनापति ने पुनः निवेदन किया—'महिमामय देवानांप्रिय सम्राट, कलिंग की शस्त्र-शक्ति चूर्ण हो चुकी है, परन्तु प्रेत शक्ति⋯तंत्र शक्ति⋯"

अशोक क्रोध में दाँत पीस कर बोला—"अजेय अशोक मनुष्य, देव अथवा प्रेत किसी से आशंकित नहीं है।" उसने हाथी से उतर कर आदेश दिया, "मार्ग दिखाया जाय।"

अशोक के सैनिकों ने नरसिंहे और भेरी बजाकर सम्राट के प्रासाद में प्रवेश कर जयघोष किया।

अशोक ने खड्ग खींच कर अपने अंगरक्षक सामन्तों सहित राजप्रासाद के द्वार में प्रवेश किया और अन्तःपुर की ओर बढ़ गया।

अमिता सैनिकों, कंचुकी अथवा हिता की भी गोद में जाना अस्वीकार कर बभ्रु की जंजीर हाथों में लिये अपने पाँव सीढ़ियाँ उतर कर नीचे आँगन में पहुँची। सीढ़ी के सामने अलिंद में सोमनाथ और राजमाता प्रतीक्षा में आतुर खड़े थे। सेनापति ने हिता को गोद में उठाकर गुफा मार्ग की ओर ले जाने का प्रयत्न किया। अमिता निषेध में हठ से सिर हिलाती हुई भाग कर चिल्ला उठी—"नहीं, नहीं, हम दुष्ट अशोक को जंजीर में बाँधेंगे। वह बभ्रु की भाँति दुष्ट है, हम उसे बाँधेंगे!"

प्रासाद के द्वार पर मगध के नरसिंहे और भेरी के बजने का स्वर और उनके साथ ही मगध के सैनिकों का जयघोष सुनायी दिया—"देवानांप्रिय मगध सम्राट की जय!"

महारानी बालिका के अतिरिक्त सभी लोगों के हृदय स्तब्ध रह गये। कलिंग और मगध के शेष बचे, युद्धरत सैनिकों के शस्त्र उठाये हाथ रुक गये।

अमिता हाथ में कुत्ते की जंजीर लिये अन्तःपुर से बाहर आँगन के द्वार की ओर दौड़ी जा रही थी। उसके पीछे लोहे की जंजीर से मुक्त परन्तु स्नेह की जंजीर में बँधा बभ्रु भी बालिका स्वामिनी की रक्षा के लिये तत्पर, शत्रु को सूँघता, सहस्रों खड्गों की भी चिन्ता न कर चला जा रहा था।

हिता भी विवश पुकारती चली आ रही थी—"अम्मे महारानी, उधर नहीं, उधर नहीं···!"

सोमनाथ शत्रु के हाथ से महारानी की रक्षा कर पाने के लिये अन्त समय तक पुकार रहा था—"भगवती राजेश्वरी को तुरन्त अंक में उठाकर उधर लाया जाये।"

राजमाता पुकार रही थीं—"बेटी! अमिता! अम्मे···!"

अन्तःपुर के द्वार से कवच और शिरस्त्राणधारी चार मगध सामन्तों ने प्रवेश किया और उनके मार्ग देने पर स्वर्ण में मढ़ा और रत्नों से जड़ा कवच और शिरस्त्राण पहने, हाथ में रत्न जड़ी मूठ की तलवार लिये अशोक ने प्रवेश किया।

अमिता को उठा लाने के लिये दौड़ते हुए हिता, सोमनाथ, राजमाता, सैनिकों और दास-दासियों की जीभें दाँतों तले आ गयीं। सबके श्वास रुक से गये मानो बालिका महारानी उनकी आँखों के सामने व्याघ्र के पंजों में चली गयी, परन्तु अमिता निश्शंक आगे बढ़ती जा रही थी। अशोक अपने सामन्तों के बीच आँगन में बढ़ता आ रहा था। दो पल ऐसा जान पड़ा कि अशोक का ध्यान इतनी छोटी बालिका की ओर नहीं गया और बालिका ने भी विकराल, सर्वग्रासी राक्षस को नहीं देखा इसलिये निर्भय थी।

आतंक की स्तब्धता और पत्थर के आँगन पर बहुत से पैरों की आहटों में बालिका के कोमल कंठ की ऊँची पुकार सुनायी दी—"सुनो, तुम कौन हो?"

अमिता के प्रश्न की पुकार को सर्वनाश का आह्वान समझ कर कलिंग के प्रासाद के लोगों ने भय से साँस रोक लिये।

अशोक पुकार सुनकर विस्मय से मौन खड़ा हो गया। उसने अपनी कमर से नीचे छोटी बालिका की ओर तीव्र दृष्टि से देखा।

अमिता विजयी सम्राट की तीव्र दृष्टि से भयभीत न हुई। उसने प्रश्न किया—"तुम कौन हो? तुम बहुत सुन्दर हो!···तुम्हारे वस्त्र बहुत सुन्दर हैं। तुम्हारा खड्ग बहुत सुन्दर है। तुम हमारे साथ आओ। हम चंड अशोक को बाँधने जा रहे हैं।" अमिता ने अपने हाथ में थमी कुत्ते की जंजीर अशोक को दिखायी।

अमिता की बात सुन कर उसके पीछे आते लोगों के नेत्र भय से झपक कर हृदय मुँह को आ गये।

अशोक निश्चल और मौन अमिता की ओर देखता रहा।

अशोक की स्तब्ध मौन मुद्रा को उपेक्षा और अवज्ञा समझ कर अमिता खिन्नता से बोली—"तुम हमारा आदेश नहीं मानोगे? हमारा आदेश सबको मानना चाहिए। हम कलिंग की राजेश्वरी हैं। हम प्रजा की माता हैं। तुम हमारे साथ जाओ, हम अशोक को बाँध कर लायें!"

अशोक के होंठ विस्मय से खुल गये और विस्मय से आत्म-विस्मृत सा उसका स्वर सुनायी दिया—"तुम कलिंग की महारानी हो?" अमिता ने सिर के संकेत से स्वीकार किया—"हाँ, हम कलिंग की महारानी हैं। तुम हमारे साथ आओ, हम दुष्ट अशोक को बाँधने जा रहे हैं। अशोक प्रजा से छीनता है, प्रजा को डराता है, प्रजा को मारता है।"

विजयी सम्राट दो पल काष्ठवत मौन खड़ा रहा। उसकी निश्चलता देखकर अमिता ने विस्मय से पूछा—"तुम कौन हो?"

अशोक ने मंत्रमुग्ध की भाँति उत्तर दिया—"सम्राट अशोक।"

अमिता के नेत्र बाल विस्मय से फैल गये, वह बोली—"तुम अशोक हो? तुम तो बहुत सुन्दर हो। तुम प्रजा से क्यों छीनते हो? तुम प्रजा को क्यों डराते हो? प्रजा को क्यों मारते हो? तुम्हें क्या चाहिये?"

अशोक निश्चल, निरुत्तर रहा।

अमिता अशोक की ओर एक कदम बढ़ गयी और आग्रह के स्वर में बोली—"क्या तुम्हारे पास खाने के लिये नहीं है? क्या तुम्हारे पास वस्त्र नहीं हैं? क्या तुम्हारे पास खिलौने नहीं हैं?···तुम्हें क्या चाहिये? हमारे पास सब कुछ है। आओ, हम तुम्हें देंगे।

अमिता एक कदम और आगे बढ़ी। उसने अशोक का हाथ पकड़ लिया और उसे अपने साथ ले चली। दुर्दान्त सम्राट अमिता के साथ रस्सी में बँधे पालतू पशु की भाँति चलने लगा और उसके पीछे मगध के दर्प से उन्मत्त सामंतों का विस्मित समूह, उनके पीछे कलिंग के प्रासाद के लोग बालिका के प्रति भय और चिंता से आतुर खिंचे जा रहे थे।

अमिता अशोक का हाथ अपने हाथ में पकड़ उसे खींचती हुई आँगन से अलिंद में ले गयी। अलिंद से दीर्घिका में और दीर्घिका से फिर अलिंद में आकर अशोक को सूने राजसभा भवन में ले गयी।

राजसभा भवन में सिंहासन के चारों ओर कई पुतलियाँ पड़ी थीं। दीवारों के साथ भी कई प्रकार के खिलौने, मुर्झाये हुए फूल और बर्तनों में मिष्ठान्न रखे हुए थे।

अमिता अपनी बाँहें फैलाकर चारों ओर पड़े इस धन की ओर संकेत कर अशोक से बोली—"बोलो, तुम्हें क्या चाहिये? फल चाहिए, मिष्ठान्न चाहिए या खिलौने चाहिए? जो चाहिए लो? यहाँ सब कुछ है। हम तुम्हें सब कुछ देंगे। तुम किसी से छीनो मत! किसी को डराओ मत! किसी को मारो मत! तुम्हें क्या चाहिये, बोलो?"

मगध का दुर्दान्त सम्राट अमिता के सामने मंत्र-मुग्ध की भाँति विवश, अप्रतिभ, मौन खड़ा था।

अशोक ने सम्पूर्ण पृथ्वी को विजय करने की प्रतिज्ञा की थी। उसने एक बालिका के प्रश्न से परास्त होकर, अपनी विजय-यात्रा अपूर्ण छोड़ देने के लिये ही दो बार सैन्य दल लेकर कलिंग पर चढ़ाई नहीं की थी। सम्राट ने अपना सम्मोहन दूर करने के लिये अपना मस्तक हिलाया। उसने पलक झपका कर सोचा और राजसिंहासन की ओर संकेत कर उत्तर दिया—"हमें कलिंग का राजसिंहासन चाहिए!"

अशोक की इच्छा सुनकर कलिंग की बालिका महारानी पल भर के लिये सोच में पड़ गयी और अस्वीकृति में सिर हिला कर बोली—"नहीं, नहीं! राजसिंहासन तुम ले जाओगे तो हम पुतली का राजतिलक कैसे करेंगे?"

अमिता आधे पल के लिये चिन्ता में मौन रही और पुनः बोली—"अच्छा तुम माँगते हो तो ले जाओ!···क्या तुम्हारे पास राजसिंहासन नहीं है?···अच्छा, तुम इसे ले जाओ, हम दूसरा ले लेंगे।"

सम्राट के पीछे खड़े मगध के सामन्तों और कलिंग के प्रासाद के लोगों के चेहरों पर से कठोरता और आतंक दूर होकर करुणा और कोमलता का भाव आ गया।

मगध का सम्राट निश्चल, निर्वाक् था। सोना मढ़े लोहे के कवच से आवृत उसका पाषाण हृदय, जो एक लाख से अधिक सैनिकों के रक्त से भी न भीग सका था, छलछला गया। सम्राट ने अपने हाथ में थमा खड्ग भूमि पर डाल दिया। उसने झुककर अमिता को गोद में उठा लिया, बोला :

"कलिंग की महारानी, मगध का विजयी सम्राट हार गया। तुमने विजय पायी। तुम दुष्ट अशोक को बाँधने जा रही थी⋯।"

अशोक ने अमिता के हाथ से लटकती कुत्ते की जंजीर अपने गले में डाल ली और बोला—

"कलिंग की महारानी, सम्राट अशोक बँध गया। अशोक तुम्हारा बंदी है। अशोक ने जो माँगा, तुमने दिया। अब तुम अशोक से माँगो। कलिंग की महारानी आदेश दें, क्या चाहती है?"

अमिता ने पुलकित स्वर में उत्तर दिया—"हमें कुछ नहीं चाहिये। हमारे पास सब कुछ है।"

अशोक पल पर सोचकर बोला—"महारानी सत्य कहती हैं परन्तु महारानी आदेश दें। महारानी अपने बंदी अशोक को आदेश दें!"

अमिता ने उत्साह से उत्तर दिया—"हमारा आदेश है, किसी से छीनो मत! किसी को डराओ मत! किसी को मारो मत!"

बभ्रु अपनी स्वामिनी को अपरिचित व्यक्ति की गोद में देखकर व्याकुलता से उसकी ओर मुख उठाये पूँछ हिलाता कूँ-कूँ कर रहा था।

अमिता ने बभ्रु की ओर देख कर सम्राट से कहा—"यदि तुम पुनः किसी से छीनोगे, किसी को डराओगे, किसी को मारोगे तो हम तुम्हें बभ्रु की भाँति बाँध कर रखेंगे।"

अशोक ने स्वीकार किया—"सम्राट अशोक प्रतिज्ञा करता है, वह किसी से छीनेगा नहीं, किसी को डरायेगा नहीं, किसी को मारेगा नहीं। अब अशोक हिंसा और युद्ध से विजय की कामना नहीं करेगा। वह कलिंग की विजयी महारानी की भाँति निश्छल प्रेम से संसार के हृदयों को विजय करेगा।"

●

अशोक का शिला-लेख

अशोक कलिंग विजय कर, अपनी विजय-यात्रा के मार्ग से ही मगध की ओर लौट रहा था। उसकी दृष्टि जिस ओर जाती, देश नरमुंडों और कंकालों से ढँका दिखायी देता था। सब ग्राम और नगर, उजड़ी और जली हुई बस्तियों के अर्धदग्ध शवों की भाँति जान पड़ते थे। जहाँ कहीं नर-नारी दिखायी देते, अति त्रस्त और दुखी थे। केवल शवों पर मँडराते गीध, गीदड़, लकड़बग्घे, कौए ही प्रसन्न थे। सम्राट इन दृश्यों को न देखने के लिये हाथी की सवारी छोड़कर आवरणों से ढँकी शिविका में बैठकर यात्रा कर रहा था। सड़ते हुये शवों की दुर्गन्ध से उदर की आँतें मुख को आने लगतीं और मस्तिष्क चकराने लगता था। अशोक के आगे-पीछे दास-दासी अनेक प्रकार की सुगन्धें लेकर चलते रहते थे, परन्तु सब ओर व्याप्त दुर्गन्ध से त्राण न था। लम्बी, दुखद यात्रा में अशोक की ग्रीवा निष्फल हिंसा के परिताप और पश्चात्ताप से झुकी हुई थी।

अशोक ने मगध की राजधानी पाटिलपुत्र में लौटकर दूसरों का देश और धन न छीनने, किसी को न डराने और किसी को न मारने की प्रतिज्ञा की और युद्ध की हिंसा के प्रति अपने पश्चात्ताप की व्यापक घोषणा कर दी।

अशोक ने अपनी प्रतिज्ञा विस्मृत न हो जाने देने के लिये साम्राज्य भर में इस प्रतिज्ञा को शिलाओं पर इस प्रकार अंकित करवा दिया।

"अभिषिक्त होने के आठवें वर्ष देवताओं के प्रिय प्रियदर्शी राजा ने कलिंगों को जीता। यहाँ के डेढ़ लाख प्राणी बाहर ले जाये गये, एक लाख आहत हुए और उससे अधिक (संख्या में) मरे। इसके अनन्तर जीते हुए कलिंगों में देवताओं के प्रिय का खूब धर्म विस्तार, धर्म कामना और धर्मानुष्टि हुई। इस पर कलिंगों को जीतने वाले देवताओं के प्रिय को बड़ा पछतावा होता है, (क्योंकि) जहाँ लोगों का वध, मरण या देश निकाला हो उस देश को मैं जीतने पर भी नहीं जीता हुआ मानता हूँ।

यह (वध आदि) देवताओं के प्रिय को अत्यन्त दुखद और भारी जान पड़ता है, यह देवताओं के प्रिय को और भी भारी जान पड़ता है, (क्योंकि) वहाँ सर्वत्र ब्राह्मण, श्रमण तथा दूसरे धर्म वाले और गृहस्थ रहते हैं, जिनमें सबसे पहले भरण-पोषण विहित है, जिनमें माता-पिता की शुश्रूषा, गुरु को शुश्रूषा, मित्र, परिचित, सहायक-सम्बन्धी तथा नौकर-चाकरों का उचित आदर और (उनकी ओर से) दृढ़ भक्ति का विधान है। ऐसे लोगों का वहाँ घात, वध या सुख से रहते हुओं का देश निकाला होता है। जिन सुव्यवस्थित लोगों का स्नेह नहीं घटा है, उनके मित्रों, परिचितों, सहायकों तथा कुटुम्बियों को दुःख होता है, (इसलिये) उनका भी अपघात होता है। यह दशा सब मुनष्यों की है पर देवताओं के प्रिय को यह अधिक दुःखद जान पड़ता है।

कोई ऐसा जनपद नहीं है जहाँ ब्राह्मण और श्रमण आदि के अनंत सम्प्रदाय न हों। ऐसा कोई भी जनपद नहीं है जिसमें मनुष्यों को किसी न किसी धर्म में प्रीति न हो। जितने मनुष्य कलिंग विजय (प्राप्ति) के समय आहत हुए, मारे गये, और बाहर निकाले गये उनका सौवाँ तथा हजारवाँ भाग भी (यदि) आहत होता, मारा जाता या निकाला जाता तो आज देवताओं के प्रिय को भारी दुःख देने वाला होता। देवताओं के प्रिय का मत है कि जो अपकार करता है वह भी क्षमा के योग्य है यदि वह क्षमा किया जा सके।

जो वह विलासी देवताओं के प्रिय के विजित देश में हैं उनको भी वह मानता और उनका ध्यान रखता है कि जिसमें देवताओं के प्रिय को पछतावा न हो। वे अपने कर्मों पर लज्जित न हों और नष्ट न हों। देवताओं का प्रिय सब जीवों की अक्षति, संयम, समचर्या तथा प्रसन्नता चाहता है। जो धर्म की विजय है वही देवताओं के प्रिय की मुख्य विजय है। यह विजय देवताओं के प्रिय को यहाँ (अपने राज्य में) तथा सब सीमान्त प्रदेशों में छः सौ योजन तक जिसमें अंतियोकस नाम का यवन राजा तथा अन्य चार राजा—तुरमय, अंतकिन, मग तथा असिकसुंदर (के राज्य) थे तथा जिससे दक्षिण की ओर चोड़, पांड्य ताम्रपणी वाले हैं, प्राप्त हुई। यहाँ विप्र वृज्जि, यवन, कंबोज, नाभितियों, भोजों, पैठनिकों, अंध्र, पुलिंद आदि सब (के) देशों में देवताओं के प्रिय का धर्मानुशासन माना जाता है। जहाँ देवताओं के प्रिय के दूत नहीं जाते वहाँ के लोग देवताओं के प्रिय के धर्मविधान और धर्मानुशासन को (अपने राज्य में) सुनकर उसका अनुसरण करते हैं और (बराबर) करेंगे।

अब तक (इस प्रकार की) जो विजय प्राप्त हुई है—उस प्रेम की विजय से आनन्द होता है पर यह आनन्द हलका है। देवताओं का प्रिय उस (आनन्द) को महाफलदायक मानता है जो परलोक से सम्बन्ध रखता है इसीलिये मैंने यह धर्म-लिपि लिखवायी कि जिसमें मेरे पुत्र और प्रपौत्र शस्त्रों द्वारा प्राप्य नयी विजय को प्राप्त करने योग्य न मानें। शान्ति और लघुदंडता में रुचि रखें और धर्म की विजय को ही विजय समझें, (क्योंकि) वह इस लोक और परलोक (दोनों) में फल देने वाली होती है। उद्यम में रति ही सब प्रकार की जीत है। (क्योंकि) वह इस लोक और परलोक (दोनों) में फल देने वाली है।''[1]

1. अशोक की धर्मलिपियों के शिला-लेखों में से तेरहवें प्रज्ञापन का यह अनुवाद रायबहादुर गौरीशंकर हीराचन्द्र ओझा और बाबू श्यामसुन्दरदास बी.ए. द्वारा किया गया है और काशी नागरी प्रचारिणी सभा द्वारा प्रकाशित है। अनुवाद का उपयोग करने के लिये लेखक सभा के प्रति आभारी है।